中国当代作家论

谢有顺 主编

张炜论

中国当代作家论

谢有顺 主编

赵月斌/著

张炜论

作家出版社

赵月斌 ■ 1972年生于山东滕县。1987年首次发表诗歌，1996年开始发表文论、小说，迄今发表作品三百余万字。出版长篇小说《沉疴》和评论集、小说集多部。评论集《迎向诗意的逆光》入选"21世纪文学之星丛书2011年卷"。曾荣获泰山文艺奖、刘勰文艺评论奖等奖项，入选山东省"齐鲁文化英才"。

主编说明

　　自从到大学工作以后，就不时会有出版社约我写文学史。很多文学教授，都把写一部好的文学史当作毕生志业。我至今没有写，以后是否会写，也难说。不久前就有一份高等教育出版社的文学史合同在我案头，我犹豫了几天，最终还是没有签。曾有写文学史的学者说，他们对具体作家作品的研究，是以一个时代的文学批评成果为基础的，如果不参考这些成果，文学史就没办法写。

　　何以如此？因为很多学问做得好的学者，未必有艺术感觉，未必懂得鉴赏小说和诗歌。学问和审美不是一回事。举大家熟悉的胡适来说，他写了不少权威的考证《红楼梦》的文章，但对《红楼梦》的文学价值几乎没有感觉。胡适甚至认为，《红楼梦》的文学价值不如《儒林外史》，也不如《海上花列传》。胡适对知识的兴趣远大于他对审美的兴趣。

　　《文学理论》的作者韦勒克也认为，文学研究接近科学，更多是概念上的认识。但我觉得，审美的体验、"一个灵魂唤醒另一个灵魂"的精神创造同等重要。巴塔耶说，文学写作"意味着把人的思想、语言、幻想、情欲、探险、追求快乐、探索奥秘等等，推到极限"，这种灵魂的赤裸呈现，若没有审美理解，没有深层次的精神对话，你根本无法真正把握它。

　　可现在很多文学研究，其实缺少对作家的整体性把握。仅评一个作家的一部作品，或者是某一个阶段的作品，都不足以看出这个作家的重要特点。比如，很多人都做贾平凹小说的评论，但是很少涉及他的散文，这对于一个作家的理解就是不完整的。贾平凹的散文和他的小说一样重要。不久前阿来出了一本诗集，如果研究阿来的人不读他的诗，可能就不能有效理解他小说里面一些特殊的表达方式。于坚也是一个典型的例子。很多人只关注他的诗，其实他的散文、文论也独树一帜。许多批评家会写诗，他写批评文章的方式就会与人不同，因为他是一个诗人，诗歌与评论必然相互影响。

如果没有整体性理解一个作家的能力，就不可能把文学研究真正做好。

基于这一点，我觉得应该重识作家论的意义。无论是文学史书写，还是批评与创作之间的对话，重新强调作家论的意义都是有必要的。事实上，作家论始终是中国现代文学的一个宝贵传统，在1920—1930年代，作家论就已经卓有成就了。比如茅盾写的作家论，影响广泛。沈从文写的作家论，主要收在《沫沫集》里面，也非常好，甚至被认为是一种实验。中国现代文学研究界的许多著名学者都以作家论写作闻名。当代文学史上很多影响巨大的批评文章，也是作家论。只是，近年来在重知识过于重审美、重史论过于重个论的风习影响下，有越来越忽略作家论意义的趋势。

一个好作家就是一个广阔的世界，甚至他本身就构成一部简易的文学小史。当代文学作为一种正在发生的语言事实，要想真正理解它，必须建基于坚实的个案研究之上；离开了这个逻辑起点，任何的定论都是可疑的。

认真、细致的个案研究极富价值。

为此，作家出版社邀请我主编了这套规模宏大的作家论丛书。经过多次专家讨论，并广泛征求意见，选取了五十位左右最具代表性的作家作为研究对象，又分别邀约了五十位左右对这些作家素有研究的批评家作为丛书作者，分辑陆续推出。这些作者普遍年轻、锐利，常有新见，他们是以个案研究的方式介入当代文学现场，以作家论的形式为当代文学写史、立传。

我相信，以作家为主体的文学研究永远是有生命力的。

谢有顺

2018 年 4 月 3 日，广州

目录

引论：大物时代的天真诗人和孤独梦想家

一

即时的命名往往带着过时的危险。对于所处的时代，谁能一语道破它的真髓呢？"那是最美好的时代，那是最糟糕的时代。"狄更斯说的是一百年前的一百年前——"那时跟现在非常相像。""一切坚固的东西都烟消云散了，一切神圣的东西都被亵渎了。"马克思说的是他们的时代，可是一百年后坚固和神圣的东西似乎并未仍然存在。同是一百多年前，李鸿章在奏折上称：我朝正处于"三千余年一大变局"。而今我们还是在说，当前中国正面临数千年未有之大变局。

十九世纪和二十一世纪的人们好像都要应对重大变局，每一代人所处的时代好像都是重要时代。人类无时无刻不是生活在无果的变局中——哪个时代无疑都是重要的，哪个时代都是当局者迷，我们就像爬在莫比斯环上的蚂蚁，似乎每一步都在前进，又似乎每一步都是重复，所在之处即为中心，所谓中心又不过是世界的尽头。就像现在——就是我们所在的这个时代，当然是最好的，最高级的，可是谁又能想象，若干年以后，会不会发现，原只当下一步就是天堂，却未料走到了相反的方向？

人类的命运，大概永难脱苦难轮回，永难达到至善至美。其中

1

原委，谁能说得清？"对于不可言说之物我们必须保持沉默。"然而这世上总有一些心事浩茫兴风狂啸的人，他们往往看穿了华灯照宴，看透了太平成象，于是乎失望而至绝望，绝望而又企望且奢望，进而像西西弗斯那样"致力于一种没有效果的事业"，像孔夫子那样"知其不可而为之"，像鲁迅那样"于无所希望中得救"。这些荒谬的英雄不甘于沉默，不顺服于他们的时代。他们用徒劳的一己之力留下了人心不死的神话。

太史公在《报任安书》中说："古者富贵而名摩灭，不可胜记，唯倜傥非常之人称焉。"所谓"倜傥非常之人"，即是像孔子、屈原、左丘明那样的忧愤之士，他们因为"意有所郁结，不得通其道"，方才发愤著书，以求以文章传世。为了立言明志，即便受辱丧命，也在所不惜。此司马迁所云："虽万被戮，岂有悔哉！"时至今日，这种士人风骨愈发鲜见，招摇过市的是犬儒乡愿，巧言令色之徒，写作成为一种投机钻营的功利行为，世上再无舍生而取义的苏格拉底，亦无"宁鸣而死，不默而生"的范文正。偶有秉笔荷担慷慨直言的人，可能也会像《野百合花》的作者那样被难，像《鲁迅批判》的作者那样蒙冤，宣传"争一言以相杀，是贵义于其身"的子墨子，只能出现在两千年前罢。说起来写文章原非如此危险，一代一代以文名世卖文为生的多了去了，因言获罪为文丧命的终是少数。更何况，有的人之所以背负厄运，不是因为生不逢时，不是因为不识时务，而是因为他们把文章得失看得比性命还重要。当他们决意"究天人之际"，"为天地立心"的时候，就注定要付出可怕的代价，大概这也是自司马迁至鲁迅、胡适以来，中国的人文传统总也死不了垮不掉的原因吧。

当我们试图讨论张炜的时候，不免要考量作家与时代的关系，探究他的文学立场和精神向度，显然，在他的作品中多少常会显露一种高古老派的清风峻骨，他的写作虽非金刚怒目剑拔弩张，却从不缺少暗自蕴蓄的幽微之光，不缺少地火熔岩一样的"古仁人之心"。张炜用他的天真和梦想道说时代的玄奥，把苍茫大地和满腔忧愤全都写成了诗。

二

当今时代，把写作当生命的作家，还有吗？当然，肯定有，而且很多，有几个人愿意把写作说成玩文学呢？但凡写点东西的，很会和个人的生命体验相关联，把写作比喻成生命，也是一种方便顺口的说法。至于果真把写作和生命融为一体，完全为写作而生，以文学为命的，恐怕就少之又少了。这极少的当代作家中，张炜该是尤其显目的一位。张炜不只是以文学为志业，更是把它作为信仰和灵魂。他说："文学是生命里固有的东西。"[①] "写作……实在是一种灵魂的事情。"[②] "写作是我生命的记录。最后我会觉得，它与我的生命等值。"[③] 对张炜而言，写作就是自然而然的生命本能，就像震彻长空的电火霹雳，释放出动人心魂的巨大能量。它源于自身并回映自身，同时也照彻了身外的世界。我们看到，张炜的文学生涯持续了近半个世纪，不仅创造力出奇地旺盛，且每每不乏夺人耳目之作。十九岁发表第一首诗，六十岁出版第二十部长篇小说，结集出版作品一千五百万字，单从创作量上看，张炜当是最能写的作家，而其长盛不衰的影响力，也使他成为当代文学的重镇，蜚声海内外的汉语作家。无论是位列正典的《古船》《九月寓言》，蔚为壮观的长河小说《你在高原》，还是境界别出的《外省书》《刺猬歌》《独药师》，以及风姿绰约的中短篇小说、散文、诗歌乃至演讲、对话

① 《疏离的精神》，《张炜文集》43卷，作家出版社，2014年，第13页。本书张炜作品仅注出处，作者名从略。
② 《与全球化逆行的文学写作》，《张炜文集》40卷，第106页。
③ 《读本，新作及其他》，《张炜文集》35卷，第209页。

等，莫不隐现着生命的战栗和时代的回响。张炜通过千万文字写出了一个异路独行神思邈邈的"我"，对这个时代发生了沉勇坚忍的谔谔之声，他用"圣徒般的耐力和意志"[1]创造了一个天地人鬼神声气相通，历史与现实相冲撞的深妙世界。

"一个作家劳作一生，最后写出的一个重要人物就是作家自己。"[2]"一个作家无论是写了多少本书，其实都是写'同一本'……他最后完成的，只会是一本大书，一本人生的大书。"[3]"作品只是生命的注释，无论写作怎样曲折，也还是在注释。"[4]张炜的全部作品实际就是一部不断加厚的精神自传。他就像精于术数卦象的占卜师，又像审慎严苛的训诂家，总是在"大胆地假设，小心地求证"，反复地推演天道人事的命理玄机，稽考家国世故，厘定自我运程。经过不断的分蘖增殖和注释补正，张炜方才写出了一部繁复而丰润的大书。这部大书的中心人物就是张炜自己，它的主题便是张炜及其时代的漫漫心史。如此看待他的一千五百万言似乎太显简单，我却觉得这正是张炜的堂奥所在，通过这简单的"一本书"、"一个人"，我们会看到多么浩渺的世界和多么幽邃的人生啊！

"不是我不明白，这世界变化快。"即便如此，该摇滚的还是要摇滚，该言说的还是要言说。管它轰的一响，还是嘘的一声，世界并未真的结束，所谓空心人似乎也不是什么毁灭性的流行病疫。人们还是要前赴后继按部就班地过生活，过去讲"苟日新，日日新，又日新"，现在说"与时俱进，不忘初心"，以后还是要"时日依旧，生生长流"。一切总在消解，一切总在更生，我们能够做的，好像只能是抓住当下，勿负未来。这是一个无名的世界，又是一个人人皆可命名的时代。面对无所归依的浑浑时世，张炜一直是冷静

---

[1] 张炜、朱又可：《行者的迷宫》，东方出版社，2013年，第286页。
[2] 《留心作家的行迹》，《张炜文集》42卷，第64页。
[3] 《文学属于有阅历的人》，《张炜文集》42卷，第263页。
[4] 《不合时宜的书》，《张炜文集》31卷，第333页。

淡定的。从开始唱起"芦青河之歌"，就表现得清醒而克制，甚至显得有些保守，所谓"道德理想主义"对他就是一种褒贬参半的说法。但是如其所言：真正优秀的作家，是必定走在许多人的认识前边的，[①] 他们的确具有超越时代的思维力和创造力。[②] 张炜的作品正是走在了前边，当我们耽于某种谬妄或迎向某种风潮的时候，张炜恰选择了批判和拒绝，那种不合时宜的"保守"倾向，反而证明了他的敏感：比起众多迟钝的俗物，他往往及早察觉了可能的危险——他就是那个抢先发出警报的人。当雾霾肆虐演变成无法改观的常态时，他在十几年前就描述了这种"死亡之雾"。[③] 当人们拼命地大开发大发展的时候，他看到的是水臭河枯，生态恶化，"线性时间观"的狭隘短视。在科技高度发达，生产力大大解放，物质生活极大丰富，全球化浪潮势不可挡的今天，张炜对凶猛的物质主义、实用主义始终持有一种"深刻的悲观"。对他而言，"保守不是一种策略，而是一种品质、一种科学精神。"[④] 因此方可像刺猬一样，安静，自足，没有什么侵犯性，甚至温驯，胆怯，易受伤害，却始终有一个不容侵犯的角落。[⑤] 他在这个"角落"里安身立命，自在自为，用长了棘刺的保守精神抵御着躁狂时代的骚动与喧哗。

张炜说："看一个作家是否重要、有个性、有创造性，主要看这个作家与其时代构成什么关系。是一种紧张关系吗？是独立于世吗？比如现在，物质主义、消费主义，发泄和纵欲，是一个潮流，在这个潮流中，我们的作家扮演了什么角色？是抵抗者吗？是独立思考者吗？"[⑥] 尽管他也反思，包括自己在内的许多人，大量的仍然还是唱和，是在自觉不自觉地推动这个潮流，然而——"真正的作

---

① 《匆促的长旅》，《张炜文集》37卷，第152页。

② 《遥远灿烂的星空》，《张炜文集》42卷，第231页。

③ 《莱山之夜》，《张炜文集》33卷，第64页。

④ 《伦理内容与形式意味》，《张炜文集》38卷，第138页。

⑤ 《世界与你的角落》，《张炜文集》35卷，第287页。

⑥ 《匆促的长旅》，《张炜文集》37卷，第153页。

家、优秀的作家，不可能不是反潮流的。"①"任何一个好的作家跟现实的紧张关系总是非常强烈的。"②真正的作家、好作家是一个朴素的自我定位，张炜固然认为，我们无力做出关于"时代"性质的回答，但他未忘作家的本分就是"真实地记录和表达，而不是回避生活"，③所以我们才会看到，张炜一直带着强烈的使命感，以反潮流的保守姿态对这个天地翻覆的"大物"时代予以决绝的回击。他说，巨大的物质要有巨大的精神来平衡，④"大物"的时代尤其需要"大言"。⑤他之所以推崇战国时期的稷下学宫，就是因为稷下学人留下了耐得住几千年咀嚼的旷世大言。就像孟子所说："我善养吾浩然之气。""富贵不能淫，贫贱不能移，威武不能屈，此之谓大丈夫。""说大人则藐之，勿视其巍巍然。""民为贵，社稷次之，君为轻。""君子之守，修其身而天下平。""大人者，不失其赤子之心者也。"——"这样的大言之所以让人不敢滥施妄议，那是因为它正义充盈，无私无隐，更因为言说者的一生行为都在为这些言论做出最好的注解。"⑥张炜显然也是以这些圣者大言为高标的，他认清了大时代的大丑恶大隐患，痛恨"立功不立义"的野蛮发展，异化生存，因此才能"守住自己，不苟且、不跟随、不嬉戏"，⑦才能融入野地，推敲山河，成为一个"真正意义上的独行者"。⑧于此，他才"更多地牵挂这个世界"，⑨用诗性之笔写出了伟大时代的浩浩"大言"。

① 《匆促的长旅》，《张炜文集》37卷，第153页。

② 《遥远的我》，《张炜文集》35卷，第297页。

③ 《遥远的我》，《张炜文集》35卷，第293页。

④ 《独一无二的文化背景》，《张炜文集》40卷，第69页。

⑤ 《芳心似火》，作家出版社，2009年，第198页。

⑥ 《芳心似火》，第199页。

⑦ 《葡萄畅谈录》，《张炜文集》28卷，第16页。

⑧ 《精神的背景》，《张炜文集》35卷，第321页。

⑨ 《精神背景之争》，《张炜文集》38卷，第125页。

三

张炜是一位诗人。这样说不只是因为他最早进行的文学习练就是诗，后来也从来没有放弃诗的写作，写过大量的诗，出版了两部诗集。事实上，作为诗人的张炜不全在于写了多少分行文字，更主要的是，诗不仅是他的"向往之极"，而且是他全部文学创作的基点，因为，"真正的好作家本质上往往是一个诗人，只不过他会选择一个更合适的形式来表达。能诗则能一切，他会或多或少地写出一些不同的文字。"[①] 张炜正是这样把诗写进一切文字的人，尽管他常自嘲缺少写诗的天分，不是一个合格的诗人，但是从他的作品里总能读出诗的根性，不光语言散发着诗的光泽，具有浓郁的抒情色彩，整体上也弥漫着优雅凝重的经卷气息。这种诗化写作在《夜思》《独语》《融入野地》《莱山之夜》《望海小记》《芳心似火》等散文作品中发挥得最为充分，在《一潭清水》《海边的雪》《柏慧》《远河远山》《外省书》等虚构作品也有突出体现，包括《你在高原》这样的皇皇巨制，《古船》这样的正史叙事，《九月寓言》这种多说方言的乡土文本，也不乏诗意篇章，诗性气质。即便《楚辞笔记》《疏离的神情》《小说坊八讲》《陶渊明的遗产》这类阐释古典、论述辞章的学理性作品，也不无诗性之美。张炜像是打破了文体的界限，几乎把所有作品都写成了纯美诗章。

在张炜看来，诗不单纯是一种文学形式，更是一种至高的审美境界。所以他用诗的标准评断小说、散文，乃至所有艺术样式："散文和小说，不过是另一种诗……它们与诗，骨子里都是一样的东西。"[②] "任何文学形式，内核都是一个诗。离开它的形式，并没有离开它的根本。……如果一部作品本质上不是诗，那么它就不会

---

① 《散文写作答问》，《张炜文集》40卷，第50页。
② 《伦理内容与形式意味》，《张炜文集》38卷，第148页。

是文学。"①以诗论艺正是典型的中国式审美维度，张炜即认为：中国第一部文人小说《红楼梦》具有"诗与思的内核"，"中国现当代小说，从继承上看主要来自中国的诗和散文。"②他很看重"自己的传统"——中国小说的传统。因此，不仅要从文本上继承这种传统，还要在骨子里是一个纯粹的诗人。"好的小说家应该是、也必然是一个诗人。……现在好小说越来越少，是因为纯粹的诗人越来越少。"③"诗是艺术之核，是本质也是目的。一个艺术家无论采取了什么创作方式，他也还是一个诗人。"④"当今的小说家，特别是一个优秀的小说家，要求自己首先是一个诗人，的确是第一要义。"⑤可见"诗"既是张炜的创作指标，也是他个人的自我认定。"诗人"之于他从来不是普通的职业名称，而是一个不落凡俗的高贵席位："我认为真正意义上的诗人更可信赖和更值得尊敬。我不是在说一种职业，而是在说一种生命的质地。……那些隔绝了诗性的写作在我这儿是很难理解的。……作为创作者，一旦丢失了诗性，我将不再写作。"⑥诗性，成为张炜的绝对尺度，他执着于诗，唯诗性至上，以诗性写作加深的难度，这也是他的作品大率不失水准的前提吧？

那么，何为诗性？何为诗人？张炜曾经申明：诗性不等于风花雪月，要知道也有惨烈之诗。当然我们也可以说，诗性不是青筋暴露、肉麻充愣，不是卖弄辞藻、撩拨情怀。真正的诗性并非文字表面肤浅的抒情或假装激动，而是一条内在的血脉，它显露于语言又隐匿于语言，似乎只可意会而不可言传："诗性是一个类似于密码的东西，一开始就植根在人的基因里的。"⑦这就更有点儿神秘

① 《周末对话》，《张炜文集》30 卷，第 3 页。
② 《阅读：忍耐或陶醉》，《张炜文集》41 卷，第 313 页。
③ 《抵抗的习惯》，《张炜名篇精选·随笔精选》，山东友谊出版社，1993 年，第 201 页。
④ 《诗意》，《张炜文集》27 卷，第 262 页。
⑤ 《诗性的源流》，《张炜文集》30 卷，第 181 页。
⑥ 《仅有一个旅途》，《张炜文集》38 卷，第 66 页。
⑦ 《我们需要的大陆》，《张炜文集》42 卷，第 271 页。

了，好像是说诗性本是天生的，没有一点儿慧根的人，不光写不了诗，恐怕连诗里的密码也读不出来。张炜另外又说过："诗不是一般人认为的花花草草，不是所谓的'空灵'之类，而是人生最敏感的一次次面对——对全部生命秘境的把握，当然也包含了生死幽深以及锐利、黑暗和痛苦，许多……有人通常理解的'诗'过于简单了，他们不曾晓悟荷尔德林'黑夜里我走遍大地'是什么意思……"①他强调的还是诗与生命的关系，那种一般人的"通常理解"完全把写诗混同于文字的过度加工，所以有人才会把装饰性的抖机灵的玩意儿吹上天，他们不知道诗的最低要求就是真诚而朴素，若与真实的生命感受割裂开来，哪怕再漂亮的文字也与诗无关。

张炜深信"诗人才能干大事"，并且比一般人干的大事更大，因为诗人的胸怀更奇特，有一种旺盛生命力。他把诗人看成了天生异禀身有大能的特出之人，他们所干的"大事"当然也不是可用世俗标准衡量的出人头地扬名立万之事，而是和张炜称道的"旷世大言"相类，指的是形而上的具有终极意义的永恒之诗。"诗人应该具有足以透视无限深处的慧眼，应该摆脱个人人格的束缚，而成为永恒的代言人。"②张炜曾引述天才诗人兰波的这句话，以此"反省自己"，"诗人"是他矢志追寻的远方镜像，又是他对另一个"我"的一种心理投射，他每每对诗人致以推崇，每每声言写过好多诗，却好像从未认可那个"诗人"就是他自己。比如在谈到《忆阿雅》时，他一则说它出自真实的记录，是"一个为背叛所伤的诗人的自吟"，转而又说"我不能说自己就是那个'诗人'。虽然它以第一人称写出，也只是为了有助于自己对诗和诗人的理解。"③张炜此言不虚，多读他的作品也会发现，他确是以全部的写作走近诗和诗人，"诗"是他的文学向度，"诗人"则是和他精神往来的潜在的自我。

---

① 《写作和行走的心情》，《张炜文集》40卷，第142页。

② 转引自《莱山之夜》，《张炜文集》33卷，第174页。

③ 《更多的忆想》，《张炜文集》31卷，第340页。

他说，诗人如同一片土地生长出的器官，"诗人仅是同一片土地、同一种文化的代表和产儿。"[1]"诗人诞生于东部荒原，等于是大漠一粒。"[2] 很明显，这位荒原诗人完全可以看作张炜本人，张炜在谈论"诗人"的时候，往往也是在谈论"另一个"自己。

诗人也许天生就属于这个别样的世界：为吟唱而生，并将终生如此。他敏感多悟、对事物有独到的视角。不记得从什么时候开始，他能够随时吟哦。他的举止做派很有一些豪放文人的特征。他常有一些激动，一些低吟。他从来都是真挚的，炽热的，一群人总是因为他的存在而变得活泼。

诗人再次吟唱。它们是真正的半岛之歌，明朗通透，火热烤人，没有一点倦意和阴郁。它们在表露不安和痛苦时，也大大有别于其他地方的寂寞文人。他写得是如此的具体、踏实、真切。他的诗在感染大家，他的精神在激发大家。我们不由得想，如果自己在面对生活中的一切困顿不安时能够像诗人一样不畏不惧，意气风发，那该是多么令人钦佩。

他不是一个在吟唱中虚幻作兴的人，而是一个真正的强者。他那并不伟岸高大的身躯内，的确潜藏着一种过人的力量。……在今天，也许只有这样的人才更有权利吟唱。我们这一代人几乎在猝不及防中迎来了一个全球一体化时代，身不由己地挣扎于精神和商业的纵横大潮之中，真是需要一个顽强的灵魂。而我们的诗人就是这样的一个人。

---

[1] 《葡萄园畅谈录》，《张炜文集》28卷，第306页。
[2] 《更多的忆想》，《张炜文集》31卷，第342页。

诗人对于身边的这个世界有着多么善良的期待。他总是用最美好的心情去理解生活中的人和事，以至于愤慨和欢悦都跃然纸上。这就是通常所说的"赤子之心"。[①]

——张炜用一篇短文简白地表达了他的"诗人观"。尽管我没有引述可以对号入座的更具体的文字，但是也不难看出，这位"为吟唱而生"的诗人正是张炜本人。通过自我观照，他发现了"我们的诗人"，通过对诗人的深切探问，他走向了生命的澄明之境。"诗"成为张炜获取自信、成就"大事"的原动力，具有顽强灵魂的"诗人"成为"我们"最需要的时代之赤子。在另一短文中，张炜再度阐述他的诗观："诗对于我，是人世间最不可思议的绝妙之物，是凝聚了最多智慧和能量的一种工作，是一些独特的人在尽情倾诉，是以内部通用的方式说话和歌唱。……每一句好诗都是使用了成吨的文学矿藏冶炼出来的精华，是人类不可言喻的声音和记忆，是收在个人口袋里的闪电，是压抑在胸廓里的滔天大浪，是连死亡都不能止息的歌哭叫喊。""这个世界芜杂浑茫千头万绪，无以名之奇巧乖戾，就像我们无边无际的现代诗行一样。从某种意义上说，诗能够言说世界上的一切奥秘。""就是怀着纵情言说的巨大野心，我们选择了诗。诗人是最机智的愚公，最聪明的傻子，最无聊的执着，最寂寞的喧哗。""真正的诗人平和简朴，似乎在刻板平淡地生活着，一个年轮一个年轮地让生命成熟。也正是如此，他才没有阻断自己的朝圣之路。""诗人是典型的具有内在张力的、质朴而变得更健康和更强大的人。"此番表白干脆就是以诗论诗，诗如巫师的咒语无所不能，写诗即如朝圣远行，张炜就这样"依赖于诗，求助于诗"，他把一生的向往和劳作交给了诗，以此找回丢在昨天的东西，

[①] 《春天的阅读·为吟唱而生》，《张炜文集》32卷，第136—138页。

获得"真正的表述的自由"。①

四

张炜的长篇小说《独药师》有题引曰:"献给那些倔强的心灵",可谓夫子自道。"那些倔强的心灵"定有一颗属于作者的诗心。正是凭了一颗倔强的诗心,张炜才会成了一个倔强诗人。他与自己的理想形象一体同生,或者相互竞逐。他因其诗心而敏感多悟,也因此而无畏无惧。这强大的诗心让我们想到《老子》所说"专气致柔"、"含德之厚"的赤子婴儿,自然也会想到张炜经常提及的童心。当我们把张炜看作倔强诗人的时候,大概也就看到了他那"绝假纯真,最初一念之本心"。张炜作为诗人的源本,恰是一颗未改初衷的童心。从张炜身上,总能看到天真质朴的童话气质。从早年的芦青河系列,到后来的《刺猬歌》《你在高原》,他的作品皆元气充沛,充满雄浑勇猛的力量,虽深邃亦不乏机敏,悲悯而不乏智趣。他没有板着脸搞严肃,反而将一些精灵古怪、滑稽好玩的元素点化其中,一个生有怪癖的人物,一句挠人心窝的口头禅,一段旁逸斜出的闲余笔墨,看似无所用心,实则多有会意,就像放到虾塘里的黑鱼,让他的作品拥有了神奇的活力。比如,《声音》里吆喝"大刀来,小刀来"的二兰子,《一潭清水》里鳝鱼一样的孩子"瓜魔",《古船》中疯疯癫癫的隋不召,《家族》中的"革命的情种"许予明,《九月寓言》里的露筋、闪婆,《蘑菇七种》中丑陋的雄狗"宝物",《刺猬歌》中的黄鳞大扁、刺猬的女儿,《小爱物》中的见风倒和小妖怪,《你在高原》中的阿雅、大鸟、龟娟、古堡巨妖、煞神老母等等,这些形象假如丢掉了天真、古怪的成分,上述作品大概也会索然寡味。张炜对所写人物倾注了纯真情感,使其

---

① 本段中引文出自《纵情言说的野心》,《张炜文集》40卷,第60—62页。

承载了一种隐性的、百毒不侵的童年精神，也或是他蓄意埋藏的"童话情结"。事实上，自小长在"莽野林子"的张炜，似乎生就了对万物生灵的"爱力"，那片林子和林中野物让他拥有了坚贞的诗心和童心，童年记忆常会不知不觉地映现于笔端，他也具备了一种自然天成的神秘气象和浪漫精神。

"艺术家永远需要那样一颗童心，需要那样的纯洁，那样的天真无邪。"[1] 好作家大概都有一颗未被玷污不容篡改的童心。不管他有多大年岁，无论写实还是虚构，总能在文字里涵养一脉真气和勇力，就像不计得失、举重若轻的老顽童，能打也能闹，可以一本正经地谈玄论道，也可以忘乎所以地捣鬼惹祸，他的作品就是一个生气勃勃的自由王国。土耳其作家帕慕克也曾说过，小说家能够以孩子的独有方式直抵事物的核心，他要比其他人更为严肃地看待人生，因为他具备一种无所畏惧的孩子气，言人所不敢言，道人所不能道。在诺顿讲座的收场白中，他这样强调自己的理想状态："小说家同时既是天真的，也是伤感的。"[2] 其实这句话完全可以用来评价张炜，作为小说家的张炜如此倔强，却又如此伤感："我的全部努力中的一大部分，就是为了抵御昨天的哀伤和苦痛。"[3]——这伤感成为他行文的底色，为他的作品染上了沉郁的调子。但同时又因总有天真的神采，使他得以经历大绝望大虚无，得以行大道，走大路。如此，我们可以把张炜叫做用诗心和童心抵御伤感的天真诗人——就像他 1983 年写出的"瓜魔"，那个神出鬼没的黑孩子，原来就是不老不伤的精灵，他和张炜形影相随，或者早已化入张炜的血脉精神。

假如见过张炜本人，你会注意到他的眼里的稚拙之气。读他的

---

① 《缺少自省精神》，《张炜文集》27 卷，第 217 页。

② ［土耳其］奥尔罕·帕慕克：《天真的和感伤的小说家》，彭发胜译，上海人民出版社，2012 年版，第 174 页。

③ 《莱山之夜》，《张炜文集》33 卷，第 226 页。

作品，更可感受到一颗天真无邪的诗心。他说："我深爱文学，最怕丢失诗心和童心。"[①]"一个人的变质大概就是从忘掉少年感觉开始的，一切都是从那儿开了头的……"[②]确乎如此，张炜早就意识到童年、出身的重要："童年生活对人的一生有非常重大的意义。……人的艺术趣味可能在童年就已经固定下来。""作家在写作中会一再地想到童年，所以笔端也就渗流出这些内容。""童年和少年的追忆是永久的，并且会不同程度地奠定一生的创作基调。"[③]"文学对人性、生命的理解，离不开童年这个阶段。……我可能会转过头来，一而再再而三地从童年视角写人生，写社会和人性。……童年的纯真里有生命的原本质地，这正是生命的深度，而不是什么肤浅之物。"[④]"十六岁以前的生活决定了一生的创作倾向。"[⑤]所以我们看到，不只是后期的《半岛哈里哈气》《少年与海》《寻找鱼王》这类纯儿童题材的作品与他的童年、出生地有关，包括他早年的少作《狮子崖》《槐花饼》《钻玉米地》和盛年的代表作《古船》乃至《你在高原》，都与他的童年经验有着千丝万缕的关联，并且，他所有作品的主要背景，几乎都是他曾经生活过的海边故地："我的全部作品都在写小时候生活过的地方，写林子和海之类。后来写了闹市甚至国外，也是由于有了对林子与海的情感。它们在情感上支持我，让我成为一个能够永远写作的人。"[⑥]张炜一再提起他的海边故地、丛林野物，这类自述性文字基本点明了作家的来路。张炜之所以被称为"自然之子"，他的作品之所以充满野气、天真气，皆与其亲身经历密切相关。童年经验、故地情结极大地影响了张炜的心理气质，为他提供了不竭的创作资源，还打开了一个

① 《诗心和童心》，《张炜文集》45卷，第37页。

② 《葡萄园畅谈录》，《张炜文集》28卷，第30页。

③ 《谈谈诗与真》，《张炜文集》27卷，第54、63页。

④ 《诗心和童心》，《张炜文集》45卷，第34页。

⑤ 《丛林秘史或野地悲歌》，《张炜文集》38卷，第312页。

⑥ 《对世界的感情》，《张炜文集》35卷，第222页。

穿越时空的孔洞，让他来往于昨日今朝，随时可见旧时景物，可以走向遥远和阔大。

可见张炜是一个多么恋旧、念本，多么看重根性、血缘的人，他把那片茫茫无边的荒野当作了自己的本源，把走向出生之地当作了寻觅再生之路，把居于一隅、仲开十指抚摸这个世界当作了无声的诗篇。我们也可以据此进入他的文学腹地，切身体味那种诗意的怀念与追记，苍凉的伤逝和乡愁。张炜说他是用写作为出生地争取尊严和权利，同时也从那里获得支持，因此自称"胆怯的勇士"。他强烈地、不屈不挠地维护着自己的故地，实质是也用文字重建那个童话般的昨日世界。所以他总要抚今追昔，要重返故地，还要重返童年，甚至有个天真的想法："未来人们要恢复这个地方的生态时，如果连一点原始的根据都没有，那么我的这些文字起码还能当作依据，并且会唤起人们改造环境的那种欲望。"同时他还说："一个作家对社会生活的自然环境、社会环境、人文环境有更高的要求，这才会有改造它的诉求。诗人和作家总是极度地追求完美，追求真理，所以他们才要在自己的环境里追求和奋斗。他们总是以极大的热情去拥抱生活，试图改善人生、改变社会、改变人的生存条件……"①这种说法和鲁迅的想要以文艺改变国民精神、用小说"引起疗救的注意"如出一辙。在资本控制一切、欲望吞噬一切的今天，还要用文学改造一切的想法果然太过天真。即如艾略特所言，就算没有巨响，甚至也没有呜咽，昨日世界已然结束，怎么可能昔日重来？然而就算"一切都预先被原谅了，一切皆可笑地被允许了"，②还是有人不顾一切做着天真的美梦。

也许人类一直如此，一边创造历史，一边失去故园，到头来只是一味地除旧迎新，却不知今夕何夕，何所从来。所以人们一面跟

---

① 《更清新的面孔》，《张炜文集》42卷，第51页。

② ［捷］米兰·昆德拉：《生命中不能承受之轻》，韩少功译，作家出版社，1992年，第2—3页。

进现代，坠入后现代，一面回望过去，怀念古典。我们向慕古人，古人向慕他们的古人。春秋之际的孔老夫子，不也是宣称"周监于二代，郁郁乎文哉！吾从周"吗？他驾着一辆木头车周游列国，宣扬周礼，还不是被楚狂所嘲笑，被郑人谓为丧家之狗，甚至遭到宋人追杀？最后只能悲叹久未梦见周公，徒恨"凤鸟不至，河不出图，吾已矣夫！"孔子致力于"克己复礼，天下归仁"，他要抵御的不是世人的冷嘲热讽，乃是整个时代大局，是全天下的"礼崩乐坏"。身为一介布衣，却不识时务，敢与不可逆转的时代潮流为敌，这样的人是不是太过不自量力，太过天真？可是天真的孔子直把他的天真当成了毕生的事业。大概正因如此，他才像个孩子一样拥有一颗倔强的心，为了一个渺茫的梦想，虽处处碰壁被困绝粮仍不改其志也。张炜不单把孔子尊为布道者、启蒙者，更把他称作诗人，说他走过的长路便是一首长长的、写在大地上的、人类的诗。"一个含蓄而认真的作家，会像孩子一样执着地守着自己的文学。……作家的心情是欢欣而沉重的，欢欣来自天真，沉重也来自天真。思想深入生活的底层之后，他的天真仍存。谁知道作家更像孩子还是更像老人？说是孩童，他们竟然可以揭示世界上最阴暗的东西；说是老人，他们又是那样单纯执拗。"[1]张炜的话正揭示了诗人所应有的那种深刻的天真，他们世事洞明而不老于世故，人情练达而不死于钻营。也难怪他会感慨："从许多方面看，从心上看，现在人苍老的速度远远超过古人。古人即便到了老年尚能保持一颗充盈鲜活的童心，而现代人一入庙堂或商市就变得不可观了……"[2]所以他才特别喜欢孔子身上的孩子气，喜欢他的童言无忌、孩童般的纯稚，怀念那一颗天真而伟大的心灵。从这点来看，张炜虽自愧为"胆怯的英雄"，却也有其刚勇的一面，他记住了自己的童年，记住了失去的故地，也就记住了一个原来，守住了一片诗意和安宁。作

---

① 《遥远的我》，《张炜文集》35卷，第296页。

② 《芳心似火》，第144页。

家要面对的当然非止生存环境的恶化，大物大欲的疯狂泛滥，更要面对人心凋敝，灵魂无所皈依之类的大问题。就像两千年前孔子为匡正天道人心而奔走，张炜则为这个濒危的世界而写作。为此，他带月独行，芳心似火。

五

张炜最终是一个想到月亮上行走的梦想家。他拼力创造一派旷世大言，着意成为一名天真诗人，表现在文字上除了鼓吹崇高正义美德善行，渲染香花芳草浪漫诗情，更有其阴柔内敛、蜃气氤氲的神秘气象。一般而言，人们习惯于把张炜归类于所谓现实主义作家。以《古船》《九月寓言》等名作为代表的仿宏大叙事、民间叙事似乎只有一种扑向地面的解读方式，张炜常常被概念化为忠于现实、热衷说教的保守派作家。奇怪的是，很少有人注意到，其实张炜本质上原是凌空高蹈的，在被定义为大地守夜人的时候，岂不知他正将目光投向高远莫测的天空。就像他在《芳心似火》收尾一句所说："让我们仰起头，好好凝视这轮皎皎的月亮吧，它是整个天宇的芳心啊。"[1]张炜从来不是只会低头苦思淹没在现世尘俗中的迂夫子，而是一个喜欢游走山野，不时把想象引向星空的造梦者，一个不安于现状，专爱御风而行的天外来客。

张炜经常提起康德的一句名言：世上有两样东西最使人敬畏，那就是我们头顶的星空和心中的道德律。[2]实际上，要想简单涵盖张炜的作品，完全可以搬出这句话一言以蔽之。一方面，张炜致力于探究人性人心，另一方面，则是诉求天命天道。所谓天道人心，康德的话不也正为此意？先不说张炜写出了什么主义，仅从其

---

[1]　《芳心似火》，第 234 页。
[2]　参见《冬天的阅读·纯粹》，《张炜文集》31 卷，第 117 页。

早期作品来看，就不难发现他从一开始便突破了死板狭隘的"现实"，打开了多重文学视角，创设了一种天地交泰、万物咸亨的全息化文学维度。已故学者胡河清就认为，《古船》不仅仅是一部有关具体历史风貌的写真式作品，而是根据一系列精心编制的文化密码建构的全息主义中国历史文化读本。[①] 虽然也有论者认为，让一个整日研读某宣言的农民承担救赎使命"构成了《古船》在精神哲学的根本失败"，未能进入象征无限可能性的广阔"灵界"，[②] 但是这种论调好像没有看到《古船》同时具有一个《天问》的维度，更没有像胡河清那样，看到张炜是用"古船"、"地底的芦青河"、"洼狸镇"以及隋、李家族等既有独立隐喻意义又相互关联构成玄秘神话系统的文化符号，"编制了一整套关于中国历史未来走势的文化学密码"。[③] 张炜向来就是一位多藏"密码"的作家，看不到他的"密码"，当然也就看不到他的另一面，更看不清他的"假意或真心"——"虔诚的灵魂"。

张炜说，他曾偏执地认为，一个作家的才华主要表现在对自然景物的描绘上。——对此，他自嘲说"这当然有些可笑"。但是，假如我们真的能够融入"自然"，真的能够领会道法自然，大概就不会觉得张炜偏执可笑。张炜在某种程度上把诗人（最优秀的作家）当成了具有出奇感悟力的特殊生命——他们能够"特别敏感地领会自然界的暗示和启迪"。诗人"站立在什么土地上、呼吸着什么空气、四周的辞色和气味，这对他可太重要了。他与这个世界融为一体，血脉相通。他是它们的代言人，是它们的一个器官。通过这个器官，人类将听到很多至关重要的信息，听到一个最古老又最新鲜

---

① 胡河清：《中国全息现实主义的诞生》，《灵地的缅想》，学林出版社，1994 年，第 204 页。

② 摩罗：《灵魂搏斗的抛物线——张炜小说编年史研究》，载《张炜研究资料》（孔范今、施战军主编，黄轶编选），山东文艺出版社，2006 年版，第 303—307 页。

③ 胡河清：《中国全息现实主义的诞生》，《灵地的缅想》，第 204 页。

的话题，听到这个星球上神秘的声音"。①张炜所说的自然／世界显然不仅是视觉上意义上的风景物象，诗人也不是仅会托物言志借景抒情的嘴子客。在他看来，独立、绝对强人的"大自然"拥有深不可测的无穷秘密，包蕴了许多用科学、理性难以言说的神异信息，而诗人就像能够施行天人感应的神巫一样，可以为天地代言，发出通达神明的声音。张炜好像深得中国本土神传文化之真味，又如同一名崇信个体直觉的超验主义者，对他来说宇宙自然绝非无知无觉的物质集合，而是一个承载无限生机、含藏永恒神性的未知世界："我总觉得冥冥中有一种神秘的力量，它在对我们的全体实施一次抽样检查。"②"万物有灵，有自己的命数。"③"生命中有一部分神秘力量，它很早就决定了这个生命的道路和走向。"④鉴于这种认识，他才把诗人／作家看成了身有异能的通灵者，几乎把写作当成了一种玄妙已极的特异功能："文学写作和艺术创造是一种神秘的、不可思议的工作。……它只能靠独的灵魂、特异的生命，靠生命在某一时刻的冲动和暴发。"⑤"写作有时真的是一次迷狂和沉浸和感动。"⑥

可是，那种神奇的"冲动和暴发"说起来容易，做起来何其难矣！所以张炜又说，由于物质主义的盛行，一种无所不在的萎靡只会把人的精神向下导引，进入尘埃。"人没有能力向上仰望星空，没有能力与宇宙间的那种响亮久远的声音对话。每当人心中的炉火渐渐熄灭之时，就是无比寒冷的精神冬季来临之日。"⑦具有这种对话能力的，很可能就是伟大的艺术家了。这样的人"整整一生都对大自然保留了一种新鲜强烈的感觉"⑧，因此才能见人所未见，感

① 《大自然使人真正地激动》，《张炜文集》27卷，第170页。
② 《莱山之夜》，《张炜文集》33卷，第17页。
③ 《冬天的阅读·奔腾》，《张炜文集》31卷，第137页。
④ 《大地负载之物》，《张炜文集》40卷，第246页。
⑤ 《把文学唤醒》，《张炜文集》38卷，第277页。
⑥ 《大地负载之物》，《张炜文集》40卷，第267页。
⑦ 《冬天的阅读·炉火》，《张炜文集》31卷，第150页。
⑧ 《葡萄园畅谈录》，《张炜文集》28卷，第62页。

人所未感，从而"跟植物，跟自然界当中看得到的所有东西对话和'潜对话'"①，进而获得一种特异的感受——"这种感受好像与神性接通了"②。那么，究竟何为神性？张炜的解释是："神性就是宇宙性。神性和宇宙性越来越少，那是人类缺少了对头顶这片天空的敬畏。……伟大作品应该有神性，它跟那种冥冥中的东西、跟遥远的星空有牵连，一根若有若无的线将它们连在一起。"③"神性是一直存在于日常生活之中、大自然背后甚至茫茫宇宙里的那种'具有灵魂'的超验力量，它可能接通深藏在人类身体里的想象力，并且激发出永恒的渴望——宗教感就这样产生。一个作家在作品中写出这种'神性'，就是使得自身突破了生物性的局限，进而与万物的呼吸、大自然的脉搏，与宇宙之心发生共振或同构。"④这样看来张炜好像在宣传"迷信"，他把文学说得神神道道，把写作说得玄而又玄，是不是表明他坠入了一个泛神论的怪圈？或者只是策略性地祭出了一面"神性"的大旗？当然，究竟有神无神，究竟神性何在，一切都有作品为证，这里姑且设一悬念，留待详加讨论。不过这里仍可略述他的主张：

神性不是让人更多地去写宗教，不是让人鹦鹉学舌地去模仿无尽的仪式，而只是唤回那颗朴实的敬畏的心。⑤

其实文学里面的宗教性，它的神性是无所不在的，它可以用完全个人的方式，甚至让那些简单和机械的宗教论者感到陌生的一种方式来表达。比如说他可以绝口不提"神"也不提"上帝"或"佛"的字眼，但是却有可能充满了佛性和神性。有神性的艺术家，

---

① 《小说坊八讲》，《张炜文集》41卷，第247页。
② 《疏离的神情》，《张炜文集》43卷，第25页。
③ 《遥远灿烂的星空》，《张炜文集》42卷，第232—233页。
④ 《疏离的神情》，《张炜文集》43卷，第26页。
⑤ 同上。

很容易从字里行间和其笔触里、艺术表达里加以感受，他和天地之间的连接在哪里，他的整个的游思无论如何还是受天上的星光的牵引，受无所不在的那种执拗而强大的力量所控制。有时候能感觉到那只无形的手在操纵文字和思维，它不是表面的，而是极其内在的。当他跟这种东西接通的时候，笔下出现的所有人物，也包括整个的故事，都有一种晦涩的深邃存在，有一种质朴存在，也就更可能摆脱现实生活中某个集团、某种世俗力量所制造出来的各种概念的辖制，使其思维能够始终行大道、走大路，不为狭隘的趣味和功利所吸引和扭曲。一个有神性的作家，是那种莫名的力量所给予的最大的恩惠。[①]

——张炜并未把自己等同于"迷信"者或宗教人士。与神性／宇宙性的亲和对他而言纯属一种自小形成的生命本能。他在海滩丛林长大，那样的生活环境是向整个宇宙完全敞开的，"抬头就是大海星空，想不考虑永恒都不可能。"[②]中年时他还在一篇散文中说："直到今天，还能兴致勃勃地领略天上的星光。"[③]可以说，少年时的星光如同神秘的种子，被张炜装进了背囊，也种到了心里。借了这星光，他独自去游荡。靠了这星光，他找到了自己的神。所以，我们经常会在他的作品里看到"微弱的星光"[④]，"一天星光"[⑤]。在早期的中篇小说《秋天的愤怒》中，张炜就曾十分抒情地写道：

> 天空被忽略了：多少明亮的星星！多少上帝的眼睛！
> 天空没有乌云，苍穹的颜色却不是蓝色的，也不是黑色的；这时候的天空最难判定颜色，它有点紫，也有点蓝，

① 《行者的迷宫》，第271—272页。
② 《疏离的神情》，《张炜文集》43卷，第6页。
③ 《闪烁的星光》，《张炜文集》34卷，第180页。
④ 《木头车》，《张炜文集》23卷，第6页。
⑤ 《山水情结》，《张炜文集》38卷，第160页。

当然也有点黑。白天的天空被说成是蓝蓝的，其实它多少有点绿、有点灰。真正的蓝天只有在月光的夜晚！皎洁的月光驱赶了一切芜杂、一切似是而非的东西，只让苍穹保持了它可爱的蓝色！哦哦，星光闪烁，多明净的天幕啊，多么让人沉思遐想的夜晚啊！①

这样对天空的精确描写显然来自作者本人的真切感受。不仅如此，他的作品里还会经常出现仰望星空的人，这个细节的来源显然也是张炜自己。他说："我相信一个作家虽然什么都可以写，但他总会让人透过文字的栅栏倾听到一个坚定的声音，总会挂记着苍穹中遥远缥缈的星光。"②这星光几乎成了一个标志性的精神意象，也为张炜的作品洒上了从天而降的神圣的微光。

"在月亮上行走过的人，给他个县长还干吗？"张炜就是从月亮走来的人，他干的事必定要比县长大得多啊！"每一个时代的精灵，往往都会自觉地捕捉那些真正无私和宽容的人，让他'神魂附体'。"③想来张炜的写作大概也是一种"神魂附体"吧？张炜还说过："一个人总应该有自己的'神'，没有这个'神'，人与人之间就没法区分，总会是一种色调，即千篇一律。每一个人使自己区别于这个世界上其他事物的最有效也是唯一的一个办法，就是守住自己身上的'神'。"④所谓自己的"神"，虽只是一个比喻性说法，但也说明了自我拣选、自我持守的重要。我相信张炜一直守着自己的"神"，否则又怎么可能在他的作品里召唤神性，呼告永恒？

因了对于诗性的追求，"文学通向了诗与真，如同寻找信仰。"在张炜看来，在这片大多没有宗教信仰的土地上，一个写作者有了类

---

① 《张炜名篇精选·中篇小说精选》，第182—183页。
② 《关怀巨大的事物》，《张炜文集》27卷，第224页。
③ 《葡萄园畅谈录》，《张炜文集》28卷，第30页。
④ 《葡萄园畅谈录》，《张炜文集》28卷，第106页。

似的写的志向，差不多也就等同于"为了荣耀上帝"而写作了。①张炜一再表示，文学只能是神圣的，对他来说，写作就是一场漫长的言说，是灵魂与世界的对话。这样的写作必然危险，必然要依赖信仰，需要强大的勇力。那么，如何才能保持一种"真勇"，如何才能守住"特别的诗人的灵魂"？张炜曾借用传统文化中的阴阳观念来解释当今世界的阴阴失衡——如果物质是阳性的，精神就是阴性的。在"大物"占据绝对上风的阳性时期，"阴"就会受到损害。相对于物质的显性，精神活动则是隐性的，也即阴性的，所以一切精神活动都在无形中进行，在默默无察的环境里滋生蔓延。"巨大的阳性社会一定会投下浓重的阴影，那里成了诗人的立足之地。""为了躲避强烈逼人的阳性，诗人只好留在了'阴郁'的空间里。"这个阴郁空间对诗人至关重要，因为诗就像生命里的一种有益菌，只有在阴郁处才能繁殖，生长。张炜说，只有人文精神才能平衡一个倾斜的世界，而"诗"正是"滋阴潜阳"的大补之物。所以他才指出："现在的诗以及所有的诗性写作，也包括极少一部分小说家，算是遇到了一个非常适合他们生存的时代——他们或许可以跟整个阳性的社会脱节、隔离，以至于部分地绝缘，于是反而成为一个极好的屏障和境遇。如果把他们拉到现世的阳光下照耀以至暴晒，他们正在阴湿中的烂漫生长不仅马上停止，而且会很快凋谢和枯死。"因此，"诗人只有待在阴郁的空间，在这里悄悄地、放肆地生长。"②张炜为危险的中国诗人指出了一种中国式的生存之道，这也透露出一种以退为守，以守为攻的隐逸倾向。张炜就是这样一位从显性世界回到隐形世界的孤独梦想家。我们不得不说，这位天真诗人正是从非诗的阴影里走向了诗，在渎神的背景里找到了自己的神。

张炜五十五岁那年说过一段话："一个纯文学作家，最好的创

①《不同的志向》，《张炜文集》45 卷，第 94—95 页。
②《疏离的神情》，《张炜文集》43 卷，第 97—99 页。

作年华是四十五岁到六十五岁这二十年。在这个时候，生活阅历、艺术技能，还有身体，都是比较谐配的，是一个契合时期。三十而立，四十不惑，五十知天命。知了天命才能写出有神性，有宇宙感的作品。天命就是神性、宇宙性，所以五十岁之后往往才能写出真正的杰作。"[①] 孔子曰："不知命，无以为君子也。"张炜显然是以心到神知的方式上承天命的。如果按其所说，他正是在最好的创作年华，写出了大批耀眼的作品：

四十四岁，《外省书》。

四十五岁，《能不忆蜀葵》。

四十七岁，《丑行或浪漫》。

四十九岁，《远河远山》。

五十一岁，《刺猬歌》。

五十二岁，《芳心似火》（散文）。

五十三岁，《夜宿湾园》（诗）。

五十四岁，《你在高原》（十部）。

五十五岁，《半岛哈里哈气》。

五十八岁，《少年与海》。

五十九岁，《寻找鱼王》。

六十岁，《独药师》。

可以说，除《古船》《九月寓言》之外，张炜其他重要作品都是在这一阶段完成的，虽不好说每一部都是杰作，但是应该说每一部都是诗人的梦想之书，天命之书。张炜用他不竭的诗心和童心，写下了无声的大言，伟大的沉默之诗。

张炜五十岁那年，曾在英国的一个诗歌节上发了一句豪言："到六十岁以后，我要成为一个大诗人——能成则成，不能成硬成。"[②] 张炜十四学诗，奄忽已至半生矣。然其总是愧称诗人，概

① 《文学属于有阅历的人》，《张炜文集》42 卷，第 265 页。
② 《写作是一场远行》，《张炜文集》41 卷，第 219 页。

因对诗期之太高，对己苛之太严，他矢志以求的诗，原本和天上北斗一样，它确实就在那儿，又似乎遥不可及。然而诗人，不就是要指向一个遥远，奔向一个未知么？现在张炜又准备了很多精美的本子，他说，要用最好的本子，写出最好的诗。如此，张炜成诗，正当其时。

第一部分

大地故乡

第一章　登州海角

一

认识一个作家，不单要读其文，还当识其人，知道他是谁，弄清他的来处和去路。孔子尝言："视其所以，观其所由，察其所安，人焉廋哉？"（《论语·为政》）孟子也说："颂其诗，读其书，不知其人，可乎？是以论其世也。"（《孟子·万章下》）正所谓"知人论世"，当我们试图了解张炜和他的创作时，不仅需要全面把握他的作品，还要对作家其人进行全方位的探究，如此方可能正本溯源，找到他的精神命脉，从而抵近其文学之终极，发明其心魄之灵光。

我们知道，太史公每记一人物，必先交代其里籍地望，"某某者，某地人也"这一招牌句式，现仍通行天下。好像每个地方都有一个无形的徽标，出生在哪里就会打上了哪里的印记，这种属地特征似乎与生俱来，谁也无法例外。所谓"南橘北枳"，"一方水土养一方人"，不同的地方确乎会长出不同的物种，生出不一样的人。《黄帝内经·素问·宝命全形论》曰："天覆地载，万物悉备，莫贵于人，人以天地之气生，四时之法成。……夫人生于地，悬命于天，天地合气，命之曰人。"《周礼·考工记》曰："天有时，地有气，材有美，工有巧，合此四者，然后为良。材美工巧，然而不良，则不时，不得地气也。橘逾淮而北为枳，鸲鹆不逾济，貉逾汶则死，此地气然也。"《晏子春秋·内篇杂下》又说："橘生淮南则为橘，生于淮北则为枳，叶徒相似，其实味不同。所以然者何？水土异也。"古人看重"天地之气"，"水土"，正是看重了人与天地万物的密切联系，注意到了地理环境对人的影响。《礼记·王制篇》说："凡居民材，必因天地寒暖燥湿。广谷大川异制，民生其间异俗。刚柔轻重迟速异齐，五味异和，器械异制，衣服异宜。……中国戎夷，五方之民，皆有性也，不可推移。"郑玄注其首句曰："使其材艺，堪地气也。""地气"是为大地山川所吞吐的灵气，用现代的眼光看，或可称作地球的能量场。不同的能量场当然就有不同的地理、气候，进而产生不同的物种生灵、不同的人文风尚，当然也就有了不同的作家，不同的文学。

所谓英雄不问出处，作家的出处却不可轻觑。一位大师巨匠的产生，往往有赖于一个刻骨铭心的故乡。假如萧红不是在呼兰小城跟着祖父、有二伯长大，假如马尔克斯的童年不是在阿拉卡塔卡小镇的凶宅度过，大概也不会有《呼兰河传》《百年孤独》。同样，假如不是出生于胶东半岛的海滨丛林，大概也不会有后来的作家张炜，不会有和故乡深有渊源的《古船》《九月寓言》《你在高原》等等一系列作品。老家"血地"是生命的源头，作家的根性多半和童年经验密切相关。张炜的很多作品便带有童年的印记，好像一落笔就能融入那一片生机勃勃的野地。他说："我觉得从根本上讲，人和植物差不多，都有一个跟水土的关系。水土产生文化，文化反过来也会滋养人。有时候人们更多的是从文化塑造人这个角度去考虑问题，反而忽略根本性的东西，就是整个山川土地对文化的决定力。我们常说到这个：要努力地改造文化，用文化去塑造理想化的人或社会。实际上，有更强大塑造力的是山川土地。"他认为水土的质地、气息决定了一个地方的风俗、文化，甚至决定了人的生理特征，"土地的气质改变了人的气质。"① "我越来越相信，一个人一生的行为，其实从很早很早起、也许从他这个生命产生之前就决定了许多。因为一个人所诞生的家族、自然环境和人文环境，都极大地塑造和规定了。"② "人最终挣不开生身之地的决定力，人与瓜果根食一样，说白了也是一种土产。"③ 如果张炜的命运也是早已注定的，那么他的生身之地就是一种前定。假如没有来自家族、亲人的影响，他就没有那样的故乡。没有那样的故乡，也许就没有这样的张炜，没张炜这样的作家。张炜的一切，莫不与故乡的地理人文息息相关。并非每个人都有一个故乡，张炜很幸运，他有一个独属于自己的故乡。也不是每个人都记得自己的故乡，张炜则不然，他不仅铭记而且用全部的文字，重新构筑了一个永在的故乡。一方面，他深得原乡故地的福泽浸染；另一方面，故土大地又经他的文学书写变成了无边的现实。可以说，张炜的生命场域和他的文学版图几乎是重合的，只不过经由艺术重构的地理空间留有更多的秘境和飞地，它建立在"无一不是生活纪实"的基础之上，又因"无一不是虚构"走向了"混沌和浑然"。张炜作品无疑具有很高的识辨度，这种高识辨度无疑与他的文学地理有关：他写出了独一无二的"半岛世界—丛林秘史"，也让他拥有了无限辽阔的文学地理空间。

基于文学与地理环境的相互关系，近年颇有人倡建一种以文学空间研究为重心的"文学地理学"，试图通过对作家籍贯地理、作家活动地理、作品描写地理和作品传播地理四个层序的分析研究，重新发现长期以来被忽视的文学空间，并从文学空间的视镜重释与互释文学时间，从而构建一种时空并置交融的新型文学史研究范式。④ 对于张炜，完全可以借由文学地理学的角度加以考察。通过

① 钟玲、张炜：《人和山川大地》，《东吴学术》2011 年第 2 期。
② 《更多的忆想》，《张炜文集》31 卷，第 341 页。
③ 《半岛的灵性》，《张炜文集》40 卷，第 17 页。
④ 参见：梅新林：《中国文学地理学导论》，《文艺报》2006 年 6 月 1 日。

他的作品，能够看到他与"本籍文化"的血肉联系，也能看到他半生的游走轨迹。出生地和定居地是他的两个生活中心，他的文学版图也以这两地为原点向周边辐射，由此形成了以登州海角为龙头，以南部山区为腹地，以胶东半岛为依托的"外省"地理，同时还延及茫茫大海、西部高原，乃至远在天边的"虚幻国"、世界之都。你会发现，故乡龙口几乎是张炜所有叙事活动的策源地，从早期的狮子崖、芦青河、洼狸镇、鲅鱼村、螺蛳齐，到后来的鼋山、砧山、橡树路、阿蕴庄、大鸟国、棘窝镇、大河浜、曼哈顿……在张炜的文学地图上，半岛故地不仅是其叙事的重心，甚至是整个世界的中心，他在"外省的外省"发现了"沉溺谷地"，在故土大地的精神背景中画出了烟波浩渺的海上仙境和未知何处而又无所不在的辽阔高原。

杨义先生在《文学地理学会通》中指出：文学地理学就是确确实实的使文学回到自己生于斯长于斯的这块土地上，体验"这里"有别于"那里"的文化遗传和生存形态。探讨文学和地理的关系，其本质意义就在于回到时间在空间中运行和展开的现场，关注人在地理空间中怎样以生存智慧和审美想象的方式来完成自己的生命表达，物质的空间怎样转化为精神的空间。[①]张炜原籍山东栖霞，1956 年 11 月 7 日出生于山东龙口（隶属烟台市，当时叫黄县）。在他的作品中，最巨大的地理存在便是他的出生地，他把那片区区之地认作了无穷的故乡。我们好像从未见过像他这样牵挂故乡的人，也没见哪个作家把故乡写得如此多情，如此涵蕴深长。故乡是张炜写作的原点，也是他的文学生命。他是故乡结出的果子，故乡则是果子散发的香气和光芒。对张炜而言，故乡既是最为私密的地理空间，同时又是无限敞开的精神空间。

---

① 杨义：《文学地理学会通》，中国社会科学出版社，2013 年，第 6 页。

二

【龙口】

龙口地处胶东半岛西北部，地理坐标位于东经 120° 北纬 37° 附近。同一纬度线上，往东过黄海，即韩国首尔，过太平洋，是美国旧金山，往西过亚欧大陆、爱琴海有希腊雅典，再过亚德里亚海，为意大利西西里。如果把跨度稍稍扩大，更会发现地球上绝大部分的古文明发源地、古建筑遗迹和神秘自然现象都集中于这一区域。据说就因为这条纬线串连的尽是人文荟萃神秘聚集之地，故被史学家、地理学家奉为"神奇的纬度"。位于北纬 37° 27′—37° 47′ 之间的龙口大概也是得了这条神奇纬线的天地灵气。

龙口市原为黄县，早在新石器时代，便有先民在此繁衍生息。相传这里曾是轩辕黄帝活动的重要区域，也是其元妃嫘祖的故乡。《尚书·尧典》说：尧帝时，曾命羲仲在嵎夷旸谷，专事祭祀日出，以利农耕。龙口即属嵎夷。夏代这里属于东方夷人的方国部落。商末周初，属莱国，位于龙口城东南十余里处的归城遗址大概就是古东莱国都城。战国时期，莱子国灭于齐，始设黄县。从唐代至清末，黄县大致都在登州治下。

有人认为，龙口之名的由来与传说中的蜃龙有关。据说蜃龙栖息于海岸或大河的河口，所谓海市蜃楼就是蜃龙嘘气之所为，龙口正是蜃龙出没及蜃气多发之地。这个地方产生入海求仙的故事再正常不过了——就是在这里，秦时方士徐福（市）以为始皇帝求取长生不老药为名，带领了三千童男童女东渡日本。张炜对徐福的史迹一直乐此不疲，不仅找到了徐福故里徐家庄，还找到了完整的徐氏家谱。为此，张炜主持编写了多卷《徐福文化集成》《徐福辞典》，还在《你在高原·海客谈瀛洲》《瀛洲思绪录》《柏慧》《刺猬歌》

《射鱼》《东巡》《造船》《孤竹与纪》等作品中反复演绎其人其事。可见张炜的故地原本神异之乡，也难怪他写出的故事常有轻灵飘逸之感，想必是沾了许多仙气。

从行政区划上看，龙口东邻蓬莱，南接栖霞、招远，西、北濒渤海，隔海与天津、大连相望。西北方向有一个岛链形成的小型半岛，如同向渤海回望的犄角，叫屺碥岛，也即张炜常说的"登州海角"。正北海上不足十里有一大一小两座岛，大的叫桑岛，小的叫依岛。全境地势东南高、西北低，山地、丘陵、平原三种地貌形态呈台阶式下降。东南部多低山丘陵，面积约四百三十七平方千米。西北部为滨海平原，即海滩冲积平原，由于海浪海风海沙的合力，冲洪积平原被压在了下边，覆盖了一层厚厚的沙粒，当地人叫做"大沙滩"，面积约四百五十四平方千米。直到上世纪三十年代，大沙滩及其周围还是大片的树林。至四十年代中期，这里还是人烟稀少，几乎没有太大的村落。张炜早年的生活背景基本如此：在荒野神境长大，和徐福蜃龙同乡。

值得注意的是，尽管张炜对故地如此钟情，在他的作品中，龙口却从未以实名的方式正面出现。张炜只是隐隐地把它当作了一个象征性的叙事空间，他把含蓄的情感放到了模糊的文学地图上，实质上却是在努力地"为自己的出生地争取尊严和权利"[1]，张炜心目中的龙口，大概就是《古船》中那个"中等城市"，《柏慧》中"登州海角的一个小城"，《外省书》中的"浅山市"，《远河远山》中的"这座城市"（它西靠大海），《你在高原》中的"海滨城市"，是《独药师》中的"港口城市"。再笼统一点，《九月寓言》（艇鲅村）、《能不忆蜀葵》（螺蛳岙）、《丑行或浪漫》（十八里瞳）、《刺猬歌》（棘窝镇大概在龙口南部）等作品的地理坐标亦莫不位于龙口治内。和一些作家仅是借用真实的地名不同，张炜在进行虚构创作时，却是在实勘的基础上对应了龙口乃至山东半岛的本来样貌。他说：

---

[1] 《游走：从少年到青年》，第137页。

"地理方面是难以编造的，每一座山、每一条河的流向，都要按照真实记录和观测来写。"（《行者的迷宫》，35页。）只是为了避免对号入座的局限，使之更显混沌和浑然，他才故意隐去或更改了确凿的地名。"一切现实的考察都为了一次更大的虚构和想象，而不是简单追求特定的现实效果。"（《行者的迷宫》，36页。）尽管如此，我们仍然能够通过他的作品，构画他的文学地图，进而看清他走过的大地。

【无名丛林】

1956年11月7日（丙申猴年十月初五，立冬），张炜出生于龙口海边的无名之野。他家原本住在黄县老城区西南部，由于世事动荡，一家人总是生活在动荡之中，后来又被人从城里驱赶出来，但任何一个像样的村庄都不准他们居住，最后不得不迁到龙口湾畔的海边丛林里。张炜写过一对母女出城逃难的故事：一个寒冷的秋天，她们不得不雇了一辆马车出城逃难，要去的地方没有名字，只知道一直往北，听到海浪声就差不多到了。那里是一片荒地，只有原来的仆人搭成的一座小茅屋，没想到却成了落难者的容身之处。[1] 小说里的无名之地当是实有所指的：在县城区西北方向，泳汶河近海往东几十里是龙口林场，再往东是龙口园艺场，二场之间的林子里，便是张炜的出生地。那是一片保持了原始风貌的自然林，树木品种很杂，长得最大最多的有橡树和白杨，还有洋槐、合欢、柳树等。五六十年代为了防风，又在靠近大海的地方植起了以松树为主的人工林。五十年代中期依靠国家的力量，在丛林当中开垦了几个果园，但总体上还是一片蛮荒面貌，是典型的边地荒原。张炜一家就是在这荒寂的林子里唯一的住户，他经常提到的那座小茅屋，就是他赖以出生长大的家。"一睁眼就是这样的环境，到处

---

[1] 《我的田园》，第47—48页。

是树，野兽，是荒野一片，大海，只很少看到人。"① 由于父亲长年在外劳役，母亲去果园打工，张炜大多数时间都是和外祖母在一起。满头白发的外祖母领着他在林子里，或者他一个人跑开，去林子的某个角落。所以他平时接触最多的，便是林中的芜杂草木和野物生灵，在那里蘑菇和小兽都成了诱人的朋友。

丛林生活经验让张炜亲近自然，与动植物为友，也让他敏感多思，走向了文学："我大概从很小时候起就能写点什么，我写的主要内容是两方面的，一是内心的幻想，二是林中的万物。心中有万物，林子里也有万物。……这成了我的特长。"②"小时候的经历很大程度上决定了人的一生，要写文章就会影响行文风格之类。自己的童年在林子里度过，各种野物和散漫的闲人遇到得最多，身上怎么会不沾染他们的颜色。我对林子和动物的喜欢，在很大程度上决定了我的文学内容。"③《刺猬歌》的男主人公廖麦一心想写一部"丛林秘史"，这完全可以看作是张炜本人的宏愿，他所有的作品加起来，其实就是一部写不尽的"丛林秘史"。他最早的小说《木头车》（1973）写的就是果园的故事。《夜歌》（1975）更是写了一老一少两个技术员到林区调查虫灾。他们穿行在密密的林中，在林子里吃，林子里睡，喝的是林中清水，食的是黄米野菜，还有捕获的野物。一路上欢歌笑语，苦中有乐。这片林子就是张炜熟悉的海滨丛林，小说里不仅写出了林中野趣，并且特别透露了张炜的文学意趣：通过插入胡老三讲述的民间传说，扩大了小说的叙事空间，把凡人野语纳入了神话叙事的维度。尤其是最后落笔到废弃的黑林庙，特别点出了它的"神奇的意味"："这是一座名符其实的古庙。这种庙在深山荒野已经不多了。那神奇的意味非语言所能形容，给林海增添了特殊的东西。林海茫茫无际，其中有那么多奇花异草，

---

① 《我跋涉的莽野》，《游走：从少年到青年》，第 140 页。
② 《我跋涉的莽野》，《游走：从少年到青年》，第 142 页。
③ 《阿雅承诺的故事》，《张炜文集》42 卷，第 220—221 页。

有那么多生灵，古庙在人们的想象中永远送去了庇护……"①张炜十九岁写出的《夜歌》，已多少表露了他的精神走向。他就像一名在神圣的黑夜独自吟唱的歌者，总能以神圣的词调打动人心。从《声音》里那个喜欢钻到大林子深处高喊"大刀咪，小刀咪"的二兰子，《蘑菇七种》里有如君王的林场场长老丁和他的得力干将——大雄狗"宝物"，《九月寓言》里整夜在荒野里游荡奔跑的小村姑娘（尤其是赶鹦和肥），《丑行或浪漫》中皮肤如铜的少年铜娃和野蹄子刘蜜蜡，《刺猬歌》中的棒小伙儿廖麦，到《半岛哈里哈气》中那些哈里哈气的家伙们，《海边妖怪小记》（《少年与海》）中的小爱物、蘑菇婆婆……这些人物形象都可以说是丛林之子或野地精灵，他们要么承载了张炜的丛林记忆，要么就是张炜本人的直接写照。龙口海边的无名丛林无疑是他挥之不去的文学情结，是他写作的源头，自然也让他的作品充满了野气。

可是，这么大一片林子，在张炜出生前就开始遭到毁坏，结果就像变戏法一样，被人一点点弄光了。关于这片林子，张炜写过一个"最真实的记忆性的东西"，即短篇小说《问母亲》。借助母亲的回答，张炜从林中小屋的东南西北四个方向如实记录了林子的"原貌"："那是让人迷路的大林子啊，数不清的野物。一万种鸟，一万种花草和浆果。到了秋天，林子里的红叶树像火苗一样烧起来。芦青河顺着渠汊流进林子深处，半夜里会听见水噜噜响……"②现在，那片万物生长的林子已被彻底毁掉了。

【大海】

张炜还是一位很有海洋气质的作家。他的很多作品不仅具有浓郁的海味海气，更呈现出一种辽阔无疆的格局。早期的小说《铺佬》《开滩》《初春的海》《海边的风》《海边的雪》《黑鲨洋》《夜

---

① 《夜歌》，《张炜文集》23卷，第45页。
② 《问母亲》，《张炜文集》26卷，第30页。

海》等小说一看题目就知道写的是渔人海事。后来的《古船》《外省书》《能不忆蜀葵》《刺猬歌》《你在高原》等长篇小说，都激荡着大海的巨声，有的作品即便不曾正面着一海字，也可感受到海潮暗涌。大海让张炜的作品总能藏着一些旷远的轰鸣，展开一种苍茫的底色。显然这也跟张炜的背景有关——他就出生在海边上，准确点说，他的出生地离大海只有五里半。这和《家族》中的宁伽大概相似："我就出生在这座近在咫尺的城市，大约一落地就溅上了海浪。可惜我面对大海却视而不见。我不记得以前见过大海，没有印象，没有轮廓。我长到七八岁，第一次看到了父亲时，仿佛第一次见到了大海。"[1]——不过，张炜五岁就看见了大海。因为满耳朵都装满了大海的声音，听人说大海如何如何，就想亲眼去看一看。然而过早地接触大海是要被阻止的。有许多次张炜一个人悄悄向大海走去，却终未如愿。因为小路弯曲，杂树丛生，对一个几岁的孩子来说，那样的路实在太难了。后来在大人的带领下，张炜终于见到了大海：

> 那种感觉没法言说。记得一路上不知穿过了多少树林，走过了多少草丛；小路弯弯看不到尽头。登上了一个沙岗又一个沙岗，还是不见大海。大海对人有一种神秘的吸引力，而且这种吸引力一直存在着，有时甚至能明显感觉到它的存在。

> 后来我生活的地方离大海越来越远了，但描叙大海的文字却从未间断。好像写作就是不断地从大海中汲取什么。即便不是写海的作品，也有海的气味在里边。那是一种遥远而又切近的回响，它一直在震荡，一直留在心灵之中。

> 大江大河、海洋，对一个人的影响是太大了。这不仅仅指那些文学中人，所谓"见世面"，许多时候是指见过

---

[1] 《家族》(《你在高原》第1部)，作家出版社，2010年，第24页。

大水。①

张炜还在小说里描述过第一次看海的情景：那一整天宁伽都在央求外祖母带他去看海，直到天快黑了，外祖母才出其意料地带他一直向北，走出丛林，让他看到了与大空连接在一起的大水，一片汪洋。"那是一个暮色刚刚围拢的时候，我和外祖母站在风平浪静的海边。我觉得夜色是直接从大海里生出来的……我差点哭出来，原来这就是大海啊。"②这种感受应该就来自张炜的真实体验吧。

可以想见，张炜的世界原本只有林子那么大，见过大海之后，他的心胸遽然打开，盛下了遥远和无限，也滋生了优柔和温润。因为生长在海边，自然熟悉海边的生活。张炜十来岁的时候，最大的享受是去海边看"拉大网"，听震天响的拉网号子。只要一有时间就会跑到海边，听各种各样的奇闻，也见识各种奇特的水族怪物：有浑身黢黑、抵得上四匹马那么大的"鱼精"，也有会像人一样尖叫的鱼虾，还有一种鱼身上带有荧光，常常在灯光照不到的地方刷地一闪，引起一阵惊呼。那时海边常有看渔铺的"铺佬"，张炜跟他们混熟了，听到好多讲奇奇怪怪的故事，海滩精灵海里的水怪什么的，都让他着迷。张炜多次写到去海边看父亲拉大网，他和一群孩子猛烈地敲起鱼皮鼓的情景，写了不少铺佬的故事，这些恐怕都来自少年时的真实记忆。

也许张炜一开始写作，就是从大海起笔的。前不久刚发现的他早年的一部中篇小说《狮子崖》，当头一句就是："南风一吹，山崖绿了，大海醒了。"内容便是一群海边少年初识大海风浪，到海里历险逞英雄的故事。虽然这部小说带有"作者的稚嫩、时代的荒谬"，却不乏让人怦然心动的生机勃勃、活鲜的生活。这种生鲜大概不会凭空得来的，张炜说那些关于大海的描写大都是自己或身边

①《葡萄园畅谈录》，《张炜文集》28卷，第61页。
②《鹿眼》（《你在高原》第4部），第242页。

人的经历，更何况就是在写小说的 1974 年，他曾去渤海湾的桑岛住了两个星期，探究岛上渔民生活。

成年以后张炜因到龙口挂职而在那里长居，又回到了从前生活过的地方，简直如鱼得水，也有了更多机会再到海上探奇。过去没到过的小海岛都去了，有的小岛没有人烟，有的小岛上只有数不清的猫。有一次他们的小舢板失去控制，差一点葬身海底……《刺猬歌》中的三叉岛，《你在高原》里出现的粟米岛、毛铧岛，应该都是来自那时的印象。这些经历无疑为张炜的写作打下了大海的印记，同时也让他对浩浩大水具有一种天然的亲近。

张炜喜欢看水。因为童年养成的这个习惯，一离开水就会焦虑不安，总害怕生活变得过于干枯。许多年里他几乎是一路逐水而行，水在不知不觉地牵引着人生轨迹。不管走到哪里，只要是眼前出现了一大片大水，就会产生一种愉悦和亲近感。"水有一种开阔清明、纯洁安详的感觉，接近他的人好像也被净化了。在城市看水很难，水库离这里较远。但宁可跑远路，也要去看那片白亮或碧绿的水。……如果出发到海滨地区，一定要看海。走在海边上，什么烦恼都忘了。有一段在离海二十几里的一个地方长住，每隔一周总要到海边去一次。即便再忙，也要去海边看几眼。同行的几个人不理解，说跑那么远，太划不来了。可是我知道心里有这样的需要，有这样的渴望。每一次从海边回来，都觉得充实。好像去掉了一门心事，找到了依托。"[1] 所以他每每找到临近河边、水潭的小屋，就要想办法住下来。"常常不无自豪地说：我是河畔人家啊。""我终有一天要临海而居。"[2]——张炜确是来自大海的"海碰子"。所以，他的故乡不仅包括登州海角的陆地，还包括了那一片广阔的海洋。

---

[1] 《周末对话》，《张炜文集》30 卷，第 43—44 页。

[2] 《山水情结》，《张炜文集》38 卷，第 176 页。

【蚬子湾】

位于芦青河入海口东十几里。张炜小说中一再写到父亲从南山回来后，就在蚬子湾打鱼采螺。当时这里十分热闹，打鱼的人和四处涌来的鱼贩子站满了一片沙滩，火把通宵燃着。如今的蚬子湾已被严重污染，脏乱不堪，一片死寂。"这里大概变成了世界上最可怜的一个海湾。"[①]

【屺䂵岛】

芦青河口往西有个向西伸进海里的半岛，叫屺䂵岛，也就是张炜常说的海中犄角。此岛南、北、西三面环海，东西长达十公里，宽一公里，沙堤与陆地相连，岛形纵短横阔，北高南低。岛上有大量的风蚀崖洞，是海鸥的栖息地。这里与港滦码头及黄河营码头同属徐福东渡旧址，张炜认为，当年徐福少不了在这个天然的深水码头徘徊。岛上有许多胡姓，传说明朝大将胡大海在征战中不得不将老母寄托岛上，此岛因此得名"寄母（屺䂵）"。现在屺䂵岛已被尽情地开发，出现了很多胡编乱造的"名胜古迹"和花里胡哨的拙劣建筑。

【西岚子】

张炜童年的海边丛林现在已经没有了。据他回忆，当时离林子最近的一个村庄叫"西岚子"，如今它也不复存在了。说它离林子最近，只是比较而言，也要穿过长长的林中路才能找到。张炜说他小时候见过的动物和植物，从数量上看可能远远超过见过的人。不过小孩子的天性还是会让他丢下孤独，跑到林子外面的小村去玩。最愉快的事就是和村里的孩子们一块捉鸟，捉迷藏。小村里的每一户人家他都熟悉，吃过他们的煎饼，喝过他们的水，了解他们的生

---

① 《曙光与暮色》（《你在高原》第 8 部），第 185 页。

活。这种亲密接触留下了难以磨灭的印象，后来张炜写出《九月寓言》，也是再正常不过的了。小说里的"鲹鲅村"就是他当年疯跑疯玩的西岚子。正如书中所叙，这是一个从很远的地方搬迁过来的，由逃荒的人组成的村落。因为来自外乡，"他们说话的声调让当地人不能容忍，再加上一些异地习俗和其他行为特征，就成了当地人永久的嘲弄对象。人们给这个小村取了一个共同的外号：鲹鲅。只要'鲹鲅'走出小村，就有人用指头弹击他们的脑壳，还以掌代刀，在后脖那儿狠狠一砍。连最年老的人也得不到尊重，人家甚至嘲笑他们走路的姿势。"[1] 所谓"鲹鲅"，其实就是河豚，大概因为它的身体充气时形状甚丑，又含剧毒，所以才成了一个歧视性称谓吧。因为遭受歧视，小村人对当地人也不亲近。他们从鲁南一带传来了饮食妙计——有人千里迢迢背回了鏊子，吃上了煎饼这种神奇的食物。"我当时特别好奇，和一群孩子站在鏊子旁边，看一两个小时一动不动，并且还能享受摊饼人赠予的破碎煎饼。"[2] 鏊子的出现让整个小村的面貌都发生了变化，连当地人也羡慕起来，馋得要命。可是要想借鏊子，小村人就会仰着脸说："不借哩！"但是他们唯独对张炜家却是友善的，不仅把鏊子借给母亲，还帮着摊出了一小摞煎饼。张炜说，大概是因为林中人家也是外地人，被小村人视为同类了。曾有人指责《九月寓言》"把我们的农村写得一团漆黑"，可对张炜来说他不过是写出了一种现实，他写出了对西岚子的怀念，写出了实有其事、确有其人的荒野之恋。《九月寓言》还写到和小村对立的"工区"——因为发现煤矿，小村附近就是矿区，小村的地下也挖出了一个黑漆漆的村庄。工区逐渐取代了小村，"工人拣鸡"逐渐浸没了"鲹鲅"，小平原上这个小村终于消失。

不过，某一种终结也可能意味着另一种开始："那一带发现了煤矿，还发现了浅海油田，于是矿区建起来，各种外地人越来越多

---

[1] 《九月寓言》，上海文艺出版社，1993年，第6页。

[2] 《行者的迷宫》，第10页。

了，我的视野开始扩大。"①西岚子让张炜走出丛林，把他带到了人的世界。现在从地图上看，在龙口市中心西北二十里左右，还能找到一个叫"岚子"的地方，东边紧挨着它的，便是一个煤矿，即龙口矿区洼里煤矿，1974 年 12 月 21 日，该矿 1 号矿井投产。想必这就是张炜所说的"西岚子"：

> "西岚子"，现在没有了。它那个地方因为后来采煤、建医院、建城区，完全是一片楼房了。有一次上海的朋友来这里，一定让我想办法找到过去生活的那片林子、房屋的位置。很困难。全是一片楼房。我们在一所医院那儿找到了原来的位置，他照了很多照片。西岚子村，那一次我们发现它已经变成了一个动物园，有猴子在里面跳，朋友也拍了照片。总之一切都变了。
>
> 全都没有了……一点痕迹都没有了。勉强找出一个坐标。西岚子的坐标可以准确地找出来。它们从 20 世纪 80 年代就一点点没有了。②
>
> 那是少年生活过的一片林子，园艺场和林场，还有离我们最近的西岚子村、园艺场，只剩下小小的一角，其他的全都没有了。西岚子村改成了动物园，当初千里之外流离失所的农民远涉而来，在这个地方建立了这个小村子，形成了二三十户人家，贫穷幸福地生活了好几代，现在却变成了动物园。③

当张炜一再感慨"全都没有了"的时候，你会感到隐隐的心痛。好在，我们还能通过他的文字，看到一个梦一样的村庄，还能想象他

---

① 《行者的迷宫》，第 46 页。
② 《行者的迷宫》，第 62 页。
③ 《行者的迷宫》，第 259 页。

的消失的西岚子。

【灯影】

除了西岚子，张炜还常提到一个叫"灯影"的村庄。它也在丛林旁边，只是离得更远。从张炜家的小茅屋往东南走很久才能到达。张炜说，这个村子算是很大的了，它的名字叫"灯影"，可能是当年有人往北部荒野走，远远看见有闪烁的一点灯火吧。"灯影在我童年的眼里差不多是人间的一座城郭。那里有过多的喧嚣和热闹，这一切在当时的我看来简直有些吓人。而今天看它当年不过是一个非常简陋的小村，村民以林业农耕为主，多少捕一点鱼。"[1]那时在林中来往出没的，不过是猎人、采药的人、打鱼的人，林子里一些弯曲的小路就是他们踩下的。这些小路纵横交织，开成了迷宫。一般人进了林子了，十有八九会迷路。张炜对"灯影"二字该是心心念念的，在《芳心似火》中，便写了一篇《失灯影》，讲到一个人做官后故地重游，却再也找不到"灯影"的所在。虽然用了一些曲笔，还是能看出那个官人小时候的样子活脱就是张炜自己：

> 有一位顽皮少年，他像大多数野孩子一样好奇，聪明却不读书，愿意冒险，越是家长禁止的事情越是要尝试一番。他多次在夜间独自一人跑到野外，总是遇到一两桩怪事。
>
> 有一次他不知走了多远，感觉就快听到海浪声了，前面还是黑漆漆一片林子。突然他看到了树隙里有一二点灯影在闪烁，心上立刻怦怦乱跳，有不可抑制的兴奋涌出来。随着往前，那灯影竟扩大开来，渐渐显出了街道的形状，原来是一个藏在林子深处的小小村庄！这一下他就放开步子往里闯了。

---

[1] 《我跋涉的莽野》，《游走：从少年到青年》，第140页。

进了小村，马上有些比他还小的孩子围上来看，一个个毛头毛脑分外好奇，问他是从哪里来的、叫什么等等。他们告诉这个小小的村子叫"灯影"。他和他们玩得高兴，又跳又叫，玩捉迷藏之类，累了就随他们进小茅屋吃各种果子。

他心里揣了个秘密，到后来每隔几天就到林子深处找这个小村子。他走熟了路，为了不再迷失，就在沿途做了一些记号。这个叫灯影的小村成了他的乐园。他在这儿有吃不完的好东西，比如果子，野蜜；还有看不完的趣事，比如连年迈的白发婆婆高兴了也会扔下拐杖，灵活无比地翻起跟头，或跃上树梢。他把自己村里才有的一些玩法教给他们，比如踢毽子等等。这个小村从老人到小孩都喜欢他。

这样过了半年，让小孩子愁闷的事情发生了，这就是家里人要送他去很远的一个镇子上学，那里有一户亲戚。这是不能逃脱的事，他只好找一个夜晚到灯影告别了。小村的人也舍不得他，都说你只要不忘路，过多久来都行，这儿会一直等着你。[1]

这个顽皮少年可不就是张炜的化身？"灯影"是童年的念想，是藏在心里的桃花源，他用自己的方式留下了特别的记号，定然不会轻易忘记的。通向灯影的路，也是通向一个旧梦，通向一个原来的路。

【海边孤屋】

《外省书》主要人物"真鲷"史珂的终老之处。这位年过六旬、无儿无女的退休学者，原在京城一个显赫的学术机构，却是"两手空空，没有书一本"。退休后他选择回乡定居，先是住在浅山市区

----

① 《芳心似火》，第105—107页。

侄儿家，后搬到海边一所孤屋中。此屋原属祖产，是他的出生地，回到这里才是真正的叶落归根。屋子建在河湾一带的防风林中，真正是傍海而居——这也正是张炜的理想住所，他的小说中经常会发现小茅屋、小石屋、小泥屋之类，显然都由童年时林中小屋派生而出。林中小屋成了他的一个经典意象，反映出一种故园情结，也表达了一种个体记忆。孤屋与孤屋的主人有其独立于世的高傲，又有其偏居于旷野的孤寒。对孤屋的亲和感与归属感实则也是一种顽固的自我认同，当史珂走向林中孤屋时，即意味着走向内心的自我，而张炜一遍遍写出他的荒原小屋也正是一次次返回那个"原来的我"。海边河湾是史珂的"沉溺谷地"，但是他在这儿得到的安静并不长久。小说起初写道，河口被沿岸漂沙堵塞，水湾长满蒲荻，也许再过几十年，在自然的推动下，河湾不得不消失。但是后来，史珂的这个"沉溺谷地"并未消失于自然之力，而是终结于他侄儿史东宾的大开发："河湾开始轰鸣，一辆接一辆推土机昂首挺进。到处红旗招展。从此日夜不息。"居于河湾真好似与狼共舞，史珂不得不考虑迁居——然而世间已难寻静谧之地。

【老油库】

《外省书》另一主要人物"鲈鱼"师麟的住所。离史珂的海边孤屋不远，是一座废弃的老油库。虽已废弃，仍然阔大：一座南北向的大屋子，最东边两坍了，剩余的部分也足有六十平米。这个未加间隔的大空间里有火炕、炉子，特别是有一个大澡盆。火炕大得出奇，长宽都在两米以上，足可以睡好几个巨人。炕头和旁边的书架上堆满了书。屋内没有任何电器，连收音机也没有。篱笆院内，西边南北向的平台便是废弃的油库，里面黑洞洞的。小说着意描述老油库极为萧索空旷，油库看守则长得孔武高大，"简直是个巨人"。一个废弃的油库说起来配不上一个"巨人"，但是若论及所谓巨人不过是一个"刑满释放分子"、一个被抛弃者，让他住进老油库又很显般配：二者都只是大而无当的废弃之物，无用之人住无用之屋，正乃无用之用也。

【芦青河】

张炜成名于芦青河。他的第一本书就叫《芦青河告诉我》（山东人民出版社，1983年）——这个集子里的小说全跟这条河有关。当年就有评论说芦青河是张炜文学的摇篮，是他创作的起点，[①]可见此河何其重要。实际上这条河的上游叫泳汶河，张炜熟悉的中下游甚至连名字也没有，河随流经的村庄取名。它发源于胶东南部山区（莱山，《古船》中说它发源于古阳山），流经西部小平原，注入渤海湾。据张炜介绍，芦青河这个名字，是在1975年的一篇散文里首次使用的。不过略加查考，就会看到在1974年写出的《槐花饼》里，"芦青河"便已出现，次年的《小河日夜歌唱》更是将芦青河当成了主要书写对象。

如果把芦青河等同于泳汶河，便可发现这条河的中游有个芦头镇，芦青河之名除了取意于铺满河道的青青芦苇，大概也和芦头镇有点牵连。从芦头镇沿河而下，还会在下游发现西岚子就在河东不远，最多两三里路，离丛林中的小茅屋当也不远了。所以张炜说，他出生在芦青河边，在这个可爱的地方生活了十余年，是吃着它滋润的果实长大的，血管里奔流着它的元素。河两岸是平展辽阔的平原，密密匝匝的林子。"那一片片丛林、稼禾，浓浓绿绿，真正是苍翠欲滴！除了一些特殊的年头，这儿极少有歉收的时候，人勤劳，土地也太肥沃了。总之，河两岸出奇地美丽，也出奇地富庶。"[②]这是1982年，张炜毫不吝啬地对芦青河表达爱意，大加赞美，说它"牵动着我的全部思绪，是我的向往，我的动力，我倾诉

---

① 宋遂良：《〈芦青河告诉我〉序》，载《芦青河告诉我》，山东文艺出版社，1984年，序第8页。
② 《秋夜四章》，《张炜文集》27卷，第3页。

的源头"。①所以，那一段时间张炜的小说差不多都写到了这条河。三年后，尽管有人劝他离开这条河，写点别的生活，可他仍旧"舍不得离开我的河"，还是要写这条"老家的河"。在他看来，"问题不在于写了河，而在于怎样写河。……一条河的历史该是包含了多少东西，它就是整个平原的命运。"②

果然，1986年《古船》问世时，芦清河已不复是一条可爱、美丽、表面、抒情的河，而是一条叙述历史和承载苦难的河，它不再只是发出点缀性的"呜噜呜噜"声或拟人化的歌声和哭泣，而是渐渐退隐到了地下，变成了看不到听不见的地下河。张炜自己也说，由于《古船》的发表，"使这一条一向清纯的河变成了青苍色，也较过去的河面更加开阔。"③另外，他还试图让芦青河突破有限的小平原，用以指代更大的夹河或黄河，甚而幻化成胶东乃至北方的任意一条河流。这个时候，张炜终于把童年的河写成了成年的河，芦青河由具象走向了意象，写实走向了象征。

再后来，河变了。循着张炜的作品，会看到一条河的恶变。"再没有比这条河更让人伤心的了。它现在很寒酸。一年里没有多少时间有水，河岸上那些高大茂密的树木也快要不见了。""时代变了，河流的确是变了，变得更荒凉更平淡。一切都在枯萎，它离诗意越来越远，离不堪的现实越来越近。"④在《柏慧》中，芦青河的污染已经无法收拾，河水开始变黑。再往后就整条河都被污染，原来很宽的河道也大大压缩，芦青河几近干枯、死掉，它变成了一条沉默的伤痕，只会提醒曾经有过的清灵跃动之美。尽管张炜固执地写着："芦青河，你不可改变，你不可干涸，你必须一直生机勃勃！"《梦一样的莱茵河》，《张炜文集》29卷10页。但是那条童年

---

① 《秋夜四章》，《张炜文集》27卷，第3页。

② 《再写芦青河》，《张炜文集》27卷，第136—137页。

③ 《渴望更大的劳动》，《张炜文集》40卷，第170页。

④ 《葡萄园畅谈录》，《张炜文集》28卷，第264—265页。

的河，确实不见了。同时，在他的作品里，也不再有那样一条可以承载许多的河。

【洼狸镇】

《古船》里的洼狸镇，到底在哪儿呢？从地图上，倒是能找到一个洼里煤矿，就在张炜所说西岚子东面，再往南靠近芦青河，有个洼里村，又分成了洼东、洼西、洼南，也被煤矿占据。所谓"洼狸"，大概就是"洼里"的谐音。但是就小说来看，洼狸镇与洼里村并不吻合。小说里的洼狸镇是芦青河中下游的一座重镇，整个大镇被一道很宽很矮的土城墙包围，附近还有一座高大的土堆，是为"东莱子国"遗址。据此或可推断洼狸镇应离龙口东南的归城遗址不远，但张炜表示，他不过是把遗址搬了个地方，"从这里往西三十华里不到就是那个大镇。那里当年发生的事情触目惊心。将来应该有一部真实的镇史。"①按照他说的方位，联系到小说里的洼狸镇有入海码头，为徐福渡海起航处，那么这个大镇大概就是当年的龙口镇（现为龙港街道）。说起来这个地方才是龙口市的前身，据康熙版《黄县志》记载："龙口墩，明洪武二十一年（1388）魏国公徐辉祖建。"龙口之名即始于此。起初这里仅为一渔村，后发展成为港口商埠。清光绪十二年（1886），易名为"金沙滩"。民国时期复名为龙口并开埠，先后设龙口特区、龙口市。建国后龙口降级为镇，属黄县。1986年才又撤销黄县重设龙口市。不知所谓"龙口墩"是不是围了一圈土城墙，但是据说早年的黄县城除建有城墙，还在外面圈了一道"土围子"，洼狸镇的总体格局大概就是综合了龙口镇和黄县老城得来的吧。

《古船》里的隋抱朴除了研究某宣言和屈原的《天问》，还常提起所谓"镇史"，什么事什么人该在镇史上留一笔，都有一定的讲究。"镇史"成为他的一个评判尺度，也成为洼狸镇的一个隐性空

---

① 《葡萄园畅谈录》，《张炜文集》28卷，第32页。

间，张炜的许多未尽之言，或许都装在那部未着一字的镇史里。这跟他希望现实中的龙口镇"将来应该有一部真实的镇史"是一个意思。其实《古船》就相当于一部镇史。为了写作这部作品，张炜做了大量的准备工作，张炜正是以诚心写史的勇力写出了一部真实的大史。

【黑马镇】

据《家族》描述，黑马镇是平原西部最大的一个镇子，望上去黑鸦鸦一片，全由一些苍黑的古屋叠成。街巷窄长，曲折幽暗。镇子中部有一幢红色木楼，油漆剥落，看上很显怪异。因黑马镇地处要害，为八一支队及各方势力反复争夺的焦点。八一支队撤离后，土匪麻脸三婶制造了黑马镇血案，杀掉了滞留的伤病医护人员，还屠杀了五百多名无辜平民。宁珂的岳父曲予事先得到消息，前往黑马镇报信，却在归途中遭暗杀身亡。后八一支队收复黑马镇，公开处决了自投罗网的匪首女儿小河狸。黑马镇和洼狸镇一样都是血仇深重之地，在故事时间上，黑马镇在洼狸镇之前，宁珂家族的遭遇如同隋抱朴家族的前传，这两个镇子构成了互为因果的历史空间。张炜谈到黑马镇是龙口西部的一个大镇，在地理位置上，大概和北马镇相当。①

《丑行或浪漫》也写到了黑马镇。刘蜜蜡按照老师的梦中指路，从鹌鹑泊一路往东南走下去，寻找远离登州的大城。为了改变口音，她要学鸟语，为了找鸟市，她向南走了三天，找到了一个叫黑马镇的大地方。在这里的集市上，她看中了一只会说文明话的四川大鹦鹉，无奈卖主要价太贵，她逗留了几天，只好继续赶路。

---

① 《行者的迷宫》，第 82 页。

【葡萄园】

葡萄园也算是张炜的一个标志性文学镜像。给我们印象较深的，是《秋天的思索》，那个背了钢枪的"水蛇腰"老得就是看守葡萄园的。再就是直以《葡萄园》为题的中篇小说，其中私营葡萄园主的后人明槐不再像老得那样只是口头表达对"黑暗的东西"的蔑视，而是直接出手痛击。他们的姿态和行动显然表明了一种立场，"保护葡萄园"似乎也成了张炜的一个典型的叙事模式。

因为很多小说写了葡萄园，以致招来不少非议：怎么又是葡萄园？张炜的反应是，烟台是葡萄酒之都，胶东一带本来就大量种植葡萄，他从小最熟悉的就是林区和园艺场，芦青河两岸就有无边的葡萄园。在他眼里，葡萄园就是当地的一种现实生活，他对葡萄园的熟悉远超过农场和工厂，所以一提笔就拐进了葡萄园，实属正常。至于有人把葡萄园当作逃避现实，退守田园的象征，纯属就题发挥，也不为过。但是张炜一直否认所谓的"桃源情结"：

> 葡萄园只是一个生计和劳动场所，是一种艰苦的劳动环境，不存在浪漫的、出世的那种想象空间，不是陶渊明说的那种"采菊东篱下，悠然见南山"。相反，那里也有很多痛苦，劳动的沉重和挣扎太多了。种葡萄的人因为希望破灭而自杀的，也不是一个两个，可见它是很痛苦的地方，那里人大半不是田园风光的享受者。
>
> 一个人可以在远处，在闹市中想象葡萄园的享受和安逸，可是一旦实际上跟农药、病虫害、日复一日的劳动打交道，就没了这些兴致。如果还要跟土地下陷打交道，为葡萄买卖焦心，再去对付层层关卡盘剥，那种感受就会完全不同了。 （《行者的迷宫》, 187 页）

所以张炜一再强调，"那是当地人的日常生活，是生计"，只是因为用了第一人称，才会让人想到作者。但是，读过《柏慧》和《你在高原》（主要是《我的田园》、《人的杂志》），还是不免会联想到张炜其人。小说的叙事人宁伽，和张炜的生活经历基本一致：出生于登州小城的一个大宅院（张炜对自己的出生地也有另一种表述：在小城出生不久就迁至荒原茅屋），在荒原上的小茅屋长大，大学毕业分配到省城工作，中年之际辞去公职，回到自己的出生地。张炜则是在1980年6月从烟台师专毕业到济南工作、定居，1987年底到龙口挂职并在那里长居。所不同的是，宁伽回去承包了一个实实在在的葡萄园，张炜则是通过写作构设了无数的葡萄园之梦。我们看宁伽确确拥有了"自己的葡萄园"：这里离海岸只有两公里，园子里有座小茅屋，四周的篱笆上爬满了豆角蔓子。他就守着一眼旺旺的水井，用矿泉一样的井水沏茶，平常干些园子里的活儿。当然，身边还有一条好狗，和几个"最好的帮手"。单看这种情景产生一点"桃源情结"并不奇怪，假如葡萄园的故事总能这样诗意也不过分，问题是，陶渊明式的诗意归隐在当下已绝非可能，即便除去张炜所说的种种具体的麻烦，这个"小茅屋的儿子"、"平原的儿子"更要面对"葡萄园的最终破碎"——由于势不可挡的"大开发"，不仅所谓"命定的葡萄园"注定会消失，连同那里的土地、河流，都会覆灭。

　　一些人谈到"葡萄园"如何，都当成世外桃源了，有点不可思议。还有一个痛苦的事情，全书①快结束的时候，又去了一次那个海边的葡萄园，这才发现那个地方已经面目全非了：有三分之二的葡萄树被毁掉了，剩下的一片也在凋散。这种情形虽然有所预料，但怎么也没有想到如此迅速。土地陷落，工业区在下面采煤，土地下沉。还

---

① 指《你在高原》——笔者注。

有房产项目，其他的工业开发项目，所谓的高新区，铁架子、围墙，现在要找到成片的一眼望不到边的葡萄园，从胶东往东走，已经不像过去那样满眼皆是了。只有走到秦始皇东巡那一带海岸还有一些大的葡萄园，那是靠近半岛东部的范围。书中写到的最大的葡萄产地，就是作为蓝本的那个地区，屺䂵岛一带的葡萄园种植基地，基本上没有了。登州海角的大片葡萄园不多了。[①]

随着葡萄园的大面积锐减，故土大地的严峻沦陷，尽管张炜并非宁伽，但是面临的问题绝对一致——"我们将怎么办？"小说里的宁伽声称要"守住它"，"尽一切努力保卫园子"。小说外的张炜则借助宁伽之口宣布："我必须寸步不移守住平原。因为它通向高原。故地之路是唯一的路，也是永恒的路。我多么有幸地踏上了这条路啊。我永远不会退却。"[②] 那么，如何守住？又如何不退却？从《柏慧》到《能不忆蜀葵》《刺猬歌》以至《你在高原》等一系列作品，似乎都在反复推敲一个可行方案，寻找一条永恒之路。"葡萄园"只能算作一个守也守不住退也无退处的临时掩体罢了。作为受难者之子、失败者之子的张炜，作为流放者和归来者的张炜，好像永远处于"失乐园"的困境中，他的归与去、退与守，总是彷徨于无地，总也逃不出一失再失，一败再败的宿命。

【柳棍村】

鼓额的小村，见于《荒原纪事》。宁伽去寻找小鼓额，大致交代了小村的方位：在葡萄园西南二十里的一个大沙岗下。小村是青石砖块、特别是泥巴堆成的：泥屋顶、泥墙、泥路，砖石并不触目。远远看去像黑白电影里的镜头：淳朴、安详、古老。小土屋里

---

① 《行者的迷宫》，第 190 页。
② 《柏慧》，《张炜文集》3 卷，第 286 页。

都有一个占了很大面积的火炕。离柳棍村不远有个村子叫撇羊，向北到芦青河入海口附近有灯影村。

【草炭厂】

见于《荒原纪事》。宁伽离开柳棍村，又去草炭厂寻找眼镜小白。草炭厂位于山地丘陵和平原的交界处，芦青河西岸往南二十里的镇子东南。

【"那个夜晚"】

见于《荒原纪事》。宁伽没在草炭厂找到小白，只看到他留下的一张纸条，提到"那个夜晚遇见鬼的故事"，"那个夜晚"即暗指他们曾经谈到过的一个沙滩，那是一片黑乌乌的林子、渺无边际的荒原，传说里面有各种各样的妖怪——特别是沙妖。穿过芦青河下游的木桥往西，穿过大片树林、沙丘，有一水潭，水潭北部，布满沙岗，长满了灌木。曾有一个夜晚宁伽在这里迷了路，看到了一个在沙丘旁哭泣的白衣女人。这就是小白所说的那个夜晚遇鬼的故事。果然，宁伽找到了在"那个夜晚"藏身的小白。

【士乡城遗址】

据《柏慧》称：士乡城遗址位于黄县新城西北十五华里，齐人徐福的诞生地，是一座保留了莱夷文明、秉承稷下学宫遗风的"百花齐放之城"。随着始皇帝的一次次东巡，方士徐福出场，这里便成了求神访仙的胜地。大名鼎鼎的乾山遗址也在这儿，两千多年前它该是一座可观的土山，只因莱山落水携带大量泥沙淤积才让它矮得令人失望，仅剩下了一个很小的土堆。"近年来乾山遗址出土了一百三十七件秦汉时期文物，已经发掘了十二座古墓，那一大批青铜器和彩陶看得人心里发酸。"[1]

---

[1] 《柏慧》，《张炜文集》3卷，第151页。

今龙口西北十五里乡城镇东村确有徐乡城遗址。《柏慧》之"士乡城"，当指此地。徐乡古城周边各长一华里，出土大量秦汉文物，可证这里应是当时的 个政治、经济和文化中心。徐乡城北端为乾山遗址，曾出土大量新石器时代文物遗存，后又发现一处面积约为二万平方米的汉代墓群和一座西汉墓葬，出土了大批青铜器、彩绘陶器和陶器。早在五千年以前，居住在这里的莱夷人创造了灿烂的莱夷文化。战国至秦代，徐乡分属齐地和齐郡黄县，并以徐氏聚族居此和徐福求仙而得名。西汉徐乡升格为徐乡县，东汉光武帝建武六年（公元三十年）并入黄县，徐乡城随之而废弃。

散文《莱山之夜》写道："那片平原的东边一点，有个小小的村庄，据说遗有一部分人，他们是从不远的那座古城逃出的后裔……"[①] 徐乡城遗址西二华里有徐家庄，村内徐姓人自称徐福后代，据称徐家庄就是徐福故里。乡城镇现已更名为徐福镇。

【殷山遗址】

《你在高原》(《海客谈瀛洲》《人的杂志》《曙光与暮色》) 中宁伽一度对徐福传说、东莱古国异常着迷，曾经多次考察其遗址。"藏徐镇西北那片荒凉的高地叫'殷山'，而今的殷山遗址属于国家重点文物保护地。殷山脚下原来有一座古老的小城，叫做'思琳城'。它就是古代各种文人学士汇聚之城，在当年被称为'百花齐放之城'。"[②] "离思琳城遗址东南三十多公里远，有一座高高的土堆，那就是东莱古国的一段城墙。"[③] 显然，殷山遗址、思琳城、藏徐镇即是乾山遗址、徐乡城遗址、徐福镇。

---

① 《张炜文集》33 卷，第 33 页。

② 《人的杂志》，第 108 页。

③ 《人的杂志》，第 109 页。

【狸岛】

在《能不忆蜀葵》中，狸岛是一个不足一点五平方公里的小岛，从小城的一个码头坐船，大约半个小时即可抵达。岛上有一灯塔，有一片片的海草房子，房子四周开满蜀葵。岛上男人大多出海，来来往往的都是些大姑娘小媳妇，她们与世隔绝，扎着半个世纪前的油亮大辫子。小说主人公淳于阳立偶然发现这个小岛，叹为世外桃源，感觉这里比高更的塔西提岛更好，生命力啊，健康啊，阳光啊，这些好东西在小岛上一应俱全，便买了一处房子，取名"暄庐"，要在这里轰轰烈烈地搞艺术。但是在狂热的商业浪潮的裹挟下，艺术终于不敌金钱，画家淳于很快变成了极度膨胀的企业家。他在狸岛的砂砾下面发现了深褐黑色泥土，突然灵感爆发，认为那是积存了几百年的鸟粪层，就要大发鸟粪财，甚至还要把整个小岛买下来送给他的小情人。可惜这个狂想最终落空，淳于阳立也不知所终。

狸岛在张炜小说中相当于介乎理想和现实之间的实践体验地，淳于先把它当成了乌托邦，又要把它变成私有领地，显然都是过于想当然，他没有意识到这个小岛本来就在那儿，谁要蒙蔽它占有它，谁就可能成为一个笑话。狸岛可算一个乌托邦寓言。

狸岛的原型应该就是渤海湾中桑岛和依岛。张炜多次去过并写过这两个袖珍的小岛：

> 它们是在这个行政区划内的两个小岛，一大一小，大的也小得可怜，大约只有两平方公里左右；那个比它更小的岛就在半里之遥，是它的卫星岛。
>
> 那个卫星岛听说至今没有一户人家，是个荒岛。……有一段时间听说岛上有很多野猫，又过了一段听说猫也没

有了。①

　　当年桑岛上的房子都是一种黑色岛石垒起的，屋顶覆
以海草。……小小的依岛上面没有人烟……一大群野猫成
了这里实际的主人……②

通过张炜的描述能够看到狸岛和桑岛依岛的渊源，再加之依岛
多居野猫，狸和猫的近亲关系，庶几可以认为，狸岛即来自于桑岛
依岛矣。

【三叉岛】

《刺猬歌》。原为一个大岛，最高处就是三座山包，它们伸入
海中就像三根手指，全岛只在平坦的掌心处才连成一体，这儿也是
全岛的中心。可是近十几年海水不断上涨，低洼地一点点淹到海
里，只剩了三个小小的山头，岛上人家不得不往高处搬，一岛成了
三岛，相互串个门儿也要坐船才行。三叉岛的沉溺反映出海洋的沉
沦，更悲哀的是，因被财大气粗的天童集团收购、野蛮开发，此岛
又完全改变了原有的生态，丧失了原来的文化习俗，变成了滑稽荒
诞的"三仙岛"。

按三叉岛位于入海河口东北，直航一小时可达，大概在长岛
方向。实际龙口近海并无此岛。看其岛上有黑色岛石的房子，像是
取材于依岛。不过所谓三仙山倒不难找。龙口东邻蓬莱有 2004 年
斥资十二亿建立的三仙山风景区。龙口西南莱州海边有三山岛，古
称参山，原是耸于海中的三个山头，明清后逐渐与大陆相连，成为
半岛。这里倒像是三叉岛的逆向原型。此外，渤海对岸的大连湾有
三山岛，江苏的太湖里就有两处三山岛。这些地方，大都少不了附

---

① 《犄角，人事与地理·两个岛屿》，《集》32 卷，第 275—276 页。

② 《筑万松浦记·小岛对面》，《文集》35 卷，第 186 页。

会的神迹，也少不了生造的仙境。齐八神之一阴主祠即在莱州三山岛。

【沙堡岛】

芦青河、界河入海口附近大大小小的沙洲叫"沙堡岛"，这些沙洲是在一次次海浪和沙岸的作用下形成的，它们与陆地相对隔绝，被密密的蒲草、芦苇所包裹，里面地形复杂，是"河汉隐士"、流浪汉的天堂。张炜多次写到河汉沼泽中的沙堡岛，其中最大最不可思议的一个，除了有一条小路可以穿过沼泽，通向海滩平原之外，其余都被淡水或海水严严实实地包裹了。岛上很早以前就形成了一个村落，有一片简陋而古旧的房屋，所有居民一开始都是逃荒或流浪的，后来又来了一些采海蜇、做海蜇皮的手艺人，一些逃避计划生育和逃婚者，说不定还有逃犯。他们有自己的"赤脚医生"，还有一个神秘莫测的头儿"大婶"，在这里过着自给自足的生活。《荒原纪事》中宁伽曾经去过这座沙堡岛，可是仅仅过了不到两年，他为了寻找失踪的酿酒师武早重回此地，这里已然面目全非，"大婶"和流浪汉们不知所终，所有的沙堡岛都被发海蜇财的渔民占领，原来高高低低的土屋和芦苇棚不见了，代之而起的是帆布帐篷和一排排工房，到处都是捣弄海蜇的男女和堆积成小山的海蜇皮，新开辟的货场和停车场不断有汽车和拖拉机进出，原本生气盎然的沙堡岛成了乱糟糟的腥臭之地。[①]这一情节原来有其现实依据，张炜多次谈到他遇到的河汉隐士、现代鲁滨孙，他们因为各种各样的原因与世隔绝了，这些人有很特殊的风俗民情，形成了特殊的部落，中间有一个男人或女人像酋长一样管理大家的生活，"这些人才属于真正的民间和体制外"。[②]沙堡岛的变迁和"大婶"、武早的失踪不正说明了"民间"的下落不明？现代隐士的无可遁逃？

① 《荒原纪事》（《你在高原》第9部），第324—334页。
② 《行者的迷宫》，第136页。

【粟米岛】

出自《无边的游荡》。这是人海深处的一个小岛，远远望去一早一晚金光闪闪，平时则是雪亮的银色，所以又叫金银岛。环岛激流纵横，一般渔人很难靠近，要在岛上定居更难，所以一直荒着。还传说岛上有个吃人不吐骨头的女妖，叫"龟娟"，登岛的人往往有去无回。据少数去过岛上的人描绘，这个岛没有太高的礁石，是洁白的沙岸围绕的一个椭圆形，长了茂盛的粟米草，一眼望去亮闪闪的，给人突出的感觉就是干净，到处都是清水白沙碧草。[①]后来此岛连同毛锉岛都被"秃头老鹰"买下，成了"大鸟国"的属地。于是凶险的荒岛一变成了高档度假区——这个光怪陆离的美丽新世界，成为隐藏在微茫烟波中的又一个深远莫测的"恶托邦"。

【毛锉岛】

出自《无边的游荡》。它不像粟米岛那样远离大陆，因地理环境特殊，平时总是隐在浓雾之中，相隔十里即不见踪影，就像难得一见的仙岛。这是一个鸭蛋形岛屿，方圆不到三十公里，东窄西宽。东边是岩石，海拔最高处只有十几米，北西南三面都是沙滩，只散落着一些礁岩。岛上树木葱茏，鸟儿很多，有不少蛇。直到二十世纪三四十年代，岛上居民还是一色的土著，这些人个子稍矮，眼大，凸额，厚唇，嗓子尖亮。又因后背长着浓密的汗毛，脑瓜后缘有一些发红的绒毛，看上去就像布娃娃。他们的水性极好，肺活量很大，每个人都能在水里待上三两分钟。岛上人世世代代只在内部通婚，对外面的人有一种生理上的"排异反应"，像是一种保持了古老基因的独特人种。后来这个岛和粟米岛同时被"秃头老鹰"买下，岛上建起了各种建筑，修了停机坪，架上了卫星天线，普及了电视，原本清静原始的仙岛变成了热火朝天的旅游胜地，岛

[①] 《荒原纪事》，第 165 页。

上的土著居民很快"现代化"起来，原来的"排异反应"也趋于消失，人们全都欣欣然当上了"大鸟国"的子民。

【万松浦】

世间原无万松浦，是张炜，在他的故地找到的一个新地："我一直想找一个很好的地方，在那里做一点有意义的事情。"[①]"十余年来我一直寻找和迷恋这样一个读书处：沉着安静、风清树绿；一片自然生机，会助长人的思维，增加心灵的蕴含；这里没有纠缠的纷争，没有轰轰的市声，也没有热心全球化的现代先生。在这里可以赏图阅画，可以清诵古典，也可以打开崭新的书简。"[②]经过多番的穿林过河，徒步寻勘，张炜终于在港滦河口附近走进了一片无边的松林，主要是黑松，这种松极难达到万亩以上的面积，这里竟有两万六千亩，其规模着实可叹。走进这片松林，竟有两次迷失方向。林中松涛阵阵，各种野物生灵不时隐现，张炜迷上了这个恍若梦境的地方，于是起意在这万亩松的空地上造一处书院。因其选址港滦河左岸，又有无数黑松，故名万松浦。2003年9月，这家以京西山地层石做瓦，以南国粗砖砌墙的现代书院终于建成开坛，张炜是为首任院长。

万松浦占地百亩，位于海岸林中河边，得偿了"河畔人家"的夙愿。张炜终于筑起了一个秉承传统，润泽心灵的精神家园。让我们留意一下，万松浦往西十五里，就是泳汶河——芦青河入海处，往南七八里，就是张炜的童年小屋所在地。中年的张炜竟是这样返回了原来的家。确实，对张炜来说，万松浦不仅是公家的一个单位，不仅是修习讲学的公益场所，在某种意义上还是一个安放心灵守持梦想的"家"。住进万松浦，让张炜"心中是从未有过的清澈和安定，也是从未有过的多思和想念。"让他情思灼热写下了大量

---

① 《筑万松浦记》，《张炜文集》35卷，第185页。

② 《筑万松浦记》，《张炜文集》35卷，第192页。

诗文，包括《筑万松浦记》《万松浦纪事》《它们》数篇长文和一本诗集《家住万松浦》：

> 春天等来淅淅小雨
> 把四十多个冬天慢慢洗涤
> 人的岁月从此焕然一新
> 对大地诉说激越的心情
> 沙岸是人间最洁净的一片领土[①]

万松浦的筑成无异于一条圆满的皈依之路，当然，它也是张炜用行动在大地上写出的最美的诗，最敦实的作品。

> 书院选址在此，就要爱惜此地自然，绝不能损伤一点动物林草；所有在书院做事营生者，都要做个体力劳动与脑力劳动相结合者，不得终日室内攻读或消闲懒散，而要每天于野外做工，所有劳务凡能自己动手绝不找别人帮助；最好每人学一份手艺，农事，木工，园林，装裱，所学必得应用，并在应用中日见精密；无论做学问做日常功夫，都不必受时尚驱使；要心安勿躁，勤勉认真，崇尚真理。[②]

——看看张炜和朋友们制定的"公约"，就知道万松浦意味着什么，这儿不是有人说的"桃花源"、"乌托邦"，更不是被人指摘的所谓"豪宅"，它只是北方自然中的一隅，是一个怀有古典情怀和人文理想的浪漫诗人做出的一件最朴素、最实在、最有意义的事。张炜说他要在这里学做木工，想做一条很大的三桅船模型，还想做一些常

---

① 《家住万松浦》，《夜宿湾园》，上海文艺出版社，2009 年，第 5 页。
② 《筑万松浦记》，《张炜文集》，第 195 页。

用的器具。不知后来做成了吗？张炜应该明白，耗费了很多人的心力寄托着很多人的心愿的万松浦，并非固若金汤的文化堡垒或不染俗尘的世外桃源。事实上，没等书院正式落成，它就被密密麻麻的脚手架团团包围，如今，它已完全淹没在新旧楼盘的丛林中。那两万六千亩黑松林，或已不足万亩矣。这，才是所有的现实。而这一切，张炜也早有预料："它在围困之中，它在等待之中，它在保护之中，它更在希望之中。不远处即是嚣嚣之声，幸有徐徐海风将其吹散，有涛涛松音稍稍覆盖。有什么美妙的情愫在这里孵化，然后就是艰难和欢乐交织的养育。"①可见他并没有把这一小片"很好的地方"当成一叶障目的精神掩体，而是当成了灵魂的居所，身心的休歇之处。谈到《柏慧》时张炜曾说过："'退守'是一个战士才能用的概念，所谓退而守之。'退却'则不一定，它可以是战士使用的，也可以是懦夫使用的。在真正的战士那儿，退守和退却都是战斗的需要。如果有人指责一个遍体鳞伤的战士，埋怨他在'退却'，那会是相当残酷的。鲁迅先生说过，当他受伤的时候，他就退到一边的草地上，自己舔净自己的伤口。"②万松浦，也就是张炜的重生之地吧。当我们回头去看张炜的写作，他的人生，必然也要看到他的忧愤，他的伤口，如此，当可为一名战士的退守心含戚戚。

三

　　在张炜的文学版图中，"登州海角"的地理区位大致就是他的故乡龙口，主要包括平原、山地和大海三种地貌形态，其中，位于西北部的滨海平原是他的出生地，也是其文学地理的重心所在。从

---

① 《美丽的万松浦》，《张炜文集》38 卷，第 38 页。
② 《张炜文集》32 卷，第 67 页。

小说处女作《木头车》，到后来的《古船》《九月寓言》，及至近期的《半岛哈里哈气》《少年与海》(又名《海边妖怪小记》)、《寻找鱼土》等儿童题材作品，张炜总在反复书写他的童年故地。他说："我的全部作品都在写小时候生活过的地方，写林子和海之类。后来写了闹市甚至国外，也是由于有了对林子与海的情感。它们在情感上支持我，让我成为一个能够永远写作的人。"[1] 他笔下的故乡可以很具体，具体到龙口郊外的一个海边林子，也可以很宽泛，宽泛到以那片海边林子为中心的登州海角和胶东半岛。故乡在张炜这里似乎无所不在，他每写一部作品，似乎都是为了重返故乡，为了用文字重现他的故乡。

> 谁没有故地？故地连接了人的血脉，人在故地上长出第一绺根须。可是谁又会一直心系故地？直到今天我才发现，一个人长大了，走向远方，投入闹市，足迹印上大洋彼岸，他还会固执地指认：故地处于大地的中央。他的整个世界都是那一小片土地生长延伸出来的。[2]

> 我们家的老屋子早就没有了，它就是一个小屋子在林子里，后来离开。人上了年纪以后，会越来越留恋故地。我去胶东半岛时经常在那个地方徘徊，到处走。我发现自己走来走去，老是围绕着我们的林子在打转转，没有老屋，没法到那个地方过夜了，但是发现自己总是在离它最近的地方停留——走来走去，后来还是觉得只有到了海边，到了海角这些地方，才可以停下来。好像有什么藏在暗处，它的吸引力像磁铁一样。我围绕一个核心旋转，像是故地发射出去的一颗卫星。[3]

---

① 《对世界的感情》，《张炜文集》35 卷，第 222 页。
② 《融入野地》，《九月寓言》(代后记)，上海文艺出版社，1993 年，第 342 页。
③ 《行者的迷宫》，第 259—260 页。

故乡对一个作家的影响就是这样刻骨铭心，这种影响有可能伴随一生，成为他最为重要的写作资源。俄国作家 K.巴乌斯托夫斯基把这种影响当作一种"最伟大的馈赠"："对生活，对我们周围一切的诗意的理解，是童年时代给我们的最伟大的馈赠。如果一个人在悠长而严肃的岁月中，没有失去这个馈赠，那他就是诗人或者作家。"① 马尔克斯也认为童年是他一切创作的根源。他出生于哥伦比亚北部贫困小镇阿拉卡塔卡，由其祖父母抚养长大，他从祖母那里听过许多关于死去的祖先、鬼魂和幽魂围绕房子起舞的故事，这些无疑都成了他的用之不竭的文学酵母。他谈到《百年孤独》的创作初衷，便是为了给童年时代所经受的全部体验寻找一个完美的文学归宿。童年是时间上的故乡，故乡则是地理上的童年。当作家一次次走向故地的时候，也是在追寻失去的时间。海德格尔在《荷尔德林诗的阐释》中说过："接近故乡就是接近万乐之源（接近极乐）。故乡最玄奥、最美丽之处恰恰就在于这种对本源的接近，绝非其他。所以，唯有在故乡才可亲近本源，这乃是命中注定的。""诗人的天职是还乡，还乡使故土成为亲近本源之处。"② 海德格尔还说，荷尔德林在步入其诗人生涯以后，"全部诗作都是还乡"。就这一点而言，张炜也是一位荷尔德林式的还乡诗人，他为一次次的还乡而写作，也因一次次的写作亲近故乡之本源。

张炜的"还乡"经历大致可分两个阶段。头一阶段是写作《古船》期间到芦青河一带做社会调查。③ 为了写出粉丝厂倒塌的轰隆隆声、倒缸了的呼喊声"这种声音后面潜下的所有故事，所有的历

---

① ［俄罗斯］K.巴乌斯托夫斯基：《金蔷薇》，李时、薛菲译，漓江出版社，1997 年，第 25 页。

② ［德］海德格尔：《人，诗意地安居》，郜元宝译，上海远东出版社，1995 年，第 86—87 页。

③ 《古船》篇末注明写作时间为"1984 年 6 月—1986 年 7 月起草"。

64

史、人物，所有的关于山川的变迁，和人事沧桑"，^①张炜回乡做了大量的实地调查。他走遍了芦青河两岸所有城镇，拜访了所有的大的粉丝厂和作坊。读了所能找到的有关于那片土地的县志和历史档案资料，仅关于土改部分的，就约有几百万字。访问过很多很多的当事人，当年巡回法庭的官员，访问过从前线卜来的伤残者、战士、英雄和幸存者。^②但是由于目的性太强，当时急于做的功课基本是社会层面的，"比如哪里发生的一个历史事件，当事人是谁，激烈到什么程度，死了多少人，饿死多少人，这个地方政权的更迭——完全是档案工作带来的兴趣和欲望。""生活中的趣事，包括民俗、天籁这些东西都不太顾得，比如路上看到一棵陌生的好树，也不会追问它的来历和名称；看见一条河流，也不会去问这条河叫什么，流经哪里，看到一座山也不会考虑它多高，属于什么山脉；看到一只鸟或别的动物，也不想知道它叫什么名字，从哪里迁徙过来的。"^③后来张炜谈到这段经历，说它是继少年、青年时期游荡海滩平原、南部山区之后的"第三次行走"。如其所述，这次还乡的目的性非常明确，只为搜集素材、查证史实，以便增强小说写实的力度。这种实地考察诚然可以作为必要的写作功课，但是张炜的身份只是一个远道而来的造访者，虽然他回到了故地，也只以他者的眼光去攫取某些对写作"有用"的东西，一旦预期的任务完成，他跟考察对象之间的联系便告结束。就此而言，这一阶段的回乡调查还称不上真正意义的"还乡"，至少在精神层面上，尚未抵近故乡的本源。

1987年11月，张炜到龙口"挂职"，可视为他的还乡经历的第二阶段。挂职持续九年，得以在故乡长居，张炜成了真正的还乡

① 《在济南、北京〈古船〉研讨会上的发言》(《古船》代后记)，《古船》，人民文学出版社，1994年，第409页。

② 《古船》，第410页。

③ 《行者的迷宫》，第348页。

者，并以归来者的眼光重新审视那里的一切。由于挂职地正是登州海角，离少年时期生活过的那片林子、大海比较近，回到少年和青年时期待过的地方，让张炜"高兴甚至冲动"，"游走和生活如鱼得水"，除了会"经常在那里徘徊"，还会去海岛——没有上过的海岛都去了。"与过去的少年、童年生活又重叠起来了，这就发生了很多感慨。对生活认识的角度、高度，还有方法都不一样了，出现了很多新的内容。今天自觉行走和观察的意识很强，而过去是自然而然的，是生活所迫。那个流荡的童年，和为获得与知识的查访多么不同。"① 刚刚接近故地时，是熟悉和亲切，继之而来的是深深的陌生感，"我认识到它们的表层之下，有着我以往完全不曾接近过的东西。"正是在这种今昔之"不同"，由熟悉而陌生的相互对照中，让张炜意识到，"要写一个更大的东西，那么感知的触角就要全部打开。"② 所以他"感到了蕴含于天地自然中的强大的激情"，不但要将自己"还回原来"，还要寻找"新的知觉方式"，寻觅一种"通行四方的语言"，"与野地上的一切共存共生，共同经历和承受。"③ 也正是这一时期，张炜写出了相当于个人精神宣言和行动指南的长散文《融入野地》。

> 我的希求简明而又模糊：寻找野地。我首先踏上故地，并在那里迈出了一步。我试图抚摸它的边缘，望穿雾幔；我舍弃所有奔向它，为了融入其间。跋涉、追赶、询问——野地到底是什么？它在何方？野地是否也包括了我浑然苍茫的感觉世界？
>
> 我无法停止寻求……④

---

① 《行者的迷宫》，第58页。
② 《行者的迷宫》，第348页。
③ 《融入野地》，《九月寓言》（代后记），上海文艺出版社，1993年，第350页。
④ 《融入野地》，《九月寓言》（代后记），第355页。

作为还乡者的张炜"身背行囊，朝行夜宿，有时翻山越岭，有时顺河而下；走不尽的一方土，寸土寸金"。[①] 当时他的雄心很大，曾打算把整个龙口、福山、莱州、招远、栖霞、海阳这几个地方的每一个村落都走到。他把这个范围内的地图做了标记，每走一地就做上记号。尽管张炜后来说"这个计划有点蠢"，"不切实际"，但他还是走了许多村庄，最后只有福山和莱阳没有走完。这样的行走让他把感知的触角全部打开，什么都留意，什么都记录，行走的间隙也写个不停。他自修了地质学、植物学、海洋动力学、考古学和土壤学，"无论是民俗、动物、植物、河流、山脉，只要遇到就要记录。"张炜说："那是最重要的行走，会对我长期发生作用。"[②] 诚然，野地即故乡，张炜重新发现了登州海角，发现了作为知识分子—作家的精神本源，故乡野地亦因此成为他的涅槃重生之地，让他继《古船》之后发生了质的飞跃。正是这一阶段，他走向了无尽的荒野和混茫的民间，写出了打通天地之气而又恣肆放诞的中篇小说《蘑菇七种》[③]，更写出了最能代表其大地伦理和生命气质的长篇小说《九月寓言》[④]。同时，他也着手"做更大的事情"，开始了长河小说《你在高原》的构思和创作[⑤]。此外，《柏慧》《外省书》《能不忆蜀葵》《远河远山》《丑行或浪漫》等作品实际也是半岛故地的直接产物。

"地理是文学的土壤，文学的生命依托，文学地理学就是寻找文学的土壤和生命的依托，使文学连通'地气'"。[⑥] 大概真正的写

① 《九月寓言》，第 343 页。
② 《行者的迷宫》，第 350 页。
③ 《蘑菇七种》发表于《十月》1988 年第 6 期。
④ 《九月寓言》写于 1987 年 11 月—1992 年 1 月，首发于《收获》1992 年第 2 期。
⑤ 《你在高原》的写作始于 1988 年，1993 年发表《我的田园》，1995 年发表《家族》，1996 年出版《怀念与追记》(后改名《忆阿雅》,2003 年，出版《你在高原·西郊》，2010 年出版十卷本《你在高原》。
⑥ 杨义：《文学地理学会通》，第 55 页。

作就是用自己的生命接通"地气"。张炜曾谈到《九月寓言》是藏在一个小房子里写成的，那是郊区待迁的小房子，有说不出的简陋，但是它隐蔽又安静，与吵声四起的街巷隔开了，也见不到通常的那些宣传品、刊物和报纸，外界的事情知道得不能再少了。"写作余下来的时间，走出小房子往西，不远就是无边的田野、林子。在那里也可以沉下来，感觉一些东西。""我五年未到大城市好好住过。大城市的声音会让我脑子乱起来。我写的故事是土地上的，主要是紧紧跟住土地……""一个时期有一个时期的风气，但风气本身总是很'通俗'的。艺术风气也一样，风气是互相迁就的结果。有时候不能迁就，倔强、憨直，就无法走到风气里去。我想把所处那个小房子四周的'地气'找准，要这样就会做得很完整。"[1]张炜的写作足可称作一种故乡地理学，他躲在自己的小房子里，写出了登州海角的十方世界，万千生灵。

① 《九月寓言》附录，第373页。

第二章　南山经

一

　　"我来自那个半岛，先在平原，后来在南部山区生活过一段；入校是从山区走的，毕业来到这里工作……"[1] 这是《你在高原》主人公宁伽的自述，其实放到张炜的个人身上，也完全吻合。小说里的宁伽显然大量含有作者的自我投射，尽管不可混为一谈，但是多少也能看出一些端倪。至少，他们的出身经历基本一致：都在登州海角长大，曾在南部山区游走、流浪，后来又重返故地，重新丈量于那里的大地山河。如前文所述，张炜曾把他的游走分成四个阶段：第一阶段是少年时代在龙口的海滩平原、河汊地带的游荡，跟林子里的猎人、采药人、地质队员，海边、河边的打鱼人、流浪汉接触较多。第二阶段是少年往青年过渡时期，不得不离开林子里的家，一个人到了南部山区。第三阶段是围绕《古船》的社会调查。第四阶段是到龙口挂职后，以登州海角为中心，向南部山区、半岛周边的鲁西、鲁南扩大，直至到达国外的许多地方。这几个阶段的游走尤以在南部山区持续时间最长亦最为深入，可以说是张炜行走路线中最为曲折繁复也最具挑战性的一部分，同时，这一区域也是他作品中幽邃诡奇的高峻地带。

----

① 《家族》(《你在高原》第 1 部)，第 18 页。

在张炜的文学地理中，南山即所谓南部山区——龙口南部的丘陵山地。现实中的泳汶河上游，有一南山旅游区，位于龙口城南不过十多里路，最高海拔四百八十米。这座"南山"只能算张炜所说南山的极小一部分，实际上他指的是芦青河西南部的丘陵山地，后来又把整个胶东南部山区（胶东屋脊）统称为南山。这样就越出了龙口的版图，包括烟台南部（栖霞、招远、莱阳）和青岛北部（平度、莱西）的丘陵山地都在"南山"之内。

南山是张炜的成长之山。在他的童年印象中，南山是一道道叠起来的蓝色山影，仿佛很遥远，神秘而迷人。那时候只听说谁家要是娶不上媳妇，就走远路到南山领回一个；谁在平原上过不下去了，就一跺脚跑到南山里讨生活。所以张炜小时候总以为南山是个好地方："可以寻找爱情，也可以逃避苦难。"[1] 当时他大概不会想到，有一天他也会成为一个走向南山的人。1972年，张炜初中毕业，由于出身的原因，未能升入高中。后来为了避难，又不得不匆忙离开林子里的家，一个人走向南部山区。

……记得那天刚刚下了一场大雪———一个清晨，我赶在父亲出门扫雪之前，告别了全家。我身上掮了一个大大的背囊。从今以后我要一个人到南部山区谋生了。这一天就是我离开家的开始。我将一个人不停地走下去，走下去。

记得我一口气翻过了两座大山，它们都被大雪裹住了。我的脸上糊满了雪粉。当我登上一座山顶，回头再看时，只有一个白白的混沌世界，连一点海边林莽的影子都没有。

我知道自己站在了一个分界线上，这会儿，我已经是身在外乡了。[2]

---

① 《南山的诱惑》，《张炜文集》27卷，第139页。
② 《游走：从少年到青年》，第29页。

张炜要去的"外乡"是原籍栖霞，到那里投奔他的叔父。这次出走其实是不得已的逃亡，具体原因不得而知，（《你在高原》多次写到，家人为了防止宁伽被抓去服劳役，为他在南山找了一个义父老孟。）但是通过中篇小说《远行之嘱》，大概能看出当时情况的急迫。小说里的"我"十九岁——张炜时年刚满十七岁——"实实在在的一个男子汉"将要独自远行："你最好记住，今后是一个人了。""今后面对那个难题的只是你了。""你要有一个人走下去的决心。"①——张炜走出了负罪的林子，同时也意味着少年时代的结束。

这一出走大约历时六七年（1972—1978）。本来张炜是要到叔父家里长住的，但是他的心太野，对那里很不适应，结果只待了一个星期就离开了。离开了也不知到哪儿去，只好到处游荡，流浪，走走停停，打零工，混饭吃。（《柏慧》写到一个情节：宁伽的父母给他在大山找了一个义父，他很害怕去见义父，就在半路上溜掉了，一个人在大山里流浪。这和张炜的真实经历基本相似。）就是在流浪过程中，张炜结识各种各样的山里人、流浪汉，接触了形形色色的文友。"到处玩，交朋友，这是我一辈子最深刻的游荡记忆。很多的痛苦、欢乐，成为写作的情感和生活的资源。"②"在大山里过了几年，又缘山地向更南、向东和西游走。我看到了过去不曾去过的山脉和都市，水陆码头，各色人等。它们和他们与我相逢，想起来真像是一闪而过，仅为一瞬。可细细剖开，这里有多少难忘的旧事。这些故事堆积出一段生命。"③

> 我不能说那是一段风雨苦程，而只想说欢悦多于愁
> 苦，山川人事都保护了我支持了我，让我健步前行。山乡

---

① 《远行之嘱》，《张炜名篇精选·中篇小说精选》，第201—202页。

② 《行者的迷宫》，第348页。

③ 《回眸三叶·雪路》，《张炜文集》33卷，第329页。

大婶、林野姊妹、码头老哥，包括身上有许多缺憾的人，都留给我珍贵难舍的礼物。[①]

那是一段艰难的日子，当然它也教给我很多。极度的沮丧和失望，双脚皴裂了还要攀登，难言的痛楚和哀怨，早早来临的仇视。

……就是那个夜晚我明白了，宽阔的大地让人安怡，而人们手工搭成的东西才装满了恐惧。[②]

南山的游荡经历对张炜殊为重要，随着年龄的增长，行走半径也不断扩大，西到胶莱河，南到琅琊台，东到荣成角，他用脚掌画出了大半个南部山区的地形图。就是在这个过程中，张炜走向了成年，写出了《木头车》《槐花饼》《夜歌》《钻玉米地》《铺老》等最早的一批短篇小说。南山"黑乎乎的山影"在《他的琴》中首次出现，后来它的蓝色山影、青幽幽的山影又相继出现在《秋天的愤怒》《古船》《九月寓言》等更多作品中。其后张炜的游历范围进一步扩大，足迹遍及整个南部山区、胶东半岛，至《丑行或浪漫》《远河远山》《莱山之夜》《刺猬歌》《你在高原》，南部山区不再仅是远方黛色的山影，而是众多故事的发生地，张炜终于更好地写出了他的南山。

二

【莱山】

龙口市区南三十里，有境内最高之莱山，海拔六百一十九米。莱山又叫芝莱山、莱阴山。张炜说它当年曾与西岳华山和东岳泰山

---

① 《回眸三叶·雪路》，《张炜文集》33卷，第329页。
② 《游走：从少年到青年》，第130—132页。

齐名，并列为海内"三大名山"。芦青河（泳汶河）、滦河、界河、降水河发源于此。莱山之所以有名，盖因这里是月主的神祠所在，是一座会通天人之际的神山。《史记·孝武本纪》说：莱山乃黄帝"所常游，与神会"的国内五大名山之一。《史记·封禅书》云：秦始皇东游海上，行礼祠名山大川及八神，八神之一月主的神祠即在莱山。现今可见月主祠遗址位于主峰一侧的一个低矮的山头上，秦始皇东巡时就是在这里祭祀了月主，后来汉武帝、唐太宗都曾登临莱山，祭祀月主，唐太宗还铸起了高两米、重一吨的铜像。张炜认为，秦始皇就是在这里两次召见方士徐福，因为拿不出长生不老药而无路可退的徐福就是在这里乘船往北，先到达一个叫登嬴的村子，然后再往前，在滦河营港口集结了几百艘大船，从那里驶向"三神山"……张炜对莱山显然寄予甚多，《瀛洲思絮录》《海客谈瀛洲》便有秦始皇登莱山拜祭月主的情节，《柏慧》亦有"古歌"曰："登州海角有莱山，月主祠兮金碧辉煌。"在《莱山之夜》为题的长篇散文中，开篇就写了莱山月主祠，而且大量篇幅都是写他在南山的游历，在他的游荡历程中，"莱山"大概称得上起首之山。

【口子镇】

在张炜所有作品中，《远山远河》是一部篇幅不长的小长篇，却可能最具自传性质。此作 1996 年写于龙口，次年作为中篇小说发表并出版单行本，2004 年再度续写形成"完整版"——这时作者直接点明："我"刚刚五十多一点，却已病弱不堪，简直成了省城街头最老的一个人。《远山远河》就出自这样一个"老人"动情的回忆。其实张炜一直保持了一种回忆状态，甚至第一篇小说《木头车》就已提前进入了回忆。《远山远河》回忆的便是一个老人（杞明）的前半生，先写的是海边小城的生活，后面则重点讲述离开小城后的"少年游"——就是和张炜离家出走的经历相似的南山游荡。口子镇是小说里少见的地名之一，为了去见一个"写个不停的人"

疙娃，"我"（杞明）从落脚的小村出发，翻过三道山梁，在大山里的一片河川地上，找到了这个藏有一位"情豪"的山村。疙娃算是山里面的"大写家"，口子镇算是"我"在南山找到的第一个文学野驿。

胶东地区以"口子"为名的村镇甚多，大概张炜也是以此笼而统之吧。不过我还是忍不住好奇，不妨略作猜测：威海文登有一口子镇，似嫌太远，可忽略。我感觉此镇当在栖霞，因张炜当年去南山的目的地就是这里。栖霞周边有很多以某某口为名的村镇，东三四十里有亭口镇，西三十里有寺口镇，东二十里有口子村，南二十里有口子后村，疙娃居处或就在其中之一？

【鼋山山脉】

鼋山其实就是南山的主脉，其名首见于《你在高原·家族》所叙宁伽回乡——因为半岛地区要搞中外联合开发，他跟随先期成立的工作队去做水文地质勘察估评，从省城到"那片平原和山区北部丘陵"必定经过"那座大山"——"火车一爬上鼋山天就亮了"，这便是宁伽心目中的第一大山首次出现。但是事实上，从他一出生，就是看着这座山神秘的影子长大的。所以到达目的地后，我们就从宁伽的视角看到了鼋山的全貌："站在平原往南遥望，一溜黛青色的影子挡住了视线。那就是著名的鼋山山脉。这道山脉似乎切分了两个世界，各自生成了自己不同的故事。如果没有这一架大山，那两个故事也许会很快融合交织到一起。"[1] 如小说主要统领人物宁伽所叙，他的祖上宁氏家族是南部山地最富有的一族，它的名声传过高高的鼋山山脉，势力却一直留在山的南面；山北的平原上则有宁伽的外祖父曲家和战家花园两大显赫家族。在这里，张炜终于为南山的主脉取了一个正式的名称，并把整个故事在以鼋山山脉为制高点的山东半岛全面铺开。不过若按故事的发生时间，鼋山作为重要

---

[1] 《家族》，第30页。

的地理标志出现得更早：

    "你爬过鼋山最高峰吗？"

    "想爬，后来离得远了。以后吧。"

    "以后就太晚了，我七岁就爬过。"

    "啊呀。"

    "你在水里能游多远？"

    "几尺远……"

    "糟。如果落水了怎么办？"

    "那就……"[1]

这是宁伽的父亲宁珂刚刚被他的叔伯爷爷宁周义收养时，爷孙俩的一段对话。这对话很有意思，宁周义先问山，再问水，看似随意闲聊，却像暗含玄机：宁周义已经踏遍千山，宁珂尚且不谙世事，他们的人生终究走上了两条线，却不料一样不幸"落水"，掉进了同一个漩涡。爬没爬过鼋山，会水不会水，结果竟无根本区别。

宁伽作为宁氏后人，仍有着与生俱来的山水情结。对他来说，南山——"鼋山"即如父性之山，命定之山，他从十几岁就在山里面混，"遇到的各种事儿可以写成十二卷长长的回忆录"，所以他才会说，"我的志向、奇怪的眼神、难缠的劲儿、正直和阴郁、撒泼和不屈，还有从头发梢传到脚后跟的过电一般的渴念，都是在这座大山的褶缝里生成的。"（《家族》，21页。）当他再次翻越鼋山，由省城重回海边故地时，必然带有强烈的怀旧感，正是作为故乡大地的归来者，才会对这里的山川草木如此深情，才会一次次重寻荒野旧路，一遍遍推敲山河故人。

据张炜透露，《你在高原》的地理系统是有实堪依据的，基本

---

① 《家族》，第35页。

是以他的原籍栖霞为中心扩展开来，其中的山脉分布、河流走向，完全可以和真实环境相对应，小说里不过是换了名字。"艾山改成了鼋山，龟山就是房山（方山）。如果有心的读者把名字切换回来，会发现全部都能对上，连海拔都一点不差。"①这里的鼋山山脉就是横贯胶东半岛北部的骨干山脉——艾山山脉。艾山俗称胶东屋脊，主峰位于栖霞北部，海拔八百一十四米。其山脊界栖霞、蓬莱两市于南北，西段崮山一带，还跨龙口市南部地区。既是黄水河、黄城集河、平畅河等河流的发源地，又是白洋河流域的主要水源地，还是艾山汤、温石汤等温泉的天然断层热源与阻水构造集合区，对半岛北部的生态环境与人文环境，产生了深远影响。

《栖霞县志》载："艾山上产灵艾，苍紫茎光，异凡种世传，五月五日，神人采之，遂以名山。"据说艾山上的"灵艾"生长在海拔五六百米的山坡上，属艾山特产，其他山系尚无发现，这种艾不同于普通的家艾，其色泽苍紫，茎秆光滑，叶为圆形或扁圆形，高约三十公分，当地叫做"艾茶"，百姓常常在端午节前后上山采之，以做茶饮，有降热清火，明目爽身之效。不过由于环境改变、气候变化和过度采摘等原因，这种令"神人采之"的灵艾现已濒临灭绝。

艾山又为道教圣地。栖霞城北十里平山脚下，有始建于1191年的太虚宫，因地处滨都里村，当地俗称"滨都宫"。太虚宫是道教全真派宗师丘处机（1148—1227）在其故里修建的传道之所，金章宗御赐宫名为"太虚观"，是影响深远的道教丛林之一。传说丘处机精通"长生不老之术"和"治天下之术"，曾在七十二岁时奉成吉思汗之诏辗转西行，在印度河上游觐见成吉思汗，留下了"一言止杀"的佳话。太虚宫西为艾山，东为白洋河，南为滨水河，现两河交汇处已成水库（庵里水库），名曰长春湖，丘处机道号即"长春子"。

---

① 《烟台晚报》2013年4月23日。

艾山还是抗日战争时期有名的根据地。胶东有五大抗日根据地，其中之一便是依托艾山地势建立的"艾崮山抗日根据地"。那时的胶东兵工厂、中心区政府、造币厂以及北海银行等单位，都分布于天崮山一带的村落里，至今多处遗址尚在，有些房屋仍保存完好。张炜行走南山时就去过一个外号叫"小延安"的地方，这里本名叫黄城阳，是真正的老区，抗战时期胶东的《大众报》就是在这里创办的，有些房屋的山墙上还有 1949 年前的老标语。黄城阳村四面皆山，位于龙口市最东南角，与栖霞接界处，天崮山西北麓。黄城阳村西北不远即王屋水库，再往南二十里为苏家店镇，其东二十里，即艾山主峰，苏家店再往西南约二十里，为潘家店村。张炜曾经从黄城阳一路走到潘家店（再往南数十里为官道镇），这些地方非常偏僻，"山水特美，人特穷，特纯朴"，"讲那段革命历史的人很多，有自豪感"。《家族》写到宁珂、许予明和"八一支队"活动的崮山山区，大概就是艾崮山根据地一带。

　　宁伽曾经用了整整两天攀登崮山主峰。"那一次我爬上了崮山之巅，站在山顶上向北遥望——雾幔像平整的江面覆盖了群山，只有凸出的山峰刺破了雾海。那天我想，这雾幔像一道沉沉的幕布一样把千山万壑都遮掩了，把所有的谜、所有的顾盼和不安都一块儿埋葬了。面对一个后来者，崮山多么的沉默啊……"[1]"它的北坡是五百米以下的低山，低山之间就是宽广的河谷平原。芦青河与滦河都发源于崮山，站在分水线北望，可以看到细流交汇的复杂水网，被历年大水切割的变质岩河阶；再往北，就形成了它的第一段辫形河流。通常我可以沿着河阶走下去，走上几天几夜，一直走到滨海平原，踏上离芦青河入海口不远的连岛沙洲，再往东，进入我的出生地……"[2]张炜曾经不止一次往来于南部山区，登上胶东屋脊的最高峰艾山，小说所写宁伽对崮山的感情应该和作者一致，那条由

---

① 《忆阿雅》(《你在高原》第 5 部)，第 327 页。
② 《我的田园》(《你在高原》第 6 部)，第 51 页。

南山通向出生地"宁伽之路"大概也正是张炜之路。当年他从半岛的栖霞走到龙口海边，要走一天一夜。"到了海边以后，两腿根部按一下就像针扎一样。冬天大雪茫茫，那条路是危险的，特别令人难忘。接近年关，深冬时节，交通客车绕路串山，一般人也挤不上去，只好翻山越岭往回走了。"①张炜说《你在高原》"是一部长长的行走之书"。小说里的宁伽确也是一个不停行走的人，他在半岛的东部，走出了一条条曲折交错的"少年路径"，又在中年之际不断地溯本求源，"从山地到平原，踏遍了每一个角落。"这种不断往回走寻故旧的行动就像循环往复的诗行，他曾经走过的"少年路径"，逗留过的村庄、小屋，相处过的山野老人、房东大娘、山民、工友，品尝过的野物、脆骨石，都成了可堪感喟的关捩和韵脚，甚而成为这一整部大河小说的内在线索，鼋山山脉则是这条线索中最显目的主轴，正是站在高高的鼋山主峰，张炜和宁伽才得以俯瞰山南水北，临眺更为辽远的高原。

【砧山】

宁伽说："我曾无数次地在砧山南北走过……"②砧山是张炜着墨较多的另一座高山。鼋山近旁的另一高峰为砧山，按《无边的游荡》所写③，砧山好像在鼋山之东，界河和芦青河即发源于此。在《曙光与暮色》，则明确交代鼋山山脉一直向西蜿蜒，与砧山山脉交会，可见砧山位于鼋山之西④。《荒原纪事》更为详尽地交代了几座山的关系：

　　这里所有的山脉差不多都是东西走向，鼋山山脉向前
延伸不到两公里，便分为两道支脉：一支向西，即贯穿整

---

① 《行者的迷宫》，第37页。

② 《荒原纪事》，第117—118页。

③ 参见《无边的游荡》第90页。

④ 参见《曙光与暮色》第175页。

个半岛南部的尖山；另一支走向西北，在那里形成了一座高峰，即有名的砧山。鼋山山脉是几条大河的发源地，其中最有名的是卢青河、界河和滦河。它们差不多都是北流水，纵向穿过丘陵和平原地区，泻入渤海湾。向南的河流主要是两条，白河和林河。[1]

《忆阿雅》中，宁伽和妻子重回南部山区，寻找义父老孟，察看父亲的苦役之地，便是在砧山一带，砧山西北那片低山盛产金子，距鼋山主峰约四十华里。按此，砧山当指位于栖霞西北苏家店镇的蚕山。此山东距艾山四十里，西临招远，北临龙口，东北与蓬莱接壤，是一座死火山，顶部的大石硼就是几乎垂直的"火山锥"。清康熙版《栖霞县志》载："栖霞西北五十里一孤峰，形如蚕蔟"，因陡峭的主峰犹如一只昂首挺立巨蚕，"蚕山"因而得名（当地人还叫它"奶头山"）。蚕山高耸突兀，即使在招远市区、龙口的黄城，也能清晰可见。蚕山最高峰海拔四百九十三米，小说里的砧山高九百余米，显是夸张了（胶东半岛最高峰昆嵛山海拔九百二十三米）。

实际上，张炜也曾明示，栖霞西部最高的一座山叫蚕山——书里改成了"砧山"。[2] 为了访问一位抗战老兵，张炜专程去过蚕山，"那里发生了重要的战斗，我就实地查看。在那里不远我看到了很大的烈士陵园。在那个地方走了一个星期，蚕山附近，包括一些村庄。"就是在蚕山上，他见到一种能吃的脆骨石，后来把它写到了小说里。蚕山大部位于苏家店镇，往南为寺口镇、官道镇，张炜的蚕山之行大概就在这一区域。查栖霞地图，仅蚕山周边就标注了多处烈士陵园或纪念碑，当年的战斗之烈可想而知。其中，规模较大的有两处，一是位于寺口镇灵山村西南的灵山烈士陵园，是为纪念1941年在"灵山战斗"和1943年"李家沟战斗"中抗击日军牺牲

---

[1] 《荒原纪事》，第117页。
[2] 《行者的迷宫》，第355页。

的烈士修建，一百一十六名无名烈士长眠于此。另一处是位于官道镇李家沟村南的抗日烈士公墓，为合葬墓，安葬着 1943 年在与日伪军战斗中牺牲的七十余名八路军烈士的遗骨。按张炜所见"很大的烈士陵园"有可能就是灵山烈士陵园——该园始建于 1945 年，2012年进行了大规模的重修。

【陵山】

《橡树路》有一重要情节，宁伽的四个好友——大学讲师吕擎、画家阳子等四人——到南部山区游走、经历别样的生活。他们乘火车向南一千余里，（若按实际情况，往南一千里已出了省界，这里应是虚指。）从一个大镇徒步进入南部山区，跋涉十一天，才深入到大山腹地——一个位于陵山山脉狸子山北坡的穷僻小村。据说这里向北千八百里有王屋水库——这个水库确凿存在，位于龙口市最南边和栖霞交界的地方。事实上胶东半岛南北最长距离也不足五百里，所谓"千八百里"当是村人夸张了。不过根据陵山山脉的方位（王屋水库以南）和走向（西南－东北），大可推断吕擎一行翻越的陵山就是招远境内的罗山山脉。罗山主峰海拔七百五十九米，是胶东第三大山。这里是举世闻名的金矿富集地，拥有亚洲最大的黄金矿田，被誉为"中国第一金山"。罗山古称阳丘山，别名玲珑山，陵山之名或取于谐音。实际上，此山在《家族》中即已出现：半岛西部的玲山有金银矿脉，曲贞的祖上就靠了开采金矿发家。可见，陵山、玲山即玲珑山之简称。玲珑山主峰南麓有玲珑镇，号称全国黄金第一镇。小说里所指黄金大镇当是指此镇。玲珑山位于蚕山以西——那么小说里的陵山就在鼋山以西，陵山北有济河、迷河，东有白河、林河。在小说中，陵山又被当地人叫做鹿山、岭子山、叭狗儿山，济河被叫做三道湾子、白石头河、牙子河。吕擎一行一路南行，经过狸子山、专做墓碑的宽场村、济河旁的镇子官道崖、淘金村小夼（kuǎng），最后到达林河中游的钱扣村，因给村里孩子办冬学，被下河镇的人扣押、赶出山里……

上述地名很难一一查考，大致应在招远南部至栖霞、莱阳三市交界地带，招远东南角毕郭内有官地村，又有官地注村，栖霞西南角有官道镇，所谓官道崖之名或源于此，莱阳西北角谭格庄镇有下河村，这样从玲珑镇辗转南行，和小说中的行走路线大抵相符。至于那个专做墓碑的宽场村，倒是西边很远的莱州市有个号称"中国石都"的柞村镇，不知是不是宽场村的由来。

据张炜在散文《三次同行小记》中回忆，他曾两次和一位军旅作家深入到玲珑山区采访：当年的采访一般要在有关部门的指导下进行，但是他们经常"不守规矩"，到一些自己感兴趣的地方去，"常常去一些真正穷乡僻壤，那里交通不便，迷路是经常的事"。[1]第一次去玲珑山时张炜年龄不足三十，是上世纪八十年代后期，正与《橡树路》所写吕擎一行到陵山的情境相符，小说的写作应该调动了作者的切身体验。

【车前村】

见于《荒原纪事》。宁伽在"那个夜晚"告别小白后，继续寻找鼓额。途经界河上游一大村子河头集，遇到一伙流浪汉，其中包括逃亡的红脸老健几个人。接着翻过砧山再往东北走，河谷中有车前村，此村已改名为车前集团，鼓额就在此打工。外来打工者住原来的土房茅屋，叫"下房"，总经理"老哈"和本村人住新建的二层小楼，叫"上房"。这种区分类似于"嫽们儿"的"橡树路"。

【荆山】

《人的杂志》有一章专写宁伽和武早的"山地行"，二人去往南部山区，进入荆山山脉。这里海拔千米以上的高山随处可见，站在山脉的分水岭上，向北隐约可以看到东西走向的大汶河，甚至能看

---

① 《张炜文集》37卷，第51—58页。

到注入渤海的黄河。荆山山脉向西绵延十几华里又折向西北，位于拐角处的荆山最高峰海拔一千五百多米。若从山的高度、大汶河的位置判断，这个荆山好像能跟泰山吻合。但是小说里又说，从荆山山脉发源的林河和白河向南注入了黄海，而且宁伽的葡萄园又在它的东北方向，据此判断，荆山应该也是嵒山山脉的一支，或是砧山的一部分。如果砧山对应现实的蚕山，那么荆山对应的大概就是蚕山东北的崮山。崮山位于艾山北十四里，有南与北两崮，南崮海拔五百一十米，北崮海拔五百四十二米。现实中的崮山位于蓬莱和栖霞之间，龙口在其西北方向，若是按此方位关系，崮山和葡萄园也对应不起来。此外，小说还写到荆山附近有一条纵贯我国东部的巨型断裂带，这个断裂带当指郯庐断裂带，它纵贯整个山东半岛，包括荆山在内的南部山区也在其内。小说里的荆山显然含有虚化成分，现实中的南部山区既无千米以上的高山，也未必能够能远眺黄河。

再据向南流入黄海的白河、林河，大概可与大沽河、五龙河相对应，这两条河正发源于艾山山脉，是胶东地区最长的两条河。大沽河源于招远东北部的阜山（艾山西麓），途经莱西、平度、即墨、胶州、城阳，在胶州湾入海。五龙河为胶东第一大河流，有五大支流，主流清水河源于栖霞牙山山脉南麓，另有一支流蜆河亦源于艾山南麓。大沽河、蜆河都源于艾山山脉，由此可证宁伽在荆山顶上看到的白河、林河很可能就是蜆河、大沽河。

【尖山】

嵒山山脉向西的支脉——《荒原纪事》所称贯穿半岛南部的尖山，当指栖霞西南的方山。清光绪版《栖霞县续志》称："山方而平，故曰方山。"海拔四百零四点四米，山顶平缓，像平原，面积有四五千亩。从空中向下俯瞰，整座山平面图如一只巨大的神龟，又称"龟山"。山间偶会出现山市蜃楼奇观，相传清光绪五年（1879），时任栖霞县令的黄丽中亲睹方山顶上道路经纬纵横，题写了"方山晚市"。

【螺蛳夼】

出自《能不忆蜀葵》，是主人公淳于阳立的老家。淳于的父亲为南下干部，在那座江南大城重又娶妻，生下淳于阳立。他很小的时候即被打发回老家，交给父亲的前妻抚养，淳于叫她老妈。螺蛳夼四面环山，坐落在一条河边。这里小石屋，人，一切都透着贫寒。村街坡地，房前屋后长满了野生的蜀葵，各种人，树木，草，石头，都是那座大城看不到的。山里人的饭菜没有荤腥，最大的享受是去河溪捞来大把的螺蛳炒了吃。螺蛳佐酒，响马故事，跳女人院墙，是夼里公认的"三宝"。让淳于一生难忘的是老妈的辣椒炒螺蛳和村里老人酒后的故事。还有就是高高的石墙下有一根黑木棍，若是半夜有人跳进来，老妈就会轮起木棍打过去。淳于阳立在螺蛳夼野蛮生长，得外号"土驴"，上中学时被生母接回，但他对巨兽一样的大都市极不适应，中学毕业后恰逢知识青年上山下乡运动，他便兴高采烈地插队回到螺蛳夼，继承了老妈的一间半石屋，正式成了小村一员。他在村里做了几年赤脚医生，治好了多人的"色痨"、"饿痨"。"文革"后考上美院，成了一名画家。

螺蛳夼对淳于的影响是根本性的，这个贫穷的村子无疑是混到血液和精神中的故乡，那里的小石屋、蜀葵林、辣炒螺蛳成了最难忘记的怀乡之物。后来他看中狸岛，在那里安家，还要把小岛买下来，皆有一种螺蛳夼情结在里头。这种故乡情结应该也是张炜个人经验的又一次嫁接转移，他把对丛林小屋的怀念转化成了淳于阳立对山村小石屋的深刻记忆，让淳于阳立即便早已走出螺蛳夼仍旧是一头凶猛的"土驴"，是一个很"生"的人。

按《能不忆蜀葵》所说，螺蛳夼位于半岛的"另一端"，龙口的另一端大概是海阳和乳山，那里确实能找到好多叫"夼"的村子，夼是胶东方言，指山间谷地。张炜在散文《山路》中写了一个作家，他十几岁就离开那个大都市，到父亲的出生地做下乡知青，那个小山沟名叫"泊子"，应该也是另拟的。若是继续追根求源，我们会发现，《山路》里那位作家的一些经历，恰和淳于阳立有些相似。当年他确是从半岛的一端跑到另一端找到张炜，在县委执行所的大铁门后面，两个狂热的文学青年有了第一次长谈。而在小说里，两个尚未成名的画家，也是在小城最好的一家小旅馆初次见面，彻夜长谈。这样，也就不难推断，《山路》所写，正是和张炜几乎同时成名的另一位胶东作家，他的老家便是乳山县的一个小山村矫家泊。螺蛳夼的地理坐标大可据此确定，它位于南山之东。

【小尖山】

《能不忆蜀葵》有所谓小尖山，距螺蛳夼约二三十华里，原来那里是一火山口，做过几年碎石采掘场，传说有人从中觅得宝石。淳于阳立听说后心上发热，前去寻宝，看"矿"，当即成立"宝石生产销售总公司"，要和村里共同开发宝石矿。后无果而终。此山位置不得而知，但是据其原为火山口，有宝石这一特点，可以找到潍坊市昌乐县有一座方山，山南二十里有著名的远古火山群，那里有很多被当地人用来打火的"乌金火石"，直到1985年才有人发现这种小石头竟是极为罕见的蓝宝石。方山宝石吸引了众多寻宝者，有人就以开采或低价收购的方式攫取了大量优质矿石。小说里淳于阳立的宝石公司就属这种情况。既然张炜曾把栖霞的方山改为尖山，那么，小尖山之名取自昌乐的方山似也相当。

【大鸟国】

见于《无边的游荡》。很早以前洋人在大山里修了一座黑魆魆的古堡，因为一度属于军事封锁区，除了部队几乎没人知道里面是什么样子。据说古堡很大，没有半月二十天走不到头。一到半夜，几十里之外都能听到它发出的怪声。里面的妖怪是一只秃头老鹰，专门从四周叼些小孩进去，养起来一点点享用。后来这片大山被一举世闻名的老财东买去，老财东吴大淼看中了这里的"气息"，硬是不顾死活住进了古堡。长得很像秃鹫的吴大淼转而成了传说中的"秃头老鹰"。"这片大山从此就属于新的主人了，他就住在古堡里。这么大一片地方，有多少石头树木小河，还有百种走兽和飞鸟，也都一块儿归了那个人。这让山里人烦闷，他们瞧着围起来的栅栏就像长城，看也看不到边，就说：'这大概是造了一个国吧？这国叫什么名儿？'他们想不出，后来就根据飞机上的标志，叫它'大鸟国'。这个大鸟国里一定有国王和妃子、大臣之类，一定有趣极了。可惜天大的热闹什么都看不见，山里人有点心急火燎的。"[①]"大鸟国"就像一个独立王国，古堡被密密的栅栏圈禁起来，老百姓再也无法接近。

【鹌鹑泊】

《丑行或浪漫》女主人公刘蜜蜡的老家叫上村。位置大概在芦青河下游。村东有一小溪，溪边有一沙塬，还有一高崖，溪水绕着高高凸起的崖子往北流去，近崖处有一片又平又大的水湾。崖畔有一小学校，学校有歪歪扭扭几间青砖小屋。以前高崖上曾跌下几个孩子，非死即伤。后来一老师雷丁，在崖边树桩围篱，解除了跌崖之患。刘蜜蜡就是在雷丁的动员下重新上学，成了"孬人"雷丁最好的学生，将来还要当个"大写家"。但因雷丁逃亡失踪，刘蜜蜡亦身陷不堪，被下村的民兵连长小油锉霸占。下村是个大村，离海近，当在上村以北。刘蜜蜡受尽折磨，后终于逃出下村，一路向南，先至上村，又沿着东溪去寻雷丁的老家鹌鹑泊。刘蜜蜡的游荡之路自此开始，几乎跑遍了大半个山东半岛。最初是一夜未眠翻过岭子，往东看是起伏的山岭，往南往西都是平原，是一辈子也走不完的大平场子。据此推断她应是越过南山进入了胶莱平原，这片平

---

① 《无边的游荡》，第143—144页。

原位于鲁东中部胶莱河流域，按其位于山地和平原交界处，刘蜜蜡应是到了栖霞南部。她在平原野地上不知走了多少弯路，终于打听到鹤鹑泊是在芦青河西边的界河下游，这才折回头向西再沿界河向北，在登州老家的方向，找到了第一个终点站鹤鹑泊。

【棘窝镇】

《刺猬歌》的发生地仍在登州海角：

> 老天爷看下这块好地方，如一头花鹿犄角插进了大海，三面都是水。无论山峦还是平原，到处都是树木。西面南面都是高山，是丘陵，起起伏伏伸入大海，渐渐化为一片平原。丘陵北侧人烟最稠密的地方叫老棘窝……①

棘窝村早就成了一个大镇，原来这里有个最大的财主霍公，霍家的青堂瓦舍压在丘陵平原之间，把山地平原都占了。后来村里的唐老驼上山当了响马，带人占了霍府，杀光霍家老少三十三口，棘窝镇自此姓唐，成了唐家天下。

棘窝镇西南有一溜山影，即金子山，有金矿，是为唐家世代盘踞之地。据此推断，棘窝镇当位于平原与南部山区交界处，大概在南山的西北方向。龙口南山产金，有七甲镇、下丁家镇等多处金矿，棘窝镇大概和下丁家镇的位置相当。小说里的金矿主唐童，就是看准了家门口的山上出了金子，抢先办起了金矿，使出强硬的手段凿出了最棒的金洞。后来又在山下圈地建厂，树起了浓烟滚滚、飘着屁味的"紫烟大垒"。依靠所谓天童集团，唐童不仅完全控制了棘窝镇，把大半个平原也收到了囊中。

因有人发现该镇处群山围拢之中，唯中间低洼，还散布一些小丘，极像人的肚脐，唐童便把镇名改名脐窝镇。几年后又有人看到

---

① 《刺猬歌》，《张炜文集》8卷，第19页。

该镇南部最高的岭子像一只刚刚落地的锦鸡，于是脐窝镇又改为鸡窝镇。棘窝变鸡窝显然是一种讽刺，不过通过镇名的更迭，也能看到世事人心的变迁。

【牙山】

牙山位于栖霞东南部最高山，主峰海拔八百零五点八米，分称大牙、二牙、三牙，三峰巨石矗立，陡险异常，形如锯齿，故称"锯齿牙山"。1941 年 3 月，许世友指挥的"牙山战役"歼敌一千八百余人，俘敌两千多人，建立了牙山革命根据地。牙山东麓有胶东革命烈士陵园。尚未发现张炜小说中是否写到牙山。

三

张炜早期的文学地理空间主要是家乡的海滩平原。从《木头车》到《声音》《一潭清水》《秋天的思索》《古船》《葡萄园》《秋天的愤怒》《蘑菇七种》可以说都是一种弥漫着河海气息的平原叙事，其叙事空间基本是封闭的，静态的，人物大都有其固定的角色定位，在林场、海滩、河边、葡萄园之类固定的空间里活动，最多是在生活区和劳动区之间走动，极少有长距离的空间位移。《古船》里的隋不召虽然曾经离家出走，但是这一个别反例从来未进入洼狸镇的宏大叙事，他和其他人一样最终死在了洼狸镇的死局中。所以，《古船》之前的"平原叙事"，其基本模式是"特定地点 + 特定人物 = 特定故事"，地理环境和人物的性格命运往往是捆绑在一体的：假如离开了一潭清水和一片瓜地，就没有《一潭清水》中的瓜魔；离开了那片无边的树林，就没有《声音》中的二兰子；离开了古堡一样的磨房，就没有《古船》中的隋抱朴；离开了葡萄园，也就没有《秋天的思索》《秋天的愤怒》《葡萄园》中的老得、李芒、明槐和安兰；离开了那片国营林场，就没有这方世界的"君王"和他的雄狗"宝物"……可见，张炜的故乡叙事不仅反映出一种大地情怀，还遵循了一种以地理环境为主导的地理叙事——地理与人物的关系决定了他的叙事伦理。《古船》里的四爷爷有句话：什么都在规矩里面。洼狸镇也在规矩里，镇上的人都在规矩里，一切都是"在规矩"的事。在洼狸镇—登州海角，个人赖以安身的地理空间成为一种无形的约束力，"在规矩"成为一种生存定律。依着规矩做事，就拥有一定的生存空间。出了规矩，就可能被成为无处安身的丧家之犬。比如《秋天的思索》中的老得，因为不满于受制于"黑暗的东西"，感觉到"这里现在不是我待的地方"，只能选择"我老得走也！"自己从葡萄园走掉了。《秋天的愤怒》中的李芒，因为出身不好，只好带着妻子逃离芦青河，到南部山区流浪，后来又去了东北。由此可见，发生在登州海角的平原叙事总体上是受制于地理空间的，基本是封闭空间内的封闭故事，人物受制于既定的空间，更受制于既定的规矩，就像在有限的舞台上我们演的只是集中在聚光灯下的关键场景，至于聚光灯以外的故事、幕布后面的故事，往往付诸阙如。

自《九月寓言》，张炜的叙事空间开始扩大，原本只是给平原作背景的南部山区开始变作近景、实景：五十岁的金祥走出小村，翻过了"南边黑乎乎的大山"，从山那边背回一面被大家视作圣物的煎饼鏊子。按张炜所说，这个跋山涉水背回鏊子的实有其人，他从鲁南逃荒而来，因为想起了老家的煎饼，便从海边走回老家，千里迢迢背回一个鏊子。鲁南地区的临沂、枣庄、日照大都喜食煎饼，离龙口最近的地方是日照的五莲县，两地往返恰有一千多里，果真是"千里迢迢"。当然，若按地理方位，翻越南山似乎并不是最佳路线，张炜所说"从海边返回鲁南"才是对的——从龙口西南沿海边经莱州到胶莱平原，再过平度、高密、诸城至五莲，仅接近五莲的最后一程是丘陵山地，小说里写的一路总是翻不完的山显然不是这条常规路线。看来张炜是有意舍近求远，舍易求难，让金祥走了一条历尽磨难的恢奇之路。就是在这个千里背鳌子的故事中，南山首次成为张炜叙事的推动力，也是在《九月寓言》之后，张炜的写作由平原叙事引入了"南山叙事"，他的文学地图也从登州海角扩大到了南部山区。我们看到，在其后的创作中，张炜的故乡大地不再是工笔描摹的布景，不再是框限其叙事触角的固态场景，而是进入了人物的命运机制，本土空间有了突破规矩的"外乡人"，安土重迁的本地人也开始走出乡土，成为行动的人，他们故事因此由点而线，画出了具有时空跨度的路线图。《远河远山》中的栻明从平原小城走向南山。《能不忆蜀葵》中的淳于阳立从江南大城来到螺蛳峤、半岛东部小城，又从省城去了小岛。《丑行或浪漫》中的刘蜜腊奔波于平原河川和南部山区之间，又从鹌鹑泊流浪到省城。《外省书》《刺猬歌》《你在高原》中的廖麦、史柯、宁伽、庄周、吕擎等人的足迹更是遍布半岛内外，甚至跑到了国外。这些人物不仅在地理坐标上发生了长距离、多地点的位置移动，而且人生际遇也发生了大幅度的改变。南部山区扩展了张炜的叙事格局，让他的文学地图有了更高海拔的复杂地形，也为我们绘出了一张往来于平原和南山的徒步路线图。

第三章　作为外省的半岛及其他

一

　　张炜说过，他第二阶段的游走（1972—1978）主要是在南部山区，"经常翻越很大的山，翻过胶东屋脊（栖霞市境内），西到胶莱河，南到琅琊台，东到荣成角，也就是那个有名的'天尽头'。"[①]按此边界，显然大大超出了南部山区，基本包含了整个胶东半岛。大概从1988年起，张炜在龙口挂职九年，也是他四处游走的第四阶段："有时候走和工作、出差和写作，都搅在一块儿，成了一种生活方式、一种习惯了。我在一个地方总是待着就是不行，待不了几天就烦躁得不行，必须走，必须捎起背囊。常常有一个错觉：远处有一个人在喊我——快走啊，快走啊……在济南待不住，在龙口待长了也不行，老觉得远处有一个声音在说——走啊走啊……常常半夜醒了就听到这种呼喊。"张炜被这种呼喊召唤着，行走的频次更勤，行程更远，去了鲁南山区，到过鲁中的东平湖、马踏湖、微山湖等湿地湖区。这次行走"触角张开较大，什么东西都留意。无论是民俗、动物、植物、河流、山脉，只要遇到就要记录"。比如在鲁、苏、豫三省交界地区，张炜就见识了大量的所谓"隐士"——逃避计划生育的、捕鱼的、逃难的，各种奇怪的人让他看到了隐藏

---

① 《行者的迷宫》，第347页。

在苇丛、野地深处的另一种生活。另外，借助文学活动、学术交流之便，张炜的足迹不仅遍及全国各地，还去过国外的许多地方。这一时期的行走对张炜尤为重要，当然会对他的写作产生长期作用。以《你在高原》《外省书》为标志，他的行走地图不再局限于半岛世界，他的文学地图也更显层次清晰。

二

【不夜城】

《丑行或浪漫》中刘蜜蜡的野路狂奔以鹌鹑泊为界分作两个阶段。前一阶段是为寻找启蒙老师雷丁，后一阶段是为寻访心上人铜娃。雷丁已跳界河，蜜蜡只好沿河堤返回，途中再度被小油锉父子抓获，囚于下村的老黑屋。这一次蜜蜡杀死了欲行不轨的村头伍爷，又一路向东出逃，至海边东县地方，即胶东地界。为了寻访铜娃，又折向东南，逃往没有登州腔的大城市。经过黑马镇和几个城市，辗转了几年，又折回去原地，才打听到铜娃的去向，终于找到了真正的"不夜城"。没有夜晚的省城，成为蜜蜡第二次逃亡的终点。她如愿找到了心上人，如同灰姑娘找回了王子，她要重新改说登州话，还要成个"大写家"。

我们看刘蜜蜡不屈不挠的寻师、寻爱之路，登州老家—胶东半岛—省城，其实正暗合了张炜的流浪—返乡—离乡之路。通过野蹄子刘蜜蜡慌不择路的翻山越岭，张炜大概闭上眼睛也能画出一条清晰的路线图。刘蜜蜡漫长往复的游走与追寻，正好与张炜的生命轨迹重叠。刘蜜蜡的奔跑扩大了张炜文学地理的辐射半径，从沿海跑向内陆，从荒野跑向城市，甚至跑出了省——有一回，她被人贩子骗到了山西，拼死拼活才又回到这座大城。

【老城堡】

位于省城,在一座黑色塔楼的顶部,只有一间半,是《能不忆蜀葵》中淳于阳立和妻子苏棉一起经营的小家,原是苏棉宿舍,被淳于改造成了"人世间最温暖的巢"。之所以取名老城堡,大概是因为淳于把自己当成了一个山大王,而苏棉就是他掳来的小公主。老城堡所在的塔楼一度曾被爱的荷尔蒙折腾得不得安生,但很快就形同驿站,淳于经常像浪子一样不着家,外号蜂鸟的小妻子就守在老城堡盼着她的王子归来。老城堡成了一个象征性的家,或者说,成了浪子的退守之地,淳于阳立不断地放逐自己,偶尔又出其不意地归来,因为狠不下心离弃他的小蜂鸟,当然也就放不下他的老城堡。

【山镇】

除了口子镇,《远山远河》里还有一个重要地点,叫山镇。其实这也是一个笼统的叫法。位于省城以东二十华里,是"我"的又一长期滞留地,在这里的粉丝场,出现了一位让"我"感激和敬重的文学兄长韩哥。"我"把他当成了神圣的作家,他却谦卑得不肯领受。在这里,"我"写出了平生第一首诗,作出了必将成为诗人的决定,还跟着韩哥爬上了山镇最高的鹰山。就是在山镇,"我"跨过了漂泊的青年时代,走向了喧哗的省城都会。

【老洞山】

见于短篇小说《三想》,位于市区三十五公里之外。这里自四十年代就是军事封锁区,是一个具有原始意味的绿色世界。到处都是林木葛藤,里面的叫唤声此起彼伏。小说题为《三想》,即分别写了一个人、一只狼和一棵树的故事,反映了老洞山自然平衡之美,表达了人的反省和悟思。[①]

[①] 《文集》第 25 卷,第 208 页。

【橡树路】

位于省城东部老城区，二百多年前原是外国人的租界，本来就长了许多高大的橡树，洋人在这里筑窝、建教堂，留下了许多浅红色的和棕色的小楼。二百年下来，这里几易其手，先后属于东洋人西洋人，属于白色红色政权，既住过举世闻名的军阀头子，又逗留过穿黑色长袍的教主。他们一茬茬争斗接替，你方唱罢我登场，也断断续续把橡树路建成了一个古堡隐映的童话世界。因为总有一些特别的人物住在橡树路，这里也好像是一个半封闭的城中之城。六七十年前这里曾筑起高达三丈三的围墙，墙顶还栽满了玻璃碴和铁丝网，后来尽管拆了围墙，普通市民可以往来出入，但是橡树路仍改不了它作为"上层建筑"的阶级属性，住在这里的当然还是这个城市的名门贵胄。所以，虽然现在的橡树路四周已经被各种新建筑一点点蚕食，这些灰头土脸的新建筑与别的地方毫无二致，但是真正的橡树路，它的内核部分，一直像这座城市深藏不露的一颗明珠，总是让人心生羡慕，浮想联翩。因此，《你在高原》里的橡树路实际上是一个带有神秘色彩的官邸禁地：

> 一百多年里橡树路上住过的人脾气差异巨大，性格迥然不同，一代与另一代、一茬与另一茬，简直就是不共戴天的仇人。可是他们对橡树路的嗜好却是一样的。……所有的胜利者都先后住进了橡树路，对大多数人来说，这儿终成陌生之地，让平民百姓望而却步。有许多年，通向橡树路的所有路口都有岗楼哨所；后来虽然开禁，但区内最重要的一些院落仍然是封闭的。[1]

橡树路的主人是以宁伽的岳父、庄周的父亲、吕擎的父亲、白

---

① 《橡树路》，第 67 页。

条的父亲等大首长为代表的"胜利者"。他们接手了失败者的遗产，也给下一代造成了难以消化的负累。沉陷在历史旧账与市井传说中的橡树路成了一个阴气森森的地方，说不定哪个大宅就是凶宅鬼屋，住着吃人的老妖。

另外，在半岛东部——南部山区和北部平原交界处——还有一个冒牌的"橡树路"。它的每条路每座楼是照葫芦画瓢，按省城的橡树路原样仿造的，只不过路更宽了楼更大了，而且所有的房子都贴上闪闪发亮的瓷瓦！尽管这里没有橡树，也没有别的树，但是因为暴发户"嫽们儿"年轻时和橡树路的首长过从甚密，对橡树路极端崇慕，才不惜血本造出一个敢和橡树路比阔的别墅区。这个到处都是水泥和陶瓷贴片的贵族村不仅照抄橡树路的形式，还模仿橡树路的入住原则：只有当上了车间主任、副经理、分公司经理的"头儿"才有资格住进"橡树路"，其中最气派的宅子当然非"嫽们儿"莫属。

橡树路现实中似无确处，如今济南城区东北有一百年老教堂，但其近旁并无古旧的洋楼别墅。火车站附近有几处德式老建筑，原为胶济铁路德国高级职员公馆，建于一百多年前，但也只是区区几栋，无法与小说里的橡树路相提并论。按其形制规模，青岛的"八大关"倒是庶几近之。或许橡树路的灵感来源非止一处吧。

至于那个冒牌的"橡树路"，也许很容易就能定位到某个村镇企业。不过若是放眼看去，似乎各个地方都能找到类似的暴发集团，类似的冒牌建筑，我们也不妨当作一种举国盛行的通例。

【阿蕴庄】

省城的又一神秘之地，隐藏在一个不太起眼的院落中，整个院子其实是一家饭店，占地二十多亩，有七八座两三层的楼房，这些建筑表面上平平常常，内里却极度阔气奢华，"阿蕴庄"即是租用了最南边的一座二层小楼。所谓阿蕴庄可算作私家会馆，或曰私人收藏馆，"里面摆满了艺术品，只对内部极少数人开放。所有去过那里的人，都是一些特殊的人士。"[1] 这里收藏的古董字画皆为珍品，如果不是假的，"足以买下我们整个的一座城市——连同这纵横交织的柏油路、楼房、汽车，甚至还有人，全买下来。"[2] 小说借宁伽的观感写出了阿蕴庄的惊人巨富，并特别点明它的"奢靡和神秘、无所不在的淫荡"，来往于那里的人"行踪诡秘，是一些极特别的金钱与权势结合的腐化阶层"。(《忆阿雅》，204 页。) 阿蕴庄的主人是一个隐幕后的"穆老板"，此人不仅是能力通天的大财阀，且是很有学养、识见的大知识分子。当初置下阿蕴庄只是为了金屋藏娇——被他长期占有的女秘书考古专业出身，价值连城的阿蕴庄不过是有钱人表达爱意的小小礼物。后来"穆老板"露出了真实面目，这个派头不小架势唬人的神秘大佬，竟然是宁伽和吕擎他们共同的好友林蕖。一边是正人君子，道貌岸然；一边又声色犬马，生活糜烂。一边是愤世嫉俗，忧国忧民；一边又金钱铺路，胡作妄为。昔日甚有精神洁癖的理想主义者变成了抛弃底线兜售情怀的双面人。阿蕴庄这种看似高雅高端的文化窝点大概也是成功人士的配套装备，现在不管大小城市都少不了类似的会馆、庄园，当然也少不了林蕖那样的集精英和小丑于一身的连体怪胎。

【黑狗街四十六号】

省城的一条老街，《人的杂志》人物雨子的住处，宁伽曾到这里找雨子。这个街十分幽静，到处都是青藤，街两旁大多是陈旧的青砖房。过去可能是这个城市的富人区，今天仍可能住了不少富人，藏下了一些骄奢淫逸的家伙。雨子的小院有一个暧昧的黑漆小门，院子里青砖铺地，一个小花园，种了许多植物。

---

[1] 《忆阿雅》，第 18 页。

[2] 《忆阿雅》，第 20 页。

【闹市孤屋】

出自《无边的游荡》。岳贞黎的养子凯平主动离开橡树路阴森的大宅，在城东棚户区内找了一座简陋的青瓦平房独居。房子只有两间半，院子顶多有二十多平方米。这里像贫民窟，地段很差，却并不嘈杂，简直一片死寂，如果仔细听，能听到远处有收破烂的叫声。凯平的行李极少，只有几床绿军被，几件洗涮用具，像是生活在帐篷里，如同隐于闹市。

【"老煞神"之山】

《我的田园》最后一卷主要记述宁伽的"西行"——他所探访的半岛中部山地、西部平原，其实也是张炜本人除南部山区之外曾经实地行走的区域。如果从小说情节发展来看，宁伽途中的所见所感大可忽略，但是张炜不嫌冗赘，详尽记录了他一路西行的全过程，且有大段大段的议论抒情，一些总结回顾性的文字——比如"记忆中走开的一个个同伴"，"一个人到了中年仍然还要忍受走失同伴的痛苦"——显有借由小说人物自况之意。在述写宁伽不分昼夜地翻山越岭，在异乡的野地奔波时，张炜不过是重新勾描从前走过的路。宁伽的这次西行扩大了张炜的地理版图，由半岛东部跨至中西部。从其行程来看，他先是在一个简陋的小站下车，随即徒步茫茫荒野，进入丘陵地带，再翻越"那道有名的山脉"，最终找到一个深山里的小村。这里所有的街巷房屋都是石头和泥土垒起来的，地方苦，出怪人，"老煞神"就是这地方出过的怪人。

那么这座出过"老煞神"的山在哪儿呢？按其海拔比胶东南部山峰高出三百至五百米，离大海最近距离约有六百多里，那么宁伽所指"那道有名的山脉"或为泰山山脉。泰山主峰海拔一千五百二十四米，小说里的大山比它更高——海拔最高点约两千米。

【大河浜】

宁伽西行的终点是更西边平原上的一个古镇，这里靠近丁洇的古运河，曾是一个商贸码头。"飞脚"的老家就在这个古镇，但是当年被飞脚掠走的"小慧子"并没住在这里，而是回到了自己的老家——位于古镇西边的"大河浜"。这里远远近近都没有什么村落，而是一片旷野，长满了芦草和灌木，和宁伽从小熟悉的海边河汊有点相似。继续向西，走过废弃的村庄，沙化的河滩，终于看到一个河边小村，一间小茅屋——住在这里的老人就是小慧子。大河浜的"小茅屋"成为宁伽西行的终点，这一场执着疯迷的千里跋涉可以称作"宁伽西行记"。

> 继续向西……这是我心中一个奇怪的方向。记忆中出生地的西边是没有心头的莽野和丛林，我几乎从来没有穷尽过它。它那么多的秘密，连妈妈和外祖母也不能把它讲个周详。大约也就是童年给我的感觉吧，西边总是给人一个未知、苍凉、茫然的意象。是的，我看到无论是太阳还是月亮，最后都隐入了西部。那儿不是太阳的出生地，却是太阳的隐地。就是这种不可解的一切引诱了人，让其忍受和向往，一步步踏向那个遥远。人这一生只知道希求，为此而忍饥受渴，却不知道前方到底有什么。[①]

对宁伽来说，这种向着"太阳的隐地"不懈奔走的行动着实是自讨苦吃，简直可以称作张炜版的"夸父逐日"：宁伽一路向西向西，这情境更与夸父何其相似，只不过夸父"道渴而死"，宁伽却和一位酷似外祖母的老人（正是小慧子）意外相遇，连呼"我渴我渴"，他喝光了老人缸里的水，便倒头睡去，直睡了两天两夜——

---

① 《我的田园》，第416—417页。

重新醒来的宁伽不正像重又复活的夸父？他向西的行走本来就是要寻找故人，寻求真相，一片洪荒大河浜便相当于得证真如的混沌之乡，让他重回外祖母的怀抱，得到母性的救赎。

大河浜位于何处？按宁伽的去向应是鲁西平原，那个古镇像是靠近运河的临清。所谓"大河浜"在小说里并非确指，而是指古镇西部的河滩湿地。临清以西即卫运河，是山东、河北两省的分界线。我们也可以认为大河浜就是张炜文学地理的西部边界，是与他的出生地遥相呼应的大隐之地。

【西郊】

《你在高原》第八部《曙光与暮色》原名《西郊》。狭义的"西郊"就是指城市的西部郊区，张炜则是把"西郊"当作了灵与肉的试炼之地，小说中三个主要人物宁伽、曲浼和庄周的辛苦遭逢都是在"西郊"发生。遭受迫害的老教授曲浼所在的劳改农场，就是在城市西郊的大山里。当其最终曝尸荒野被看山的石屋老人发现时，恰恰也在西边："他无心做任何事情，只登上山坡向西遥望。西边总给人一种苍茫的感觉，实际上也是如此。……他平时什么也没有想。可是在这个奇怪的上午，他只想往西走，再往西走；他想看看西边的什么，这成了他的一个心思。"[①]结果，就在西边的山坡上，在一片雪白的茶花之中，他发现了一个黑点，那正是曲浼的遗体。对于一个活着就是受罪的"罪人"来说，西边是流放之地，逃亡之地，也是死难之地，无论他怎样挣扎，都无法逃脱终究一死的命运。

当然张炜童年生活的海边林子同样也在西郊。对他来说，"西郊"不单是一个抽象的地理方位，还是一种奇特的心理指向。宁伽就是躲到了省城西郊的一座小草屋"静思庵"——"静思庵主"的老家——为他的老板黄科长编撰"自传"。在《曙光与暮色》中，宁伽再次强调了他的方向论："我一直觉得：人面向不同的方向会有

---

① 《曙光与暮色》，第374页。

不同的感觉。这也许因人而异，比如对我来说，西边总有一种苍茫无定感。这种感觉的缘由不得而知。平常所说的'上西天'、'西天取经'等等，也都给人这种苍凉神秘的感受。……我记得童年生活过的地方——大李子树和小茅屋的西边就是一座又一座沙丘链，是丛林。再往西就是芦青河。跨过芦青河就要进入苍苍茫茫的一片了。"[1] "这一次啊，我真的向西走了很远。我曾经说过，一个人只要足踏大地，他对不同的方位必然获得不同的感知：西部对我来说永远是一种苍茫无定，它深远无际，既让人遥想又让人恐惧……人穷尽一生也走不穿西部那一片苍茫，他所能做到的只是把自己融化在那里，无声无息。"（《曙光与暮色》，450 页。）"西边"既意味着成长的秘境，也意味着一种未知的终结，而向西的行走又被宁伽当成了一种生命姿态：向西而行不过是向死而生。

【海北】

海北是为渤海之北。《家族》中宁珂的岳父曲予和女仆闵葵私奔之地是海北。宁珂的叔伯爷爷宁周义在海北也有生意，宁珂就因常去打理生意，才在那里结识了一些"很特别的朋友"。海北在小说里从未作为故事的发生地出现，只是若干人物曾经去过的地方，是一个过渡性的经停之地，又是一个避难、再生之地：曲予从这里去了国外，跟从一位荷兰大夫学医；宁珂在这里成了地下党，走上了革命道路。

从地理方位上看，大连位于渤海北岸，是山东人过海登岸的必经之地，海北那座有名的城市所说当指大连。

【琅琊台】

初见于《古船》引述《括地志》所载，琅琊台乃齐长城东到大海的终点。在《海客谈瀛洲》等涉及徐福、秦始皇的作品中，琅

---

[1] 《曙光与暮色》，第58页。

琊台是秦始皇东巡，初临大海之处，更是其诱捕、屠杀儒生士人之处。琅琊台是两千多年前古人缘琅琊山夯土筑就的。周代初期，姜太公封齐时作八神，其中四时主祠就立在琅琊山上。春秋时期越王勾践灭吴后北上，在琅琊山上起观台会盟诸侯。秦始皇东巡时曾三次登琅琊，一住数月，并从内地迁来三万户百姓，重筑琅琊台，留下了著名的琅琊刻石。《水经注》描绘当时的琅琊台"孤立特显，出于众山上，下周二十余里，傍滨巨海"，其台基三层，层高三丈，上级平敞，方二百余步，高五里。史载曾有数位帝王登临琅琊台，王羲之、颜真卿、李白、苏轼等文人学士也曾到此游历，留有诗文。可见琅琊山虽然不高，却是供奉四时主的神山。琅琊台是历史文化胜地，也曾是屠戮文化的刑场。

琅琊台位于青岛市黄岛区（原胶南市）西南五十余里处海滨，三面环海，海拔一百八十三点四米，山下环台周长十五里，台顶周长一百三十米。琅琊台大概是张炜在半岛游走的最南端，从这里向北穿越整个胶东半岛，到达半岛和最北端，那里正是登州海角。

【天尽头】

位于胶东半岛成山山脉最东端，威海市荣成市成山镇，是一块突出于大海之中的陆地，原名成山头，俗称天尽头。海拔两百米，东西宽三里，南北长四里。史书记载，秦始皇曾两次到达天尽头，并令宰相李斯在此刻碑纪念。张炜小说写到天尽头也和秦始皇东巡有关。因秦始皇到过"天尽头"后死于中途，又传说有所谓政要去了天尽头就会后果不妙，所以就有高人为它改名"天无尽头"，但是此名大概仍然不够吉利，遂又改为"好运角"，并将三个大字刻于崖上。不过心有忌讳的人还是对其退避三舍，看来不论怎么改名也改不了"天尽头"给人的心理暗示。实际上，成山头位居大陆最东，是最早看到日出的地方，被认为是日神所居之地，姜太公曾在此修日主祠，拜日神，迎日出。可见成山头也是齐地八大神祠之一，乃是人神交会的圣地，何必讳作称天尽头？天有尽头，人心无尽。

成山头也是张炜在半岛游走的最东站。

【芝罘岛】

芝罘岛又称芝罘山，主峰高二百九十八米，东西长约九公里，是我国最大、世界最典型的陆连岛，位于烟台市区北部的海面上。芝罘岛阳坡有阳主庙，始建于春秋战国时期，是齐国八神主祠之一，现仅存断墙残壁。

【季府】

《独药师》的重要叙事场所，江北养生世家季氏家族的府第。小说并未明确季邸所在的城市的名称，只说位于半岛，但据附录的"管家手记"和相关历史背景，该城为同盟会北方支部所在地，登州（蓬莱）在其西部，可见故事的主要发生地应为烟台。季府因拥有长生秘术而声名显赫，掌握长生秘术的传承人称作"独药师"，季昨非便是第六代独药师唯一的传人。这个家族的人致力于阻止生命的终结，不少人活到九十多岁，至少有三人活过了百岁，甚至还有两人成功"仙化"，成了不死的仙人。这类真假莫辨的说法让季府成为超乎凡俗的神秘大宅，引得很多人渴望登堂入室，想要得到"独药师"的青睐。季府拥有庞大的家业，经过几代人的经营，"财富已经积累得有些过分"，南部山区拥有金矿，平原上有葡萄园、酒庄，城里有诊所、药局。所以它能够作为"革命的银庄"，为同盟会提供资助，同时也是革命者来往落脚的避风港。不过对于季昨非来说，家产、实业皆非要务，他的重任是复兴"独药师"的伟大事业，通过服用丹丸和特别的修炼，成为长生不老的人。因此，小说一再写到季府的生命重地——丹房。此丹房乃是一高高的碉楼，在季昨非曾祖父之前，它曾通宵达旦地进行神秘的烧炼，到其祖父时，因他引进了气息周流学说，并将其与丹丸并列，炼丹的炉火才渐渐熄灭，以至只剩下冷冷的灰烬。后来这丹房成了药房作坊，独药师隐于其中一间密室，在里面修炼养生。季昨非继承了这间密室，但无法忍受它的幽暗昏沉，多次予以改造，将其变得明畅许多。季府大宅本就隔开了人间喧嚣，碉楼密室更是隔开了一切闲杂，可供独药师在完全私密的状态中享受季府主人才有的专注和闲寂。季昨非的父亲在新婚没几天就住进了碉楼，每天只让人用竹篮吊送饮食，足足闭关了两个月，只是为了试验一个方剂的加减。季昨非躲进碉楼的时间更长，他把碉楼当成了监狱，自囚三年，由二十六岁变成了二十九岁。碉楼自囚是季昨非的一种自我惩罚，也相当于面壁三年的修行方式。经过三年的苦思苦熬，他终于冲出碉楼，走向了新生。

【小白花胡同】

见于《独药师》。"小白花胡同"是城中一个隐蔽的小胡同，胡同里有一青石小院，院里有几个清新女子，平常闭门做女红，实乃以声色事人的暗娼。不过她们虽然身为下贱，却都如不染浊俗的义妓。季昨非即和小白花胡同结下不解之缘，对哑女"酒窝"情有独钟，他常常不由自主地流连耽溺于此。或是为了断在小白花胡同长达四年的迷惘和沉沦，他才自囚于碉楼之上，用三年时间进行了脱胎换骨式的生命重建。

【麒麟医院】

季昨非走出碉楼的直接原因是不可遏止的牙疼，自家药局的大夫无能为力，他才不得不屈尊去麒麟医院找洋大夫。这是一家美国教会创办的西医院，隶属于美国南方浸信会。自新教在半岛登陆，历经三十余载，建了两座规模颇大的教堂，还兴办了学堂和医院，在当地影响渐大。许多上层人士将孩子送入洋学堂，生病则去西医院。秉持传统医道的季府药局首先受到冲击，麒麟医院成为季府的强大对手。虽然季昨非把这家西医院视为可憎之地，可是难忍的牙痛还是让他背弃了自家的药局，走进了充满石炭酸液怪味的麒麟医院。在这里，他不仅治好了牙病，而且"遭遇至物"，产生了一段独药师痴迷女护士的曲折爱情。教会和西医院代表了西方文化的强势介入，连顽固的"独药师"也不免与其顺势和解，甚至喜欢上了麒麟医院大铁门上的洋蓟图案，喜欢上那种"西洋的味道"。"麒麟医院"可以说是与"季府"相对应的一个异质的文化空间，二者既有不可调和的排异反应，又相互吸引，独药师和女护士的最终结合便印证了这种既对立又通融的微妙关系。麒麟医院的原型实为怀麟医院，该院创建于1902年（清光绪二十八年），为美南浸信会在中国建立的第一所传教医院。同时来华的第一位受过训练的女护士贝提顾（Jessie Ligen Pettigrew，1877—1962），大概就是女护士陶文贝的原型，只是张炜把她写成了被洋人收养的中国人。怀麟医院位于黄城县（今龙口市）小栾家疃，1943年毁于战火。按：小说中麒麟医院所在城市应在烟台方向，作者所写城市大概兼有烟台、龙口的影子。

【镇海寺】

见于《独药师》，位于烟台城西北三十多里，原为一处佛寺，后易为道观，是小说主要人物之一邱祺芝常居之处，由道人永晏——他是邱的老友兼弟子——带了三两个人日常打理。小说主人公季昨非跟随邱祺芝来此散心，发现这里除了有些时日久远的旧物，并不像谈玄的地方，只是平平常常。邱祺芝喜欢的正是这里的平常，他最厌弃"习气"，像道服、香火之类形式上的东西，在他看来都有"习气"之嫌。所以他坚持"一切以自然为好"。季昨非在这里吃到了妙不可言的食物，喝到了晏永亲手炒制、带有烟火气的茶。还听他们谈起夜观星辰、静坐时引来蝴蝶翻飞的感受，邱祺芝带季昨非来镇海寺，大概也是为了显示养生之道，表明"自然一体"的妙处。

【江南都会】

张炜的外省在北方，所写多为本土人物，他们的活动区域基本不出半岛及其周边，即使写到一些流动的人，往往也是北向的，要么从南方跑到北方的半岛，要么从半岛去了更远的北方。《外省书》中的师麟就是一个典型的南方人，其父来自更远的南洋，他则是听从了革命的号角来到北方，结果再也没有回去，成为永远滞留在"半岛西北部"的南方浪子。《刺猬歌》中的廖麦到一个南方城市读大学，毕业后"固执地要求回到北方"。《能不忆蜀葵》中的淳于阳立，虽然出生在南方，却与父亲的老家螺蛳岙难解难分，先是在那里长大，后来知青下乡，干脆就在老家落户，彻底告别了那个"巨兽一样"的江南都会。小说里的"江南都会"虽为泛称，南京杭州都有可能，但是最可能是指上海。这个让淳于阳立唯恐避之不及的南方大城，在某种程度上代表了一种强势霸道、不近人情的大工业模式，它以写意的方式偶一闪现，成为和登州海角遥相呼应的时代背景。

【纽约】

张炜的地理中心总在他的故乡，其人物活动范围大抵不出乎登州海角以及南部山区到省城之间。《外省书》则例外地把主人公史珂的行踪搬到了国外，让他飞越太平洋，跨过美洲大陆，到"世界之都"经历了一番异样的精彩和繁华。纽约便成为与"外省"相对立的超级镜像，史珂住到了皇后区的一座小楼里，走进了赌城、迪士尼、好莱坞，观看了百老汇的歌剧、拉斯维加斯的艳舞，在这个号称"囊括全世界奥秘之所"，也算是亲眼"目击"了虚幻国的种种不可思议之真实。这种目击当然会带来震撼和诱惑，反过来也会让到此一游的"外省人"认清自己的"存在"。史珂在京城生活了半生，退休后重回半岛老家，他的地理中心就是那里的海边孤屋，对他来说，北京和纽约才是遥远的外省。所以，当张炜把故事的延长线伸向纽约时，其重心仍在他的登州海角。当人们一窝蜂奔首善之区和世界之都时，他却转身回到了外省。当所有人都认定生活在别处时，唯独他将老家当成了安妥身心的原乡。

【日本】

见于《无边的游荡》。宁伽曾随上司娄萌出访日本，去过东京，札幌，大阪，这里"物质极大地丰富"，"世界上什么乌七八糟的东西都有"。身在异国的宁伽这样感叹："夜晚，走在繁华的街道上，那跳动的灯火、蜂拥的人群车辆，总让我觉得又回到了自己常年居住的那座城市。没有太大的区别，嘈杂，拥挤，一切遥远而又切近，就在眼前；有时候却又恍若置身僻地，一脚不慎就踏上了荒无人烟的大漠，干渴，喉咙焦干。在这匆忙紊乱的街道上，我有时会突然失忆般的，忘记了自己为什么到这儿来、接下去又要到哪儿去？"①

此外，《能不忆蜀葵》也曾写到桤明去大阪办个展，又取道福冈去了汉城、济州岛。②

【欧洲】

张炜还通过宁伽表达了对欧洲的观感：在汉堡，伦敦，科隆，柏林，佛罗伦萨，汉堡，斯图加特，纽伦堡，慕尼黑，有一座又一座摩天大楼，有拔地而起高耸巍峨的大教堂，有大得不能再大的辉煌的灯具店，有翻滚有音乐和嘶叫的服装，有美丽大方的站街女郎，有卖艺者、流浪汉和乞丐……"喧闹的欧洲，繁荣的欧洲，绿色的欧洲。只可惜走到哪里都感到阴森森的。夏秋无头无尾的绵绵细雨又加重了那种阴森感。阴冷的欧洲啊，你让一个东方的流浪者

① 《无边的游荡》，第 157 页。
② 《能不忆蜀葵》，《张炜文集》5 卷，第 147—148 页。

无法消受。"①

　　在这片喧嚣中，我不仅觉得自己是一个外来人，而且眼前的这个世界也是外来的。我并不觉得这个世界就是民族人的，在我眼里都是一样的，只有世界是陌生的、怪异的：有一个惯于恶作剧的"上帝"，是他把这样一个世界砰的一声抛下来⋯⋯

　　而眼前的城市就像我常居的那座城市一样，尽管色彩不同，有一点却是共同的，就是它们绝不适合收留我们人类。

　　这喧闹而奢华的街道真如一片广袤荒原，到处都在涌流和旋转，却没有人的立足之地。我往哪里走啊？我将走向何方？我被一只什么样的手牵制到了这里？我为什么又要与这座异域他城互通讯息？这儿不是一个正常人的巢穴，而是一座末世之城。是它发出了绝望的呼啸⋯⋯②

在张炜作品中，欧美发达国家通常都是作为印象式的背景出现的，即便像《外省书》直接写到史珂跑到纽约切身体验了那种"资本主义生活"，也是以他者的眼光走马观花，那种光怪陆离、纸醉金迷的异域世界只是半岛世界的反面镜像，比起日益暴发的登州海角、日渐膨胀的"外省"，不远的外国不过是先行一步的沦丧之地、末世之城。

<h2 style="text-align:center">三</h2>

　　综上所述，对张炜来说，写作与行走简直须臾不可分离。早

---

① 《无边的游荡》，第 160 页。
② 《无边的游荡》，第 158—159 页。

年的游荡、行走影响了早期的创作，而后来的写作又促使其进行有目的、有计划的行走。所以他才说《你在高原》是"长长的行走之书"，而他本人的生命历程也贯穿在不同阶段的行走之中。张炜原籍、出生地、居住地分别在栖霞（南部山区）、龙口（登州海角）和济南（省城），这也是他的文学版图中最为重要的三个地理区域。他的故事要么发生在三地之一——如《古船》《九月寓言》《刺猬歌》《独药师》，要么发生在三地之间——如《远河远山》《能不忆蜀葵》《丑行或浪漫》《你在高原》，总之始终都是以他的故乡——小到龙口的无名丛林、小泥屋，大到整个山东半岛——作为文学书写的地理空间，由其原籍、出生地、居住地联结出一个三足鼎立的大故乡，更呈现了一个纵横海岱、涵蓄齐鲁的外省世界。

所以他的小说几乎都要牵连到登州海角／莱夷故地，即便有的故事——如《丑行或浪漫》《橡树路》——以省城为背景，也会和海边故地有其不解之缘。由此张炜的文学地理大抵以自己的出生地为中心坐标，他的"丛林秘史"即便如《外省书》所写远到了大洋彼岸的虚幻国，远到了哈得逊河口，也不会远离他的海边故地——那是他最为得心应手的叙事资源，也是他作品中最为重要的文学背景，他用繁复的笔墨勾描了一个没有尽头的故乡。

他说过："我是这样一个写作者：一直不停地为自己的出生地争取尊严的和权利的人，一个这样的不自量力的人；同时又是一个一刻也离不开出生地支持的人，一个虚弱而胆怯的人。"[1] "我觉得有一种责任，就是向世人解说我所知道的故地的优越，它的不亚于任何一个地方的奥妙。"[2] 因此也可以说，张炜四十多年的创作生涯其实是以文学的方式还乡，他用千万文字重构了一个纸上的故乡。

---

[1]《游走：从少年到青年》，第 139 页。
[2]《游走：从少年到青年》，第 144 页。

第二部分

万物生长

第四章　张炜植物志

一

> 谁见过这样一片荒野？疯长的茅草葛藤绞扭在灌木棵上，风一吹，落地日头一烤，像燃起腾腾地火。满泊野物吱吱叫唤，青生生的浆果气味刺鼻。兔子、草獾、刺猬、鼹鼠……刷刷刷奔来奔去。她站在蓬蓬乱草间，满眼暮色。一地葎草织成了网，遮去了路，草梗上全是针芒；沼泽蕨和两栖蓼把她引向水洼，酸枣棵上的倒刺紧紧抓住衣襟不放。没爹没娘的孩儿啊，我往哪里走？[①]

——这是《九月寓言》的经典开头，起笔便是天、地、人浑然一体的苍茫世界。小村姑娘肥和工区青年挺芳从塌陷的村庄逃出，十多年后重返故地，在没膝的蒿丛中找到了当年从工区通向小村的惟一小路，又在草藤间发现了倒塌的墙壁、破碎的砖石、废弃的碾盘，地上到处都是长长的、深不可测的裂缝，原本昏昧缠绵的村庄复归为一片荒野，人境又变成了非人之境，自然却已不是原来的自然。"一切都消失殆尽，只有燃烧的荒草……"[②]"什么都没有了，

---

① 《九月寓言》，第2页。
② 同上。

只有沉寂和悲凉。""在这冰凉的秋夜里，万千野物一齐歌唱，连茅草也发出了和声。"[1]张炜不仅写出了小村的"劳作、喘息、责骂、嬉笑和哭泣"，更是让"万千野物"发出了自己的声音。这野物包括鸟兽虫鱼，也包括种种果蔬草木，甚至还包括许多怪诞灵异之物，"它们"和"我们"一样同属于天地间的芸芸众生，并且远比我们更贴合、顺应这个世界。

在小说的结尾，肥和挺芳乘车离开，一片片红薯地在窗外飞闪，突然间大地强烈一抖，他们眼前出现了一种奇象：

> 无边的绿蔓呼呼地燃烧起来。大地成了一片火海。
> 一匹健壮的宝驹甩动鬃毛，声声嘶鸣，尥起长腿在火海里奔驰。它的毛色与大火的颜色一样，与早晨的太阳也一样。"天哩，一个……精灵！"[2]

这神奇的"宝驹"或许出于幻觉，或许确乎就是乍然一现的精灵。张炜笔下的山川大地有人，有物，有生灵，有喧嚣骚动的人类社会，更有生生化化的大自然。假如要为他的文学地理确定一个主色调，不用说一定是绿色——他的作品几乎就是一部浩瀚无边的野地之书，他的登州海角、半岛大地有过天翻地覆，苦难轮回，也有欣欣向荣，突飞猛进，但是这一切无不浸染荒野之色，他的人物、故事总会和万物生灵产生奇妙的关联，他笔下的"人与自然"总有我们未曾见闻的"美生灵"、"小爱物"、"半岛哈里哈气"……

写于1988年的散文《绿色遥思》基本表明了张炜的文学意趣："我反对很狭隘地去理解'大自然'这个概念。但当你的感觉与之接通的时刻，首先出现在心扉的总会是旷阔的原野丛林、是未加雕饰的群山、是海洋及海岸上一望无际的灌木和野花。绿色永久地安

---

[1] 《九月寓言》，第 4 页。
[2] 《九月寓言》，第 339 页。

慰着我们，我们也模模糊糊地知道：哪里树木葱茏，哪里就更有希望、就有幸福。连一些动物也汇集到那里，在其间藏身和繁衍。任何一种动物都不能脱离一种自然背景而独立存在，它们与大自然深深地交融铸和。也许是一种不自信、感到自己身单力薄或是什么别的，我那么个珍惜关于这一切的经历和感觉，并且一生都愿意加强它寻找它。回想那夏季夜晚的篝火、与温驯的黄狗在一起迎接露水的情景、还有深夜的谛听、到高高的白杨树上打危险的瞌睡，等等；这一切和艺术的发条连在一起，并且从那时开始拧紧，使我有动力做出关于日月星辰的运动即时间的表述。宇宙间多么渺小的一颗微粒，它在迫不得已地游浮，但总还是感受到了万物有寿，感受到了称作'时光'的东西。"[1] 我们看到，张炜的文学地理不单是反映了地形地貌、地方特色的地域空间，更是包含了生命时间的宇宙空间。

张炜从很小的时候就能写点什么，写的内容主要是两方面，一是内心的幻想，二是林中的万物。"心中有万物，林子里也有万物。"童年的林子是他写作的开端，也是他涵养艺术生命的奶与蜜之地。在这里，他亲近植物，饲养小动物，和"它们"友好交往成了张炜的一种特长，"它们"也成了张炜文学地理中最为鲜活生猛的典型成分。这些动物植物形成了庞大的荒野家族，虽多无名，却以沉默的力量存在。所以要读懂张炜，先要读懂"它们"。在张炜的作品中，"它们"有的只是不起眼的陪衬性的"小物"，有的则是参与情节发展、影响人物命运的关键角色，有的甚至比人物更重要或者干脆就是故事的主角。

《刺猬歌》的男主人公廖麦，痛心于原本生意盎然的山、海、平原"由无边的密林变成了不毛之地"，"各种动物都没有了"，发愿要写一部"丛林秘史"，"记下这七八十年间，镇上的事、和它周边的事"。这部永远也写不完的"秘史"成了一个心有余而力不足

---

[1] 《张炜名篇精选·散文精选》，第43页。

的象征符号，也可看成小说之外的小说。实际上，张炜所有的作品就不啻为一部不断扩张的"丛林秘史"：作家一边骄傲地叙写故乡的历史，一边和她共同经历着迷离恍惚的现实。"我发现我首先学着描摹大自然。我描叙了大海和平原，以及平原上的一切植物。色彩斑斓的花让我不知怎样动笔，各种各样的大树也使我用尽了词汇。我深深地迷恋着这片原野，迷恋着原野上的一切。我觉得自己真的离不开它，即使偶有脱离，也是深深的思念和盼望。"[1] 在张炜的登州海角，不仅有会讲故事的外祖母，有行踪不定的流浪汉，更有千奇百怪的野物生灵，远离尘嚣的荒原生活和海边莽野的神秘气息，这让张炜像树一样顽强生长，更让他的作品具备了一种宏阔温润的海洋气质和古怪精灵的野地精神。

如果选择几个标志性的名物来介绍张炜的故乡，自然要提到美丽的芦青河，林中的小茅屋，海边的渔铺和铺佬，南部山区深蓝色的影子，还可以加上洼狸镇的"古堡"，棘窝镇的"紫烟大垒"，以及"哈里哈气"的丛林动物和稀奇异样的海边妖怪……在这片无边的野地里，张炜塑造了大量的人物，也写了数不清的野物，你可能记不起一些人名，却不会忘记一些"美生灵"——有刺猬，狐狸，狍子，獾，黄鼠狼，兔王；有野鸡，乌鸦，花喜鹊，红脚隼，沙锥，黄雀；有"钢虫""老牛背""水雾牛""大王蓝""苹果蝶""猫脸蝶"……更有在《蘑菇七种》《忆阿雅》《小爱物》等小说中担任主角的"宝物""阿雅""小爱物"等别开生面的异类形象。"它们"——这些有感情、有记忆、会痛苦、会笑甚至会害羞、会怀旧的动物乃至植物——构成了一个非我族类的隐形世界，也使张炜的写作从"我们"——人类世俗的层面通向了万千众生的维度，在野性与人性的平等照应中，人物和野物相互依存，"我们"和"它们"互为尺度，这样一部"丛林秘史"大概才可能万物并作，生气淋漓。

---

① 《你的树》，《野地与行吟》，中国社会出版社，2007 年，第 121 页。

张炜堪称博物学家。为了写好故乡的山川风物，他曾自修了地质学、植物学、海洋动力学、考古学和土壤学，所以在他的作品中既有让人难忘的寻常事物，比如人李子树、槐花饼、枣红马，也会碰到一些生僻的物种学名、专业术语之类，比如胶东卫茅、矮化砧木、织巢鸟、洋蓟之类，张炜有意为他见识过的植物、山川"重新命名"，也属于一种独到的陌生化表达。"童年时期与海和林、山脉大地的亲近，跟后来尝试理性的学术的理解和命名，有一个转变的过程。比如说过去只是喜欢树木，能叫出它的名字，而后再看这棵树，就需要依从植物学给它重新命名……这是传达信息的新方法。"他还举例说，"我从一排巨大的榉树下走过"和"我从一排大树下走过"的语言质感是不一样的，"命名的过程是建设一个世界的过程，存在还不行，还得命名。从小时候跟这些混沌自然的摩擦和接触，再到后来有能力去命名，这个过程走了几十年。这样想一想就有意味了。"[①]写作本身就是一种命名，张炜通过这种命名重构了一个更有意味的半岛世界。下面，我们就拣取张炜作品中有代表性的野物生灵，为"它们"登名造册，如此，当可以辑录一部和"丛林秘史"相匹配的"张炜野物志"。

张炜现存最早的作品大概是写于1973年的短篇小说《木头车》，此开篇之作便是园艺场的故事。最近发现的写于1974年的儿童小说《狮子崖》，写的是海边育贝场的故事，小主人公的名字叫做"林林"。写于同一年的《槐花饼》也是一篇儿童小说，主人公是看林子的严爷爷。紧随其后的《小河日夜歌唱》《花生》《夜歌》《他的琴》等作品，每一篇也都少不了写到河边巨伞一样的大野椿树、海滩上成片的槐花、遮天蔽日的防护林区，写到护林员、黑林庙、玉米地，写到青杨、白杨、野葡萄、柳桑榆、三棱草……当时张炜只有十七八岁，刚刚开始离开家到南部山区游荡、学习写作。不用说，他一起笔就返回了那片莽野林子，一开口就成了"大自然的歌者"。

① 《行者的迷宫》，第63页。

我小时候曾很有幸地生活在人口稀疏的林子里。一片杂生果林，连着无边的荒野，荒野再连着无边的海。苹果长到指甲大就可以偷吃，直吃到发红、成熟；所有的苹果都收走了，我和我的朋友却将一堆果子埋在沙土下，这样一直可以吃到冬天。各种野果自然而然地属于我们，即便涩得拉不动舌头还是喜欢。[①]

我记得小时候曾亲手栽下很多的树。后来我离开了，它们有的成长起来，有的又被人砍伐。它们落脚的泥土几经改变，已经不能立足了。可还是有些幸存者，它们活着。我走近它们需要跋涉上千里路，每一次见面都想：它们竟然是由一个没有什么能力的不成熟的少年亲手栽下的，而今长得又粗又大，很威风的样子，这是多么不可思议的事情！我想如果我当年栽下了更多的树，那我有多么幸福！有意思的是那些树都是我自觉自愿地栽下的——我发现把小树苗或一截枝条埋到土里，它就会吐芽成长，慢慢长大，这是多么吸引人、多么有意义的事情！[②]

张炜一再说，人实际上就是一棵会移动的树——他曾经与四周的丛绿一起成长，他拥有自己的树，他与树早已把命脉系在了一起。所以也就不难理解，他不但写下了葱绿的树木丛林，写了《槐岗》《石榴》《深林》《桃园》《黄烟地》《山楂林》《生长蘑菇的地方》《紫色眉豆花》《灌木的故事》《野椿树》《夏天的原野》《采树鳔》《橡树的微笑》《满地落叶》《植物的印象》《山药架下》《葡萄园》等大量"植物的故事"，还为他的人物取名林林、二兰子、小林法（瓜魔）、大榕、金叶儿、本林、松松、小穗、苏

---

① 《绿色遥思》，《张炜名篇精选·散文精选》，第43页。
② 《你的树》，《野地与行吟》，第122页。

葭[1]……这些植物性的人名显然透露出张炜的一种偏好，他把人写成了一棵棵生动的树，也把各色草木写得神姿纷然：

> 我记得屋子东边渠岸上有一些碧绿的蓖麻，它们高大茂密，轻轻一戳，茎叶就能流出清泪。那时候我有了什么不愉快的事情，就要到蓖麻林里躲一会儿。我和那些蓖麻已经配合得相当默契了。当母亲喊我的时候，我让它们不要吱声，蓖麻就将呼吸放得轻轻的。我看到了它们的眼睛，那眼睛也是绿色的，眼珠乌黑乌黑，像蓖麻籽一样。我在水渠里洗澡，爬上岸的时候，不愿光光的身子让蓖麻看见，就赶紧穿上衣服。

> 我觉得槐树的眼睛是褐色的，它们的瞳仁像豆粒一样圆圆的、黄黄的。合欢树的眼睛是紫色的，瞳仁也是黑的。千层菊的眼睛是红色的，瞳仁是绿色的。它们的脾气也不一样，蓖麻比较随和，大大咧咧，天真无邪；橡树是一个寡言少语的人，它一旦对谁有了坏的印象，再也不会改变。橡树多少有一点古怪心计，是惹不得的；千层菊像一个姑娘那么温顺，可是有时候太娇气了。杨树性格刚直，多少有点倔犟，像个男子汉。它永远也不会衰老，永远都是二十岁的脾气。合欢树婆婆妈妈的，不太讲究穿戴，是个好心的大婶，谁都想从它那里讨到吃物。它只是微笑，并不多言。

> 我们小屋后面有一排小榆树，它们总是面色苍苍，对什么都无动于衷。我原以为它们是没血性的一种植物，后来才知道错了。[2]

---

[1]　分别是《狮子崖》《声音》《一潭清水》《天蓝色的木屐》《拉拉谷》《你好，本林同志！》《采树鳔》《永远生活在绿树下》中的人物。

[2]　《植物的印象》，《张炜文集》26 卷，第 348—349 页。

要说"草木无情"，张炜肯定不会同意，他说"所有植物都有一颗心灵，它们比人更执拗也更正直。它们会长久地保留起自己的情感，以待有机会倾诉出来。""所有植物都有一颗不死的心。它们一有机会就要发芽，就要诉说，就要睁大眼睛，就要抖落记忆。"[1]他在笔下，植物犹如人的同类，也是有感情、有血性的，它们和人一样拥有自己的故事。"我知道一朵花、一棵草，都有奇特的心事。一颗浆果，在它成熟的时候，肯定变得和蔼善良。我与它们无所不谈。我真的具有与其互通心语的能力。"(《远河远山》，第7页。) 小说里这个叫恺明的孩子便是张炜的化身，他和树木花草心有灵犀，所以我们才会看到，他不只写人类的故事，也写植物的故事，他写草木的葳蕤凋敝，也写它们的美丽心灵。

二

【大李子树】

李，蔷薇科李属植物，俗名李子，别名山李子、嘉庆子、嘉应子、玉皇李。李为"五果"之一，自古以来"桃李"常常一同出现，《诗经》里有一句"投我以桃，报之以李"，白居易的诗"桃李满天下"，现今都是浅白的俗语，也说明桃和李都是适应性很强的常见果木。李树为落叶乔木，树冠广圆形，高可至八九米，花白色，通常三朵并生。此树说起来不过是一种其貌不扬的乡野俗物，可是在张炜的植物谱系中，大李子树无疑是最为引人注目的一棵。他不止一次忆起、写到这样一棵让人难忘的树："《你在高原》里我反复提到的离我们家最近的那棵大李子树，全都是童年的真实记忆。那棵大李子树真是够大，我到现在都没发现有比它更大的——

---

[1] 《植物的印象》，《张炜文集》26卷，第351页。

浓旺的大树冠好像一直笼罩了我的身心。"①"大李子树在我老家屋后偏右一点，比房子大多了，我一生就没见过这样大的树，蝴蝶、蜜蜂，围绕着人李子树飞来飞去。那时我跟我弟弟整天在那里玩，在树下，大李子树是我童年的摇篮。后来被伐了。那树桩比碾盘还大。树底下有口井，离李子树不远。可能水脉好，树就长得旺。那口井供应全部矿区。大李子树，对我一生很重要，凭感觉那是一种意象。"②张炜说得不错，这棵大李子树是他的童年之树，也是他作品里的生命之树。

在早年的散文《遥远的动力》（1986）中，张炜写了小时候的两棵树，一棵是院角的石榴树，另一棵就是屋子后方的大李子树。他说："一个人在最弱小的年头里最容易交往一棵或几棵树，友谊长存，思念绵绵。"大李子树就是这样一棵代表童年，属于"原来"，给他"遥远的动力"的树。那像银粉似的微微呈灰的浓烈繁密的李子花，交织盘旋的一道道枝桠，永远趴在树干上的蝉蜕，尽管已是十分久远的旧时景物，却能让他一想起就感到温暖、充实，也能让他平静、柔和，从眼前的烦恼得失中解脱出来。它们仿佛连接在了一个什么动力的源头上，可以带来崭新的力量。所以张炜说："它们象征了什么，暗暗给予启示。"转而又说："它们太普通了，普通得让人无法忘记。"原本十分普通的李子树，只因曾是张炜的童年好友，才会显得至关重要，任何别的东西都无法取代。既然李子树如此重要，大概理所应当值得作家大费笔墨，可是张炜却说："我大约一次也没有直接描述李子树和石榴花，只把它们放在心的角落里，留着自己交谈。"③可见大李子树完全是张炜个人记忆里的私密收藏，是他心目中最可宝贵的东西。在后来的一篇题为《尊长》（1988）的短文中，张炜再度提到了"一株枝叶无比茂密的

---

① 《行走的迷宫》，第48页。

② 逄春阶：《他在跑文学马拉松——张炜印象记》，《大众日报》2011年8月21日。

③ 《遥远的动力》，《张炜文集》27卷，第205—206页。

大李子树","它们的小花瓣如此紧密地挤在一起，成为一个不可破解的谜。"这一次，他同时写到了另一棵大山楂树，把它们并称为园里的"两位尊长"。《遥远的动力》和《尊长》两篇散文像是大李子树正式出场前的序言，张炜的大李子树情结已初现端倪。

大概与《尊长》同时，张炜还写有一首题为《大李子树》的诗，以及《落叶满地》和《问母亲》两个短篇小说，大李子树终于作为重要的艺术形象出现在他的作品中。在诗中，他将外祖母和大李子树称作"一个完美世界／两个伟大灵魂"，"一对慈祥老人"。①《落叶满地》写到"我"返回故乡，在园艺场见到一排大李子树，这大概是大李子树首次在小说里出现。后来，这一情节写进了《我的田园》，我们不光看到了一排大李子树，还看到了一棵堪称"树王"的大李子树。在短篇小说《问母亲》（1988）中，大李子树更为具象："我们屋后有棵大李子树，我一辈子就看见过这么一棵大李子树。它的树桩几个人也抱不过来，桩子长到一米多高就分杈了。每个杈子都比水桶粗，然后再分出细一点的杈子。一层层分出来，这棵大树占了好大一片地方。你想想就是它开花了，小白花一球一球，到处都是它的香味。差不多世界上的蝴蝶和蜂子都飞到了这棵树上，它们热热闹闹的，我一辈子也忘不了……"小说里的宁子出生于六十年代，大李子树的存在犹如传说，他只能通过母亲的描述想象这棵巨树的壮观形象。

《你在高原》的主人公宁伽则和张炜一样，在大李子树的荫庇下出生、长大，老祖母曾在树下唤他回家，他也曾爬到树上远眺四野。"我出生地的那个小茅屋旁边有一棵巨大的李子树，我小时候有多少时间在它的身上攀上攀下啊。外祖母常在树下的水井旁洗衣服，我就从树上往下看她李子花一样的白发。有蜜蜂落在她的头发上了，它们大概是把她的头发当成了花束。我们的茅屋被雨水洗成了浅浅的灰白，四周的沙子是白色，李子花也是白色。无数蜂蝶在

---

① 《张炜文集》47卷，第9页。

歌唱，那是一种细小的烂漫歌声，这声音里有我们全部幸福的奥秘。"① "它长在我们的小茅屋旁边。那是一棵巨大的、一到春天就开出密密花朵、招引了无数蜂蝶的李子树。蜂蝶在我头顶旋转，发送嗡嗡的声音。银亮的李子花在月色下闪光。安静的夜晚没有一丝风，没有任何一个人来打扰我。我就攀在李子树粗粗的枝干上，像一只大鸟那样伏卧着。"②

张炜说他回忆起小时候的环境，马上就会想起这棵出奇的大李子树，它高过了林中茅屋，一到春天就开满繁花，整个世界都是它的香味，引来无数的蜜蜂、蝴蝶，"它代表了全部童年的烂漫、向往、迷茫和未知，总之一切都在那棵树里包容了。" "它在我心里是十分神奇的——不是象征的意义，而是深刻的印象和记忆，让我吃惊。"③对张炜而言，它就是一棵树，却是一棵收藏了全部童年时光的树。

后来离开家远行，大李子树就成了故地的象征，无论走得多远，都忍不住回头去找这棵大李子树的梢头，纵使终于再也望不到，也总能感觉到它的目光在背后遥遥注视④。大李子树就像老祖母一样，让宁伽走到天边也无法忘怀："我一想到它就想到了外祖母，它银色的、雾一样的花朵就像外祖母的满头白发。"⑤

大李子树又像令人敬畏的时间老人，冥冥之中它有一双锐利的眼睛，把一切尽收眼中："这位永恒的老人就像陪伴我童年的那棵巨大的李子树。是的，他就是那样一棵宽容的、无所不知无所不晓的大李子树，在春风里喷吐着银雾一般的繁密花朵，引来蜂蝶，让人沉醉，在原野上播散出深长的气息……"⑥

在宁伽的母亲去世时，这棵树又像是他感同身受的同胞兄弟：

---

① 《人的杂志》(《你在高原》第 7 部)，第 26—27 页。

② 《我的田园》，第 62 页。

③ 《行者的迷宫》，第 48—49 页。

④ 《鹿眼》，第 24 页。

⑤ 《忆阿雅》，第 55 页。

⑥ 《忆阿雅》，第 142—143 页。

"大李子树哭了一夜，它的哭泣声音除了我谁也听不懂。"[1]

大李子树是宁伽心目中的花王："到了春天，这棵李子树结出一团团银色小花。那时它就是个花王，数不清的蜂蝶都围着它旋转，嗡嗡叫。银花和蜂蝶像一片白雾……这棵李子树不知活了多少年，它就是园子里的尊长。"[2]

《你在高原·我的田园》还写到宁伽返回故地，在园艺场女教师肖潇的指引下见到了"另一棵真正的树王"："这棵李子树的主干大约要三四个人才抱得过来，粗粗的树干长到一人来高又分成几个巨桠向四下延伸。每一个巨桠又长出无数的大大小小的枝桠杈。奇怪的是它的枝桠差不多都长在了一个水平面上，形成了一个又一个茂大的摇篮床。我们都攀到了树上，每人都坐在一个摇篮床上，在风中随李子树晃动。我一看到这棵李子树，心中就怦然一动。我想起了童年那棵树；它们之间何其相像啊！"[3]……这棵巨大的"树王"显然是故地"花王"的一种心理投射，童年的大李子树早已消失，张炜只能通过这种方式与它重逢。不但如此，他还专写了题为《巨树》的一节，用抒情奇幻的笔调写出了梦中的大李子树。宁伽的亲人驾着马车驰入春天的园林，来到大李子树身边，他的朋友们也在不同的时空里一起在树下驻足："仰望着李子树，像朝拜一处圣迹那样注视着它。"大家都肃穆地站在那儿，没有人敢伸手去抚摸它。

大李子树犹如神明。"没有任何一个人可以计算出到底有多少李子花，它的数目只掌握在神灵的手里。我不知为什么，眼前突然闪过一个念头——我朦朦胧胧觉得这棵大树蕴含了一种奇怪的暗示：所有人类都在这棵树上寄生着，一个生命就是一朵花。""天上有多少颗星星，它就绽放开多少苞蕾……你也许能在星星和李

---

[1] 《鹿眼》，第 26 页。

[2] 《我的田园》，第 25 页。

[3] 《我的田园》，第 25 页。

子花之间寻找到一种奇怪的对应——这种精确的对应肯定是存在的。"[1] 在这里，大李子树终于化作了一棵神树，它不仅引来了千里万里之外的蜂蝶，也引来了宁伽和许多的追随者，尽管所有的人终将背叛它，它仍然会平静地接受每个人的归来。大李子树被张炜写成了具有崇高父性和宽厚母性的皈依之树，它如头顶雪白的老人，它的花朵会微笑，也会盈满泪水，它浓烈的气息笼罩一切，覆盖一切。"我们可以走向很远很远，但只要足踏着平原，足踏着这一片泥土，就会永远笼罩在它的气息之下……"[2]

这样一棵神奇的大李子树，真的存在过吗？读张炜作品，有时不免会感到恍惚犹疑。他的大李子树固然曾经有过，也未必如此气势俨然，蔚为壮观，它的身躯之巨大，它的香气之浓烈，它的感召力之强悍，难道不是出于一种刻意的夸饰？然而对于这样的一棵生在童年的树，似乎怎样的夸饰都不过分，我们又情愿相信张炜确乎拥有自己无可替代的大李子树，这棵树长在他的故乡，更在他的作品中永生。

【老柳树】

柳树常见有垂柳和旱柳两种。垂柳最突出的特点是有细长而下垂的枝条，所谓"万条垂下绿丝绦"即指此树，又称水柳，垂丝柳，清明柳，多见于南方。旱柳则大枝斜上，树冠广圆形，高可达二十米，又名立柳、直柳、河柳、江柳、水柳、杞柳、馒头柳、龙爪柳，属落叶乔木或灌木。中篇小说《秋天的愤怒》有一棵统领全篇的老柳树，大概就是多见于北方的旱柳。这是一棵很老很老的大柳树，它的树身很粗，要两个人才合抱得过来。树皮乌黑，裂开了无数纹路，看上去像鳞一样。风吹过来，树桠便发出苍老微弱的声音。老柳树立在李芒和小织的烟田中间，巨大的树冠静静低垂，好

---

[1] 《我的田园》，第205—206页。

[2] 《我的田园》，第209页。

像在俯视周围的烟棵，俯视这片守候了几十年的田野。小说一开始就说，老柳树桩根部有一个大窟窿，树身当心有很大一片已经枯朽，没枯的那面只剩下三指宽，"它快死了。"死去的干枝条不断地落下来，李芒便把这些细小的枝条折碎了，抛到那个大大的树洞里里。这棵树是玉德爷爷所植，四十多年前"土改"，他分到一块土地，这个正当壮年的汉子在地当中植了一棵柳树，因为他很早就听说柳木埋在土里耐烂，打算自己死后用这棵柳树做棺材。

> 有意思的是，树木栽在自己田里，后来土地入社，风风雨雨几十年，这棵树竟然也长起来了。再后来，土地实行承包了，这棵树就在儿子和孙女婿两块承包地之间了。老人做主，硬让儿子和孙女两家联合经营这片土地。这样，这棵大树又在土地中间了。[①]

这棵老柳树是几十年时代变迁的见证，它经历了三次农村土地变革，小说所写正是上世纪八十年代改革开放的初兴时期。李芒是村支书肖万昌的女婿，双方却又无法化解矛盾。李芒是地主家的孩子，早年跟小织相爱，被肖万昌逼得远走他乡。如今回来了，看到肖万昌在村里作威作福，以权谋私，李芒不但无法忍受和他同种一块地，还要站出来检举肖万昌劣迹罪行。《秋天的愤怒》主要是写李芒和肖万昌之间的善恶斗争，老柳树则是这一斗争过程的一个"中间物"：树的一边儿是肖万昌的地，另一边儿是李芒的责任田，老柳树的根就扎在这两块地里。"老柳树的根一准很长很长了，就像又粗又长的缝衣针一样，硬是把两片地缝到一起去了，缝得好牢。"[②]但是在李芒看来，老柳树深扎在土里的根已经变了颜色，慢慢松脱，抓不住泥土，他和肖万昌的"缝衣线"就要断开了。玉

---

① 《张炜名篇精选·中短篇小说选》，第80页。

② 《张炜名篇精选·中短篇小说选》，第137页。

德爷爷一直试图调和儿子和女婿的关系，可是至死也未能使李芒低头。因为实行火葬，不需要棺材，玉德爷爷死后，大柳树依然留在人间，同时它也像死不瞑目的玉德爷爷，让李芒感到有一双衰老的、有些混浊的眼睛在看着他，责备他是个忘恩负义的败家子。大概正是出于这种心理压力，李芒才想着要把老柳树伐掉。"老柳树被风雨抽打了一夜，大清早还在呻吟。它的叶子不断飘落下来，枝条也从身上脱落着。它的裂缝经了雨水，干朽的木头胀起来，发出老人干咳似的声音。有一块树皮被水气滋润得脱离了树干，掉在李芒的肩膀上。李芒吸着他的大烟斗，端详着这块老树皮，觉得它像一块弹皮一样。"[1]老柳树作为一种良心债，实际已经命不长久。果然，就在李芒和小织决定和肖万昌"裂开"的那天，老柳树死了："它的最后一叶绿叶也干枯了，折断的枝丫落了一地；根部的大窟窿朽得更深了，树桩在风不摇动时，它就发出'吱嘎嘎'的声音。它不定什么时候就倒下了。如今它是停止喘息了。"就是在这棵死去的老柳树下，李芒正式告诉肖万昌，要把他们的土地分开。老柳树之死标志着一种陈年旧债的结束，也表明了李芒诉求正义的开始。

【柳棵】

《古船》所写植物不多，给人印象最深的便是柳棵。这种柳树个头不高，耐水湿，大概也是旱柳的一种，或即河柳。小说里一开始就写到，芦青河旷阔的河滩上，长了成片成片的柳棵子。此树先后出现过五六次，每当写到柳棵时，几乎都与某个人物的命运相关联。春天一到，柳棵枝条上便爆出了小绒芽儿。一个暖和的傍晚，"晚霞照在河水上真美丽，还有满河滩的刚爆出芽子不久的柳棵，在风中扭动，像少女一样羞答答。"[2]就是这个美丽画面中，十九岁的小伙子李知常"留下了永久的悔恨"：他忍耐不住在柳棵里做了

---

① 《张炜名篇精选·中短篇小说选》，第107页。

② 《古船》，第40页。

"没出息的事"（手淫），成为众人笑柄。虽然手淫算得青春期的正常行为，却差点把这个智力超群的孩子毁掉，从此他紧闭院门，再也不肯出来，直到隋不召用板斧劈开大门，将他带到洼狸镇的大街上，"教会他挺直身躯走路，"他才重获新生。这是发生在美丽柳棵里的一件"丑事"。

再就是抱朴与小葵在柳棵下的约会。抱朴丧妻后，刚刚十九二十岁的少女小葵爱上了这个整天坐在老磨屋里一言不发的男人，有一回她给抱朴带来一个小蝈蝈笼，挂在了磨屋里。蝈蝈的歌唱让抱朴不再死板地僵坐，常忍不住就要去看一眼蝈蝈笼。小葵也一语双关地先说了一句"你真好。"接上又说了句"你叫得真好听"。抱朴的心也不由得翻动起来。一般蝈蝈在酷热的夏天叫得最畅，小葵与抱朴的河滩之约便发生在夏季。下工后，晚霞像火焰一样燃烧，把抱朴宽阔的后背映得彤红。他迟疑不决，先是绕开了河滩，最终又没命地向河滩跑去。小葵就在一丛最大的柳棵下等着，"他们都蹲在了柳棵下。"他们依偎着，直到太阳完全落下。就是在这里，小葵告诉抱朴"我知道我早晚得给你"。[1]然而阴差阳错，小葵嫁到了老李家。虽然后来抱朴曾经发疯地砸烂小葵的窗子，做了一次勇敢的"坏人"，却又背上了良心的重负。直至小葵后来成了寡妇，两人也未能结合。其实小说的开头最早写到柳棵，就是小葵出现在晒粉场旁边的柳棵下，这个难堪而无助的寡妇领带着好像总是长不大的孩子小累累，和一群娃娃争抢着拣拾落在沙土里的碎粉丝。后来才写到抱朴和小葵在"最大的柳棵"下相会，写到抱朴不断地想起当年在柳棵下的情景，河滩的柳棵既有难忘的记忆，又令人莫名地伤心。这算是发生在柳棵里的憾事。

当柳棵又一次出现时，又发生更大的伤心事。性格泼辣的闹闹是另一个喜欢抱朴又被抱朴牵累的女孩，她一再向抱朴表达爱意，却得不到回应。一天她从抱朴那里恨恨而去，"她一个人在绿色的

---

① 《古船》，第 65 页。

河滩上走着，有时奔跑起来，有时就在柳棵间仰卧着。她仰躺着去折柳条，折成了一段一段。""她似乎要从这茫茫河滩上寻找什么，可她明白什么也找不到。""闹闹举目望去，看到的都是远远近近的柳棵。她不明白它们为什么都长不成高大的柳树，在风中这么温柔地扭动着。"[1] 闹闹对柳棵的疑问大概也是对抱朴的疑问，她也不明白沉默的抱朴为什么活泼不起来。"那是一个很不错的秋天的下午。"然而就在这个不错的秋天，在河滩的温柔的柳棵里，闹闹遭到二槐的强暴，"闹闹一生都会恨着这个秋天。""她哭了起来，双肩抖着，直哭到太阳落山，河水变得一片通红。"[2] 这是发生在柳棵里的一桩不幸的恨事。

柳棵最后一次出现是在小说的结尾部分。一直被四爷爷赵炳霸占、饱受屈辱的含章认为自己太肮脏，玷污了老隋家的名声，便一心求死，拿了剪刀找四爷爷了断。出门之前，她透过家里的窗子看到芦青河滩的白色沙子和"碧绿的柳棵"，想起了小时候跟哥哥在河滩上玩的情景，又想起摘眉豆角的母亲，骑红马驰过河滩的父亲。这种回想显然出于人之将死的触景生情。用剪刀刺中四爷爷的肚腹之后，腹上的血水越涌越多，慢慢变成了酱油颜色，含章尖叫着跑向河滩。"河边的柳棵在风中摇动着，一切都是血红的颜色。大家在霞光中张望，只能看到摇摆的柳棵。这时有一个民兵伸手一指说：'看！'大家顺着手指看去，看到了有一个披散着头发的姑娘在红色的柳棵间一蹦一蹦地跑着。大家惊呆了，不知在叫什么。那是含章，她浑身也是红色的，一蹦一蹦地跑着，像骑在一匹马上。"民兵开枪射击，含章中弹倒下，"但只停了一瞬，这个身披霞光的姑娘又重新爬起来，一蹦一蹦地往前跑去。"二槐又瞄准她开了一枪，那个蹦跳的红色身影"就像红色的柳棵在风中摇摆了一下似的"倒下了。这一次，忍辱多年的含章终于以血还血，碧绿的柳棵

---

[1] 《古船》，第329页。
[2] 《古船》，第331页。

变成了红色，柔弱的含章也仿若变成了血色的红柳。这是发生在柳棵里最为惊心动魄的痛事。

那么多不起眼儿的柳棵，那么多普普通通的人，发生了那么多不同寻常的事！借着柳棵的映衬，《古船》的故事多了些惝恍迷离之感，也多了些若隐若现的悲情。

【蓖麻】

以前山东农村地头荒坡常见大片的蓖麻，现在好像很少见到了。蓖麻为一年生粗壮草本或草质灌木，高可达五米。小枝、叶和花序通常被白霜，茎多液汁。叶片掌状，轮廓近圆形，长和宽达四十厘米或更大。蓖麻叶大株高，成片的蓖麻林完全可以让人藏身。《秋天的愤怒》中，傻女就是在蓖麻林里被人糟蹋的，那片蓖麻林藏下了治保主任和民兵连长的罪恶。《古船》也写到了蓖麻林。寡妇小葵一个人在河边田头上摘蓖麻，隋抱朴终于横下心走了过去。他们蹲在蓖麻地里，相拥在一起。小葵以为这个男人重新有了活气，以为可以正大光明地和抱朴好下去，所以当她看到高顶街书记正领着一帮人在河堤走过时，便直挺挺地站起来，并催促抱朴："站起来，不用遮盖在蓖麻林里，站起来！让镇上人看看，我们好了，我们早就好了！"可是抱朴终究没有站起来。"那一天抱朴没有站起来，也许就再也站不起来了。"①蓖麻林遮盖了一个怯懦的男人，也彻底葬送了一场爱情。

【苍耳】

大概无人不识苍耳，它坚瘦的果实生有钩状的刺，很容易粘在头发或衣物上，调皮的孩子常用来恶作剧。苍耳又称抢子、道人头、粘头婆、羊带来、耳珰草，一年生草本菊科植物，全株有毒，幼芽和果实的毒性最大，茎叶中都含有对神经及肌肉有毒的物质。

---

① 《古船》，第97页。

这样一种毒性植物，在《诗经》里却颇显情致："采采卷耳，不盈顷筐。嗟我怀人，寘彼周行。"卷耳即为苍耳。苍耳采作何用？难道仅为怀人？据说就因《诗经》所寄之意，苍耳又被叫做常思和常思菜。苍耳虽然有毒，古时却曾"伧人皆食之"，穷苦受灾的粗鄙之人不得不以苍耳果腹。只不过食用苍耳需要经过繁琐的处理。另外，苍耳子还可榨油，可入药，具有祛风之效。

张炜对苍耳的感情显然不太一般，他曾写过一首长诗叫《苍耳地》，其中有曰："神灵用万能之手播下苍耳／洁白的沙原浓旺浓旺／没人见过苍耳开花／却见到了尖刺果球／一片受孕的叶子"。[1]相似的表达也曾出现在《你在高原·家族》中："神灵用他万能的手像撒种子似的播下了一地苍耳，它们在洁白的沙子上浓旺浓旺地展放叶片。可是没有任何一个人见过苍耳开花，只是见到了果实。它们是在哪一刻承接了领受了？世人只看见一片不孕的叶子……"[2]传说极少有人看到苍耳开花，俗语说"苍耳开花一溜烟儿，谁看见谁当官儿"，所以张炜在诗里吟咏："从何而来／一片沉默的苍耳／奉献刺球果的无花植物／厉风撕碎受孕的叶子／你站在苍耳中央／两脚赤裸茫然四顾"。[3]他把这种无所不在的乡野杂草看作了具有异质气息的神圣之物，生有苍耳的地方"养育了疾飞的马蹄和／单薄的少女"，这样的苍耳地有如流着奶和蜜而又多灾多难的迦南地，所以张炜说它是"贫穷富饶之地／绝望希冀之地"。

在《九月寓言》中，一块长满苍耳的地方更是诱惑和悲惨之地。《九月寓言》中最重要的植物是地瓜，最引人注意的女孩是肥和赶鹦，但是作者还特别写到了无用的苍耳和一个不幸女孩三兰子。十七岁的三兰子在工区遇到一个自称"语言学家"又会弹琴的男人，他们初次见面，就是在"生满苍耳的白沙上"散步。语言学

---

① 《张炜文集》47卷，第34页。

② 《家族》，第40页。

③ 《张炜文集》47卷，第31页。

家的言谈让三兰子觉得很愉快，就跟他好上了。因为语言学家欲行不轨，三兰子奋力挣脱，第二天"她在那片苍耳地上无所事事地呆了差不多一天"，却又忍不住去找语言学家。后来三兰子怀孕了，才知道这个男人早已结婚生子。"三兰子绝不相信这一切是真的，没歇气冲出家门，穿过那片苍耳地。"但她终究没有力气砸开关着的房门，只能咽下一口气回去了。最后她觉得自己不久就该死了，为了临死前见那语言学家一面，她又忍不住跑到工区，"语言学家像狗一样钻出门来，示意她先走开。她坐到了苍耳地上。一会儿他来了，而且背着那只琴。她骂他，拳捶他，他只低头拨琴。泼楞泼楞，逼我，逼吧，我只有一死……泼楞泼楞，三兰子觉得她的命根儿也系在这弦上了。泼楞泼楞，一切的一切我都认了，这才是命啊！"结果语言学家一抹屁股逃去无影踪，三兰子却成了不要脸的破烂玩意儿。后来三兰子做了大脚肥肩的儿媳，却受到这一家人残酷虐待。一个大雨天，她被婆婆打得赤身跑到了雨地里，不知疯逃了多远才立在地上。"这里就是那片生满苍耳的空地！三兰子呆呆地望着雨水冲刷下的沙土。天啊，这个一辈子也忘不掉的地方，在雨天里好沉寂啊。苍耳像昨日一样茂长，黑乌乌的，上面的种子异常饱满。她闭上眼睛躺下来，一下下往赤裸的身上拢沙土。她用沙土掩住整个下身。我就在这儿死去多好啊，因为我差不多是在这儿出生的。我死了一定也会变成苍耳，结出饱满的籽来。让我睡去吧，让最好的梦境来临吧！"[1]苍耳地是三兰子的怀春之地，怀人之地，也是她的死地。三兰子并没等来最好的梦境，她回家后再度遭到男人、公公、婆婆的毒打，又被关在门外，饥寒交迫的三兰子终于服毒身亡。三兰子之死大概是《九月寓言》里最让人心痛的悲惨情节，三兰子的苍耳地也是让人最为感伤的冤苦之地。

---

[1] 《九月寓言》，第284页。

【蜀葵】

《能不忆蜀葵》的土打植物无疑就是蜀葵。小说里画家淳于阳立喜欢画蜀葵，蜀葵对他来说有如梵高的向日葵，代表了"夏天的光，夏天的热量，中国乡间的烂漫和美丽"，是"懂得羞愧的花"。[1]"初夏的蜀葵仍旧茂盛。粉红的花朵一束束在枝叶间闪烁，像脸庞又像眼睛。"[2]蜀葵别称一丈红、大蜀季，是一种两年生草本花，原产四川，现广布各地，高可达两米，茎枝密被刺毛，花单瓣或重瓣，有紫、粉、红、白等多种颜色。淳于的出生地螺蛳岙遍地蜀葵，这种泼辣植物还曾救过他的命。小时候他吃了毒鱼，口吐白沫，脸色发青，小村里的土医生也无计可施。养母老妈把他背进蜀葵林，一口一口嚼了蜀葵叶子抹到淳于嘴里，才把他救了过来。蜀葵全株皆可入药，有清热止血、消肿解毒之功。老妈用它为淳于解毒，也是当其所用。

淳于还曾喜欢一个叫米米的姑娘，曾经和她在蜀葵林里相互依偎。后来淳于做了赤脚医生，长大的米米却像忘了蜀葵林里的往事，对淳于毫无感觉，任凭他百般纠缠也不为所动。蜀葵联结着淳于在螺蛳岙的成长记忆，后来他在渤海湾的狸岛上买了个海草房子，取名暄庐，房子周围也种满了蜀葵。多年以后淳于重返螺蛳岙，正值初夏时节，"蜀葵刚刚长到腰际，宽大的叶片旁有豆粒大小的苞蕾雏形。它们在坡地蔓延，吸取河边上充足的水分，色深株壮。"他走进了蜀葵林，鼻孔透过丝丝青气。"他害怕踩伤蜀葵，寻空下脚，最后总算找到那个地方。他惊叹自己的执拗和直觉。摇动的蜀葵碰到他，如同少女的手。他抚摸，嗅着野地暖风。它们身上长满了儿童耳缘上那种细而又细的绒毛……"他找的"那个地方"应是当年和米米亲偎之处。来到村里，他打听到米米嫁给了瘦子，

---

[1] 《能不忆蜀葵》，《张炜文集》5卷，第42页。

[2] 《能不忆蜀葵》，《张炜文集》5卷，第129页。

瘦子死了，又嫁到了后山。米米"出挑成了好大婆娘"，把男人打得像野物中了夹子一样喊。"淳于笑不出。他忍住了没让热辣辣的眼窝漫出什么。"① 显然，少时的蜀葵林，少时的情窦，都在淳于心里留下了深深的印记，即使时过境迁亦无法忘怀。

但是谁能想，一个对蜀葵如此专情的人，后来竟懒于画画忙于发财，做了大老板，好像再也没有画过蜀葵。他的好友恺明却凭借对螺蛳岕和暄庐小岛的印象，画下了大量的蜀葵。"各种各样的蜀葵。夏日的阳光下的，黄昏和早晨的，甚至有午夜月光中的陶醉摇曳。他实际上是靠回忆来描述的，他想使用淳于最熟悉的语言。这语言源于一个小小的山村，它在风中播散，尔后遍布郊外乡野，甚至盛开在一个荒寂热烈的岛上……"② 恺明画出了思念的蜀葵，淳于当年画出的则是欲望的蜀葵——"那是一个少年的欲望，它没有淫邪，只有一个新鲜生命的求索和呼告。"③ 当年，恺明就是被淳于画出的蜀葵震撼，成了艺术和人生的至交。蜀葵是二人友谊的见证，也是他们心有灵犀的共通语言。

最后，淳于经商失败，再次回到狸岛，蜀葵正进入凋零期，"一片茎秆挺直翘望，好像预知了一个人的归来。热辣辣的什么袭来，他几乎是跟跄着投向它……"④ 凋零的蜀葵和低迷的淳于正相映衬。淳于最落魄时身上连二十块钱都没有，为了偿还债务，只好大量涂抹速成画，好歹完成一千一百四十三张画之后，淳于阳立终于离家出走，身上什么也没带，只带走了墙上的一幅蜀葵。在现实欲望破产之后，淳于最终选择了蜀葵，这情形就像毛姆笔下的"月亮和六便士"，尽管蜀葵年年花开总相似，却是年复一年无尽时，选择了蜀葵，就是选择了内心的花神，选择了蜀葵的热量和光。

---

① 《能不忆蜀葵》，《张炜文集》5 卷，第 107—108 页。
② 《能不忆蜀葵》，《张炜文集》5 卷，第 192 页。
③ 《能不忆蜀葵》，《张炜文集》5 卷，第 192 页。
④ 《能不忆蜀葵》，《张炜文集》5 卷，第 236 页。

【玉兰树】

《家族》写到很多植物，如鸡冠花、墨菊、芍药、美人蕉、铃兰、玫瑰、丁香、药菊、蔷薇、青杨、柞树、紫穗槐，还有些名称生僻的植物，如荩草、密花舌唇兰、绥草、铁线蕨、莎草、褐穗莎草、大油芒、三色堇，等等，其中着墨最多的应数曲府的玉兰树。

曲府院中有几棵引人注的白玉兰："它们开得何等旺盛，开的花又大又早。"玉兰又名望春，是一种著名的观赏花木。先开花后出叶，花多见白色，也有玫瑰红或紫红色，盛开时花瓣四展，形如莲花，花期十天左右。白玉兰有如曲府的标志，联结了几代人的情感。曲府主人曲予年轻时即常在树下踱步，当玉兰花香气弥漫在院子里时，便会让他产生深深的幸福感和某种莫名的冲动。他和小女仆闵葵的感情，似乎就是玉兰树下酝酿发展起来的。

后来曲予的女婿宁珂初次登门，也被曲府高高的玉兰树吸引："白玉兰的香气让他如此不安，他抬头望了望，承认这是几株从未见过的大花树，树龄已经难以考究。有几瓣跌落在地上，让他凝视了好久。"[1]接着，他第一次看到曲府小姐曲绡，便是应了玉兰树的召唤：因为一抬头瞥见了那几棵高大的白玉兰，他不由走了过去，看到正在花圃里修剪玫瑰的姑娘，那姑娘一回眸，他就像被电了一下，"那个姑娘一张白皙的脸上，浓黑的、有些圆的大眼看着他，只一下就把他灼疼了。"[2]曲绡本人就像一朵迷人的白玉兰。玉兰树成就了一桩姻缘，也成了曲、宁两家命运的见证。宁珂和曲绡分离，玉兰树是挺拔纯洁的相思树。后因宁珂蒙冤，闵葵和曲绡母女被迫搬出曲府，流落到了城外的荒林，玉兰树又是让他们眷恋的怀伤之树。宁伽小时候，曲绡曾偷偷带他进城看过那个宅院的白玉兰。

---

[1] 《家族》，第 45 页。

[2] 《家族》，第 47 页。

二十多年后，宁珂和曲绩之子宁伽重返海边小城，又来到曲府旧址附近，不经意中看到了从一堵墙里探出的一枝油亮叶子，它细细的枝茎很长，因为主干被墙挡住了，看上去像一棵斜生的小树。"它很倔强，也很激动地看着我。我盯视着它，极力回想这是怎么回事。后来我的心口一紧，终于明白它看不见的主干肯定是被砍断了，它是从原来的那树干的半腰或柢上生出来的……"[①]这正是曲府的白玉兰，它们已经被毁掉了。"一棵棵高大的树木都没有了。不过它还是生出来活下去。它是那些大树枝桠。春天，它们放出的浓郁的香气如同几十年前一样……"[②]这时候，倔强的玉兰树又成为生生不息的不死之树。

《你在高原》的最后一部《无边的游荡》，又有一节写到了曲府的玉兰树：曲府的大宅院已被拆毁殆尽，白玉兰也被连根刨掉了。宁伽走在小城的大街上，已经难以判定那些树的具体方位。"可我总觉得这座府邸连着我的魂灵，全家的魂灵。只要一走入这座小城，我就会不由自主地在旧址那儿转悠。我想嗅到空气中遗留的白玉兰的香气——什么都没有了。""直到今天，我夜里还要梦见那一棵棵白玉兰树。"（《无边的游荡》第433页。）白玉兰最终消失，只在梦中永生。

几棵玉兰树就这样穿透时空，联结了三代人的悲欢沉浮。

【老葡萄树】

出自《我的田园》。宁伽辞职回到登州海角，经营了一段时间的葡萄园。后来在准备离开之前，跟一棵老葡萄树有过一场对话。老葡萄树像老人一样满头白发，皮肤粗糙。贴近它时，能够感受到它的脉搏——它的心在噗噗跳动，滚烫的血液在周身流淌。老葡萄树把宁伽看作同类，告诉他"我们都是有根的人"。所谓有根，对

---

① 《家族》，第72页。

② 同上。

植物而言当是一种安土重迁的本能，对人而言则意味着一种笃定和执着。所以老葡萄树说："我们都是有根的人，我们不能到处跑动。我们依恋着那些忠诚的、好胜的人，是他们不让那些坏人连根刨了我们，不让风沙把我们埋住，好让我们活下来，生儿育女。"[1]这棵老葡萄树就像儿孙满堂的长辈，又像世事洞明的智者，他开导宁伽，给他力量，鼓励他看重自己的主意，认准自己的路。老葡萄树还让宁伽带上一只乌鸦，这只乌鸦出生在一个黑暗家族，只因家族祭祀时它不小心咳嗽了一声，便惹怒了族长，被赶了出来。让它跟宁伽做伴，也算是同类相求。葡萄树意味着坚守，乌鸦则意味着自由。"因为你生在一个黑暗家族里，你离这个族越远，就越活得健康。你自由了才会健康——这也是对生命最好的报答。"[2]宁伽的这番话其实表明了他的态度：既要像树那样有不屈不挠的根，也要像鸟儿那样有自由自在的翅膀。当然，这场对话都出自宁伽的幻觉——他在葡萄架下昏倒了，醒来时正听到那只乌鸦的喊叫。

【菊芋】

张炜在一首叫《第一次见菊芋花》的诗中写道："我在一个黄昏向西望去／好像真的看到了一座堆积的山……于是逆光里只剩下了有瓣的金子／剩下了神圣吐火的庄严之色／我们吸纳这无孔不入的芬芳／记住它热烈而沉默的岁月／我的高高扬起的花／我的偶像般挺立在故地的花／你灼伤了一场悄声静气的行走。"[3]他把菊芋的花瓣比作金子，远远望去有如壮丽的金山。菊芋是一种多年生宿根性草本植物，菊科、向日葵属，其花为黄色头状花序，中为管状花冠，周围展开舌状花瓣。或因生有姜状的地下茎，又名洋姜、鬼子姜、地姜。菊芋也是张炜一种故地之花。这种原产于北美的异国

---

① 《我的田园》，第 327 页。
② 《我的田园》，第 330 页。
③ 《张炜文集》47 卷，第 147 页。

植物，对土壤环境要求不高，荒滩坡地路旁墙边都可生长。所以在登州海角，菊芋也是一种常见草花，植株高可达三米，其花黄艳鲜明，当成片盛开时，极显灿烂炫目。大概正因如此，张炜头一次见到菊芋花，就被它黄金般热烈的色彩震撼，从此爱上了这种出于卑贱而又不失高贵的花。

在很多作品中，张炜曾经有意无意多多少少地写到了菊芋。比如短篇小说《怀念黑潭中的黑鱼》里那个神奇的水潭四周就种了花生和菊芋，《远山远河》也写到恺明和小雪跟随老师去采摘百合和菊芋。在《刺猬歌》中，逃亡在外的主人公廖麦偷偷潜回故乡，就曾和"刺猬精"美蒂全然不顾地躺倒在一丛菊芋秸子上。那些菊芋秸刚刚割倒，散发着刺鼻的青生气，生有细毛刺的秸秆磨伤了身体，他们却浑然不觉，"长时间一声不吭，只紧紧拥有。"[1]但是后来他们终于生活在一起，当廖麦再次躺到菊芋的秸秆上，试图重温当年的野地相会时，美蒂却嫌弃菊芋秸太脏，上面全是毛刺，后背硌出了血，身上被弄得发痒难挨，她拒绝了丈夫粗野的情欲。"廖麦鼻子吭吭响，咬牙切齿却细声细气，每一个字都喷到了她的脸上：'你这就是忘本了。你变成阔太太了！可你前些年什么都不怕啊……'"[2]"今夜的菊芋花依旧开放"，美蒂却像忘记了他们的过去，对菊芋的态度意味着她的改变，原本奋勇无畏的"刺猬精"变得势利、实用，甚至要出卖廖麦最为看重的海边园子。最后的抉择之夜两人终于摊牌，廖麦准备离开，美蒂却先消失了。廖麦走向塘边的菊芋，扶着它站住，"高高的菊芋上不停地垂下凉凉的露滴。他伸出手掌接住了。"[3]小说至此戛然而止，菊芋垂下的露滴似星空之泪，颇有一种悲悼的用意。随着菊芋的三次出场，《刺猬歌》疏狂恣肆的声调逐渐收拢，终于变得凝寂低沉，留下的只是无尽苍凉。

---

[1] 《刺猬歌》，《张炜文集》8 卷，第 10 页。

[2] 《刺猬歌》，《张炜文集》8 卷，第 238 页。

[3] 《刺猬歌》，《张炜文集》8 卷，第 365 页。

《无边的游荡》同样也赋予菊芋美好的寄托。平原上的菊芋"在渠畔路边长成了茂密的林子，美丽的金色花瓣总是在阳光下闪着灼人的光彩"。① 庆连是宁伽遇到的"最好的伙伴"，他家院了里就种了菊芋——"每当西沉的太阳照亮了院内的一片茂盛的菊芋花时，这儿显得那么安谧和可爱。"② 宁伽在此住了很长时间，经常在菊芋花下徘徊、沉思，原为自我疗伤，却又见让了更多的人间苦难。待平原上的事情告一段落，宁伽重新启程，走出了那个菊芋盛开的小院。

　　走下去又能怎样？又会看到什么？

　　是啊，我听一位歌者吟道："好一片田野，五谷为之着色！"我想看到的就是这些。弯曲漫长的田间小路，金灿灿绵延几十里、一直铺到田间麦地，人们此起彼伏的呼喊，偶尔跑到田间的一只神气的狗，欢叫或哇哇哭的孩子，男的，女的，蹦跳的蚂蚱，飞动的燕子……我会看到这些。

　　你还会看到什么？

　　——一片金色的菊花，它在风中摇动。

　　你还记得这片好花长在哪里吗？你快告诉我吧，告诉我它长在哪里？

　　它长在一个农家小院里……它长得漫山遍野！咄！

　　　　　　　　　　　　　　　　（《无边的游荡》，第452页）

张炜用这样一段抒情的文字为小说收尾，也以盛开的菊芋花摇曳出作品的神采。菊芋不但让《无边的游荡》呈现亮色，也成了终结整部《你在高原》的绝妙"好花"。

---

① 《无边的游荡》，第119页。
② 《无边的游荡》，第1页。

张炜对菊芋显然偏爱有加，最近出版的长篇小说《独药师》更是让其频频出场。在这里，不光声名显赫的季府种了大片菊芋花，每到夏秋之季主人公季昨非窗前就明晃晃一片，他常会下意识地瞥一眼那金子一样的花，或者站到茂密的花丛中，连同他的女仆朱兰身上也散发着浓郁的菊芋味儿。院里开着菊芋，花瓶插满菊芋，甚至还有一种食物叫"菊芋酱瓜"。看也是菊芋，闻也是菊芋，吃也是菊芋，季昨非和菊芋简直是你中有我我中有你密不可分了。当他对麒麟医院的女医生陶文贝心生爱慕时，便在梦里见到了菊芋花："梦中有两果菊芋花，它们先是并蒂，然后一边一朵盖住了我的眼睛。"[①]虽然不解梦为何意，他仍确信与陶文贝有关。当其发动爱情攻势，动用的特别武器就是菊芋：他怀抱一大束灿烂的金子一样的菊芋花，一次又一次来到麒麟医院。很多人都认识这个直把菊芋当玫瑰的怪人，痴情的季府老爷好像认定了菊芋就是世上最美的花。虽然后来季、陶的结合未必全赖于这种菊芋攻势，但是手捧金色鲜花的季昨非确乎成了小说中令人难忘的一景。

【洋蓟】

见于《独药师》。在美国教会创办的麒麟医院的大门上，有一生铁铸成的"西洋图案"。季昨非对此甚感好奇，一再费力地端详它也没看出所以然，便想当然地猜测那些纠缠的花卉是"邪恶之花"罂粟——这种猜测应该来自他对西医院存有莫名的敌视。后经请教陶文贝，方知那种陌生植物叫洋蓟。小说里洋蓟只见其名，并未揭其面目。事实上洋蓟确为原生于地中海沿岸的菊科菜蓟属植物，十九世纪初才传入中国。洋蓟花别名法国百合、菊蓟、菜蓟、荷花百合，其花蕾像尚未盛开的莲花，花蕾中的花苞及花托为食用部位。在欧洲，洋蓟被誉为"蔬菜之王"，早在两千年前罗马人已开始食用。一棵很大的花蕾只有很小一小部分可以食用，烹制、吃

---

① 《独药师》，人民文学出版社，2016 年，第 158 页。

法都有讲究，洋蓟一度只为上层社会专享，是一种名贵的高档蔬菜。据说当年欧洲贵族找老婆时，先要看那女子吃洋蓟是否优雅。可见洋蓟称得上高贵之物。季昨非把他和陶文贝的相遇称作："狭路相逢，遭遇至物。"陶文贝对季府老爷把人当成"物"大为不满，其实联系到他的洋蓟之喻也算顺理成章。陶文贝的养父为西人，她身上很显西洋气质，所以季昨非说："她就像一棵'洋蓟'，此地罕有。"[1]高贵的洋蓟不正是罕有的"至物"？

其实菊芋的英文名 Jerusalem artichoke——直译便是"耶路撒冷洋蓟"，菊芋和洋蓟虽然形貌大异，却同是菊科近亲，虽然它们都来自异国，却在登州海角"狭路相逢"，成就了一段别样的爱情故事。

【青桐】

在《独药师》中，菊芋是季昨非的爱情之花，青桐则是其义兄徐竟的革命之树。青桐即梧桐，古诗中常见的寂寞梧桐、秋雨梧桐便为此树，传说凤凰非梧桐不栖，很多有名的古琴也是梧桐木制成，自古以来"梧桐"二字就多有诗意，它在张炜的小说中自然亦非凡品。乡间多见泡桐，常被讹为梧桐，其实梧桐最大的特点便是树干挺直，树皮平滑，整株一色的青翠，是为青桐。青桐乡间少见，即有，也常是一棵独立，有点卓然不群的样子。《独药师》里的梧桐却是不少，不但季府里有高大的青桐，女人的衣服上绣有桐花图案，故事的发生地好像也是一个青桐之城，一到开花时节，满城都是桐花的香味。

在小说里，青桐跟季昨非和徐竟的兄弟情谊以及徐竟的革命行动紧密相连，桐树随着季节的交替而盛衰更迭，人物的行动、命运似乎也在桐树的花开花谢间发生着变难迁延。徐竟是季父的义子，七岁时被送到日本读书。季昨非对这位异姓兄弟的思念，大概就是

---

① 《独药师》，第295页。

和窗外的青桐一起生长起来的。秋天，他听着桐树垂落的夜露发出啪嗒声，冬天看着桐树落叶成泥，徐竟何时回来好像真的和青桐有关。有一天季昨非梦到了两棵相同的青桐，"它们每到午夜就长到父亲的窗台那么高，看父亲写字，父亲拍拍它们，它们就一齐矮下去，等待第二天午夜。"[①] 季昨非由此推断，他大哥快回家了。徐竟果然归国，他已成了革命党，回来是要在半岛起事的。季昨非虽然不太认同他的革命，但还是充当了"革命的银庄"，用季府雄厚的家业资助徐竟的事业。后来季昨非又一连两个晚上梦见了青桐，长到了季府围墙那么高。徐竟果然再次回家，带来的是身受重伤急待救治的革命同志。青桐简直能够传递季、徐二人的心理感应，一再应验了徐竟的归来，它像未卜先知的神灵，给季昨非带来虚浮的慰藉。但是对徐竟来说，青桐根本不需要那么浪漫，只要对革命有利就好，所以青桐也被纳入革命同盟，成了起事的触发物：他发动的几次起义选在了桐花开放的季节，"一切都以桐花为号，满城花香灌满的日子，大炮就响了。"因为这样就可以用花香掩盖住革命的血腥气。不能不说徐竟还是一个有所顾忌的革命者，他推崇暴力，却还在意[②]暴力造成的后果。季昨非据此认为"铁血男儿原来并不缺少柔肠"，竟能把战事和鲜花结合在一起。但是花香果能掩住血腥吗？即使掩得住，恐怕也是自欺欺人吧！所以，当得知桐花要成为血腥事变的前兆时，青桐的花期便不再令人期盼。因为一场严重的倒春寒，血腥之期也好像推迟了。然而未等徐竟以桐花为号，他却意外被捕，很快从容就义。"几乎没有注意的一件事正在悄悄生长：桐树上似乎生出了蓓蕾，尽管很小，但仔细些还是看得见。"[③] 徐竟就刑那一天，阳光从乌云的缝隙中射出，把高大的桐树照得锃亮。季昨非看到了一簇簇鼓胀的蓓蕾——"满树桐花即将

---

① 《独药师》，第158页。

② 《独药师》，第320页。

③ 《独药师》，第333页。

怒放。"小说借陶文贝之口，把徐竟之死比作耶稣受难，烈士之血似乎催开了迟绽的桐花。此后，桐花果然怒放，战事果然又起，激烈的枪炮似乎夺去了桐花的香气。"所有的桐花都凋谢了。"桐花的凋谢迎来了半岛光复——革命取得了阶段性的成功。小说几近写出了青桐的萌芽—绽放—凋零—结籽的全过程，也从一个侧面写出了"革命"的残酷和代价。

不过，尽管《独药师》不厌其烦地写到青桐，却只是写意白描，其真实面目好像从未详见。这里不妨略作补充。青桐属落叶大乔木，高可达十五六米，其树干挺拔，树姿优美，多孤植，或门庭前对植，也可数株栽植组景，或作为行道绿化树。清人陈子的园艺学专著《花镜》有曰："梧桐，又叫青桐。皮青如翠，叶缺如花，妍雅华净。四月开花嫩黄，小如枣花。五六月结子，蒂长三寸许，五合成，子缀其上，多者五六，少者二三，大如黄豆。"——此树雌雄同株，初夏开花，圆锥花序，其花很小，浅紫色，盛开时鲜艳而明亮。《独药师》曾写到季昨非的女仆朱兰穿着一件"紫桐花睡衣"，小说家总能在不经意间体现细节。

三

假如将张炜写过的植物一一胪列，恐怕动用厚厚的一本书也难详尽，以上仅可视为少量的代表罢了。"所有这些植物的记忆中，都有关于人的故事。"[1]张炜不仅书写了一个种类繁多的植物世界，而且让植物参与到人的世界中，讲述"植物和人"的故事。有时他把植物当作人来写，把它们写得血肉丰满有情有义。有时他把人当植物来写，又能把人写得仪态万方生机盎然。他很少像蒲松龄那样把植物写成树精花妖，尽管短篇小说《三想》曾以拟人手法写过一

---

① 《植物的印象》,《张炜文集》26 卷，第 349 页。

棵老银杏树，《我的田园》中写过一棵能说会道的老葡萄树，但是它们作为植物基本属性都没改变，张炜并没有让它们幻化成人形，像人一样乱跑乱窜，更没有让它们拥有神奇的法力，对人类使出非常的手段。植物就是植物，它们是大地的产物，又是大地的守护者，它们经历、见证人类的故事，却永远都是沉默的一方。张炜写植物，当然用意在人，但他试图打破植物的沉默，试图打通植物与人的隔膜，试图让植物以沉默的方式说话，当我们看到他作品里的柳棵、蓖麻林、苍耳地、菊芋花、青桐、白玉兰和大李子树，很可能会忘记它们只是一种无言的植物，反倒会觉得它们和书中人物一样，也是值得关注值得体悟的一个活着的"角色"。张炜把自己当成了一棵树，也把树木花草当成了自己的角色，他的植物拥有比人物更加诚实的灵魂。

第五章　张炜动物志

一

　　张炜是和林野里的动植物一起长大的。在他的文学地理中，无数的植物和动物各从其类，共同构成了繁茂深长的生态空间。张炜深爱这如花似玉的原野，深爱这里的鼹鼠、刺猬、狐狸、云雀和各种小虫。如果说植物总体上还只是被动的"他者"，动物却几乎就是"我们"的一部分，它们可以自由自在地生活在山林旷野，也可以进入我们的生活，甚至可以成为文学叙事的主体，"它们"的故事完全有可能比我们的故事更精彩，它们身上当然也有可能——像《九月寓言》中的宝驹那样——闪放出让我们惊羡的灵光。张炜说他小时候认识的动植物要比他认识的人多得多，现在看他作品里动植物的数量，大概也远远超过了他写过的人物，尤其是一些参与了叙事进程的动物，还有可能不再是点缀性的小配角，而是直接上升为主要角色，成为作家着力塑造的艺术形象。

　　我饲养过刺猬野兔和无数的鸟。我觉得最可爱的是拳头大小的野兔。不过它们是养不活的，即使你无微不至地照料也是枉然。所以我后来听到谁说他小时候把一只野兔养大了就觉得是吹牛。一只野兔不值多少钱，但要饲养难度极大，因而他吹嘘的可能是一件了不起的事情。青蛙身上光滑、有斑纹，很精神很美丽，我们捉来饲养；当它有些疲倦的时候，就把它放掉。刺猬是忠厚的、看不透的，我不知为什么很同情它。因为这些微小的经历，我的生活也受到了微小的影响。比如我至今不能吃青蛙做成的"田鸡"菜；一个老实的朋友窗外悬挂了两张刺猬皮，问他，他说吃了两个刺猬——我从此觉得他很不好。①

　　张炜从小就有贴近动物、与它们互通心情的本领和特长，他懂得极多的动物，了解它们的特点和习性，所以能把各种动物写得生动而又传神。他有一篇短文叫《美生灵》，写的是一群正在觅食的羊："它们像玉石一样的灰蓝色眼睛，有时会一动不动地看着你，直到把你看得羞愧，看得不知所措。""人在这种美生灵面前，应该更多地悟想。"②他还在其他文章中多次写到羊，像《有趣的羊》《像一只卧地羔羊》《我愿做一只小羊》等，光看题目就足见他对这种温柔弱小的动物有多么喜爱。其实在张炜笔下，很多动物都是惹人怜爱的"美生灵"，一些普普通通的小鸟小兽，到了他笔下立刻就活灵活现，透出动人的神气。他在诗歌、散文里写过白鳍豚、猫、黄鼬、兔子、狗、狗鱼、熊、小沙蜥、蛇、钢虫、蓝蝴蝶、鹿、马、獾、狐、黄雀、画眉等等不可计数的动物，还专门写过一篇长文《它们》，为"万松浦的动物们"一一立传，包括刺猬、红脚隼、野鸽子、海鸥、豹猫、树鹨、沙锥、牛背鹭、黑枕黄鹂等数十种出没于万松浦的野生动物，这些动物像青蛙、蛇、麻雀尽管不算稀罕，也多有生趣，连那条因恐惧而咬人的蛇，也不显可恶。"它们"和人类如同两面互相观照的镜子，让我们看到动物的赤裸之美，让文明的人类自惭形秽。当然，出现在张炜小说中的动物更

---

① 《绿色遥思》，《张炜名篇精选·散文精选》，第43页。
② 《张炜文集》34卷，第25页。

加引人注目，像《怀念黑潭里的黑鱼》《童年的马》《鸽子的结局》《狐狸和酒》《鱼的故事》《赶走灰喜鹊》《马颂》《梦中苦辩》《蘑菇七种》《忆阿雅》《小爱物》《半岛哈里哈气》《兔子作家》等作品在某种程度上可视为动物小说，《古船》《九月寓言》《外省书》《刺猬歌》《你在高原》等作品也都活跃着动物的身影，这些各美其美的美生灵构成了一个生机勃发的动物王国。

二

【狗】

和人类最为亲近的动物大概就是狗了。张炜的小说，尤其是早期作品，往往少不了要写到狗，比如《秋天的思索》中的守夜狗"大青"，《葡萄园》中的黑狗"老当子"，《九月寓言》中和痴女庆余相依为命的大黄狗，《柏慧》中的护园狗"斑虎"。曾有位朋友抱怨张炜写动物太多了，有一天读他一个中篇，读到一半的时候，觉得很满意——因为终于没有狗。张炜笑而不言，原来再往下看几千字，那条狗还会出现。根据篇幅和内容看，这部作品大概是指《秋天的愤怒》——小说的第十三节出现了一条叫"大花"的肥狗，它的胖胖的前爪又白又圆，显得很笨的样子。只是这条憨态可掬的狗没想到，它被弄到村支书家里是来送死的：大花被支书父子杀而食之，最后连脑壳也被剔得干干净净，只剩下一个光光的骨壳。张炜极为详尽地叙述了杀狗吃肉的全过程，大花的温良无助和肖万昌狡诈嗜血形成了强烈反差，足以让聪明过头的人类无地自容。"从品质上而言，我们许多许多人都不如一条狗。它那么憨厚，忠诚，当然也很勇敢。它们身上只是缺少某种东西，比如轻信而无独立性——这很致命。"① 这段话出自《柏慧》（其中也有一条护园狗"斑虎"），放在这里也恰如其分——大花就是因轻信而致命的，本来它已逃脱，却又在肖万昌和蔼、亲切的召唤下自投罗网。张炜在小说和散文中多次写到他经历过的打狗杀狗，在他的记忆中，上边经常下达"打狗令"，一条和他情同手足的花狗便惨死于民兵的枪棍之下。短篇小说《梦中苦辩》便写了一个抗议打狗的故事，那条最终被杀害的老花狗和前面的"大花"，大概都是以张炜的童年伙伴为原型。

张炜自认为没办法不让狗频频出现，因为在他童年、少年的经历中，打交道最多、给他安慰最多的，就是他一再写到的这条狗。他在海边林子里经历最多的便是和狗的友谊。据张炜回忆，曾有一条黑白相间、非常漂亮的雌狗，是他童年的伙伴。他们常在一起玩耍，累了就一块躺下休息。"几十年过去了，那些情景仍然历历在目：它坐在那儿，你目不转睛看着它的时候，它就害羞起来，用眼睛的余光看着你，这样许久——当它知道你还在端量它，顶多四五分钟，就会猛地转脸做出一个吓人的动作——它被羞涩折磨得难以忍受了。"② 张炜自信能够领会狗的眼神，懂得它的心事，所以他笔下的狗不但美丽无邪，而且感情细腻，聪慧过人。"谁都不会怀疑它的聪慧，它只是操着特殊的语言而已。我有时长时间地注视它，看着它善良而纯洁的面容，忍不住一阵阵羞愧。"③

中篇小说《蘑菇七种》中的"宝物"或许是张炜作品中最出彩的一条狗。这是一条丑陋的雄狗，难以驯化，品性接近于狼。"它从小就皮毛脏臭，脾气凶悍，咬死了很多同伴和猫。有的雌狗赶来和它亲近，也被它咬伤了。很多人想打死它，都没能得手。"④ 可

---

① 《柏慧》，《张炜文集》3 卷，第 6 页。

② 《午夜来獾》21 页。

③ 同①。

④ 《蘑菇七种》，作家出版社，2009 年，第 1 页。

见这条狗和张炜写过的很多漂亮温存的狗大不一样，一出场就摆明了是一条不好惹的恶狗。但是这条冷酷无情的恶狗却对它的主人老丁唯命是从，它把林场的实际当家人老丁视作这方世界的"君王"，"老丁的话它句句听，二者之间心心相印。"[①] 从这一点来看，宝物并非一无是处，至少算得上一个忠贞不贰的好奴才——其实这也是狗的正常禀性。看似蠢笨无情的宝物却是粗中有细，智商甚高，说它"难以驯化"，不过野性难除罢了。宝物跟老丁学会了吃蘑菇，还学会了一位数的加法，在老丁看来，这个兢兢业业的家伙实在是聪明透顶，有着统揽全局的气魄，所以他才把宝物用作得力干将，每天都让它在林中独自"出巡"，并且力争不懈，为它要来了一份"官粮"。"宝物在林子里奔驰，热汗横流，万难不辞，只为一人守着疆界。"[②] 一个是独霸一方、有爱力而又让人憎恶的君王，一个是瘦小英武、勇力无限的林中之王，老丁和宝物缔结的"人犬同盟"成了不可冒犯的王者，在小小的林场里运筹帷幄明争暗斗，演绎了一出亦庄亦谐的"林间喜剧"……宝物凶悍而又狡黠，邪性而又执拗，好像比某些难以善恶评判的人还要复杂，也难怪张炜将这条不简单的狗命名为"宝物"。

【狼】

在短篇小说《三想》中，有一只叫唏唏的母狼。自它一出生，就时刻面临人类的围剿、追杀，大半生都在惊恐不安中度过，它的母亲和父亲都是在颠沛中了结了一生。人要把狼赶尽杀绝，还疯狂地砍杀树木，它们只得拼命逃窜，最后好不容易来到草木茂密的老洞山，才算安稳下来。唏唏觉得有必要让后代了解家族的历史，却又觉得它们还不够成熟，只是告诫它们远离人，提防人的枪口。但是没有想到是，尽管该说的都说了，它最小的孩子咕咕还是死于非

① 《蘑菇七种》，第 1 页。
② 《蘑菇七种》，第 3 页。

命：部队开山施工，咕咕被炸飞的石头击中。为了报复人类，嗨嗨冲进营房边的栅栏里，咬死了一只羊。后来，嗨嗨终于化解了心中的仇恨，以"一颗母亲的心""达成新的谅解"：让所有的生命都和气地相处。嗨嗨从狼的角度对人的至高无上提出质疑，因为太阳和土地是大家的，自然界不单单是人的世界。通过狼的反诉，表达了对"人类中心主义"生态伦理的反思。[①]

【猴】

《九月寓言》中《忆苦》一章光棍汉金祥讲了一个财主老爷发家的故事。这个财主原是一个穷苦的黑孩儿，找了一个"巧死俊死"的女娃做老婆，这女娃儿能使神法儿，叫做"大搬运小搬运"，想要什么她就能从别处搬来什么。这样没过几年他们就过上了好日子，女娃想见好就收，黑孩儿却贪心不足，硬要她不停地搬下去。黑孩儿变成了财主老爷，女娃却累得又黄又瘦，皮包骨头，加之身上有一股烧臭皮子的味儿，遭到老爷嫌弃，冷落。女娃就一天到晚地哭，很快就头发花白，脸生皱纹。有一天一个送饭的长工从窗口看到大炕上躺了一只猴子，奶头还胀着，原来这女娃是个母猴。当时她已怀有身孕，老爷却听信老太太的挑唆，命她去搬个大碾子回来。这母猴没办法，只好去驮了一个大碾盘。她被碾盘压得东倒西歪，本来老爷要大喊"好轻快好轻快"，就能让碾盘变轻，可他喊的却是"好沉好沉，好沉好沉！"那大碾盘就一丝一丝往下落，一会儿贴到了地皮上。第二天再揭开碾盘，下面是一个又老又瘦的母猴，已压成饼儿了。[②]

我国民间多有黄仙盗物、狐仙致财之说，黄鼠狼和狐狸好像都很擅长腾挪财物。《聊斋志异》即多见其事，所谓"千里之物，狐能摄致"（《狐嫁女》），"南阳鄂氏，患狐，金钱什物，辄被窃去。"

① 《张炜文集》25 卷，第 214 页。

② 《九月寓言》，第 172 页。

（《狐惩淫》）狐能聚财，不过是它善于偷窃罢了。张炜所写善于搬运的母猴，也和善偷的黄仙、狐仙同属一类，是一种有灵性的精怪。小说里就提到了狐狸精、野猫精，它们就擅长搬运东西。"这些野物有的搬成财主就安顿下来，跟男人过一辈子；也有的半路变了心，把搬来的东西又一件件暗中搬走。"[1] 这个猴精却是盗亦有道，专拣那些发下不义之财的富贵人家搬。同时她又是一个多情的猴精，因为太过有情有义而为情所害，为黑心的财主反误了卿卿性命。

【河马】

河马是半水生杂食性哺乳动物，淡水中体型最大，陆地上仅次于大象。身躯粗圆，体长四米，体重约三吨，四肢短，眼、耳较小，最突出的特点是其粗硕的头颅和阔大的嘴巴，嘴比陆地上任何一种动物的嘴都大，张开后可呈九十度角。嘴里的牙也很大，是进攻的主要武器。全身皮肤裸露，呈紫褐色。白天几乎全在水中或泥沼中。日食量一百千克以上。

《丑行或浪漫》有一章《河马传》，写的却不是这种笨重的动物，而是一个河马模样的人。下村的村头伍定根，人称伍爷，长相极为粗丑，大脸又长又粗满是疙瘩，嘴巴宽过常人几倍，不光是脸，还有粗短的手臂、脖子、皮色，都与河马相像，所以小说女主人公刘蜜蜡一见到他，就想到了画册里的河马。伍爷不仅长得像河马，习性也与河马相似。他喜欢大白天在黑屋里睡觉，鼾声如雷，打鼾时肚腹起伏，有拳头大小的凸起在皮下游蹿，像蓄养的一群动物在悄悄活动。这巨大的肚腹容量也大得惊人，一次吞下的吃物足以养活一个五口之家。

"大河马"是生杀予夺说一不二的恶魔人物，刘蜜蜡出逃后又被抓回，他便宣布："你入了咱村名册，就充了公了。"把刘蜜蜡关

---

[1] 《九月寓言》，第169页。

149

押起来，用"害困法"折磨得她几天不能睡觉，又趁她昏昏欲睡时图谋不轨。"那头紫青色的大河马水淋淋往她身上爬，只差一丝就爬上来了。"[①] 刘蜜蜡跳到炕下，却被他椭圆形巨腹顶倒了。河马身上滑腻不堪，分泌出一种稀泥一样的东西，让人无法抓住。慌乱中摸到了一根枪刺，扎到河马的肚子上。伤口里涌出一摊紫蓝色秽物，立时腥臭无比。此情此景像是对《古船》的一种呼应：那里的四爷爷被含章用剪刀扎中了小腹，涌出的血水变成了酱油颜色。只可惜，四爷爷没有丧命，含章却进了牢房。这里的大河马死于非命，刘蜜蜡顺利逃脱，弱女子终于快意恩仇，干了一件大快人心的事。

【獾】

我们大都知道有一种獾油，是治疗烫伤的良药。不用说，獾油即取之于獾。张炜经常提到草獾，在《九月寓言》中，草獾就是和兔子、刺猬、鼹鼠一样野地上常见的动物。在散文《它们》中，他说獾和狐狸如今已是平原上最大的野生动物，经常有人把慌忙逃窜的狗獾或猪獾当成了狐狸。可见獾和狐狸大概有相似之处，其体长有半米多，体重十多公斤，只是体形要比狐狸粗实肥大，四肢短，脸部有黑白相间的条纹。穴居，杂食，吃植物的根茎、果实和蚯蚓、沙蜥、地下昆虫的幼虫等。狗獾像小狗而比小狗更肥，而猪獾的鼻子酷似猪鼻，叫声似猪。狗獾性情凶猛，但不主动攻击人。张炜散文里写了一个关于獾的传说：獾不咬人，喜欢和人玩耍，但是它爱胳肢人，能把人胳肢得笑绝了气。所以家长常常告诫孩子，不要和獾靠近，更不要和它玩。当然，獾之所以遭人讨厌，主要还是因为它在土洞子里钻来钻去，看起来是一种不洁的动物。

张炜在美国哈佛大学做过一个演讲，题为《午夜来獾》，就讲到万松浦书院的一只獾，每到半夜，它就会从栅栏外翻墙而入。栅

---

① 《丑行或浪漫》，第220页。

栏外是无边的林野，那里才是适合獾生存的世界。为什么它是如此固执，无论是明月高悬还是漆黑一片，只要到了半夜就要攀墙过栏进来？张炜的解释是：栅栏内的老河道上有几个洞穴，大概其中一处就是这只獾的家，"它每到了半夜就要想念家园故地，所以这才翻墙入内，夜夜如此。"[①] 獾且如此，人何以堪？张炜认为獾对故园的留恋是一种本能，面对人类设置的栅栏墙它除了费解还有恐惧，所以只能选择静僻无人的午夜悄悄地重返家园。"它有家园记忆的本性，是这个本性让它痛苦。""比起这只獾，我们现代人也许丧失了这种痛苦——那种掺杂了惧怕和莫名羞涩的情态，我们人类是没有的。"（《午夜来獾》，第 11 页。）那只獾置之于自然之中，与万千生命融为一体而浑然不觉。"人早就从那种浑然之中走了出来，与自然傲然对立，所以就与大自然的情分上论，已经远远不如一只獾了。"（《午夜来獾》，第 12 页。）由此，张炜谈到了现代人的生命质地——"人对自然拥有了'现代'理解力之后，还能否寻找和借助生命中的本能力量？"（《午夜来獾》，第 13 页。）从一只獾身上，张炜看到了现代人的丧失——他体味到那只獾的沉默和羞涩，愿意像一只獾那样顾恋自己的老窝，所以他说："原来我就是那只寻找老窝的獾啊。"[②]

【刺猬】

张炜小时养过刺猬，他很多作品里都有刺猬。这种小动物浑身长满硬刺，遇险时就会团成一个刺球。因其性格温顺，基本上人畜无害，就有人养它当作宠物。《刺猬歌》里的刺猬却不一般，很可能就是一个"刺猬精"。小说的女主人公美蒂是棘窝镇的俊美青年良子从外地带回的养女。刚一来到时，她还是一个不懂事的小女孩，她穿了一件金光闪闪的褭衣，一天到晚不离身，有人便怀疑这

① 《午夜来獾》，第 3 页。
② 《行者的迷宫》，第 260 页。

女孩是良子和刺猬精所生。为此镇上的赤脚医生专门检查了美蒂的身体，不料一看吓了一跳："她浑身上下都被一层又密又小的绒毛遮裹了，它们在室内微弱的光线下弥散出荧粉一样的色泽，在后脊那儿交织成一道人字纹，然后又从尾骨处绕到前面，在腹部浓浓汇拢。……"[1]老赤脚据此推断，那背上绒毛是一身尖刺变的，肚子上的就算是真正的绒毛了，那身金色蓑衣，就相当于她的皮。这算是从生理特征上验证了美蒂的刺猬属性。另外镇上的人还从她的肤色、眉眼、神情、目光上感到了奇异之处，进而判定她是个精怪，都叫她刺猬孩子。美蒂的"刺猬精"之名虽说来自于臆测和传言，却渐渐成为口实，后来连她的丈夫廖麦似乎也相信她就是一个刺猬女。

刺猬虽则温顺弱小，本身却生有硬刺，堪以御辱守成，美蒂作为刺猬女正有这种喻意。廖麦被唐家父子迫害出逃，留下美蒂独守故地，她不光抵制了唐童的骚扰和刁难，还营造了一片自己的园子，可以说像刺猬一样保住了应有的尊严。廖麦曾经潜回镇子，和美蒂野合于紫穗槐棵中。美蒂的肌肤是野蜜色，颔上是细小难辨的金丝茸茸，小腹缠裹着金灿灿的丝线，廖麦不禁惊叹"这真是一个刺猬孩子"，美蒂声称自己是"大海滩上最俊俏最温存、最会伺候男人的刺猬精"，满海滩的精灵野物都来为他们贺喜。廖麦是来自野地的孩子，美蒂是刺猬精的女儿，二人在旷野上亲热缠绵也属野性使然。"'俺刺猬，心欢喜；手扯手，采野蜜……'一溜刺猬在沙原上，一齐拍着小巴掌，在热辣的南风中一齐歌唱。"[2]"刺猬歌"大概源出此处，"刺猬精"之说似乎在这里验明正身，几无疑义了。

后来形势好转，廖麦回乡定居。唐家早已做大，要把整个山地平原都吞并了。眼看辛苦经营的小园子也难保全，美蒂选择了妥协，要把园子卖给唐童。这让廖麦大为不满，觉得刺猬女变了，她作为刺猬的最后特征——脊部那一层呈倒八字的金色绒毛已经消

---

① 《刺猬歌》，《张炜文集》8 卷，第 51 页。
② 《刺猬歌》，《张炜文集》8 卷，第 124 页。

失，更主要的是，她身上的那种沉勇坚忍、独行其道的刺猬精神不见了。所以廖麦认为他心目中那个"绝色美人"已经死了，甚至怀疑美蒂已"卖身"于唐童——刺猬要和豪猪结亲。就在廖麦要离家出走的那天晚上，美蒂却失踪了，她齐根剪掉了苘麻一样的头发，唯独带走了那件金黄的小袭衣。刺猬女最终留下了一个无可对证的疑团。

【红蛹】

《刺猬歌》写到的一种神奇的红蛹，能给人指引方向。廖麦小时候在沙土里挖到一个闪着荧光的红蛹，它比人的大拇指还要大，颜色像成熟的红枣，身上有三个小眼睛似的斑点，如果用手指撮起它的屁股，它的尖顶便会轻轻转动，指向某个方向。廖麦就是在它的指引下，找到了刺猬朋友，跟着刺猬寻找野蜜，听刺猬唱歌。[①]一次他在灌木丛中迷了路，也是靠红蛹指路找到了家。廖麦有此利器，便可无所顾忌地穿越无边的莽野。最后红蛹变成了一只通体生辉，金光闪闪的大花蝴蝶，原来这是一只蝶蛹。有过乡野生活经验的人小时候大概都玩过这种虫蛹，有的地方就叫"东西南北虫"，其实就是蜕变前的蛾类、蝶类昆虫。它的尖顶之所以转动，不过是受到刺激的本能反应，所谓指方向不过是小孩游戏罢了。《刺猬歌》里的这只红蛹却像生有灵气，竟然真的可以听懂一个孩子的求告，做他的指路向导，也许孩子的心总能唤起某种常人难及的奇迹。

【狐狸】

短篇小说《狐狸和酒》有点像《聊斋志异》，也是一个有关狐狸精的故事。海滩平原上有个神奇的酿酒人叫照儿，他能用发霉的瓜干和红薯梗酿成一种美酒。这地方几乎家家酿酒，可谁也不敢说

---

① 《刺猬歌》，《张炜文集》8 卷，第 47 页。

比照儿酿得好。丛林里有很多狐狸，喜欢挨家挨户偷酒，有时还会把魂灵附着在女人身上，说出一些醉话。有一次照儿用石块砸了一个狐狸窝，得罪了狐狸，他老婆小雷先后两次被狐狸附体。每次都是照儿先打老婆不奏效，再给她酒喝。小雷喝过酒就眉开眼笑，变得比原来好看了，而且一蹦一跳的，嘿嘿笑着朝照儿做鬼脸。头一次狐狸被一个有法术的吓跑了，小雷睡了两天两夜，像是大病了一场。第二次那狐狸却不害怕了，任凭那个施法的人怎么折腾，她就是不肯离开。于是他们剥光了小雷的衣服，只见有一个地方像是鼓起了气泡，在皮下缓缓游动，有法术的人上去一把攥住，用银针插上去，总算制服了狐狸的魂灵。狐狸连声告饶，却不肯说出自己的藏身之处。小雷被针扎得直流血，照儿实在看不下去，拔下了银针，狐狸终于没被驱除。后来狐狸上身的小雷再次喝醉了酒，跑进野地失踪了多天，回来后像是恢复正常。照儿从此不再酿酒。这个爱喝酒的狐狸精始终没有露面，小说里只是借着小雷说她一喝酒变得妖媚，走路一蹦一跳的，还会做鬼脸，这种反常的表现活脱一只狐狸。但是，谁又能保证那就不是小雷的真面目？谁能保证那狐狸不是被人冤枉的？也许很多人心里都藏着一个狐狸精。

《刺猬歌》里的金矿主唐童就和狐狸过从甚密。唐童是姗婆唯一的徒弟，姗婆身有巫性，曾为各种野物接生，她认为狐狸机敏、心巧、柔情和模样"永远都要在野物中排上第一"，是野物中的智星。所以当唐童问她要信仰什么时，她张口就说"信狐仙"，唐童便成了狐仙的忠实信徒。镇外灌木丛中有一好酒的跛腿母狐，唐童每遇不顺心的事，便要带上酒壶找母狐喝酒，絮叨，母狐跟着他叹气，怜惜，也给他出主意。这只跛腿母狐口吐人言，傲然如知冷知热的邻家大婶。唐童不光和狐狸饮酒谈心，还非常迷信狐仙托梦，他上山开采金矿，便是受到狐仙的启示。后来一宾馆女领班被狐精附体，不停地口吐狂言，经阴阳先生用桃木剑指问，她方招出是崂山的狐狸。唐童便以为她是狐仙，对其又好奇又害怕。阴阳先生却说她不是"仙",而是害人的精怪。原来这只狐狸是把醋当成了酒，喝上了瘾，才落了个不伦不类的地步。莫非，喝酒可成仙，喝醋便成了怪？看来，狐仙和狐怪也是有区别的。

【阿雅】

阿雅是一种虚构的小动物。它全身栗黄，脊背上有棕红色的毛，嘴巴干净，牙齿尖细，鼻孔粉红色，前爪短，尾巴又粗又长，能在灌木丛中飞快地腾跃。宁伽在林子里见过很多美丽的动物，却从未见过这么可爱的新家伙。它到底是什么，当时谁也不知道，即便后来对照动物图谱也没搞明白。它看上去和灵猫、艾鼬、狗獾、貉、狐、豺、獴都有一点儿像，可又都不是。这种"漂亮得让人吃惊"的小动物让童年的宁伽产生了无穷想象，在他心目中，阿雅就像一个小姑娘，"它美丽，灵巧，顽皮，出奇地聪明，永远欢腾跳跃。它难得安静休憩，大概有最充沛的精力，最活泼的性格。"[1] 在外祖母的故事中，阿雅是一种极重信义的生灵。有个大户人家就交往了一只阿雅，它每天夜里都跑到南山，为主人噙回一颗黄色金粒。后来它找到了更为贵重的白色金粒，却被这家人当成了普通沙粒，他们认为阿雅变了心，便设计将它抓住，想要杀掉，幸好最后它逃了出去，"永远告别了为人类服务的历史。"

宁伽期待和阿雅重逢，可是没想到的是，再次见到它却不是在林子里。园艺场的猎人老卢捉到一只阿雅，把它关在笼子里。宁伽看清了它深棕色的胡须，金色的眼睛，软胖的前爪像人一样有五个手指。它漂亮得不可思议，眉眼神情像是宁伽梦中见过的小姑娘。卢叔用囚禁和饥饿渐渐驯服了阿雅，宁伽也和它成了挚友，常在一起亲昵嬉戏。后来阿雅跑回林子过了一段时间，再次被捉回时已经怀孕了，产下了四只小阿雅。卢叔又以此为诱饵，捕获了一只每晚都来探视的雄阿雅。这只雄阿雅不服驯化，绝食而死。卢叔有了小

---

[1] 《忆阿雅》，第8页。

阿雅，便不担心母阿雅逃走，给它解开了绳索，让它跑回丛林，受孕，再生小崽。就这样卢叔不断把养大的阿雅卖掉，为了去掉它们的野性，还把准备出卖的阿雅全部阉掉。遭到阉割的阿雅再也不像过去那样蹿跳、尖叫了，成了一群安静的、不会吵闹的、肥肥胖胖的小动物。宁伽曾经试图带领阿雅逃向丛林，然而阿雅早已安于现状，只走到半路，又乖乖返回了那个"地狱般的小院"。

阿雅只是传说中的林中美物，"机灵俊俏到难以形容的地步"。张炜小时候一直想看看它的真实面目，但终未如愿。"因为它一般来说都是昼伏夜出，只在暗中做事助人。"他一再强调阿雅的可爱和忠诚，"因为它对半岛人家有过承诺，是这个承诺在折磨它；为了这个承诺，它可以'虽九死其犹未悔'。""这个故事一直鲠在我心里，我觉得可怜的阿雅有点像古代记载的'和氏璧'中那位认死理的䃺人。"① 阿雅像《九月寓言》里写过的那只猴子一样，忠诚于人又为人所害。所以张炜说这种求真与承诺的性格和品质，往往意味着磨难和悲剧。这也就像一些坚贞守信的人，为了某种理想会飞蛾投火般投入到注定的悲剧中。宁伽的祖辈、父辈——尤其是他的父亲，在小说里便是和阿雅的故事对应叙述的，父亲积极投身革命，结果却成了革命的弃子，不得不长年服苦役，为一个莫须有的罪名赎罪。这种命运和阿雅何其相似。宁伽成年后一再回忆被残害被阉割的阿雅，一再讲起它遭受的苦难，其实也是在反刍父辈的命运。

【马】

张炜一再写到马，给人印象最深的是《古船》里那匹枣红马。旧企业主隋迎之原为洼狸镇首富，自从意识到他们老隋家"欠大家的"，"欠所有穷人的"，便骑上一匹养了多年的枣红老马，到芦青河一带"还账"。这匹马老而不失风骨，即使背上驮了一个有负罪感的人也还是气宇轩昂。这样一匹马似乎先天带有一股凛然之气。

---

① 《阿雅承诺的故事》，《文集》42卷，第220页。

有一次隋迎之骑马从河滩上跑过来，正被镇上的民兵头目赵多多看到，"它的鬃毛抖动不停，长尾扬起，好不威风。他的手紧紧握在枪柄上，手心阵阵发痒。这是一匹宝马。"[1]枣红马不怒而威，它额上那绺黑鬃，后胯两条长腿，让猥琐的赵多多分外眼红，总想骑上它沿镇子巡逻，只是一直没有机会得手。因为得不到，又见不得隋迎之继续威风，转而就想照准马脑那儿打一枪，可是还没等他动手，红马就死了。有一天晚上，隋迎之在回家途中咳血不止，血染红了一路，最后血快流尽了才从马背上跌下来。老红马独自跑回去在大门外嘶鸣，把一家人引到镇外。红马钻进一片高粱地，"所行之处，高粱秸上都有鲜红的血印。……马蹄踏踏响着，奇怪的是它碰不倒一株高粱。""隋迎之躺在干燥的土埂上，脸色像土埂一样颜色。他周围是彤红的草叶，不知是天生这样还是被血染的。"[2]"老红马垂着头，多皱的鼻孔沾满了细细的土末，一动不动。大家屏住呼吸，把隋迎之抬到了老红马背上。"[3]为了还账，隋迎之已经交出了所有的粉丝厂，只留了一个小作坊，可最后还是死于心累。隋迎之死后，芦青河故道里发现了一条古船，隋不召要骑马去上报国家，却发现它已默默死在了马厩里。这匹枣红老马最终以死殉主。隋迎之和枣红马相继死亡似乎意味着一个高贵世家的终结，自此，老隋家便陷入万劫不复的苦难的深渊。

在《家族》中，和《古船》相似的枣红马再度出现。宁珂的父亲宁吉，是宁家的传奇人物，身上缠满了故事。他天生怪异，喜欢结交各种"异人"，还喜欢骏马，凡是浑身一色的马，都被他视为宝驹。他在宁府造起了第一流的马厩，而且把所有中意的马都依照古代战马的模样打扮起来，自己也备有几套武士服装，经常骑着一匹红骒马外出游历。后来，他为了到南方吃醉虾，骑上一匹枣红大

---

① 《古船》，第 104 页。

② 《古船》，第 50 页。

③ 《古船》，第 51 页。

马绝尘而去，再也没有回来。直到很多年后，人们谈起宁吉，还会说到那匹大红马，把他描述成令人敬佩的"山地骑士"。在宁珂心目中，远去的父亲永远是和红马联系在一起的，一想到父亲就会想到一个骑了大红马的人。正因曾有这样的家史，他才把红马视作族徽，视作运动跳跃、献给未来的生命之花。而他本人也梦想着拥有一匹好马——一匹纯种红马，骑上它驰骋原野。后来他来到曲府，这个愿望方才实现——他曾骑上曲家的红马去追赶自己的队伍。在宁珂看来，这一匹最好的纯种红马，就和当年他浪漫的父亲骑走的大红马一模一样。没过多久，这匹红马就目睹了曲府主人的死亡——曲予为了小城的平安骑马奔走，不料半路遭到偷袭，死在西郊的一片矮松林里。像《古船》的情节一样，枣红马独自跑回曲府，仰天长嘶，把大家引到了黑松林。曲予躺在几棵黑松旁，身边有一小块红色的沙子。"红马不停地嘶鸣，后来又用前蹄狠命地刨土。飞溅的沙土扬到半空，红马卧下了。"[1]曲予和隋迎之的死极为相似——他们都倒在红马背上，鲜血浸透了马的鬃毛，染红了殒命之地。

　　《古船》和《家族》虽然在内容上几无干系，但是在人物设置和发展情节上却有互文之效。《古船》的时间下限是上世纪八十年代改革开放初期，《家族》则继续向前发展，相当于讲述了《古船》之后的故事，只不过故事的重心由"老隋家"转向了老宁家、老曲家，宁、曲两家的故事其实就是隋家形象的延伸，有些人物也就存在一种精神上的血缘关系，比如曲予和隋迎之，宁吉和隋不召，而这匹枣红大马，更是他们共同的"宝驹"和"族徽"，隋、曲、宁三家完全可以纳入同一个"红马家族"。这种红马情结代代相传，后来宁珂要独自出门做大事时，首先想到的也是红马："我该有一匹好马了，一匹纯种红马，骑上它驰骋原野。"[2]《我的田园》专有

① 《家族》，第 272 页。

② 《家族》，第 197 页。

一节《红马》，再次忆起外祖父的那匹红马及其最后时刻：

> 它把一家人领到了那处马尾松下，所有人都伏在了外祖父身边，大家哭成了一团，谁也没有注意红马。等到大家醒过神来，这才发现它没了踪影——外祖母说它随着外祖父的魂灵一起走了，要在另一个世界里驮上他四处奔跑，追赶死敌……①

"孩子啊，路上只要听到远处的马蹄声，那就是你外祖父的红马！"外祖母的口传心授使红马近乎神化，此马非凡马，简直就是谪落凡间的天马星精。张炜以极抒情的语言表达了"红马家族"的后人"要掩泪入心，做一匹马"的决绝，不仅要追赶那匹红马，要骑上红马自由飞驰，还要变成一匹红马，在骨子里承负起奔走和复仇的命运。

值得注意的是《忆阿雅》中也有一节叫做《红马》。同样是借外祖母之口讲述外祖父的故事，不过这一次讲述的红马之死却与前文有所不同：外祖父死后，红马不吃不喝，就跪在院门的台阶上，不停地磕自己的下颏，就这样自戕而死。按照外祖母的说法，红马是随着它的主人走了。外祖父的魂灵也一样骑着红马，不断地回到生前去过的地方。每到过节的时候，他还会悄悄回来看望家人，小茅屋四周印满了红马的蹄印。为了迎候外祖父的到来，到了中秋节的前一天，外祖母便会在果园外的槐树下抛撒一些谷秸，那是为红马准备的草料。幼年的宁珂好像具备通灵的能力，他能看到外祖父从遥远的地平线上走过来，在果园角落的小杌子上正襟危坐。更为惊悚的是，护园人老卢发现一个奇怪的影子在园边徘徊，竟然开枪射击。宁珂仿佛真的看到一个人骑在红马上，红马和人都被打翻在地，地上是一摊鲜红的血。据老卢描述，他看到了一个火红的东

---

① 《我的田园》，第366—367页。

西，那是一匹燃烧的马，上面坐着一个黑色的身影。那匹火马仰天嘶叫，老卢一枪打过去，那匹燃烧的大马就变成了一道闪电，唰的一下消失了。后来，宁珂经常寻找红马的蹄印，有时真能找到很深的牲口蹄印，有一次还发现那蹄印穿过了大片的丛林，一直走进了南山。红马和外祖父就这样来往于传说和现实之间。张炜以一种超验的方式把红马写成了不死的魂灵，也给他的小说披上了一层难以道破的神秘色彩。这匹燃烧的红马和《九月寓言》结尾处在火海中现身的"宝驹"如出一辙——"红马"确是张炜作品中一个耀眼的精灵。

在某种意义上，张炜也属于红马家族的后人，小时他便听多了关于红马的传说，早已和它神魂相通，他借小说怀念远去的高头大马，也借此寻求一种精神的血证。张炜小时候住在园艺场附近，那里就养了很多马。短篇小说《童年的马》和散文《马颂》即分别写了园艺场的一匹白马和灰马。大白马浑身没有一丝杂毛，眼睛又大又亮，蓝莹莹的，像漂亮的女性一样讨小孩子喜爱。这匹大白马看上去很温柔，可是一有人骑到它背上，竟变得暴烈起来，结果把逞能的小伙子摔到地上，摔烂了他的脸。美丽的白马留下了一段骇人的记忆，但记忆中的白马仍是美丽的。《马颂》收入了散文集，用的却是用小说笔法。这是一篇不折不扣的马的颂辞。灰马名灰子，"我"却叫它"慧子"，这匹马那么漂亮，干净，身上连一丝灰气都没有，它是如此完美，让衣衫破旧的"我"感到寒酸。饲养员老木爱马，懂马，他跟马讲话一般不用开口，只是用满是花茧的手抚摸它们就够了。他一辈子离不开马，认为马比人好，比好多人都好："有什么比马更懂事呢？有什么比马的心更软、更和善呢？"甚至刺猬、鹰、灰喜鹊、狐狸、草獾、黄鼠狼、豹子之类的野生动物，也都对马赞佩有加，说它是一种"神奇的动物"，"有如此巨大的力量"，跑起来像电光一样漂亮，"它老实，从来不欺负别的动物"，"比人好二十倍"，"它美丽，只是自己美丽着"，"马是善良、和蔼的朋友，马浑身上下都没有一点儿缺点。"……①张炜让一群动物召开了一场马的表彰会，在它们眼里，马简直完美到了极点，连凶悍的豹子也大受感化，开始学吃草了。足可见张炜对马的推崇，"童年的马"给他以美和善的启蒙，也带他驰骋远方。

张炜的自叙性散文《莱山之夜》有一节题为《那匹三岁小马》，大概可与小说里的红马相呼应：

> 那是一匹多么好的小马，跑起来四蹄生风，发出嗒嗒的声音。这马呀，很久以前外祖父就拥有过。它是红色的，像一团火在平原上滚动。这团火最终烧毁了一个陈旧的平原，最后他自己也在马背上烧成了灰烬。有人在传说中把外祖父的马描绘成会腾空而起、在午夜里奔波不息的神驹，一副铁骑。那只是幻觉。我知道它一旦消失了，也就永远不能再生。那是一匹过去的马……

> 产生英雄的年代也许真的过去了，所以我们只能踏着英雄途经之路走来走去，结果最终没有任何一个成为英雄，却不由自主地染上了英雄们才有的那些酸臭毛病——他们情感粗放而又纤细，既像豺狼一样凶狠，又像小猫一样温柔。②

假如我们把散文认定为非虚构，那么张炜的红马情结大概就源出于此。外祖父和红马的传说直接化入他的小说，成为《古船》《家族》等作品中着力渲染的情节，甚至成为他所有作品中一个极具代表性的象征符号。

此外，《家族》中还写到关于黑马镇传说中的黑马，女土匪小

---

① 《张炜文集》33卷，第320—321页。
② 《莱山之夜》，《张炜文集》33卷，第85—86页。

河狸骑的藏青色大马。黑马和青马亦属"宝驹",它们和枣红马、大白马、灰马一起提高了"马颂"的调门,让马变成了万千生灵中的无上至尊。

【彩色大鸟】

在关于外祖父的传说中,除了那匹红马,还不得不提到一只彩色大鸟。此鸟不知其名,和大鹦鹉差不了多少,但不是一个品种。这只鸟是自己飞来的,它一点都不怕人,就蹲在那儿盯着外祖父,再也不愿离开。因为担心鸟儿被猫伤着,外祖父编了一个鸟笼。外祖父认为这只鸟从东边飞来,应该知道许多事情,便努力教它说话,它却只学会了一个不吉祥的字:死。后来外祖父要骑上红马出门,这只大鸟在笼里不停地跳、叫,拼命扑打翅膀,一连声地喊:"死——死——"几天后外祖父果然就死在了外边。大家这才明白,大鸟拼命叫喊是在提前警告,它是想阻止外祖父前去送死。外祖父出事后,彩色大鸟再也不叫了,垂着头,像是什么都知道了。宁珂打开了鸟笼,它很快飞出了笼子,绕了几圈,飞走了。①

登州海角古属东夷之地,东夷文化的一个显著特征是鸟图腾崇拜,所以,这一带的古代居民又称"鸟夷"。《汉书·地理志》有:"冀州鸟夷。"《大戴礼记·五帝德》曰:"东方鸟夷民。"《左传·昭公十七年》也记载夷人郯子的话:"我高祖少昊挚之立也,凤鸟适至,故纪于鸟,为鸟师而鸟名。"张炜的"红马家族"大抵也是夷人后裔,他们对彩色大鸟的崇信或许就属于东夷人的古老传统。有一种相当普遍的原始思维便认为,人死后灵魂不灭,会附于某种动物继续存在。至今仍流行于我国东北地区的萨满教就崇信动物神灵,其中鸟是备受尊崇的图腾神、守护神和自然神,亦被作为灵魂的象征和天界与人间传递消息的使者。②《我的田园》中的这只无名

---

① 《我的田园》,第 265 页。
② 谢乃和,杨昕玥:《〈山海经〉与东夷古史研究》,《黑龙江民族丛刊》,2010 年第 4 期。

大鸟像是专来预言外祖父之死并与其魂灵一起飞升的，犹如引渡亡灵并承转魂灵的灵魂鸟、引魂鸟，可以让外祖父虽死犹生。这只鸟后又来又曾现身："它的肚腹一半黄一半蓝，下颏那儿还有一片红，光洁的头颅一动不动。它的尾巴长长，嘴巴也长长。"[1] 这是曲予的外孙宁伽看到的一只彩色的、美丽的大鸟，见到它的那一刻，它正踏在一个小树杈上，向着远处一声声呼叫。当时宁伽正巧背了一支借来的气枪，想也没想就瞄准大鸟扣动了扳机，大鸟应声而落。他骄傲地提上猎物回家炫耀，外祖母惊讶地发现，这就是那只飞走的大鸟："就是它，就是这样的一只……大鸟……是它！"可惜这只灵魂鸟竟然死在一个无知少年手里。宁伽亲手打死了外祖父的彩色大鸟，这是他杀死的第一个会呼吸的生命。为此他陷入了深深的自责中，痛悔自己小小年纪手上就沾满了鲜血，看到了自己对立的、矛盾的两颗心灵，所以不止一次立下誓言：决不再毁掉彩色的鸟和与之有关的一切。"彩色大鸟"以死赐予了他一颗敬畏生命之心。

那么，这只彩色大鸟究竟有何来历？小说里说，此鸟自东边飞来，当是隐约交代了它的出处。我国古代神话传说中有所谓东南西北中"五方神鸟"，《说文解字》记其名曰："东方发明，南方焦明，西方鹔鷞，北方幽昌，中央凤皇。《论衡校释》也有载：五鸟之记："四方中央皆有大鸟，其出，众鸟皆从，小大毛色类凤皇。"东方的神鸟叫发明，是一种类似于凤凰的大鸟。《后汉书·五行志》引《乐协图征》说："五凤皆五色，为瑞者一，为孽者四。"注引协图征曰："似凤有四，并为妖。……发明，鸟喙，大颈，大翼，大胫，身仁，戴智，婴义，膺信，负礼，至则丧之感也。"照此说法，发明不是什么好鸟，它一来就要死人，不过就这一点倒和张炜所写彩色大鸟有些瓜葛——它确实像是报丧鸟。当然，大鸟无罪，要怪只能怪我们没有它先知先觉，更何况，很多时候，这种神鸟带来的是好消息。《山海经》即频频说到五彩鸟、鸾鸟、凤鸟等，它们一

---

[1] 《我的田园》，第265页。

出现便会"天下和"、"天下安宁"。如《南山经》所记，渤海之北的丹穴山有一种鸟，"其状如鸡，五采而文，名曰凤凰，首文曰德，翼文曰义，背文曰礼，膺文曰仁，腹文曰信。是鸟也，饮食自然，自歌自舞，见则天下安宁。"《大荒东经》也有记载：少昊之国的汤谷之中"有五采之鸟，相乡弃沙。惟帝俊下友。帝下两坛，采鸟是司。"——五彩鸟相向婆娑起舞，帝俊也和它们交好，山下有两座祭坛，即由五彩鸟掌管。少昊氏以风为姓，风即凤也，东夷人即以凤凰为祖，此五彩鸟实为凤凰也。帝俊和凤凰的友好关系，正像外祖父和彩色大鸟的亲密关系。楚辞《大招》有曰："魂乎归来！凤凰翔只。"凤为不死之鸟，外祖父的彩色大鸟即便不是凤凰，大概也是来自东方的神鸟吧。

第六章　张炜鱼谱

一

　　张炜写过无数的野物生灵，最让他着迷的一种动物大概非鱼莫属。之所以这样说，是因为，相比其他一些偶尔客串的动物，只有鱼儿才是张炜作品中几乎从不缺席的常客。从他十六岁（1974）创作的短篇小说《槐花饼》，开始写海里的鱼、芦青河的鱼，开始讲述逮鱼的故事、鱼的故事，到最近创作的《寻找鱼王》《独药师》，张炜用四十多年的时光写了数不清的鱼，讲了无数鱼故事。他写的鱼儿名目繁多，有的常闻常见，有的却模样怪异，另有奇能，有的更是无可稽查，或许纯为杜撰。这些真真假假虚虚实实的鱼儿和人物各相扯络，甚而互有重合，于是又有鱼人、海怪之类，张炜的小说也和《山海经》记载的那样，很多鱼儿都是神乎其神，他的鱼故事有如神奇的宝葫芦，藏纳了无尽奥秘。如此，我们亦不妨带上一颗好奇的心，去识认张炜的鱼，解读他的鱼故事。

　　按照生物学的定义，鱼应该是一种古老的脊椎动物，用鳃呼吸，用鳍游泳，终年生活在水里。像鲸鱼、鲍鱼、甲鱼、鳄鱼、墨鱼、娃娃鱼之类虽都叫"鱼"，却不是真正的鱼类。可是我国最早的词典《尔雅》不仅把许多非鱼之"鱼"归入了"释鱼"一部，还把蝌蚪、蜥蜴、蜗牛、水蛭甚至蝗虫、蚊子的幼虫一并列为鱼的同类。有学者认为，龟、蛇、贝、蝌蚪、蚊子等都和鱼类一样具有强大的繁殖能力或顽强的生命力，在古代初民心中都是生命崇拜的象征，故而被归入了《释鱼》中。本文亦因循古例，对"鱼"的界定不限于严格的生物学特征，而是采取较为宽泛的归类方式，凡张炜作品中跟鱼相关的水生物种皆予胪列，亦兼收与渔事相关的词条。

二

【黑鱼】

乌鳢的俗称，也叫乌鱼。《尔雅·释鱼》第三名即为"鳢"，又称鲖鱼。此鱼青褐色，圆筒形，头扁，性凶猛，繁殖力强，胃口奇大，以其他鱼类为食，甚至不放过自己的幼鱼。可在陆地上滑行，离水仍可活三天之久，故能迁移到其他水域掠食。

"大黑鱼"初见于短篇小说《槐花饼》中严爷爷讲述的鱼故事。有一年他在芦青河钓到了一条通身乌黑油亮的大鱼，鱼眼又大又红，像人的眼，它盯着严爷爷，竟然流出了眼泪。严爷爷想它长这么大也不容易，也是个老东西了，说不定儿孙满堂呢，于是抱起鱼放进了河里。后来他才想起，曾有个黑皮肤老头儿从浪里钻出来，抱怨严爷爷妨碍他洗澡。黑皮老头就是大黑鱼。放走大黑鱼被严爷爷当成了一生中做过的最了不起的事。《槐花饼》写于1974年，是张炜现存的第二篇小说。这一年他曾去渤海湾中的桑岛居住半月，探究岛上的渔民生活。在这篇小说中，张炜的鱼首次现身，也首次表达了他的爱鱼之心。他写到严爷爷十分善良，有一杆土枪，却从来不打野物，擅长捉鱼，却只在海边捡鱼、用鱼钩钓鱼，因为"它们不易"，打它们是"伤天害理"。可见张炜早就埋下了朴素的野物情怀。

短篇小说《问母亲》写到一个"黑湖"。它位于柳林边的沙滩上，水老是那么深，不干也不涨，一直那么旺，而且黑而透明，见底见沙。黑湖里的鱼全是黑的，最大的有半尺长，从来没人去逮。又说湖里有一个兽，有人说红，有人说黑，谁也不知是个什么兽。后来因为垦荒，林子没有了，黑湖也在一夜之间干了，只剩下一大片黑色的泥沙。这篇写于1987年的小说反映了作者的生态意识，不知所终的黑鱼和怪兽也为后来的作品留下了引子。短篇小说《怀念黑潭中的黑鱼》（1988）即可视为对《问母亲》的续写。在这里，黑鱼的模样得到具体描述："它们有木炭条似的身体，晶亮晶亮的眼睛。"同时，黑鱼的消失也有了答案：为了躲避人类的捕杀，这个水族在绝望中连夜迁徙，一直翻过了沙岭……在陆地上尚能存活、迁移，黑鱼的习性确乎如此。那些贪婪的猎鱼者令张炜深恶痛绝，原本美好的黑潭也只剩了怀念，他说："黑水潭和黑鱼永远不会从我的心中消失。它们构成了我童年的一部分。那个远离我们的水族，不知现在如何？"想来这童年的黑鱼确是令张炜难忘，在《远山远河》（2004）中，又写到"我"在山中流浪时，"蹲在一条小溪旁饮水，看着黑色脊背的小鱼从眼前蹿过，幸福感让人不可遏制。"在《曙光与暮色》（2010）中，又曾写过一个山中水湾："这片水清可见底，一些游鱼清清楚楚。有的乌黑乌黑，像墨染一样。""这是什么鱼？它怎么可以长成这样？"——小说里的人物名叫曲浼，这个名字和他发出的疑问大概也是张炜对逝水和黑鱼的一种纪念。黑鱼本是鱼中杀手，张炜却把它写得极为优雅和幽微，深潜在潭底的黑鱼因其深邃透明的黑色如同身着玄衣的绝地隐者，它们不争于世，即便被贪心人出卖，也只是略施惩戒就不战而退。以黑皮老头（水淋淋的老者）的形象出现的黑鱼显得特别隐忍和无辜，直让你觉得它们招谁惹谁了？凭什么要把人家赶尽杀绝？

【老鱼】

老鱼并不是真正的鱼。短篇小说《造琴学琴》（1976）中有一

167

个赶车人，名叫老玉。他会拉琴，还擅捉鱼，水性极好，虽然脏气、脾气坏，但心眼挺好，是教"我"学琴的师傅。一个邋遢的光棍汉却叫"老玉"，大概隐含粗中有细之意，或取自"老鱼"的谐音。另一短篇小说《玉米》（1977），写了一个中年妇女，名字就叫老鱼。她自小厉害，什么也不怕，五十岁的人了，却没老人性，仍旧泼辣能干，跟年轻人打成一片，用时下的话说就是个不让须眉的"女汉子"。虽然张炜未曾直接以鱼喻人，或把人视同为鱼，但是老鱼／老玉却是更多鱼故事的发轫。后来，中篇小说《海边的风》（1987）中，有一个跟鱼打了一辈子交道、有一肚子鱼故事的老筋头，就说自己是"淹不死的一条老鱼"。这时，鱼的意象已在张炜的作品中壮大成熟，他也渐渐化通了鱼和人之间的界限，让这条不死的老鱼游进了更广阔的想象空间。

【鳝鱼】

这种鱼像蛇，头大眼小，全身无鳞，体表有润滑的液体，多为青色、黄色，又称黄鳝。短篇小说《一潭清水》（1984）写过一个外号叫"瓜魔"的孩子，他喜吃西瓜，更爱下水捉鱼。也是在这篇作品中，张炜开始有意识地借鱼写人，把水性极好的瓜魔写成了一条机敏伶俐的鳝鱼。"这孩子身子乌黑，很细很长，一屈一弯又很轻软。"他长得像鳝鱼，水里的功夫也像鳝鱼："他不怎么吸气，只在水里钻，一会儿偏着身子，一会儿仰着胸脯，两只手像两个鳍，一翻一翻，身子扭动着，有时兴劲上来，又像一只海豚那样横冲直撞，搅得水潭一片浪花。"在旁人看来，瓜魔和一条很大的鱼差不多，或者就是鱼变的。这个跟鱼相似，和鱼有着不解之缘的孩子，像滑溜溜的鳝鱼一样充满灵性和活力，他在张炜的作品中游弋，成长，应该是最调皮最纯真的一条鱼。

【拜风鱼】

见于《古船》(1986)。那个曾在海上漂荡了半辈子的老隋家二少爷隋不召，带回一本航海古书《海道针经》，成天云里雾里大谈他跟着郑和大叔航海的故事，"拜风鱼"便是《海道针经》提到的：船到七洋洲，船身若贪西则多拜风鱼。单看字面义，拜风鱼应该能跃出水面，跟风有所关联。原来拜风鱼即白海豚，中华白海豚主要生活在东海和南海，广西钦州就把这种鲸科动物叫做"拜风鱼"。主要是因为只要刮起北风，它们就会成群出现，还会跟着出海的船结队蹿跳游行，有时由于海水退得很快，一些海豚就会搁浅在岸边。据说海豚会流泪，泪是蓝的。

【鲶鱼】

又作鲇鱼，黏鱼，泥鱼。此鱼较为常见，最显著的特征是身体表面多黏液，周身无鳞，头扁口阔，上下颌有四根胡须，上背较黑，腹面白色尾圆而短。多栖于水底泥沼处，昼伏夜出。此鱼命贱，在浊水中也能幸福生活，冬季会钻入污泥越冬。有补气开胃之效。

张炜多次写到鲶鱼。《古船》有个情节，一年冬天的大雪天，赵多多从河冰下搞到一条活鲜的鲶鱼，他想给四爷爷做汤最好，便提了鱼去孝敬四爷爷。他在窗外举着鱼，叫着，没想到四爷爷只吭喝了一声："什么稀罕物件？"赵多多听出四爷爷不喜欢这条鱼，吓得手一松就跑开了。那条鱼落在窗下，半月无人问津，在原地缩成了一个鱼干。四爷爷名赵炳，是赵姓家族辈分最高的族长，也是洼狸镇说一不二的领袖人物。赵多多虽是他的贴身爪牙，却也对他又敬又怕，所以轻易不敢打扰，哪怕是献鱼谄媚，也怕惹得四爷爷不高兴。结果一条活鲜的鲶鱼竟成了烫手山芋，让提心吊胆的赵多多狼狈逃窜。为什么四爷爷不喜欢这条鲶鱼？小说并未详解。当时他正在火盆边读书，赵多多有可能打扰了他的雅兴，更有可能的是，四爷爷作为镇上唯一的一个"贵人"，对这种生于污泥浊水中的贱鱼根本看不上眼。要知道他可是讲究食补的，"每当秋凉，四爷爷开始进补。蛤蚧泡酒，桂元煮汤，团鱼每周一只，绝不多食。""每至大雪封门天景，就用砂锅煨一只参鸭。"要是赵多多送上的是一只千年老鳖，不知能不能讨得四爷爷的欢心。

以鱼示好，大概也是一种传统礼俗。《寻找鱼王》（2015）就一再写到，每当人们捉到大鱼，都要献给老族长。其中的"水手鱼王"就是为了逮一条大鳜鱼给族长祝寿，死在一个长满了乱草的脏水湾里。赵多多送鲶鱼，水手鱼王逮大鱼，都是想孝敬老族长，结果却是出力不讨好，可见以鱼献忠也是一件不易操作的事。不过，如果不是为了事奉权贵，只是自得其乐，寻常的鲶鱼也可能十分宝贵。《柏慧》（1994）里就曾写到宁伽和柏慧夜宿山中，宁伽竭力想表现一下，希望早餐的锅里有一条亲手捉到的鲜鱼。可那不眠的鱼儿总是机灵过人，只有沉睡的鱼儿才可能乖乖就擒，后来他在水边潜伏盘桓许久，才在黎明前捉到一条黑鲶。——"这是水中的美味"。《寻找鱼王》里的"旱手鱼王"也讲过，他曾在土里挖出长胡子的大鲶鱼。——"从土里挖出的鱼是最鲜美的，那些懂鱼的人格外喜欢。"张炜当然是懂得鲶鱼之美的人，否则他也写不出那么符合鲶鱼习性的捉鱼趣谈。

张炜早期有一短篇小说《女巫黄鲶婆的故事》（1982），写的是一个叫黄鲶婆的地方"名人"，从五岁起就出名，死后还流传着她的传闻。她变过戏法儿，唱过戏，做过媒婆，织过花边，采过山药，当过巫婆。喜欢要小聪明，骗点小钱，占人便宜。年轻时外人说她"路数不正"，年老后独生女儿也指责她"一辈子没干过正经事"，以至要和她划清界限，分家单过。黄鲶婆伤心至极，跑到丈夫的坟前痛哭，为自己申辩：为了熬日子，虽然她也挣过昧心钱，使过邪心，不过心还不是黑的，终归还算个好人！最后她还像祥林嫂一样问到了来世："人真能转世吗？我能重新过一辈子吗？"小说并未涉及真正的鲶鱼，不过张炜显然在以鲶鱼喻示黄鲶婆的一生。如果黄鲶婆不像鲶鱼一样不断适应神鬼不灵的生存环境，她这样的"巫婆"恐怕只有死路一条了。没有鲶鱼的世界人会好吗？没有巫婆的世界岂不更悲惨？好在还有小说，悲惨的巫婆在小说里转世。

【鼋】

《古船》曾写到赵多多粉丝大厂的招待酒宴必有团鱼汤，四爷爷养生每周要吃一团鱼，而由张王氏掌勺的那场非凡的晚宴中，最后一道压桌菜"吊葫芦"，也是用青皮葫芦盛装了甲鱼汤。所谓团鱼、甲鱼是一回事，说的都是大补之物——鳖，俗称王八。鼋，也是鳖的一种，但它特指大鳖，是淡水鳖类体型最大的一种，可长约两米，体重最大可超过一百公斤。张炜小说中好像没写过大鳖，却有个头更大的鼋山山脉，也就是他经常说到的南山。实际上胶东并无鼋山，据张炜透露，《你在高原》里的鼋山实为他的祖籍栖霞境内的艾山，还有一座龟山，实际则叫方山。将现实中的地理名称加以改换，不过是简单的技术性操作，但从张炜单以"鼋、龟"命名故乡的山，也可看出他对水中生灵的偏好。

【凉鱼】

见于中篇小说《葡萄园》（1986）。葡萄园的头儿老黑刀一个人游到深海里，捉到一条长长的凉鱼，就在水中把它捏死了，像腰带一样挂在脖子上。张炜所写的"凉鱼"大概就是他故乡所盛产的"良鱼"（梁鱼）——又名针鱼、针梁（良）鱼。因其长嘴如鹤，故也叫鹤嘴鱼，又因它身体苗条，所以也叫青条、姑娘鱼。这种鱼学名小鳞鱵、鄂针鱼，因嘴细长如针而得名，主要分布于渤海和黄海，尤以龙口屺岛和桑岛近海最为密集。据说龙口莱州一带居民大爱此鱼，有不吃良鱼不算过鱼市的说法，还有给丈人送良鱼的习俗。每年槐花飘香时节，良鱼大量上市，当地人家或多或少都要买些良鱼尝鲜，还会用良鱼晾晒鱼米。良鱼对外地人说来生僻，其实烧烤摊上常见的马步鱼就是此鱼。不过马步鱼身扁而瘦，最长也就二十厘米的样子，跟张炜所说"凉鱼"不是太像。人们一般都会把这种颌针科的长嘴鱼叫做良鱼或针良鱼，但在张炜的老家龙口，则对良鱼和针良鱼有明显的区分。体形较小、体态圆形、骨刺白色、质软的叫针良鱼，应该就是烧烤摊上的马步鱼；体形较长、齿硬锐、骨刺呈绿色的叫良鱼，大概就是张炜所说的"凉鱼"。真良鱼属海杂鱼，因生长周期短，资源易补充，故产量较大，是一种营养丰富而又物美价廉的平民美味。纪录片《舌尖上的中国》（第一季第一集）说到在三亚出海的船长捉到一条"狼鱼"——"简单切块后，可以看到狼鱼翠绿色的骨头，只要用清水一煮，味道就很鲜美。"画面上可以看到狼鱼满是尖牙的长嘴，还有绿色的骨头，海南的这种狼鱼，或许就是龙口人所说的良鱼。

【鲛鱼】

鲛为古称，今不常用。有马鲛鱼，非指鲛鱼。《山海经》说漳水多鲛鱼，郭璞注曰："鲛，鲋鱼类也。皮有珠文而坚，尾长三四尺，末有毒，螫人。"鲋鱼就是鲫鱼，鲫鱼会螫人？郭璞之说不足为据。《述异记》的说法更离奇："鱼虎老，变为鲛鱼。"看来古人也没弄清鲛为何物。明代方以智所撰《通雅》说："鲛，海鲨鱼之最大者也。"鲛即鲨鱼，是较为通行的说法。鲨鱼体形大小不一，最小的侏儒角鲨，身长只有十几厘米，最大的鲸鲨可达十八米。所谓鲛鱼，大概就是鲸鲨之类。据《史记·秦始皇本纪》记载，方士徐市（福）为哄骗始皇，声称去往蓬莱仙山的海路"常为大鲛鱼所苦"，"愿请善射与俱，见则以连弩射之"。徐市所称大鲛鱼，当是大海中最霸道的家伙，我们姑且认为就是大鲨鱼。此物说来恐怖，却是一身软骨，被人当作上等吃食的鱼翅，即为鲨鱼鳍中的细丝状软骨。因人类大肆捕鲨取翅，每年竟有七千多万头鲨鱼遭到捕杀，有些种群已经十不余三。人们常常谈鲨色变，岂不知应该是大鲨鱼谈人色变才对。当年秦始皇射杀大鲛，真是不值一提了。

张炜有一短篇小说《射鱼》（1988），就是演绎秦皇射鲛之事。方士徐市奉命入海求仙，却无功而返，因那仙山附近"有无数黑鳞赤目大鲛鱼兴风作浪，小船靠前即被掀翻"。秦始皇下令马上打造战船，配置弓箭手，且要亲自射杀大鲛。他带领一百二十个弓箭手，沿海巡行，终见到一条巨大的黑鳞赤目大鲛鱼，于是挽弓射箭，正中大鱼腹部。"一股股红的血水随波翻涌。大鱼还在挣扎，一百二十个弓箭手一齐射出了箭镞。赤目大鲛死在了海里。"张炜并未点明大鲛鱼今为何物，只说它"黑鳞赤目"，"无比疯狂"，用的是一种虚虚实实的障眼法，这里的"大鲛鱼"不是鲋鱼也不是鲨鱼，就是鲛鱼。秦皇自恃千古一帝，也不过是跟一条鱼较劲罢了，鲛鱼必有一死，帝王同样也要死。

张炜对徐市东渡的相关史迹和传说一直兴趣不减。在《柏慧》（1995）中，他又写到秦皇射杀大鲛的故事，且收录了一首很长的关于徐市和秦王东巡的古歌。中篇小说《瀛洲思絮录》（1996）则以亲历者徐市的口吻，揭开了关于他东渡入海和秦皇射鲛的重重迷雾。后来的《海客谈瀛洲》（《你在高原》之三，2010），更是结合主体叙事，穿插了以《东巡》为题的"平行文本"及《徐福词典》若干词条，形成了古今杂糅的多声部叙事格局。借着《徐福词典》撰写者王如一的口吻，有一词条专述秦皇杀鲛之事。按王如一的说法，这大鲛既不是鲸类，也不是巨鲨、海豚之类，而是受东海神灵差遣守护仙山的水中大怪。所以他把大鲛鱼描述成了吓人的怪物："这大鲛红翅甩挞，扁口一丈，长须数尺，巨尾大若船帆，体长七丈六尺有余，眼如铜盆。莫说力气超绝，万夫不抵，单说这模样，也将人吓个半死。故出海者每每为其所伤，或被活活吞下，或于巨浪拍击之中船毁人亡。""七丈六尺"的体长比现今最大的鲸鲨还要长出七米有余，正因此物大得惊人，方显秦皇射鲛之猛力，只是这里所写场面更为壮观：一队大鲛跳跃翻腾，掀起巨浪，任弓弩手乱箭齐发，也未伤其丝毫，无奈秦始皇亲自出马，引弓射出一箭，中了箭的大鲛竟还能戏水如旧，直至众人再度箭矢如雨，那大鲛才伤毙于浅滩之上。秦始皇杀鲛于天尽头的说法属于野史逸事，在《东巡》的故事中，即如《史记》所说，所谓"红翅巨鲛"只见于徐福的一面之词，并未与始皇帝正面相遇，杀鲛之举当然也就无从说起。而在《徐福词典》的另一辞条中，撰者却又自相矛盾地写道，徐福骗得秦皇信任，率船队出海，"船行月余，果有大鲛排排而来，喷水扬波，好不威赫。秦兵一看，格外眼红，自以为厮杀在即，抄弓弄弩。谁料想徐福捋须含笑，登上船头连连击掌，又扬袖做召唤状，群鲛则直立摇头，欢舞鸣叫，嘤嘤之声，好似幼童。"原本凶煞无比的大鲛鱼竟成了温驯的跟班小弟，其状其声倒像是友善可亲的海豚。或许张炜就是要把这神秘的大鲛鱼写得扑朔迷离吧？

《丑行或浪漫》（2003）还写过一个鲛鱼似的男人，即女主角刘蜜蜡的启蒙老师雷丁。在刘蜜蜡眼里，雷丁是一个近乎完美的人，留在她记忆中的雷丁就是一条迷人的鲛鱼。她曾见过雷丁在溪中游泳，老师月光下的裸体像滑石，有时他倏地一下钻到崖下阴影里，无声无息好一会儿；有时又拍得水花四射，最高的水柱腾起好几米高。这情景让刘蜜蜡陶醉，感觉雷丁简直是鲛儿变的。"那个夜晚，她对老师充满异样的崇敬和神秘，有一阵竟冲动得不能自抑，恨不能立刻脱了衣服跳入水中，让老师教手风琴那样教她游泳。"正是这位鲛儿一样的雷丁老师，几乎成了刘蜜蜡的精神向导，让她在漫长的流浪生涯中无所畏惧，奔跑不休。此外，《鹿眼》（《你在高原》之四，2010）中还有一个"鲛儿"，是传说中雨神的儿子，应该也属水族了。

以上作品中的鲛鱼（鲛儿）或为臆撰，或为传说，或为比喻，总体都是虚写，张炜似嫌不够，又让它在《刺猬歌》（2007）中正式出场。小说情节仍与徐福传说有所牵连，讲的是金矿主唐童（一个西门庆式的恶棍，"他如今是整个时代的上宾，却算不得一个人，也算不得一个好畜生。"）要学那秦始皇，想到海里寻访三仙山。他造了一艘又大又美的楼船，找了自称徐福后人的人聊客"徐后腚"做船长，驾船沿徐福当年的路线驶向海雾弥漫之处。当三个小岛隐约显露时，"几条大鱼在楼船前面出现了，水面上露出的巨鳍让大家惊呼不止"，徐后腚当即吓得白了脸，认为遇上了当年阻挡徐福的大鲛鱼。船上没有弓弩手，大家无计可施，倒是随行的老太婆珊婆带了连发镖，向那些大鲛鱼噌噌连发了几镖。"大鱼丝毫没有改变游动的姿态，它们继续划着漂亮的弧线一跃出水，撒足了欢儿，才慢慢消失在茫海里。"看这大鱼跃出水面的姿态，也许是大块头的鲸鱼，对它们来说，小小的飞镖只能算挠痒痒罢了。

唐童一行错把三叉岛当成了徐福的三仙山，却歪打正着寻得一片可供"开发"生财之地。就是在上岛之后，大鲛鱼再次现身，"它们噌噌腾起丈把高，或划弧线入水，或直直地像人一样站立，面向楼船摇头晃脑。"更令人惊奇的是，鲛群中竟有一人，他时而扳住鲛鱼的大鳍玩耍，时而伴着鲛群在水中潜游，竟然十几分钟不出水换气，水性简直和大鲛不相上下。玩鲛者叫毛哈，是个脚上长蹼的怪人。三叉岛变成旅游区后大鲛鱼不知去向，毛哈成了"水世界"的海豚训练员。大鲛和海豚或许真的有些瓜葛。大鲛鱼曾让秦始皇望而生畏，对众人而言是只可远观的大物，却能听从徐福召唤，跟毛哈玩耍嬉戏，正说明大鲛鱼未必可怕，人类缺少的只是一颗无分别的心。"在这片临海山地莽野上，人们自古以来就不嫌弃畜生，相反却与之相依为命，甚至与之结亲。海边村子里只要上了年纪的人，谁说不出一两个有头有尾的故事，谁不能指名道姓说出几个畜生转生的、领养的、活脱降下的人名啊。"《刺猬歌》的这番话正表达了一种朴素的生命哲学，我们哪有资格自封万物的灵长，比起顺天应时的野物畜生，应当羞愧的难道不该是人？

【美人鱼】

安徒生童话里的"美人鱼"是一位为爱而死的海中情痴，这样的"美人鱼"终究是完美的化身。张炜在短篇小说《鱼的故事》（1990）也写过一条小美人鱼——不过这条美人鱼并未真正现身，而是出现在一个梦里。"我"梦到一条好俊的小鱼，打扮得像小姑娘，"除了有两个鱼鳍，到处和人一样。"她跟"我"一起玩耍，一起逮蝉。临走时她说，她所有的亲人都给海老大逮上来了，让"我"求求岸上人快住手，如果他们做得到，她就可以嫁给"我"。但是海老大没有听从央告，还在疯狂地捕鱼。小鱼姑娘又来哭诉，海里那么多姐妹再也看不到了，她实在没办法，所以给许多正睡觉的拉网人腿上胳膊上都扎了红头绳，这样他们就不能下海了。"梦做到这儿就醒了。我觉得像失掉了一个真正的朋友，竟然哭了。"父亲把这梦告诉了船老大，老大没当回事，只是一笑。结果那天出海的人遇到风暴，无一生还。谁也不知道是梦和现实出现了巧合，还是小孩子先知先觉。这里的"小美人鱼"却让人捏一把汗：当人类疯狂的时候，她没有救治这种疯狂，而是让他们彻底灭亡。《鱼的故事》似乎代言了鱼族的愤怒："我不好过，你也别活！"你恶——我比你还恶！以恶抗恶的结果，只能是恶性循环。人类和鱼类的恩怨，用一报还一报的方式永难解决。

【鲢鲅】

大概是张炜作品中最著名的鱼。在《九月寓言》（1993）中，"鲢鲅"是小村人的外号，因为本地人对这些外乡人说话的声调，甚至走路的姿势都殊觉可笑，便用"鲢鲅"这个外号来嘲弄他们。可这鲢鲅究竟是一种什么鱼？小说里说："那是一种毒鱼，当地人从海里打上来，都要惊慌地扔掉。如果误食，就会惨死。"看来这种毒鱼委实可怕，既然是从海里打上来，该是一种海鱼？实际上，这种鱼在《古船》中就曾以"鲹鲅"的写法出现过——在小说的最后一章，老巫婆张王氏试图自杀，她买了一条有毒的鲹鲅鱼，用其中含毒最多的鱼子炒了鸡蛋，吃了之后却没死成。原来是她晚上看不清，买到的根本不是那种毒鱼，这条假"鲹鲅"反倒救了张王氏一命。短篇小说《鱼的故事》也曾写过一种毒鱼，虽未具名，应该就是鲹鲅。小说写到父亲在海上拉鱼时学会了做一种毒鱼。"这种鱼肉最鲜，可偏偏有毒，毒死的人数不清。"父亲却知道怎样对付它：用小刀剖开鱼肚，然后分离出什么，把鱼头扔掉，再用水反复冲洗，又将鱼脊背上的两根白抽掉，就算大功告成。张炜屡用"鲜味奇特"、"鲜气逼人"来夸赞鱼的鲜美，却始终没说出毒鱼的名字。只是告诉我们："这种鱼身上全是蓝斑，肚子发黄。它样子就可怕。"可是这毒鱼如此美味，连胆小的母亲也按捺不住，仿照父亲的样子做了一回毒鱼，结果一家三口都中了毒，又吃了解毒草才化险为夷。《能不忆蜀葵》（2001）也写到几个孩子吃了毒鱼，中毒症状是口吐白沫，脸上发青，躺在地上发抖。这些情节让人想到"拼死吃河豚"的说法，这毒鱼大概就是河豚。不错，后来张炜本人也说过，所谓鲹鲅便是河豚——"鲹鲅"或是胶东方言中独有的称谓。

河豚是一种毒鱼，真正的河豚却是哺乳动物，如白鳍豚之类。作为毒鱼的"河豚"正确的写法应为"河鲀"，但俗语一直把河鲀叫做河豚，可见将错就错的力量之大。河鲀系硬骨鱼纲鲀科鱼的统称，古称鲏鲐、肺鱼，另有"气泡鱼、吹肚鱼、气鼓鱼"等俗称。呈圆筒形，有一背鳍，无腹鳍，无鳞或有小刺。体背灰褐，体侧稍带黄褐，腹面白色。大部分生活在海中，少数种类进入淡水江河中。有气囊，能吸气膨胀。有坚硬的牙齿和颌骨，能咬碎极硬的贝壳。河鲀体内含有一种能致人死命的神经性毒素，其毒性要比剧毒的氰化钠高出一千多倍，只需零点几毫克就能致人死命。河鲀毒素主要集中于卵巢、肝脏，所以《古船》中的张王氏才要吃毒鱼子寻死。

河鲀长得丑，有剧毒，不讨人喜爱，也难怪"鲼魬"在《九月寓言》中带有贬义。不过被叫做"鲼魬"的小村人似乎并未感到太难堪，反而认可了这一蔑称。他们"也许来自另一片大水"，"都是千里万里穿过野地的外乡人，都是身上长了鱼纹的鲼魬"，只是在该停的地方停了下来，所以"停吧"就是他们的命运，"鲼魬"就是他们的前世今生。这种毒鱼也便被小村人引为同类，甚而成了一种崇拜物，他们每每以鲼魬自比，既是低人一等的自嘲，也是借以壮大声威，"真正的鲼魬"自有它的可怕之处。有一位叫做"肥"的白胖姑娘，算得上鲼魬村的标志人物。她认定了小村人永远也变不成当地人，自己只能是鲼魬，是生下来就要土里刨食的"土人"。尽管她喜欢到外边游荡，也喜欢工区青年挺芳，可是她明知工人永远变不成"土人"，所以她只能拿鲼魬吓唬挺芳，希望他知难而退："你不怕鲼魬，你的胆子好大啊，你这个工区的游荡子！"肥只是低贱的鲼魬，却可以冷冷地"嫌弃"挺芳那样的"工人拣鸡（阶级）"，这种夹杂着自卑的自尊可说是典型的鲼魬人格。张炜之所以不把这种毒鱼叫做通俗易懂的河豚，而是专以生僻的鲼魬称之，或许有取"挺拔"谐音之意。比起猥琐的秃脑工程师、比起暴戾的"领导拣鸡"，纯朴的小村人才是真的挺拔——像"独眼义士"完全称得上高大了。所以，"鲼魬"之说似贬实褒，身上生了鱼纹的鲼魬才是这片野地真正的生民。小说里写过这样的话："肥也是鲼魬，她注定了要在这片草窝里生籽儿，繁衍出一群身上有灰斑的小鱼来哩……"想来鲼魬确有生殖崇拜的意思。

张炜另有一不太引人注意的中篇小说《金米》（1990），内容风格跟同期创作的《九月寓言》甚为接近，或是其缀章，但它对鲼魬（小说初版时写作"鲼魮"）的描述更为详实。金米和小村姑娘肥、赶鹦一样，也是鲼魬的后代。小说借由金米妈妈曲婆的"忆苦"，讲述了她们的苦难家史。金米的老姥娘十几岁还没裤子穿，跟着大人四处乞讨，走到哪儿都被人喝作"鲼魮"。"她是一条小毒鱼，还没下子儿，留着喂小鱼的那一对小奶子像豆粒那么大。"她跟山顶的男娃好上了，大人却不同意她留在山上："是条鱼，也不能在死水湾里产子儿。"就带着她往山下平原走，"得赶到平原产崽儿哩！""爷儿俩跑呀跑呀，庄稼叶儿划破了脸、手。急死人了呀，女娃好比一条肚子鼓胀的鲢鲅鱼，真的要产子儿了！""女娃儿对爹说：'爹，你听我肚里咕咕响，是鱼叭在草里产子儿那声音哩。'"可是他们千辛万苦跑到平原，以为找到个"大主儿"，那富贵人家却是个虎狼窝，生下的孩儿被投井杀害，女娃儿也被老东家霸占，受尽凌虐残害，几近丧命，幸被一护秋的"野地人"救起。二人格外恩爱，女娃"肚子里又有咕咕的大鱼的叫唤声"，生下一女孩儿，给野地人留了苗儿。后来女娃儿要去杀了东家报仇，却被听命于老东家的野地人一枪打得稀烂。曲婆就是鲢鲅留下的苗儿，她在忆苦之后感慨道："外乡人啊，鲢鲅在草里产子啊，咕咕叫了！别往平原上跑了，别跑了，别离开祖辈的窝儿呀。那窝儿是先人的汗水泡透的，能免灾祛难。做个外乡人，产了崽儿，再后悔也来不及哩！……先人要管你和你的下辈子，让咱快些回去，秋天里起程，赶在春天里回去产崽儿。那边的水儿盛满了沟沟壑壑，水草一团又一团，像云彩似的，正好躲住大鱼哩……"有个"大头老人"回应说："咱外乡人哪……老家在哪儿谁也不知道，天生是些无根的人哩。说不定咱在这儿住不久又得走……走哇走哇，外乡人就是这个命，外乡人不能停闲哩！也许女人对哩，她们不让男人在一个地方扎根。她们心里有说不出的一句话，她们在催着男人上路哩！看看咱们的小村吧，一色的小泥屋子，扔在后面也不可惜，这是打谱跑哩！这就是鲢鲅，一辈子找不见一片好水湾产子儿……"在这里，鲢鲅的寓意不言自明。无根的外乡人以鲢鲅自喻，正表明他们作为游民而无所归依的疏离感，而对故园（祖辈的窝儿）的怀恋和对乐土（好水湾）的追寻又促使他们"不能停闲"，只能像鲢鲅一样奔逃洄游，随遇而安。

【鲈鱼】

没见过鲈鱼的人，大概也见过范仲淹的诗："江上往来人，但爱鲈鱼美。"古人赞鲈鱼之"美"，绕不过的是一个"吃"字，张炜小说中的"鲈鱼"，却是个难以下咽的家伙。张炜的作品多有鱼味，《外省书》（2000）当是鱼味最浓的一部小说。这部书的主要人物都有一个以鱼命名的外号，"鲈鱼"就是男一号师麟。

鲈鱼有多种，其中最著名的松江鲈鱼，又称四腮鲈鱼，为近岸浅海鱼类，一般在与海相通的淡水河生长育肥，入海产卵，幼鱼再回到淡水河中生活，为名贵的食用鱼类，号称"江南第一名鱼"，位居中国淡水名鱼之首。苏州吴江是有名的"鲈乡"，范仲淹做过苏州知州，他诗里的鲈鱼当指此鱼。著名的松江鲈鱼是作为一种名贵食材出名的，现已被吃成了国家二级保护动物。这种鱼头大而扁平，口阔而眼小，黄褐色，身披几道黑条纹，略带黑点，体长不过十多厘米，重二两多，属小型鱼类。

师麟最喜以鱼自比，年轻时就认为自己像一条大鱼，喜欢深海里最大的动物蓝鲸，但自知之明又让他不敢去做这样的比附，最后看中了"模样体面、体量适中、多在河口游动、常要吞食一些小鱼小虾的鲈鱼"，于是就以"鲈鱼"自居。老年的师麟仍旧相貌不凡——"简直是个巨人，仪表堂堂，有一双热情逼人的大眼，额上的几绺银发火焰一样飘动。"照这样的体量风度，他所号称的鲈鱼定然不是任人捕食的池中之物，而是"了不起的一种鱼"——海鲈鱼。师麟对这种鱼的描述是："口大，下颌突出；银灰色，背和鳍有小黑斑。栖息于近海——性凶猛！"此鱼体形较大，身长达一米以上，体重三四十斤，我国沿海均有分布，以东海舟山群岛、黄海胶东半岛海域为多。张炜生于胶东半岛，对大而凶猛的海鲈鱼绝不陌生，高大的南方人师麟当然也有理由以此鱼为号。

《家族》中出现过一个猎艳高手许予明，这个人革命恋爱两不误，一边进行着残酷的对敌斗争，一边制造风流韵事，这种人像是有出奇的魅力，轻而易举就能俘获一颗颗芳心，让她们蹈而不顾地为之献身，其中的最为痴烈的是女匪"小河狸"，为了见到许予明，竟然自投罗网，被革命队伍公开处决。"鲈鱼"和许予明多少有些相似，他是个革命者，却又是个"复杂棘手的人物，勇敢，有那么一股抛头颅洒热血的劲儿，叫又乱搞"。——"鲈鱼"的复杂就在于：他作为一个战斗英雄却又毫不检点地"乱搞"。这条英俊的大鱼总是到处留情，欠下一屁股风流债。首长恨铁不成钢，骂他"种马"。他却自称"是一个革命的情种"，而那些被他叫做"小鸟爪、猫嘴、兔兔、小红狸、骒马"的女子，则都是"革命的尤物"。即便是革命的"功臣"，有首长的宽宥保护，犯下一桩桩"案情"的"鲈鱼"还是免不了被一次次审查清算，后失去军籍，被贬到半岛西北部一个"专业对口"的配种站。可是，即便他真正专心地爱上了一个女人并正常地结了婚，可还是忍不住"乱搞"，终于把自己搞成了"流氓"，而且"情节特别严重，在监狱几进几出"。最后，这个"刑满释放分子"，众叛亲离的"鲈鱼"跑到荒郊当了油库看守。这时，他已进入老境，却仍风度不凡，仍能意气风发地经历一场不伦之恋——这位"鲈鱼"老哥竟能和一个晚辈（狒狒）亲昵无间，让他感觉"生命重新开始了"，女孩亦视他为值得拥有和照料的"搁浅的大鱼"。这女孩本是"鲈鱼"某个情人的女儿，又是他妹妹的养女，所以既是他的外甥女，也可能是他的私生女。正因如此，有乱伦之嫌的"鲈鱼"才更显不堪，他前妻才会说："他要一直好色到死。过去他不过是个流氓，今天就不同了，今天他成了禽兽！"然而"鲈鱼"好像并不害怕成了禽兽，反而爱得更切，抱得更紧。这条死不悔改的"鲈鱼"果然好色到死。

【蓝鲸】

海洋哺乳动物，属须鲸亚科，地球上体形最大的动物，长可达三十多米，重可达二百吨。身躯瘦长，背部青灰色。主要以小型的甲壳类与小型鱼类为食。这样巨型的动物反而并不粗暴。《外省书》里的情种师麟虽以"鲈鱼"为号，但他最倾慕的却是蓝鲸，他认为这种伟大的生物才是真正的自己。小说写到"鲈鱼"死后，好友史珂翻看他遗赠的五大册动物图谱时，有一番感想："蓝鲸，座头鲸，露脊鲸，一同喷出壮观的水柱。须鲸的上颚长着排须，宛若智慧老人。独角鲸的长戟啊，抹香鲸的大头啊。伟大的水族。蓝鲸作为它们当中的巨人，风度优雅。它们一直生活在那个不为人知的世界。它们当中的一个如果尝试着上岸做人，大概会好色。"史珂在内心里也把他的好色的老友追认成了优雅的蓝鲸。

半是"鲈鱼"半是"蓝鲸"的师麟是张炜小说里极难评判的一个异样人物。他身上藏满了人性的秘密，对于异性无休无止的迷恋让他成了一个不惧背负恶名的人，同时又不妨碍他是一个善良的父亲、无害的长者，一个"长得过大的儿童"。小说写到他回顾自己的一生，"常常想自己是一条大鱼，逆流来到北方，午夜时分翻过水线，开始回游在渤海和黄海的水系中。"作为逆流的鲈鱼，这个色胆包天的男人必有其"性凶猛"的一面，必有顽固的抵抗力，否则早就被唾沫星子淹死了。所以，这个"鲈鱼"的内心确又是足够强大，尽管他这一辈子过得够糟，名声够臭，但他并没有背弃心里的蓝鲸，终究是"无害"的庞然大物，是一个"善良的色鬼"。因此，我们大可看懂最后他和"狒狒"那场发乎情止于欲的爱情。在"狒狒"眼里，这个饱经沧桑的老人就是一条搁浅的大鱼："一种巨大的温厚蕴藏在这个颀长的身躯中，就像无害的蓝鲸躺在下午三点的白沙上。"他们果然是心有灵犀的知音。这条迷人的大鱼在临终之际不停地"嚎唱"，他的死亡意味着"蓝鲸入海"。从鲈鱼到蓝鲸，师麟终于如愿以偿，张炜把一个"品行不端"而又有"爱力"的人写得格外迷人。

【真鲷】

是《外省书》男二号史珂的外号，鲷读音为雕。喜欢大鱼的师麟不仅自称"鲈鱼"，还把他的好友琢磨成了一条漂亮的鱼："真鲷，体高而侧扁。红色，有淡蓝色斑点。头大口小，栖于砂砾海底……一种上等食鱼。"史珂是瘦高个儿，扁平身材，体形酷似真鲷，更重要的是，"它的模样总像在庄重地思考，实际上不过是一道美餐。瞧这多像你们啊！"——在"鲈鱼"眼里，史珂就是那些看似唬人其实百无一用的"你们"中的一员，是一条好看好吃而不中用的"真鲷"。

真鲷亦系名贵鱼类，它还有个通俗的名字叫加吉鱼，因其全身为淡红色，民间常用于喜庆宴席，有增加吉利的寓意。此鱼头部特别鲜美，眼睛尤佳，有"加吉鱼头鲅鱼尾"之谚。据说张炜老家胶东蓬莱即善食真鲷，传统名吃"蓬莱小面"开卤所用主料即为真鲷。《古船》即写到，赵多多粉丝大厂的最高等级酒宴，必有加吉鱼。按当时价格，一条四五斤的加吉鱼约百元左右，现在则要上百元一斤。史载民国以前蓬莱沿海真鲷极丰，于蓬莱阁下垂钓，即可得尺余长的真鲷。可惜现在野生真鲷日渐稀缺，年产仅有吨余，市面已不多见。原来真鲷也属稀缺物种，是难成气候的少数。也难怪史珂被喻为"真鲷"——他离开努力了四十多年的京城，重回故土，独自住在海边的一所孤屋中，这样一种重新开始的"逆向过程"，让他只能像落单的真鲷一样，虽承受孤独，却享受自由。

在《外省书》中，高大魁梧的"鲈鱼"和身单力薄的"真鲷"显有对应之意。"鲈鱼"是一个身体力行、想到做到的自由派，或者说是一个放任自流的纵欲分子，在他身上表现出一种形而下的强硬和偏执。"真鲷"则是一个自我放逐、退守外省的归隐派，也可以说是一个背着思想的重负逃亡的知识分子，在他身上表现出一种形而上的无力或空乏。我们注意一下史珂这个人，他一辈子都是"旁观者"，说得堂皇一点，也不过是无用人生的"目击者"，他的学术、思想并未足以使其知行合一，并未让他乐天知命，达观应世，他之所以老无所依并非全因无儿无女两手空空，更主要的症结却是心无所依，他的所谓"思想"只是水上浮萍，到头来连心灵的慰藉也做不到，最后只能退守一隅，自我封闭，成为一条局外的与世无争的"真鲷"。

史珂之名，从字面上看，有"历史的饰物"之意，又与"死磕"相谐，"跟丫死磕"说的就是将某一行为坚持到底。可是作为这个摩登时代的"思想者"，史珂其人似乎仅只是时代的饰物，他既没跟荒谬的现实死磕，亦未跟荒诞的命运死磕，史珂之"死磕"，惟自怜自恋而已。回头再看《外省书》另一位男主人公师麟，他的姓名和史珂完全可以同义互训。"师、史"同音，借指历史、时代，麒麟乃传说中的神兽，这么说"师麟"可解作"时代之祥瑞"，然而若细加推敲，麒为雄，麟为雌——师麟竟是雌性的，对这个雄壮的男人未免讽刺。所谓师麟又不过是时代的畸物罢了。因此，史珂和师麟自然成了一对彼此互补的难兄难弟，这两个人物一个是无害的蓝鲸，一个是无用的真鲷，他们共同构成了一种"平庸的善"，这种"善"的根本价值就是无害且无用。

【电鳗】

虽名为"鳗"，其实并非鳗鱼的一种，而是一种小刀鱼，在生物分类上和鲶鱼近缘。体长，圆柱形，无鳞，灰褐色，长可达两米多，重可达二十公斤。无背鳍和腹鳍，仅有很小的一对胸鳍，臀鳍超长，纵贯整个下身，一直连接尾鳍，靠拨动臀鳍游动。电鳗是一种奇怪鱼，它会放电，是放电能力最强的淡水鱼类，输出电压最高可达八百伏，足以让一个成年人丧命。电鳗最主要的发电枢纽是器官的神经部分，发电器分布在身体两侧的肌肉内，身体的尾端为正极，头部为负极，电流从尾部流向头部。电鳗喜欢待在混浊淤塞的水域，眼睛已经退化，靠释放电流探知周围环境。它能随意放电，自己掌握放电的时间和强度，当其头和尾部触及敌体，或受到刺激影响时即可发出电流。放出的电量，不仅能轻易地击杀弱小，也能致强敌于死命，甚至能把涉水的牛马击昏。电鳗是美国《国家地理》杂志评选出"地球上最令人恐惧的淡水动物"之一，而在很多水族馆里无用武之地的电鳗则成了任人唏嘘的观赏鱼。

张炜小说里的"电鳗"是一个人，《外省书》就有一个会放电的"怪种"，此人脸色发蓝，头发卷曲，眼睛像鹰一样，虽然其貌不扬，却能"在任何时候任何部位发电，轻重自己说了算"。"他老婆特怕，一惹了他，他就用下体放电，让老婆在床上吱哇乱叫。"这种特异功能几乎和电鳗完全相同，也难怪"鲈鱼"张口就给他取了"电鳗"的外号。"电鳗"真名金壮一，是史珂的侄子巨商史东宾重金聘来的司机兼保镖。这人已有妻室，却向"狒狒"放出了"缠绵柔和，源源不断"的电流，并许以婚姻。"狒狒"是"鲈鱼"的"亲人、孩子、爱人"，"鲈鱼"不愿眼睁睁看着小狒狒被一个"坏坯子"掳走，遂向"电鳗"射出了愤怒的子弹，他自己也突然中风，再也站不起来。"电鳗"侥幸逃生，伤好之后，他找到卧床的"鲈鱼"，两人有了一次无言的对决，这个"坏坯子"的本性也赤裸裸地显露出来："电鳗"先是露出了被"鲈鱼"打伤的"满是紫色伤痕的肚子"，"鲈鱼"却向他"裸出身体左边一溜三个枪疤"。接着，"电鳗"竟使出了下三滥的本事，扯下裤子，向"鲈鱼"亮出了阳具，"他挺举了许久，让炕上的人看清这粗硕暴怒，累累青筋和一团黑暗。"无力还击的"鲈鱼"只能发出尖叫，吼叫，脸憋成了紫色。"电鳗"用下体的优势彻底羞辱、击垮了大势已去的师麟，让这个无能的男人只能嚎唱"蓝鲸入海"，颓然死去。

在《外省书》中，"电鳗"虽只是一个行为拙劣的小配角，却像水族箱里的怪物一样格外引人注意。

【怪鱼】

《丑行与浪漫》的女主角刘蜜蜡，曾被村头的儿子小油锉囚禁。因为急于繁衍后代，这个悍性畜牲经常让刘蜜蜡遭受"千年不遇的男女大刑"。小油锉生得五短身材，胳膊像蜥蜴一样有道道环纹，瞳仁儿是蚂蚱那样的复眼，胸脯细看能瞧出龟板儿似的方块儿，尾骨长着一寸多长的尖头，后大椎有个瘤子大小的圆疙瘩，两腿又细又硬全是老筋攀着，乳头一大一小硬得像蚕豆，脖颈子一使劲能抽出两三节，胯骨那儿长了两块抹泥板子似的弯弯骨头，指头又短又硬像钎子头，指甲像铜钱一样翘着，压上人就一左一右往死里扣。在刘蜜蜡的描述中，小油锉就像曾在河里捉到过的怪鱼，光是长相就很吓人。这怪鱼无名，不是普通鱼类，看样子倒有点像鳄龟之类。这种邪恶的怪鱼，当比刘蜜蜡的老师雷丁那样的鲛鱼可怕多了。

【黄鳞大扁】

此鱼出于《刺猬歌》。据小说描述，"黄鳞大扁是一种罕见的鱼，成鱼长若半尺，体宽五寸，铜黄色，生于湍流砾石，喜欢在暮色中腾跳。……它熬出的汤汁能治五痨七伤，使一个蔫在炕上的人重新爬起来，两手攥拳，虎步生风。"因为有此奇效，小说的男主人公廖麦对黄鳞大扁简直近乎膜拜，每当他感觉身子虚，需要添添勇力时，就要熬一锅黄鳞大扁。就像《山海经》记载的一些"食之无疫疾""食之可以已忧"的神奇鱼类一样，张炜的黄鳞大扁也大有玄奥，这种散发着枪药味的鱼就像廖麦的独门秘传，可以为他壮体醒脑，也可以缓解他的孤独无助。它成了小说中具有神秘意味的安身立命之物。

那么黄鳞大扁究竟是谓何鱼？小说里只是说，廖麦逃亡深山，几乎死去，是山里的老妈妈用透着枪药味的鱼汤救了他一命。用来熬汤是一种宽宽的黄鳞鱼，廖麦认它为"滋生大力的吃物"，称之"黄鳞大扁"。海里的小黄鱼倒也叫做黄鳞鱼，但其体长而扁侧，且为深海鱼类，与黄鳞大扁的体征习性皆不相符，想来并非小黄鱼。有的野生鲫鱼可呈黄金色泽，其体高而侧扁，长相和黄鳞大扁有些相似，但鲫鱼喜深游水底，而非"生于湍流砾石"，看来黄鲫也不是黄鳞大扁。再有，它宽宽的体形也让人想到鳊鱼——又叫鲂鱼，这种鱼即因体扁而方得名。《诗经》有句"岂其食鱼，必河之鲂"，可见古人就喜食此鱼。李时珍《本草纲目》中说："鲂鱼处处有之，汉沔尤多。小头缩项，穿脊阔腹，扁身细鳞，其色青白。腹内有肪，味最腴美。其性宜活水。""调胃气，利五脏。和芥食之，能助肺气，去胃风，消谷。作食之，助脾气，令人能食。作羹食，宜人，功与鲫同。"虽其体色有异，但鲂鱼喜欢活水，栖息于底质为淤泥或石砾的敞水区，这一习性又和黄鳞大扁相近。至于主治功能，很多鱼都有补气益中之效，则未可深究。

张炜多次谈及他年轻时在山里流浪的经历，曾在一篇回忆文章里专门写过一尾黄色的小鱼：山谷中有一条清澈透亮的小溪，水流的基底由砂岩构成，表层是布满气孔的熔岩。"水在上面滑过，永无尽头地涮洗，有一尾黄色的半透明的小鱼卧在熔岩上，睁着不眠的小眼。细细的石英砂浮到身上，像些富有灵性的小东西似的，给我以安慰。就是这个酷热的中午，我躺在水里，想了很多事情……就是在这一刻我恍然大悟：'我年轻极了，简直就像熔岩上的小鱼一样稚嫩，我还有很多时间可以成长，可以往前赶路。'不久，我登上了那座山。"这条半透明的黄色野鱼很可能就是黄鳞大扁的原型，它像精灵一般让张炜天目大开，以至几十年过去仍念念不忘，终于演变成神奇的黄鳞大扁。

这种"黄鳞宽腹"的无名小鱼，"只生在激流飞溅的卵石上，只等着挽救一些人的生命……"正因它是廖麦在流浪途中结识的救命之物，"今生不曾忘记"，所以当他返回故园后，便引流于湖塘，再铺上白沙和砾石，设法让黄鳞大扁长起来，以备不时之需。他走在湖边时看着它们在夕阳下翻腾，铜光一闪溅水有声，总是竖起拇指说一声："好样的，好好长吧，替我攒起生劲；时候不早了，嗯，时候快到了！"在《刺猬歌》中，廖麦是作为与权霸金主相对抗的人物出现的，前文提到的恶棍唐童就是他的死敌。他被唐家追杀得隐姓埋名多年，回乡后仍要面对更加不可一世的唐氏集团。这时候不仅故土失陷，家园难保，连同他的妻女也被资本收俘，无援的廖麦只能强守初心，尽可能地坚持一点什么。这种情形之下，黄鳞大扁才备受倚重，成为一个弱势男人的得力外援。对廖麦来说，黄鳞大扁并非仅可强身健体，他试养繁育此鱼更是为了壮大精神的领地，那些起劲翻腾的鱼儿有如他的同盟，让他聊可宽慰，好像黄鳞大扁真的跟大师兄的香灰似的，一经服下就可刀枪不入天下无敌。可见黄鳞大扁的象征意义远远大于实际效能，廖麦之所以迷信它，盖因有其心理暗示也。假如连鱼儿也背叛了，高蹈的廖麦又能怎样？所以，当廖麦把一腔忧愤托付给黄鳞大扁时，似乎又注定了失败。黄鳞大扁所能给他的，只是一肚子不合时宜而已。

【淫鱼】

原以为此鱼是张炜生造，经查方知所谓淫鱼即指鲟鱼。鲟是世界上最古老的一种鱼类，最早出现于距今两亿三千万年前的早三叠纪，是研究鱼类和脊椎动物进化的活化石。不少人在餐馆吃过"清蒸中华鲟"，实际都是普通的杂交鲟鱼。此鱼介于软骨与硬骨之间，头尖吻长，体长无鳞，肉嫩无刺，中轴为未骨化的弹性脊索，曰"龙筋"，食客每以为大补。鲟体大而重，中华鲟即为长江中最大的鱼，称"长江鱼王"。按《尔雅·释诂》，"淫"训为"大也"，淫鱼即大鱼之谓。《本草纲目》只说鲟鱼肉补虚益气，强身健体，亦未着一"淫"字。所以鲟鱼之称淫鱼，似跟淫邪无关。

《刺猬歌》中的淫鱼，则取其字面意——它是一种催情之鱼，食之纵欲。这种鱼浑身疙里疙瘩，"泥灰色，头颅圆而大，身体瘦小，两个鳍像手臂一样抄在颔下看人，嘴巴像人似的绷起。"这鱼的表情令人厌恶，腥臭气刺鼻，还会双眼圆睁死死地盯人。廖麦认为这种丑鱼贱货应该捞尽捕光，剁了喂鸭子，妻子美蒂不同意。最让他惊异的是，"一天晚餐美蒂连吃了两条丑鱼，结果一夜不宁。她像醉了一样脸红眼斜，不停地咬他、咬他。他不得不躲闪她，因为她把他的肩膀、后背都咬出血来……可是还没容他发火，她已经像小猫似的偎住了他，一下连一下地亲吻不息。"后来廖麦才知道，那丑鱼是一种罕见的"淫鱼"，东西方都有，又名"萨古斯"。美蒂正是吃了这种鱼才变得激昂亢奋，还因食用过量而身起红斑，呼吸急促，眼睛斜刺。尽管这种鱼有可能让人粗野放浪，美蒂却上瘾似的食之不休。廖麦甚至感觉她和这种丑陋的鱼有一种微妙的联系——美蒂经常蹲在水边亲昵地说着什么。"只要美蒂走近塘边，它们就唧唧咕咕一起挤向浅水，唾出一长串水泡，又短又小的身子摇摆得欢快极了。"从其短小的身体判断，当可排除鲟鱼的嫌疑。这种非同一般的"萨古斯"让廖麦伤透了脑筋，想了各种办法对付它，可都无济于事。这家伙还有惊人的繁殖力，产出的子儿像癞蛤蟆卵，黏糊糊一片，沾到水草上，水草就会枯死。鱼子变成无数蝌蚪似的小崽，幸好有廖麦放养的鸭子争相啄食，可美蒂却纵容工人捉鸭煮汤。美蒂像是很受用淫鱼的诱引，乃至成了它的同谋。所以廖麦才怀疑：这淫鱼是唐童暗中放入的，美蒂早已偷偷跟他们苟且媾和。

美蒂喜食淫鱼，以其放纵肉欲，麻痹灵魂。廖麦迷信黄鳞大扁，用以强壮体魄，积攒心志。这两种鱼很明显充当了二人的象征物，它们直接暴露了人物内心的真相，前者意味着不良物种（物质）的强行入侵，后者作为气象不凡的救命之物，负有匡扶正道（精神）的救赎使命。两种鱼的相遇实为两种人格的交锋，虽然廖麦和美蒂并未正面交手，但最终，黄鳞大扁不战而败，廖麦的圣徒意气终究不敌美蒂的荡妇行为。

【鳗鱼】

又叫白鳝、白鳗、河鳗、鳗鲡。长得也很像蛇，和鳝鱼相差无几，所以常被弄混，有的地方干脆就叫白鳝。鳝鱼的肉质较薄，仅两毫米左右；而一般的小鳗鱼，肉厚也有五六毫米。此外也能从肚皮的颜色区分，鳗鱼白色肚皮的两边背部呈黑色，鳝鱼白色肚子两边则为偏黄色。鳗鱼是世界上最纯净的水中生物，喜欢在清洁、无污染的水域栖身。因繁殖环境很难人为模拟，所以鳗鱼苗难以人工培育。鳗鱼的性别取决于后天环境，族群数量少时，雌鱼的比例会增加，反之则雄鱼增加。鳗鱼在淡水河川中生长，成熟后洄游到海里的产卵地产卵，一生只产一次卵，产卵后即死亡。新生的仔鳗个头狭小，薄而透明，像叶子一般，所以叫"柳叶鱼"。其体液几乎和海水一样，可以很省力地随洋流作长距离漂送。从产卵场漂到海边大概要半年之久，在抵岸前一个月开始变成细长透明的鳗线，又称为"玻璃鱼"。这时海边河口的渔民就会忙着捕捞溯河的鳗线，转卖给养殖户。玻璃鱼进入淡水之后慢慢有色泽出现，变成黄色的幼鳗和银色的成鳗。河川里的鳗鱼都是九死一生幸存者，它们性情凶猛，贪食，好动，也算是百炼成钢了。

《海边的风》中有个男孩，是个"奇奇怪怪的有意思的孩子"，他的体形又细又长，外号叫"细长物"。小家伙不仅体滑肤细，抱在怀里温热柔软，而且还有一个让海边上所有人都惊讶的特点：平展在沙滩上时，他的身体竟比站着多出小半尺。"他躺在那儿，整个身体像条软软的鳗鱼。"鳗鱼可不就是细长物？这孩子喜欢吃鱼，喜欢听鱼故事，所以经常带了一大帮莫名其妙的朋友来到海边鱼铺，分食老筋头的鱼汤，听他讲些海怪鱼妖的故事。鳗鱼似的"细长物"和《一潭清水》里鳝鱼一样的"瓜魔"，都是很讨老人喜欢的鬼精灵，他们身上或许就有张炜童年的影子。

《刺猬歌》里还写过一条黑鳗——这黑鳗不是普通的鱼，而是能说会道的鱼精。河有河神，溪有溪主，黑鳗就是一山溪的溪主。她年轻时被一条鲶鱼抛弃，便一直独身，虽也曾对一老中医动过心，终又作罢。"与老中医交往二十多年，但二者之间清清白白。"后因来了"响马"，山林野物遭了大殃，老中医见到生病的黑鳗，她年纪大了，头上包了一块青岩，牙痛腮肿，脸皮鼓胀，一看病得不轻。老中医开了一服药，"药引子"吐露心事，黑鳗即大骂"响马"，她像先知一样预言，响马再也不会走了，山地平原上的人和野物都将大受其害。黑鳗说："往后俺这一伙能自保也就不错了，弄不好满门抄斩哩！"小说借鱼精之口道出了"响马"的祸害：他们攻城略地，涂炭生灵，连水里的鱼儿都不放过。如今黑鳗的话分明正在应验，这泄露天机的鱼精恐怕早成了响马的腹中物。

【鱼花】

人名，是《橡树路》(《你在高原》之二，2009)中一个圣母似的女人。她是猎户的女儿，十八岁那年，和"文革"中逃难的知识分子许艮同居，并育有一子。儿子八岁那年，许艮一去不回，鱼花独自将儿子养大成人。二十多年后，许艮已是名声赫赫的大学教授，鱼花却身患绝症，入了尼姑庵。得知消息的老许艮再度归来，要和鱼花一起"回家"——回到山中那座老木头房子，而且再也不分开。许艮通过鱼花得到了两次救赎，前一次，是肉体生命的救赎，后一次则是精神生命乃至灵魂的救赎。她不功利，不抱憾，就像不食人间烟火的自在游鱼，除了让人望之肃然，又有点让人自惭形秽。鱼花的故事标示了一种常人难及的生命境界，她的名字显然包含了赞美之意。

张炜还写过一叫"老李花鱼儿"的人。这是一个足智多谋而又幽默无比的老人，举手投足都有乐子，常有一些超乎常人的举止。老李花鱼儿有儿有女，却在山上凿石头房子，常年在山上独居。他不光会给人看病，还为各种野物治病，甚至能为一些妖怪和鬼魂治病。张炜特别申明，"老李花鱼儿"是真名，四周村里人都用这五个字称呼他。《荒原纪事》中有个"魂魄收集者"三先生，就是以"老李花鱼儿"为原型。

"鱼花"和"老李花鱼儿"都是能救命安魂的人，他们的名字相互呼应，成为张炜作品中别有灵性的文学符码。

【白鲸】

美国作家梅尔维尔的小说《莫比·迪克》通译为《白鲸》，实际上，它的一号主角莫比·迪克并非白鲸，而是形体巨大的抹香鲸——其体长可达十八米，体重超过五十吨。而真正的白鲸体长只有三五米，体重一吨左右。最突出的特点就是皮肤呈白色，当颜色发黄变淡时可蜕皮。体态优雅，极爱干净。能发出几百种声音，且发出的声音变化多端。群居，主要生存于北冰洋。

张炜的白鲸出现于《忆阿雅》（《你在高原》之五，2010），是一姑娘的外号。这姑娘只是一个影子人物，她从未正面出场，连姓名也没出现，所有关于她的信息都出自男人的转述，连同这个带有狎邪想象的外号，也是由男人赐予且专享的昵称。白鲸是一家私人收藏馆的服务员，深受小老板器重，曾被送去大学考古专业进修，回来后成了这个秘密会所的头牌小姐，被更大的后台老板穆老板牢牢占有。"白鲸"这个外号就是穆老板起的，不用说，这是一个很白的姑娘，"你如果只看她的身体和脸庞，只会被这外在的漂亮给迷倒，她赤裸的时候才真的像一条大鱼——浑身上下都闪着荧光，白得刺眼，一动就像在大海里畅游……"说这话的是一个叫阳子的画家，他迷上了白鲸，"她太美了。她是那个藏馆里最大的艺术品！"然而，这最大的艺术品却是穆老板的私人藏品。她一边发誓只属于阳子一个人，一边仍旧依附于穆老板，时常接待其他客人。这让阳子难以忍受，可白鲸对他的吸引又是致命的，让他欲罢不能，这头白鲸说不定什么时候就可能把他一口吞下去。所以，他一方面惋惜着白鲸身陷肮脏堕落之地，一方面又憎恶贪婪荒淫的穆老板不知餍足，好像他真是个超凡入圣的道德楷模。

后来，穆老板的底细被揭开，他的公开身份竟然是大家公认的正人君子林蕖。此人身价亿万，却见不到亿万富翁的坏毛病，而且学贯中西，"更是一个感时忧世的壮怀激烈之士，目光所盯之处尽是无底的深邃。"然而就是这个神一样的人物，另一个身份却是声色犬马、"牢牢地占有一头白鲸"的穆老板。当包括阳子在内的林蕖的几个挚友一起声讨这个骗子的糜烂生活、谴责他"活活毁了白鲸"时，林蕖反而坦然，他很清楚自己的分裂，但他是爱着白鲸的，也不承认是他那一代人的败类。他寻找的理由是因为"太绝望"，他"没有任何力量阻止这座城市迅速走向下流"，却还要小丑一样掏出大把钱来做公益。相对于阳子他们抢占的道德优势，林蕖的绝望逻辑反而振振有辞。似乎双方都是白鲸的施爱者、保护神，其实双方都把她当成了美艳的尤物，可怜的猎物。所以这个一直只是出现在男人谈话中的"白鲸"，不过是男权话语下的性资源而已，白鲸的缺席正说明了公子王孙们对她的无视。"白鲸"虽巨，终是空无。白鲸，只是感官意义上的巨大虚空。

【鱼族】

张炜常以莱夷后裔自称。在《瀛洲思絮录》中，便借方士徐市之口，用了相当篇幅缕述胶东半岛的土著民族莱夷人的兴衰变迁。同时，还对与之相邻的"鱼族"作了一番索解，认为鱼族曾是中原地区一个大族，为白狄族的分支，周氏族的胞族。因周氏族内部分裂，一部分鱼族人东迁并融入莱夷，另一部分归附于他们的血族周氏族。归附后的鱼族人遭到严酷惩罚，与其有关的铭文、刻记、简册全被毁弃，残余的部族更被迁至遥远的西部。

历史上是不是真的有过一个"鱼族"？据史学家李白凤先生考

证，山东半岛曾兴盛着一个以鱼为族徽的"大族"，其居地大约在今曲阜一代。他认为，甲骨文中鲁国之"鲁"字从鱼从口，应读成"鱼方"，和别的国名的造字法一样，都是从其旧族名而加'口'（即邑字）的新字，所以"鲁"的本义当为"鱼族首邑"。伯禽封之鲁国便是依其古国名或古地名为其封国之名的。这么说，鲁地（山东南部）的原住民便如《瀛洲思絮录》所言，是由中原地区东迁的鱼族人。

在《人的杂志》（《你在高原》之七，2010）中，来自半岛的宁伽就曾指出他的妻子梅子不是莱夷人，而是属于"鱼族"——她是鱼族的女儿。他还开玩笑说，鱼族肯定与鱼有密切的关系，鱼族的后人都很漂亮，大概是鱼变的。鲁为鱼族旧地，或遗有尚鱼之风？孔子得子时，国君鲁昭公送来一条大鲤鱼，孔子备感荣耀，便给儿子取名鲤，字伯鱼。圣人且以得鱼为荣，可见鱼的尊崇。相传由孔子删订的《诗经》更是保留了大量鱼的意象，或象征富足繁盛，或隐喻求偶生殖，或借指珍美高贵，显有鱼崇拜的端倪。张炜素喜以鱼喻人，这里似乎找到了历史的佐证。

【鲲】

《尔雅·释鱼》说：鲲，鱼子。所谓"鲲"就是指小鱼苗。但在《列子》《庄子》的描述中，鲲却是一种极大的鱼，足有几千里之大，它生于北冥（北海），后来变成了遮天蔽日的大鹏鸟。张炜在《无边的游荡》中便提到了北海之鲲，并重构了大鸟的故事。当然，史书上记载，古代近海国家大都以大鸟为图腾，官员也以鸟来命名。一个氏族其实就是一个庞大的鸟群，人和鸟可以相互换形或换灵。所以海边至今不乏模样像鸟的人，更有些大鸟的精灵，闪化成人形，口袋里插上钢笔，成为人类的名利场里最活跃的"鸟人"。不过鸟和鸟人已和鲲相去甚远，兹不赘述。张炜倒是写过一首题为《北冥——万松浦夜雨》的诗，起句曰："那个大鱼鲲的故事／欲在今夜重演"，想是雨夜的林海风声让他想到了庄周的大鱼，然风雨如晦，在想念大鱼鲲的时候，又不得不虑及"远行处迷蒙无边 / 巨翅也扫不走无常"，故有"不宜飞行"之叹。比之李商隐的"巴山夜雨"，张炜的"万松浦夜雨"更显旷古的苍凉，含藏着"北冥之鱼"对远方的期许和隐忧。在另一首长诗《归旅记》里，张炜又说："那个叫鲲的家伙安息了 / 剩下的都是渺小的飞虫"。试想鲲之大，却不敌飞虫，天下只是宵小的天下，也难怪它要安息了。

【大嘴鱼】

是《寻找鱼王》写到的一种凶险的鱼，具体是指什么鱼不好确定。小说里擅长在缺水的地方捉鱼的"旱手鱼王"就死于大嘴鱼之口。它是一种肉食类的大凶鱼，连人都敢咬。一般来说再凶的鱼不逼急了不会伤人的，可这种鱼就像土狼和猞猁一样，咬人专找狠处。大嘴鱼会笑，小说特别写到了它的笑。旱手鱼王开始遇到这么大一条鱼时，心里很高兴，想把它引到水草里再发力逮它。可等他觉得该动手了，没想到大嘴鱼回头笑了，旱手鱼王吓得头一蒙眼一黑，搓搓眼再看，那鱼真的在笑！它笑着往前摇晃三两步，左右鳍子跳舞一样翻动，嘴巴半张，露出两排黄牙，就像牛牙一样，又钝又结实。这钝牙两边，还有一根钉子一样的尖牙，那是食肉动物的放血刀。旱手鱼王害怕了，赶紧低头扎猛子，想躲过它的嘴。没想到大嘴鱼从来不咬空，只一下就啃去他脑后一块头皮，连头发咽到了肚里。会笑的大嘴鱼大概是张炜小说里最可怕的鱼。不过大嘴鱼虽说可怕，躲过去也就不怕了，比大嘴鱼更可怕的是人。后来，旱手鱼王遭到擅长在水里捉鱼的"水手鱼王"算计，被引诱到一个静水汊子里捉鱼，没想到那里伏了一条大嘴鱼，旱手鱼王最终命丧鱼王。那歹毒的水手鱼王却对外宣称，河汊里出了吃人的怪兽。

【鳜鱼】

又名鳜花鱼、桂花鱼、花鲫鱼等，唐人张志和诗曰："桃花流水鳜鱼肥"，说的就是此鱼。鳜鱼体侧扁，背隆起，口大，上下颌前有小齿，显得很凶，体色棕黄，体侧有许多不规则灰斑。鳜鱼肉嫩无小刺，在没刺的鱼类中，鳜鱼是最鲜嫩的。是分布很广的淡水鱼，餐桌常见。张炜在《寻找鱼王》中多次提到鳜鱼，而那个害人的水手鱼王，也是死在鳜鱼身上。水手鱼王当上了独一份儿的鱼王，可他的大贪心仍不满足，他还想跟老族长攀上亲戚。所以时时记挂着老族长，捉到最大最好的鱼就送给老族长，就像害了魔怔。有一年老族长赏给他一个玉石烟袋嘴，他高兴得供在一个地方，下面还铺了红布。老族长不过四十来岁，却要祝寿摆大宴，水手鱼王睡不着了，一心想捉一条大鳜鱼去祝寿。这水手鱼王已七十多岁，手脚都不灵便，还害了风寒，可他全不管这些，一心想捉那条大鳜鱼。捉了三天，倒是捉到几条一尺多长的白鲢，可他仍不满意，不捉到大鳜鱼绝不罢休。这天夜里，他做了一个梦，梦到一条大鳜鱼对他笑，说它在一个好地方等了他好几天哩。水手鱼王赶紧去找那个地方，找到一个长满乱草的脏水湾，他就扑通一下跳了下去，结果再也没有上来。水手鱼王死于会笑的大鳜鱼，谁能说得清这是不是一种报应？

【鱼王】

在《寻找鱼王》中，小主人公一开始想要寻找的"鱼王"是指如有神助的捉鱼能手，前面所说旱手鱼王、水手鱼王即是。但是当他找到死去鱼王的两位传人时，他们都已放弃了"鱼王"的营生，避世于山中悠闲度日。以捉鱼名世的"鱼王"不复存在，剩下的只是两个能跟鱼儿相濡以沫的平常老人。不过，在放下"我要做鱼王"的执念之后，本书主人公又在山中水洞里见识了传说中的鱼王——鱼中之王。所谓"鱼王"并非人之大者，而是鱼中大者也。这鱼王居于水洞深处，看护着大山的水根，所以鱼王的传人才要住在水洞旁边，看护着水洞里的鱼王。实际上，小说中这个鱼王并未完全现身，它只露出了一个很大的黑影，像小船一样。所以这个模模糊糊的"鱼王"并未必真的是鱼，也有可能是五官模糊的大怪物，比如七窍皆尤的浑沌之类。浑沌作为老庄哲学的"中央之帝"，象征着"绝圣弃智、超然物外"的道家精神，《寻找鱼王》以"浑沌氏"的出场收笔，张炜的生命哲学即得以诗意呈现：他的鱼故事终于化解了鱼的形役，找得了自由的灵魂。

当然，对于这个不确定的黑影，还可继续发挥想象，或者当它就是主宰江河湖海掌管行云布雨的"龙王"。从小说文字上看，龙王而看护"水根"，似乎更有说服力。由鱼而龙并非牵强，李泽厚先生就认为龙与鱼很可能有关系。他指出，《管子》说"龙生于水"，说明鱼和龙都是水族，现代考古发现"龙"纹是由"水鸟啄鱼纹"演变而来，民间传说鲤鱼跳龙门讲的就是鱼变龙的故事。而在《说文》《礼记》等古籍中，则说："池鱼满三千六百，蛟来为之长，能率鱼而飞""龙以为畜，故鱼鲔不淰"，体现了龙尊鱼卑，龙成了鱼的率领者、保护者和统治者。如此，正与《寻找鱼王》未见尊容的"龙王"情形相像，这个龙王不仅是鱼的率领者、保护者和统治者，还是整个大山的守护神，假如没有它，"老天爷就不喜欢这里了，就会把水连根拔走"。这个龙王就像老天爷留在人间的亲信，它若安好，便是晴天，否则，就是山崩地裂，洪水滔天。所以，从寻找鱼王，到见到龙王，鱼故事变成了龙故事，足以让人为之一凛：我们与龙走失太久了，以至于无法相认。

其实在《问母亲》和《怀念黑潭里的黑鱼》那两篇小说中，就曾写到连通地下水脉的水洞和黑湖里不知为何物的兽，这水洞和兽在《寻找鱼王》中变得更加神奇，成了滋养大山的水根，和守护水根的神灵。

三

张炜写过的鱼，约略还有：青鱼、带鱼、花斑鱼、泥鳅、鲫鱼、鲢鱼、章鱼、比目鱼、花点儿银肚鳊鱼、沙板儿鱼、针嘴鱼、辫子鱼、鲅鱼、红鲤、海狗、白皮刀鱼、海蚬子、海蛎子、海螺、海豹、白鳍豚、狗鱼……凡此种种，未可一一详备，且存目于此。

张炜爱鱼，不曾见过哪个作家像他这样对鱼一往情深。他为鱼立传，以鱼明志，让种种鱼隐现于四十多年的创作长流中。他所有的长篇小说，多多少少都会涉及渔人渔事，中短篇小说也多半会沾染鱼味。他就像用文字撒网的"渔王"，总能捕获令人惊艳的水国珍奇，因此也使他的作品充盈着河海族类的生猛、鲜美气息，如《齐谐》之另创，大有志怪神异之风。

综观张炜的鱼文学，自可发现故地童年对他的重要影响，他对本土原乡的深切回望，也可看到他和万物生灵的亲密关系。张炜自小就是一个"鱼迷"，见到水中的游鱼就不想走开，以至于魂牵梦萦般地想念和向往。他尝试过很多稀奇古怪的捉鱼方法，简直天生就是一个了不起的"渔人"。后来他又结识了很多渔人朋友，其中有一个就是真正的"渔王"，让他得到了无穷的鱼趣，听到了许多捕鱼的传奇。他能写出那么多的鱼，一点也不奇怪。

"童年的鱼是多么神奇的一个存在。它是在水中游动的生命，是突然出现在视野中的、完全不被我们所理解异样的生命。……我们寻找鱼，获得鱼。关于鱼的一次次回忆，差不多构成了整个童年生活中最深邃的情感贮藏。"张炜的这番话正表明"鱼"在他的生命存在中形成的深远投影，以致让他每每提笔见鱼，让这个异样的生命变成了作品里最奇妙最繁复的文学意象。

张炜的写鱼之妙最在于形象传神。即便有些鱼你从未见过，也能通过他的描写想象出那种鱼的模样，甚至感觉到它的动态表情。

再就是他对各种鱼有一种删繁就简的概括力，寥寥数语就能把一种鱼最显明的特征牢牢抓住。这种知鱼解鱼的能力当然得益于他对鱼的深入了解，正因曾经痴迷于鱼，曾在海边和山里见识过种种鱼，加上对各种动植物图谱和《钓客清话》（[英]艾萨克·沃尔顿著）之类的"鱼书"反复研读，才让他心中有鱼千姿百态，笔下有鱼风情万种。

张炜写鱼，一则发生趣，让放任的鱼儿为乏味的人类增添一些波澜；再则出新意，可以让我们跳出呆板的人类视角，用鱼的眼睛看世界。所以你会发现，张炜常会以鱼观人，当他试图形容一个人的时候，往往一下子就先想到了鱼。比如，《九月寓言》写到那个色迷迷的秃脑工程师，当他第一眼看到野气蓬勃、肤色微黑的小村姑娘赶鹦时，便在那一瞬间想到了"结实的鱼"。《柏慧》中写到"我"（宁伽）所讨厌的小提琴手，他的眼睛空空洞洞，但在转向柏慧时会有一层浮起来的光亮，"让人想起一种鱼"。《丑行或浪漫》中的铜娃最初被女性吸引时，看到的却是"又白又胖的大鱼"。女人们大鱼一样的躯体让他久久难忘，后来就把"周身没有瑕疵"的刘蜜蜡当成了"天底下最肥硕的大鱼"。和刘蜜蜡失散多年以后，发生在梦里的情欲想象仍旧是"火色的肥鱼"。《无边的游荡》里养鱼的庆连谈到未婚妻小华，不是说她是什么人，而是说"看她是不是一条好鱼"。最近创作的长篇小说《独药师》（2016）在题材和叙事方式都有很大突破，但是仍旧少不了鱼的点缀，人物的举止言行，总会下意识地联想到鱼。主人公季昨非对恋人最动情的赞美，就是说她"有大鱼一样的身体"；当他进入木盆洗澡时，感觉自己"像条鳗鱼那样滑到水底"；当一个粗壮女人要和他强好事时，他又觉得自己像是被按到砧板上的一条大鱼；当他因病患面目狰狞，他看到镜子里自己的眼中"闪烁着鲷鱼将死才有的神色"；当他见到一百多岁的养生大师时，对那人的第一印象便是"脸上没有一道皱纹，脸皮像无鳞鱼那么细滑"。看样子这位"独药师"也是一个鱼行家，要不又怎会知道鱼之将死的神色？见人思鱼，由鱼及人，在张炜的小说里像是不期而然的条件反射。还有前面列入辞条的鳝鱼、鲢鲅、真鲷、鲈鱼、怪鱼、白鲸、鱼族的女儿，等等，以鱼比人的例子更是具体入微，生动而贴切。对张炜来说最方便最传神的写人手法就是把人写成鱼，用鱼的局部特征来比附人，他把鱼当成了一种包蕴悠长的文学徽标，有了鱼，就有了通向逍遥的可能。

张炜写鱼，定也是向往着游鱼的自由精神。在自传色彩极浓的《远河远山》中，有这样的一句话："我像一个巨石夹缝中的游鱼，又扁又小，来回游动。"大概这也是张炜的肺腑之言，在他心目中肯定也会把自己比作一条鱼，就像他一再写过的，那种眼睛晶亮晶亮独在荒野净水中悠游的鱼。他早先也曾在短篇小说《踩水》（1982）中写过做人还是做鱼的"人生观"："人活在世上，不能做条钻来钻去的鱼，人就是人！""我做人不做'鱼'，到时候宁可淹死！""钻来钻去的鱼"意味着油滑世故，人们口头上总是会佩服那种"倔得可以"的人。可是人类把自己的不堪强加到鱼身上又未免可笑，人自苟且，与鱼何干？所以，张炜自有一种和那种镶满好词好句的人生观相游离的"鱼生观"，尽管他也写过淫鱼、怪鱼、电鳗、大嘴鱼之类邪恶的鱼，但在总体上他的鱼世界则是一个水晶宫似的诗性维度，在这个鱼来鱼往的维度里，"到处都是纯粹的绿色，青翠欲滴。葱茏茂盛的各种植物生长在晶莹透明的土壤上，盛开着碧绿的鲜花。花瓣上露水不停地颤抖，滚落在空中，芬芳的气味立刻弥漫开来。没有喧哗，没有尘土，只有宁静和美丽。……这个世界里好像一切都可以交谈、互相问候和致意。……夜里没有任何人会失眠，因为这儿的万物都做出了睡眠的姿态，教导了和引诱了人们去获得安宁。这个世界上没有太阳，也没有月亮和星星。因为花瓣和晶莹的土壤都会发光，光明无所不在。这里绝对没有阴影。……无论对男人或女人，大家鉴定他或她是否贞洁的唯一尺度是其懂不懂得爱，懂得爱的人也就是贞洁的。这里没有死亡，当然也没有坟墓。因为人类、蜜蜂、花朵和小鸟，一切一切有生命的东西都可以相互转化，谁面临着这种转化，都是欣慰而愉快的。……大家不知道什么叫发号施令，也不知道什么叫恐惧。这里的天地是彩色的，人的生活也是彩色的。到处是纯洁的、闪亮的、透明的，包括了人的眼睛和心灵。"这是《海边的风》里描述的老筋头跟着鱼人看到的海底世界，张炜用童话式的语言渲染出一个梦一样的所在，这里完美得胜于仙境，比他故地的葡萄园还要令人心驰神往。所以也无怪老筋头要引领被饥饿难活的村民到海上去，那只最多能盛三人的小船竟然载起了一大帮人，驶向了浪涛深处的未知之境。类似的情景在《远山远河》中也有所呈现，瘫痪少年永立像大鱼一样带"我"进入了海底世界，"水下光洁闪亮，安静而透明，草绿得让人眼睛一亮。各种各样的鱼都围过来，一遍遍亲吻永立，他还拥住一条彩色的大鱼拍打了一下，就像久别的朋友一样。……永立说：大海与陆地是一样的，只是少一些恶人。大海深处也有丛林，有城市，有各种动物。大家只要因为某种原因到了海底，也就亲如手足地生活下去。……大家尽可能地遗忘陆地上世界，因为它比起大海来简直太渺小了。……这里的人好极了，他们从一场大灾难中过来，都懂得相互怜悯，没有一件事不是互帮互助，从不对人说谎，更不要说彼此欺骗了。……这里的人不会衰老，可以永远相伴：只要爱上了，就双双对对不再分开。"在张炜的笔下，神秘的大海完全就是和人类的陆地决然不同的理想国，那里就像徐福寻求的海中仙界，所以老筋头和永立义无反顾地入海而生。正因如此，张炜的小说如同多出了一双大鱼的眼睛，让我们发现了昏聩现实之外的另一重时空。

由是亦可想见：登州海角之北，是为北冥也，那儿才是张炜的精神故地，那里有徐福之鲛，有庄周之鲲，有生生不息的大鱼的灵魂。

第七章　张炜神怪志

一

【鱼人】

《山海经·海内北经》有记："陵鱼，人面，手足，鱼身，在海中。"这种半人半鱼的"陵鱼"大概就是传说中的鱼人。《山海经·北山经》还说到了"人鱼"："四足，其音如婴儿，食之无痴。"看起来"鱼人"的形象更接近于人，"人鱼"则仅是叫声像婴儿啼哭。现实生活中确有"人鱼"，即大鲵，俗称娃娃鱼，这种世界上最大的两栖动物，便生有四足，音如婴儿，它的外形更像蜥蜴。

所谓"鱼人"好像并不存在，但在张炜小说中，却曾言之凿凿地写过一些鱼人。中篇小说《海边的风》（1987）讲了好多千奇百怪的水族逸事，鱼人即是其中重要成员。见多识广的铺佬老筋头就和鱼人打过交道，其中一个叫老黑。这老黑经常找老筋头下棋喝酒，还常带来些大海深处才有的古怪石头。他总穿一身黑亮的衣服，长了一对有点鼓的鱼眼，手指又黑又长，指甲锃亮，右手中指上有一块干疤，这只手放下棋子时，总是五根手指同时一缩。他下棋不用思考，酒量大得惊人，黑衣服摸上去凉丝丝的，所以老筋头认定他不是凡人。后来附近打鱼的网住一个鱼人，老筋头跑过去看，发现鱼人已经死了："它像小牛犊那么大，浑身是闪亮的皮，有尾巴，有鳍，闭着眼。鱼头多少有点像人，脑壳真大。我特意看了看右边的鳍，一眼就看到了上面有一块干疤！"老黑的特点和死去的鱼人如此吻合，"老黑原来是一条大鱼闪化的，是个鱼人。"鱼人老友的死让老筋头自责不已，也许他是匆匆赶来下棋，不小心碰上了打鱼人的网扣。老筋头对鱼人和他讲过的海底世界深信不疑，他曾跟随鱼人到海底游历，见到千奇百怪的水中族群，还曾在海边看到鱼人跟他做鬼脸。老筋头念想着鱼人，甚至在黑暗中又和那只带有一块干疤的手对弈。别人把他看成了鱼人，他也当自己本来就是河里海里的人，最后登上一只小船，驶进了茫茫大海。《海边的风》的笔调写实，情节亦真亦幻，鱼和人难分，人和鱼人难解，直让你感觉进入了一个心到意到的通灵秘境。

【海中女妖】

《海边的风》中几个人物都像是海里的精怪。老筋头"说不准就是一个海怪"，"细长物"像又软又长的鳗鱼，常年戴一顶黑帽的"千年龟"一看就像海龟。海中女妖则是迷人而又可怕的妖怪。她浑身冰凉，细长细长，软得像麻线，脸庞也是细长的，一双眼美丽得没法说，双眼皮，细长细长的眼角直伸到额角里。"这样的眼神看谁一下，都要记上一辈子，迷得要死要活。她还描着红脑门儿，小下巴儿又光又亮。衣衫像蝉羽一样薄，缠在身上，被风吹得一甩一甩……"在老筋头的描述中，她是一个女鬼，天一黑就冒到水面唱歌。有时候还会跑到窝棚里，披头散发坐下来，坐过的地方刺骨的凉。老筋头说女妖像只孤单的小猫，但是细长物却听人说，这个女妖半夜里从海底爬上来，摸到小窝棚里，把老筋头的热血全部吸走了，所以老家伙只剩了一把筋。

【古堡巨妖】

《橡树路》开篇就讲了一个巨妖的传说。这巨妖原本是个传奇式的英雄人物，但是真正的巨人英雄被妖怪杀掉，这个妖怪就借用了英雄的面貌和事迹，隐藏在老城堡中，接受全城民众的供养。巨妖从不出门，胃口极大且有超人的欲望，不光要吃下大量食物，还要对城中稍有姿色者一一亲幸。在其大约一百二十岁时，又嗜好戏耍孩童，一些稚气未脱的少男少女被送去当贴身听差，以随时满足他的兽欲。每隔半年，老妖就会吃掉一名美童。此妖还喜欢生吃五毒，自身带有剧毒，连打出的哈欠都极腥臭，放出的屁能够充斥整个城堡，足以让人窒息。巨妖如此贪婪残暴，整个城市都对他俯首帖耳，还有人为了讨好他，竟发明了一种"生人粽子"——就是把送给他的小美女用泉水洗净，赤条条覆上桂花，再裹上芋头叶子，用马兰草细细缠好，远看去像一个绿色粽子。最后老妖就是死于"生人粽子"：一对生在贫民窟的青年男女从林中母妖那儿学会了"迷魂歌"，唱得老妖魂飞天外，不省人事，他们得以砍掉了老妖的四方头颅。

古堡巨妖兼有英雄和恶魔两种性质。即便是他奴役了整个城市，也曾扫除泛滥全城的野猪之害，让人们大烹其猪肉，巨妖的这一勇武事迹让人怀念了好几十年。所以巨妖治下的民众就像斯德哥尔摩综合征患者，一边饱受巨妖之苦，一边又觉得此妖并非一无是处。大家已经养成了一种隐忍的习惯，将巨妖的存在视为理所当然的正常，即便深受毒害仍要想方设法讨其欢心，不求他多行好事，只求他不要把坏事做得太绝罢了。

城堡老妖的故事流传于橡树路。这里住着很多地位显赫的大人物，这些人原本可能是立过功勋的英雄，但是住进橡树路之后，便成了高高在上、享有特权的"老首长"，甚至会利用这种特权作威作福，干出伤天害理的事。《无边的游荡》里的岳贞黎，霸占了和养子岳凯平相爱的小保姆帆帆，这位道貌岸然的"老首长"不就是一个活生生的古堡老妖？

【雨神】

雨神专管下雨，是民间崇拜的自然神，俗称"雨师"。古人尊崇星象，认为西方白虎七星中的毕宿（金牛座）主宰下雨，所以把毕星称为雨神。周朝就把祭祀雨神列为国家祀典，《周礼·大宗伯》记载："以槱燎祀司中、司命、飘师、雨师。"就是用柴草燃起大火，以求烟火上达于天。秦时还专门修建了官方祭祀雨神的雨神庙，这种风俗延续至今，许多地方仍有其遗存。民间流传雨神有两个，一是商羊，能预告下雨的信息；一是赤松子，可兴云布雨。《列仙传》称赤松子是神农时雨师，服仙药水玉而成仙，能随风雨上下飞翔。《历代神仙通鉴》对赤松子描述甚详："有一野人，形容古怪，言语颠狂，上披草领，下系皮裙，蓬头跣足，指甲长如利爪，遍身黄毛覆盖，手执柳枝，狂歌跳舞。"赤松子化为无角赤龙，元始天尊命其为雨神，掌管人间下雨。这位雨神有一个陈天君的俗名，亦有人格神的典型形象。清人黄斐默《集说诠真》称其"乌髯壮汉，左手执盂，内盛一龙，右手若洒水状"，常与电母、风伯一起兴风作雨。此陈天君当为男神无疑。《山海经·海外东经》还有关于"雨师妾"的记载："雨师妾在其（汤谷）北，其为人黑，两手各操一蛇，左耳有青蛇，右耳有赤蛇。"有人将雨师妾理解为雨师的妾侍（西汉焦延寿《焦氏易林》）。晋人郭璞《山海经图赞》则认为雨师妾是雨师屏翳。明人王圻、王思义辑《三才图会》称："屏翳在海东之北，其兽两手各拿一蛇，左耳贯青蛇，右耳贯赤蛇，黑面黑身，时人谓之雨师。"清人汪绂《山海经存》中又说，雨师妾是有两乳的女神。可见雨神的面目和性别皆不确定。

《鹿眼》中的雨神却是一个可怜的疯婆子。雨神的独生儿子鲛儿被旱魃掳走了，她就满世界找她的儿子，她从哪儿走过，哪儿就会发大水。根据外祖母讲述，雨神穿了白衣白裤，骑在大白马上，跑得飞快，长长的头发和衣袖，还有长长的马尾，都在风中飘着卷着。宁伽在梦中见过雨神，这个美丽的女人错把宁伽当成了自己的儿子。所以，宁伽向雨神承诺，整个平原都会帮她捉住旱魃，救出鲛儿。

【旱魃】

旱魃是传说中引发旱灾的怪物。《山海经·大荒北经》记有"黄帝女魃"，黄帝与蚩尤作战时，风伯雨师为蚩尤兴风起雨，黄帝则令女魃下天止雨。可是蚩尤伏诛之后，女魃却回不到天上了，所到之地便会大旱，遂遭驱逐，被赶到了北方。黄帝女魃原是功成而身败的悲剧英雄。传说中的旱魃却是面目可憎的坏家伙。《说文解字》曰："魃，旱鬼也。"《诗经·大雅·云汉》曰："旱魃为虐，如惔如焚。"孔颖达疏："《神异经》曰：'南方有人，长二三尺，袒身，而目在顶上，走行如风，名曰魃，所见之国大旱，赤地千里，一名旱母。'"因为天灾难违，一当干旱不雨，假想中的旱魃便成了罪魁祸首。北方容易产生旱灾，大概算是旱魃的老营，所以，华北地区从先秦时期就流传着"打旱魃"的风俗。既然要"打旱魃"，就需要一个挨打对象，代替旱魃遭殃的，竟是坟中的僵尸。人们认为旱魃乃死后一百天内的未腐之尸所变，每遇干旱便会扒开疑有旱魃的墓冢，毁其尸骨，是为"打旱魃"。

"传说中的旱魃面目苍黑，长了铁硬的锈牙，身上穿了满是铜钱连缀的衣服，一活动全身哗啦啦响，一卧下来就变成了一堆铜钱。这个妖怪一生下来就得了要命的口渴病，总想寻个机会大喝大吮一场，所以他到了哪里都要吸尽宝贵的淡水，让大地连年干旱。除了贪婪吸吮，他每年都要吞食几头牲畜，性急也会吞食田野上的人。"[1]这是张炜为旱魃画出的凶相，在小说里他还写了一个"捉旱魃"的故事：因连年大旱，平原上七七四十九乡的百姓全都出来捉旱魃，他们掘开了一座湿乎乎的坟包，里面却是焦干的，并无

---

[1] 《鹿眼》，第72页。

旱魃。这一场由县长坐镇指挥的"捉旱魃"搞得轰轰烈烈，可见官府对"旱魃"也是宁可信其有，当然也可能是想借此转嫁灾民的积怨。

"打旱魃"的习俗在山东尤盛，胶东平原虽然地处沿海，但也免不了发生旱灾，张炜的故乡黄县一带即多发掘新坟以驱"旱魃"之事。清康熙十年，黄县大旱，民众"好言鬼神，竞赴香火，掘墓诛魃。"时任县令李蕃，特作《旱魃辨》，召集万人大会，阐明以尸为魃之荒唐，并严格禁止"假此而为斩棺暴尸"，否则便"执国法以诛之无赦"，打旱魃的恶俗得到遏止。[①]尽管如此，此俗仍在山东地面大面积流布，《鹿眼》所叙"捉旱魃"便发生在外祖母和家人搬到城外丛林的前几年——如此推算当在解放之前，直到上世纪六十年代，这种陋俗方才消匿。

【鲛儿】

鲛儿是雨神的独生子。因雨神不能让旱魃尽情畅饮，旱魃便设计捉了鲛儿作为人质，以诱使发疯的雨神携风挟雨寻找自己的儿子。从字面看，鲛儿大概和神话中鱼尾人身的鲛人同类。《搜神记》《博物志》《述异记》等古籍都有关于鲛人的记载，通常认为他像鱼一样居于南海，擅长编织一种入水不湿的龙纱（又名鲛绡纱），眼泪能化为珍珠。小说里的鲛儿只是一个白生生的男孩，因为贪玩落入旱魃的魔掌，不知被囚禁什么地方。鲛儿是一无辜的受害者，这一点和少年宁伽大为相似——因父亲摊上冤案，他也受其牵连，说不定什么时候就会被抓去做苦力。所以宁伽会和鲛儿感同身受，不得不提防一些比旱魃还要可怕的人，他憎恨旱魃，同情雨神，担心鲛儿，实际上不过是在哀怜自己和家人的命运。

---

①　参见：张传勇：《旱魃为虐：明清北方地区的"打旱魃"习俗》，《中国社会经济史研究》，2009 年第 4 期。

【海神】

胶东半岛自古就有海神崇拜的习俗。沿海渔民像内陆居民一样敬奉天老爷、土地、灶王、财神、狐仙等各路常规神仙，还信奉龙王、海神娘娘（天后）、民间仙人（郭仙姑、刘仙姑和刘公、刘母）以及鲸鱼（俗称"赶鱼郎"）、海鳖（俗称"老人家"、"老帅"、"老爷子"）等海中霸主。《山海经·大荒东经》载："东海之渚中有神，人面鸟身，珥两黄蛇，践两黄蛇，名曰禺䝞。黄帝生禺䝞，禺䝞生禺京，禺京处北海，禺䝞处东海，是为海神。"人面鸟身的禺䝞、禺京（也称禺强）大概是较早见于文献的海神，在另外一些典籍或传说中海神又有名曰海若、勾芒、颛顼、阿明等等，不一而足，可见"海神"未必是一神独大，很可能各地都有各地崇信的海神。"山东先民在崇拜海神法力的同时，还不断刻画海神的外在形象，尽量把海神人像化、人格化，以期更多的人能够直观地感受海神。"[1]同时，还为海神建造神庙，并纳入国家祀典之中，由官方举办祭海活动。自唐代起，山东沿海及周边岛屿多建海神庙，明人刘遵鲁有言："登州，青之鱼盐地也，县治蓬莱，民濒海者奉海神尤切。"足说明海神在登州一带香火之盛，大概每个渔人都需要一位解危除难的海神吧。

张炜自小生活在登州海角，对海神当然也不陌生。在外祖母讲过的故事中，除了可怕的旱魃，也少不了有关于海神的传说。《鹿眼》有一节叫做《族长与海神》，便是宁伽从外祖母那里听来的故事。一个少年模样的小海神，住在仙境似的海岛上，经常搭救遇难的渔民。陆地上有个叫金娃的俊美少年，长期被老族长霸占，囚禁，成了备受凌虐的娈童。他先后两次逃脱不成，第三次逃跑又被追得跳了海崖，幸被小海神救到了仙岛上。金娃在岛上喝长生泉，食野果，跟众生灵同声相应，亲密无间。然而没想到，后来小海神

---

① 王赛时：《古代山东的海神崇拜与海神祭祀》，《中华文化论坛》2005年第3期。

救上的一些人，竟然恩将仇报，残杀岛上生灵。金娃羞愧难当，想要投海自尽，被小海神再次救出。传说中的海神多有怪异勇武之相，张炜这里的海神却是一个面貌清秀的美少年，看上去和小孩子没什么两样，但是这位可爱的小神仙一样大有神通，能以超人之力救苦救难。"小海神"的形象或许出于外祖母有意的美化，故事里的神仙和宁伽年龄相仿，不是更容易令其感同身受么？

《海客谈瀛洲》（《你在高原》第三部）大概是张炜作品中海味最浓的一部，小说以四个并行文本，同时推进了多个叙事线索，其中秦始皇东巡、徐福入海求仙的史传逸闻以及宁伽的个人际遇构成了故事的主干。这时宁伽已是深味"市相缤纷，海客嘈杂"的中年人——"中年不信曼妙的故事"，当然，也不会再沉溺于"小海神"的童话里。小说最后一节题曰《致海神书》，即是宁伽写给海神的质询谴问之辞。在宁伽的心目中，海神的传说如幻如梦：

> 你居于仙山正中，浑身散发出灿灿荧光；有纤纤的佛手，处子的肌肤，闪闪的美目；你丰腴而慈悲，心胸如海洋，诱引海客，拥波为疆；你洗涤一头秀发时，大海就会荡起狂涛巨涌。你用一种至美吸附一切，毁灭和颠覆一切；直到这个世界的末日来临之前，你都会一直居住在那里。那儿是东方，是世界上最先领受光的地方。[1]

在经历了无数的险恶变诈之后，宁伽对海神也产生了怀疑，原本慈悲、俊美、无所不能的海神或已"杀死了心中的怜悯"，虽仍"美丽丰腴"、"美若天仙"，却变得"无声无息、无知无意，无心无肺"，对人间疾苦无动于衷，甚至有可能自顾自过着纵情享乐的神仙生活。然而宁伽却把海水看作了人间的眼泪，海神为了洗涤自己的秀发才掀起了汹涌的海涛，她不过是"奢侈地使用着天下最大的

---

[1] 《海客谈瀛洲》，第435—436页。

一汪苦咸"。所以宁伽指责海神的残忍、残酷，既然对她的希冀和幻想不能疗伤，不能求生，不能止血，那就把她忘却，将其弃绝。宁伽的这种心态也反映了他的精神嬗变，先前对海神的无条件信服出于一种未成年人的补偿心理，少年宁伽把海神当成了无所不能的精神寄托，中年宁伽则抛弃了这种幼稚的迷信，试图重新树立自我的力量。

【大神】

《荒原纪事》包含了一个神话叙事层次。"大神"相当于开天辟地的创世之神，他带领各路神将大战混沌七七四十九年，最终获胜。于是硝烟散尽，天地清朗，人们也就有了个错觉，以为是大神造出了天地。实际上，无论谁胜，天地都会自然显露。但是即便有人明白"天地本来就存在"这个道理，却不可道破，谁若说出，大神便会以"愚蠢"斥之。原来这个大神并非造出天地的创世者，而是贪天之功的胜利者。张炜的这个创纪神话从源头上消解了"大神"的绝对正义性——所谓"天经地义"或许原本就是一种误会。然而吊诡的是，这种"误会"却能化为既成事实，进入堂皇正史。大神也正是这样被神化：所有人都满怀崇敬，认为大神是这辈子所能遇到的最神圣的、天地间无可争辩的中心。"总之大神就是一切，大神的恩泽正让普天下所有的生命分享。大神的功劳与权威，更有旷百世而一遇的美德，无论现在还是将来，都是无法逾越的。"[①]可见"大神"之大不过是一种泛泛民意，一旦"所有人"一致认同了某种假象，就能把一具肉体凡胎塑造成神乎其神的金刚不坏之躯。

【乌埯王】

乌埯王是大神手下一员神将。他自小就住在一个大湖上，大半

---

① 《荒原纪事》，第95页。

时间都泡在水里，还养成一个恶习，就是要用水底淤泥抹在身上，而且要越黑越臭越好。看这习性，乌坶王的原身倒是有点儿像河马。这个形貌怪异、脾气偏横的家伙，为人霸道但从不怕死，在大战混沌时立过赫赫战功，还曾求过大神一命。他最大的毛病就是喜欢喝酒，常常酒后误事。尤其是一直坚称，天地原本就是存在的，绝不是大神领人重造的，把大神彻底得罪了。后来论功行赏，本就生在水里的乌坶王却只分到一块寸草不生的大漠。这极大的不公让他怀恨在心，便伺机报复，找到了大神的另一个死对头煞神老母。

【煞神老母】

煞神老母原是大神的至爱。年轻时她体态苗条，脸面白嫩，大嘴诱人，巨乳超群，习惯双手捧乳，爱用香草搽抹腋窝，这样的媚态和香气，迷倒了不少战将，最重要的是得到了大神的宠幸，成为最受垂爱的女人。但是混沌初开之后，大神身边的女人多了起来，她的地位大不如前。这让她难以容忍，便开始酗酒，吞食蛇蝎五毒，体内积累了浓烈的血毒。凡被她抓过或亲过的人，莫不深受毒害，大神的女人就这样毒死了大半。煞神老母也被贬出宫，永世不得回转。

尤其让煞神老母嫉恨的是，大神把她赶进了浓雾笼罩的荒山，却把一片如花似锦的平原赠给了"合欢仙子"。所以当乌坶王找到她时，双方一拍即合，订下了契约。乌坶王奉送美酒和酿酒师，她则分期分批把平原上的河流、沃土、大海、林子、百兽、花丛、草地，全部偷给乌坶王。事成之后，乌坶王还要把她接到新的领地，赐其"国母"之号。

煞神老母是一个恶贯满盈的大反派。所谓"煞神老母"，即"凶神恶煞"是也。煞在民间传说专指凶神恶鬼之类，如黑白双煞说的就是专门勾魂摄魄的黑白无常。在唐人张读《宣室志》记载中，煞是五尺多高、苍青色巨鸟样的怪物，飘忽不定，能够自行隐没。也有传说认为，人死若干天后，其魂魄重返故宅，会有煞随而从之，称煞回。煞乃凶死之人的魂魄，因没有资格返回祖地，故而化为煞作祟于人，所以当其煞回之日，便要想办法"避煞"或"赶煞"。煞实为鬼，又被称作"煞神"，却不属于是正统的神族，人们不欢迎他，又不敢得罪他，只好供以好吃好喝，用"接煞馄饨""接牌糕"之类讨其欢心，或者供奉泥塑、纸扎的煞神，以此禳灾祛祟。然而煞神老母却比一般的煞神可怕得多，她有满肚子坏水，使不尽的手段，最终把平原变成了寸草不生的荒漠。

【合欢仙子】

合欢仙子是大神的宠妃。合欢树为落叶乔木，羽状复叶，小叶对生，夜间成对相合，故俗称"夜合花"。古人以之赠人，谓能去嫌合好。合欢仙子之名，比之煞神老母，除了含有一点雅趣，还有交欢狎昵之意。这位仙子就像九尾狐幻化出的妲己，成天和大神奢靡纵欲，花天酒地。她得到了如花似玉的平原，却根本不管不问，煞神老母才会乘虚而入，窃取了她的"后花园"。

【山魈】

有一种产于非洲的猴科灵长类动物，体形粗壮，面孔如鬼魅，其名山魈，别名鬼狒狒。其实正宗"山魈"出自中国，本是传说中的一种山中精怪，又叫山鬼、山精。据说《山海经》记载的赣巨人、枭阳人即为山魈，其显著特征为"黑身有毛，反踵，见人则笑"（《山海经·海内南经》）。郭璞《山海经》注认为，赣巨人和枭阳人就是《尔雅》所说的狒狒（"狒狒如人，被发迅走，食人。"）"今交州、南康郡深山中皆有此物也，脚跟反向，健走，披发、好笑，雌者能作汁，洒中人即病。土俗呼为山都。"看来山魈与狒狒多少有些相似。蒲松龄《聊斋志异》中有一篇《山魈》，写到一书生在山中遇到"大鬼"："面似老瓜皮色，目光睒闪，绕室四顾，张巨口如盆，齿疏疏长三寸许，舌动喉鸣，呵喇之声，响连四壁。"可见山魈大抵是一种形象不佳的庞然大物。

张炜所写山魈基本保留了这种傻大黑粗的外部特征：整个形体如一只巨大的猩猩，浑身通黑，腹部和腋下长满黄毛，一嘴钢牙露出一半，周身脉管突突乱跳，尤其是下身的阳物大得惊人，简直像一条睡蟒。山魈是山中霸王，贬到荒山的煞神老母一眼就看中了这个"能吃、能日"的畜类玩意儿，把他当成了"多情郎君"、"泼皮英雄"。他俩贪吃五毒和阴阳果，色欲和杀性积得太盛，因此疯狂纵欲，荼毒生灵。山魈那根肿胀的阳物有点像豹子的尾巴，只要被它沾染过的地方，就难有活物，大树也会枯死。这个罪孽深重的怪物，竟让煞神老母怀上了崽儿，结果大山里又多出一个人形怪物。

【憨螈】

憨螈就是煞神老母产下的人形怪物，这家伙浑身披挂着绿色的黏液，带着一股无法抵挡的腥膻气。他出乎预料地疯长，一夜之间就长成介于父母之间的大个头，只是呆头呆脑，不太会说话。三个月后，憨螈发育成熟，煞神老母便开始执行复仇计划——她要利用憨螈把大平原一点点偷走。

从憨螈的名字看，好像跟蝾螈有点关系。《尔雅·释鱼》把蝾螈和蜥蜴作为同类，同属鱼部。蝾螈和蜥蜴相似，又称火蜥蜴，为有尾两栖动物，体表无鳞，靠皮肤吸收水分，体长一般十厘米左右。有一种中国大蝾螈身长可达一点五米以上，是世界上最大的两栖动物，主要生活在中国南部以及东北的低温山泉中或沼泽地带。湖南曾发现一只大蝾螈，身长一点八米，体重六十多公斤，是目前所知个头最大的蝾螈。人们常说的娃娃鱼（大鲵）也是蝾螈的近亲，二者体形相似，但稍有区别：蝾螈腹面为朱红色，有不规则黑斑，四肢较长，趾间无蹼，尾侧扁而长，行动较快，其皮肤腺体可分泌一种毒素，即河豚毒素。娃娃鱼腹面颜色浅淡，四肢较短，有微蹼，尾圆形，尾上下有鳍状物，行动迟缓，无毒。

繁殖能力极强、人形的"憨螈"不太像可当宠物饲养的小蝾螈，但是看他五毒俱全的样子，却有几分和中国大蝾螈相似。憨螈一路向北，藏身在平原的林子里，用"欢喜酒"引诱了无数女子，生下无数"小憨螈"。这些新生儿一色男孩，个个壮实，而且身材长得出奇地快，一般生日前就会走路，一岁左右就现出明显的性征，这些孩子一律叫做"悍娃"。

悍娃们长大了，四处急匆匆游走了，一个个脾气怪异，他们如果看到什么不顺眼的东西，抬手就砸。他们最愿意毁坏林子，好像要把密匝匝的树森尽快毁尽，以便从中找出自己的老祖宗似的。只不过三五年时间，那无边的大树就少了大半。村里的老房子，比如一些老辈传下来的家庙祠堂之类，也被他们砸得差不多了。老人们唉声叹气，忧心如焚却毫无办法。因为家家都护着自己的孩子，谁生谁疼。最主要的是害怕，都知道这帮悍娃发起火来，砸巴起老胳膊老腿来简直不在话下。不止一位老年人被他们发火时砸死了。有的老人可能与他们积怨太深，砸死了埋进土里，过了十几年还要被他们扒出来，噼噼啪啪再砸一顿，觉得解了气才算罢手。

时间久了，都知道林子里的那个大块头其实不仅不是妖怪，而且从辈分上看，渐渐就要变成了老祖宗。因为这个关系，后来人人只要一提起那个在林中不时发出吓人叹息的家伙，都要细声细气的，都要说"咱老祖"怎么怎么……日子再久，大家也知道了他的名字，说一句："咱老祖叫憨螈哪！"[1]

---

[1] 《荒原纪事》，第314页。

原来，憨螈只是隐秘的入侵者，表面上并未造成太大破坏，可是他却改变了平原的种性。大批"悍娃"既是平原的子孙，又是憨螈的后代，整个平原都是煞神老母嫡亲——她就这样偷偷更换了平原的血统。这还不算，憨螈造出无数的悍娃，还和无数野物杂交了无数的小憨螈。他们从模样上看更加怪异，有的像河马，有的像蟒，还有的像野猪和海象。这些大大小小的人儿拥有同一个父亲，也拥有同一个外祖母，他们身上携带着同样的恶：这边毁掉一棵树，乌姆王那边就能添上一棵树；这边毁掉一块田，那边也就多出一方土。

【蚂蚱神】

《荒原纪事》描述了蝗灾发生的情形：一群黑乎乎的东西在天上飞旋，像云彩一样时浓时淡——当它们落在一片绿地上时，不过是一小会儿时间，再次飞离时，地上便只剩下了光秃秃的泥土。这蝗灾正好被煞神老母看到，当她发现那些歹毒的东西竟是一个个小蚂蚱时，便想借蚂蚱之力，把大平原——合欢仙子的后花园——扫荡一空。于是她找到蚂蚱神，请它的大兵涤荡平原。蚂蚱神便联合了"白毛神"、"圭挠神"——也是专咬树叶和根茎的虫子——把平原上的庄稼草木一卷而空。"一个无风无雨的日子里，大约是到了半下午时分，西天里生出了一块黑云。这黑云绞拧翻滚，发出了若有若无的嗞嗞声，就像锅里煎出了什么东西似的。那云彩越滚越近，上下荡动，呼一下扑进了庄稼地里——待它瞬间飞离飘移之后，地上的绿色竟然全都没了。"接连三天，蝗虫大军都来浩劫一遍，凡所经过之处，都一片光秃，树木也都干枯死亡。煞神老母承诺给蚂蚱神修一座"金碧辉煌的蚂蚱庙"，但事成之后，却只修了一个三尺高、四尺宽的微型小庙。她的理由是，当初许愿没说多大，况且在蚂蚱眼里，这庙已经大得不得了，它们看什么东西都比人大！

蝗灾现在极少见了，从前却常有发生，不知张炜是否亲历过。不少作家曾写过蝗灾的恐怖，小小的蚂蚱一旦铺天盖地席卷而来，人类也显得渺小无措了。古人有"蝗鱼（虾）互化"之说，认为蝗虫为鱼卵所化，或说蝗虫入海化为鱼虾，将蚂蚱列入《释鱼》，大概与此有关。蚂蚱本来很胆小，喜欢独居，危害有限。但是当后腿某一部位受到触碰时，就会改变习性，转而喜欢群居，最终大量聚集、集体迁飞，形成骇人的蝗灾。蝗虫之所以能以小成大，靠的是巨大的繁殖力，这巨大的繁殖力放大了种群的力量，让区区小虫具备了无边的神力，竟使傲慢的人类甘拜下风，尊之为神，为之筑庙。莫言的小说《红蝗》也写过高密东北乡前后两次暴发大蝗灾，人们不得不集巨资修建蝗庙，拜蝗神。可见蝗神之可畏。张炜曾在圮碯岛见过的一个精致的蚂蚱庙，只有桌子那么高，他特意画下了庙的草图，记下了它的传说和功能。过去胶东一带常闹蝗灾，每到蝗灾要发生的季节，当地老百姓便会给蚂蚱神供奉香火，求其开恩眷顾。《荒原纪事》里的蚂蚱庙大概就源出于此。

【风婆子】

古代神话中专管打雷放电的雷公、电母，还有专管刮风下雨的风神、雨师。风神又称风伯、风师、飞廉，也有古籍说风伯即二十八宿中的箕星，所以风神也叫箕伯。《石氏星经》曰："箕，大星，一名风星，月宿之，必有大风。"郑玄注《周礼·大宗伯》："《春秋纬》云'月离于箕，风扬沙'，故知风师其也"。《西游记》里孙悟空跟妖怪斗法，就曾找"风婆婆、巽二郎"为帮他"放风"。《周易·说卦传》曰：巽为风。巽二郎即风神也。可见风神有男有女，和人的模样差不多。但是在传说中风神却有多种形象，或是人面鸟身，或是长毛有翼，或是鸟身鹿头（鸟头鹿身），总之是一长相怪异的神兽。唐宋以后，风神曾被视为女神，称"风姨"、"封姨"、"风后"，但通常还是以箕星作风伯之说为主流。

张炜小说里的风便是一种动物，它们会喘气，会打喷嚏，还会隐身，会缩骨法、收声敛气法。这种动物都是女的，最爱摇树玩、戏水玩，有时脾气十分暴躁，会把大树折断，把房子推倒，甚至还会扬沙起，翻江倒海。这些风都是女的，它们的"总头儿"便是风婆子——即所谓风神。

风婆子是煞神老母找到的又一个帮凶。她被五毒酒所蛊惑，三天两头就要大醉一次，只要醉了就要掀起飞沙走石，海滩上新长的苗木全都埋葬在沙丘之下，好生生的平原变成了寸草不生的大坟场。煞神老母就这样一步一步完成了她的复仇计划，把合欢仙子的后花园毁坏殆尽。

【龟娟】

出自《无边的游荡》(《你在高原》第十部)。龟娟是粟米岛上怪物精灵：她原本名叫娟子，因遭歹人强暴，落入海中，被一大龟所救，把她送到荒无人烟的粟米岛。娟子醒来后，发现身上生鳞，下体像鱼一样，还有鳍，变成了神通广大的"鱼人"，做了岛主。她有了超人的本事，可以像大鱼那样在海里出没，也可以像人一样在地上走路，可以一连几天不吃东西，有胃口时能吃下几十条鱼，且喜食活物，包括人，都是她口中的"鱼"。受过伤害的娟子成了食人生番，人们叫她"龟娟"。这吃人的龟娟却又面容姣美，是"狠与美都达到了极处的女妖"，竟有人打出了"龟娟之夜"为噱头，把粟米岛搞成了冒险刺激的旅游胜地。然所谓"龟娟之夜"，不过是吸引有钱人的色情场所，最后出场的"龟娟"是一美艳少妇，她拿出一副吃人架势，敲诈一笔钱财了事。这时的"龟娟"，分明是一俗物，"龟娟"的传说，大概正是一种营销策略。

【小爱物】

中篇小说《小爱物》，写了一个名叫"见风倒"的守园人跟一个长得很卡通的小妖怪（孩子们称之"小爱物"）发生的"爱情"。然而爱情却被恶人破坏，小爱物被囚入鸟笼，还惊动到了上级，要"一级一级往上送"。好在这时孩子们挺身而出，他们抢出了鸟笼，"小爱物"重获自由。这个长着翅膀的"小爱物"和马尔克斯的"巨翅老人"有如同类，它们以妖怪的模样来到人间，当然很难人见人爱，只会让人害怕、敌视，免不了要被遗弃、被剿杀。人类的自大和傲慢让"小爱物"无可遁逃。

第三部分

天命有归

第八章 《少年与海》:"齐东野语"不老书

一

好作家大概都有一颗赤子之心。不管他有多大年岁,无论写实还是虚构,总能在文字里涵养一脉真气,从而和读者相濡以沫,其作品才会流传久远,以至生生不息。这样,也才有了脍炙人口的经典。事实上,所谓经典未必是《芬尼根的守灵夜》那样玄奥艰涩的大部头,像《小毛驴和我》《小王子》这样的小书,也不见得就比《约翰·克里斯朵夫》《静静的顿河》之类的庞然大物差。所以很多大作家不仅有体量厚重的大手笔,也有简短轻逸的小文本。像列夫·托尔斯泰、马克·吐温、卡尔维诺、艾·巴·辛格,都写了大量童话作品。英国剧作家、诗人王尔德反而是由童话闻名于世。他们深味世间的炎凉,却有不泯的童心,不然怎能写出《哈克贝利·费恩历险记》《傻瓜城的故事》这样总也不老的书?

我喜欢一些具有童话气质的作家,他们像世事洞明、举重若轻的老顽童,他们能打也能闹,可以一本正经地谈玄论道,也可以忘乎所以地捣鬼惹祸,他们的作品就是一个生气勃勃的自由王国。我把博尔赫斯、圣-埃克苏佩里、塞林格、赫拉巴尔、马尔克斯等国外作家归于此类,当代国内作家,最可推重的,当数张炜。从早年的"芦青河"系列,《古船》《九月寓言》,到后来的《刺猬歌》《你在高原》，他的作品悉皆元气丰沛，充满雄浑勇猛的力量，虽深邃而不乏机敏，悲悯而不乏智趣。他没有板着脸搞严肃，反而将一些精灵古怪、滑稽好玩的元素点化其中，一个有某种怪癖的人物，一句挠人心窝的口头禅，一段旁逸斜出的闲笔余墨，看似无所用心，实则多有会意，就像放到虾塘里的黑鱼，让他的作品拥有了神奇的活力。假如《声音》中没有二兰子的吆喝（"大刀唻，小刀唻——"），《一潭清水》中没有鳝鱼一样的孩子"瓜魔"，《蘑菇七种》中没有那只丑陋的雄狗"宝物"，《芳心似火》中没有那些可爱的奇人异事，——显然，假如丢掉了无畏、天真的成分，这些作品定会索然寡味，了无生趣。事实上，自小长在"莽野林子"的张炜，似乎生就了对大自然、小生灵的"爱力"，那片林子和林中野物让他拥有了不变的童心、诗心，他的几乎所有作品，主要背景都是那样一个环境，他的童年记忆也常会不知不觉地映现于笔端，成为其文学世界的"一个部分、一个角落"。张炜说，从开始创作起，他一直写着自己的"小儿科"——以儿童为重心的文学创作。或这样写来仍不过瘾，为了"充分地表达童心"，"步入文学的核心地带"，除了在作品中零散流露"小儿科"的纯真情愫，张炜还把它做成了"了不起的大事业"——在完成长篇巨制《你在高原》之后，他又开辟了一个神秘玄妙的奇幻疆域，写出了野物众多、野气旺盛的系列"童话"：《半岛哈里哈气》五卷书。此书初版于 2011 年，写的是海滩林子里的各种野物和一群野性激扬的孩子（美少年、唱歌天才、长跑神童、调皮大王）——这些"哈里哈气的东西"，相互嬉闹，也相互亲昵，他们相似的"可爱的顽皮的模样"，足以带给我们"最大的安慰"。这样的"童话"显然不是通常意义的童书，它在叙事上采用第一人称的童年视角，使其具有了"童言无忌"的优势，所以，可以尽情地放松，甚至可以放肆地"哈里哈气"，它把天真当成了最勇敢的武器。这样的"童话"不只是写给孩子，也是写给大人：它以孩子的口吻重拾了成年人失落的激情、幻梦。《半岛哈里哈气》让我们看到以厚重著称的张炜亦不乏轻逸，他保藏的密码箱一经打开便神气飞扬。

二

《少年与海》是一部长篇儿童志异小说，单从题目即可想见，故事的背景和叙述主体仍是海边林子和沉迷其中的懵懂少年。与《半岛哈里哈气》有所不同的是，《少年与海》的主角并不是其中的"少年"，而是少年们见识到的各类灵异物种——有介于动物和人之间的美丽小妖、"闪化"成老婆婆的蘑菇精、擅讲礼数的"老狍子"、镶了铁牙与狼决战的兔子，还有长不大的小猪和千里迢迢回故乡的猫。作者并未像通常童话那样，让此等"非我族类"直接口吐人言或自陈行状，而是以莽野林子为故事源发地，以"铁匠铺"、"镶牙馆"、"老祖母"为前台或中间人，借由三个"少年知己"（我、虎头和小双）之口，讲述"我们"的所见所闻。正如作者前言所说："讲述这一类故事虽然多少有些冒险，但也只能如实道来。这些故事除了自己亲身经历的，再就是听来的，即所谓的'耳闻目睹'。"可见《少年与海》并非无根无凭的胡编滥造，至少它在叙事上采取了一种言之凿凿的仿真策略：第一人称复数"我们"比个别人的一面之词有说服力，再加上"我们"不单是故事的讲述者，且是故事的参与者和推动者，这种身入其境的亲历性更增加了叙事的可信度。你会看到，三个少年如同林中密探，假如没有他们的掺和，就不会发生如许精彩的海边奇谭。所以，《少年与海》首先是让人亲近的"真话"，它靠着"拙讷的讲述"把读者也拉进了"我们"的阵容，让你不由自主地与之同声共气，全然忘了这是一部荒诞无稽的"童话"。

一般说来，童话是不必讲究真实性的，若是过于较真，很多经典童话根本没办法自圆其说。所以童话通常都是煞有其事，不管你信不信，狼外婆能一口吞下小红帽，小红帽也能毫发无损地被猎人救出来。传统童话的讲述手法大抵如此，叙述者只负责讲好一个故事，不必为故事的真实性负责。这样的童话只要有情节、有寓意也就足矣，无须解释彼得·潘为什么会飞，又为什么可以停止长大。为了讲道理而不讲事理大概是儿童文学的基本法则，只要能把故事讲下去，再明显的 Bug 也无关紧要。之所以会这样，恐怕与儿童文学的叙述人有很大关系。儿童文学主要就是童话，所谓"童话"，其理想读者自然专指儿童，为了亲和儿童读者，作为成年人的写作者免不了要走低幼路线，这样做的结果不是苦口婆心地包装一些大道理，就是拿腔捏调地模仿小孩子（甚至模仿成了弱智），总之这"童话"就是大人用假嗓子讲出来的大话、假话。许多儿童文学作品都有这个通病，我们太想让小读者大受教益了，常把童话写成了貌似很营养的奶油制品。张炜深知儿童文学首要的标准应是文学，他没有刻意把童话写得"成人不宜"，而是老少咸宜——《少年与海》懂得尊重读者，它的出发点不是哄小孩子玩儿，也不是教小孩子乖、听话，而是任由三个海边少年自说自话，把"我们"遭遇的蹊跷事儿和盘托出，三个孩子信马由缰地有甚说甚，并不在乎讲出什么真理，也不急于寻出什么真相，只是好奇莽撞地揭出些常人难解的秘密罢了。这样的童话才最接近于"童言无忌"，能够让你毫无挂碍地被它的情势所带动，像掉到兔子洞的艾丽丝那样，打通与人类隔膜的另一重世界。在这个世界里，外号"见风倒"的傻货会和形貌怪异的"小爱物"两情相悦，看似可怕的"老妖婆"却是慈悲心肠，不知是人是怪的老狍子总是神秘莫测，不甘为奴的兔子会和狼族决一死战，小猪和小猫也能产生跨越族类的情感……，这个野性的世界无疑比文明的人类社会更多情，更有趣，也更值得信赖，藏在林中小屋的老婆婆、老狍子非但不必是害人的妖孽，反倒可以是人们的芳邻、知己。从这个角度看《少年与海》实质也是一本驱魔书，从成年人、城里人对待"小爱物"、"老狍子"、"球球"的态度和方式，你会发现真正的魔鬼并非藏在"黑乎乎的林子最深处"，而是藏在有些人黑乎乎的心里。所以《少年与海》能让我们换种心态看世界，让我们不至于时时设防处处树敌，如此，自然不会被自己的影子吓坏，也不会妄自尊大硬要充当万物的主宰了。相对传说中的"不二掌"、"狍子精"而言，人心险恶、人心无尽才是最可怖的，有谁能够"沌沌兮如婴儿之未孩"呢？《老子》有曰："含德之厚，比于赤子。毒虫不螫，猛兽不据，攫鸟不搏。"《新约》亦记有耶稣的话："你们若不回转，变成小孩子的样式，断不得进天国。所以凡自己谦卑像这小孩子的，他在天国里就是最大的。"可见东西方的先贤都对小孩子格外看重，他们所说的"含德"、"谦卑"，才是人世间最可宝贵的，真若心地无私，胸怀坦荡，也就不会畏首畏尾，怕这怕那了。假如我们没有那么多的世故，没有那么多的计较，没有那么多的敌意，或许也能在凶险的莽林丛中畅行无阻。这也是我从《少年与海》看到的大勇气。

三

读张炜童话，成年人或会想到"道法自然""返朴归真"，想到向小孩子学习、与"牛鬼蛇神"为伍，小孩子或会信以为真，真的跑到林子里寻找"小爱物"、蘑菇婆婆、兔王"老筋"……作者并没有讲究什么深邃的寓意，只是说了些关于爱情、亲情、友情的老话，讲了些做人的本分，但他确是做到了化巧于拙，平中见奇。诸如狐狸、兔子、猫、狗、怪物之类，不过是司空见惯的童话演员，却显出了耳目一新的样貌。比如：兔子通常代表软弱、温驯，张炜却为之镶上了锋利的铁牙，把它们塑造成了抵抗强暴的勇士；妖怪本来是面目可憎、凶狠残暴的，在这里非但"一点都不让人恐惧"，反倒是精灵可人的"小爱物";大黑熊当是和大土匪一样罪大恶极的大反派,却做出了"义举":它救下并收养了失去双亲的小女孩。张炜通过强化某些"反常"的东西颠覆了我们的思维定式,许多世俗的偏见、顽固的界限,都被他轻松打破,他以惊世骇俗的方式表达了对这个世界的善意和宽容。所以,他的童话如梦如幻,绵里藏针,哪怕将其看作《动物庄园》式的政治寓言,也不可否认它写得狂野,奇崛,好玩,有趣,既有英雄情怀,亦见顽童精神。这样的作品就像祖奶奶的老花镜,它能放大你的天真,也能聚焦你的童心,可以燃起熊熊烈火,也可映现沧海桑田。

张炜以其哈里哈气的"齐东野语",写出了明心见性的不老之书。

第九章 《独药师》：充满爱力和血气的立命之书

一

《独药师》是张炜的第二十部长篇小说，也是他成功施行中年变法，另立高标的重磅力作。"写作恐怕是这世上唯一越做越难做的行当"，[①]有位大写家曾这样抱怨。一个写作者若是不甘于像熟练技工那样重复自己，就必须敢与已然的自我为敌，敢于和既往的成就告别，如此，才有可能打破写作的惯性和定式，创造出形神卓殊的新品。张炜自1980年发表小说，迄今已出虚构作品上千万字，对他来说写作的难度系数更显巨大，要在十九部长篇之后写出迥然特出的第二十部，确是一场极需勇气和笔力的挑战。

张炜的小说概以严肃厚重著称，他也如肩着闸门的负重者，给人以沉实而冷峻的印象，这样的状态无疑凸显了一种风格，却也在无形中造成了阅读的斥力，那种细密繁复的作品往往让人望而却步，很容易吓退一部分注重时效的读者。从近年发表的《半岛哈里哈气》（2012）《少年与海》（2014）《寻找鱼王》（2015）等一批充满奇幻色彩的志异小说来看，张炜显然也在有意识地调整，行文结

---

① ［哥伦比亚］加西亚·马尔克斯：《我是如何走上创作道路的》，《我不是来演讲的》，李静译，南海出版公司，2012年，第8页。

构删繁就简，叙事姿态朴拙冲和，很有卡尔维诺所称道的"轻逸"之风，多了些贴近读者的亲和力，他的"变法"确乎大见成效。经此一番试练，终于修得正果——张炜的"半岛叙事／丛林秘史"又添了一部超然独骛的《独药师》。

二

《独药师》是一部题材新巧的奇异之书。它堂而皇之地涉入了为正统文学所撇弃的"旁门左道"，以实录的笔法叙写了一段取自野史轶事的炼丹修仙之事，尽管情节尽显荒诞不经，却被有档案员经历的作者佐证成了标有卷宗编号的神秘文稿，这个离奇的故事便也在第一人称的讲述下呈现出质直的面貌，让你觉得真的会有那样的神异史迹，会有那样一位身藏灵丹妙药的"独药师"。

"独药师"之名源自小说主人公季昨非——他生于海内最著名的养生世家，其祖上创制了据称可以长生不老的秘传独方，该秘方的唯一传承人即为"独药师"。单看这一点，就可能会被人当作无稽之谈，所谓长生不老，纯属痴人说梦，不过聊作谈资罢了。其实，在盛产神仙传说的山东半岛，长生术有着几千年传统，是近乎现实的存在，从徐福、丘处机至今，一直不乏养生修道的人。为此张炜用了二十多年时间进行实地查访，搜阅相关学术史料，据此写成了仙气氤氲的《独药师》。小说主人公季昨非是独药师的第六代传人，这个家族曾有三人的确活过了百岁，还有两位成功"仙化"，成了不朽的仙人。当然这只是美丽的传说，再有令人泄气的说法是：那两位先人都是因为女人跳崖身亡。更为难堪的是，独药师的第五代传人——季昨非的父亲季践，仅仅只活了七十四岁，这么短的寿命只能是让家族蒙羞的"早夭"。尽管如此，这位早夭的独药师仍旧执着地相信：人是不该死的，一个人出生了，便意味着永生。之所以他做得不好，是因为犯下了"不可补救的大错"[1]，假如一生都不犯错，永生便是水到渠成的事。所以他要把未竟的事业交给年轻的儿子，希望第六代独药师做好最值得做的一件事：养生。

关于养生《独药师》虚虚实实多有令人开眼之处，有躲过秦始皇焚书大火的古老秘籍，有神乎其神未知其详的秘制丹丸，有自称活了一百四十岁的民间高人，还有云里雾里又头头是道的持守修炼之法，甚至有人崇信每天五粒野兔屎代茶饮的长生异方。张炜用轻巧的笔墨为他的人物创立了"吐纳、餐饮、膳食、遥思"——也即"气息、目色、吃喝、意念"一整套言之凿凿的修持理论，还为他们设计还原了神秘的丹房、碉楼，由此解密了一个隐在的养生修仙群落，让我们看到了人间俗世中的异样生态。

总之这部小说的根基就建立在关于"独药师"的"说词"之上，张炜用这套说词推演叙事，并用这套说词自圆其说，把本属"齐东野语"的怪诞之事化成了不留破绽的事实，所以《独药师》看似取之于虚诞，却并不虚脱，它借助奇诡的想象和扎实的细节，创造了一个比常规世界更疏阔的文学奇境。

三

《独药师》是一部极写异人异事的志异之书。作家常要为底层、弱者代言，为被污损的人伸张正义，表现小人物、零余者、局外人的美丽心灵，大概这也是很多写作者遵奉的文学教义。然而文学的万千气象又不尽是凡人琐事，有时候更显神采的反而是旁枝斜逸的非常之人和非常之事。中国的文学传统向来不乏神话野史志怪传奇，让我们游目骋怀的往往是那些有别于庸才俗物的至人至物，是告别了冗赘生活的灵魂出窍和精神转世。这样的作品往往蕴含神

---

[1] 《独药师》，第16页。

性，指向永恒，自然具备了一种形而上的意味，为这匮乏的世界增添一些意外的生趣和辽远的念想。

《独药师》大体与普通人的平凡生活无关，它所涉及的人物除了未曾正面出场的神仙前辈、革命党大统领，主要就是独药师以及和他发生关联的一些非常之人——他们皆非通常意义上的凡夫俗子，不是温饱无着朝不保夕的蝼蚁小民，而是试图超越、改造、救疗或卫护社会现状（或人生限度）的养生家、革命者、医士／基督徒及官方统治者，他们不必受制于衣食之忧甚至性命之虞，故而可以打破生存的枷锁樊笼，寻求存在的根本命脉。所以"独药师"其人就像最为关键的药引子，这个几近于不食人间烟火的仙家嫡裔，因为异乎寻常的古怪身份，结交的也是些不落尘俗的古怪分子，形成了一个相对封闭的古怪圈子。《独药师》实际便是这个"朋友圈"的内幕故事，在外人看来他们的言行多少显得匪夷所思、惊世骇俗，对独药师、革命党们来说却是稀松平常的正经事儿，甚至可以夸饰为"经国之大业，不朽之盛事"——这些人为了得道成仙或革命成功，不惜舍弃一具臭皮囊，以求出离生死、改换乾坤。《独药师》的故事就是在这样的语境中从容展开，季昨非作为半岛和整个江北唯一的独药师传人，不光背负着沉重的使命和荣誉，更因独药师的神秘身份有了不同寻常的人生。他要面对而又纠葛不清的，既有虽霉变亦要秘守不舍的祖宗之法，有让人觊觎的独方丹丸、庞大家业，还有行为古怪道行高深的方士（邱琪芝）、固守教化理念的新学先生（王保鹤）、崇尚暴力斗争的革命党（徐竟）、皈依西方上帝的世间"至物"（陶文贝），以及阴险残忍的清廷酷吏（康永德父子）、腐朽虚浮的保皇党首领（康有为）……因此才会在养生秘术的狭促格局中生发出跌宕绵长的爱欲情仇，进而勾连皴染出了一百多年前社会大变局时期的历史纹理，让我们看到，不可调和的"养生"和"革命"竟然演练了精彩的对手戏。于是这部同时掺杂了"革命秘辛、养生指要、情史笔记"的异质文本，便在独药师的撮录下流露出浓烈的火药味、血腥味、草药味和温婉的爱欲气息，将读者带入了异象森然虚实相映的"另一个时世"。

季昨非是一个贾宝玉式的悖论性人物。他作为第六代独药帅唯一传人，继承了家族产业，为半岛首富；又继了独药师的使命，追求长生之道。他的毕生要务便是持家，守业，食丹，养生。而要最终修成正果，就必须做到"不犯错"，这个条件显然苛刻，更何况，他的父亲已经犯错在先，给他留下了交割不清的革命遗产，把季家财富变成了"革命的银庄"，那位没有血缘关系的兄长，则是抛家舍命的革命者，干脆把季家当成了革命的驿站。有此渊源牵扯，想要一辈子不犯错，怎么可能？加之季昨非十四岁时即由其父草草传授了所谓祖传秘方，持守功法，没等弄明白怎么回事，便成了茫然无措的孤儿，一个身心皆未成熟的懵懂少年，又怎么可能担当如许重任，怎么可能不犯错？所以我才把他看作贾宝玉式的人物，他坐拥偌大家业，却不通仕途经济，不晓人情世故，小小年纪就成了深居大宅的"季老爷"，跟他关系最密切的人，便是听其使唤的家丁女仆，这种大观园一样的生活环境自然把独药师养成了长不大的贾宝玉，让他始终难以成年，一直都处在没开窍的混沌状态中。然而正因他的未成年，不开窍，才为《独药师》注入了充沛的叙事活力。可以说，整部作品的起承转合便是循着"独药师"的"成年—开窍"完成；当然也可以说，小说的内在线索其实是一个"试错—犯错"的成长过程。主人公季昨非不断"犯错"，不断"开窍"，终于成长为走出大宅、追赶至爱的人。

——与此相应，季昨非的生命中出现了若干关键人物，这些人物影响了他的命运走向，也成为环环相扣的故事节点，带动着小说一步步走向最后最具冲击力的大结局。父亲季践是一个失败者的形象，他作为以养生为志业的独药师，却阴差阳错迷上了革命，还养出一个投身革命的养子，以至于荒废祖业，早早死去。他并未尽到授受养生真传的责任，相反，却让儿子亲眼目睹了养生家的悲剧。

这对季昨非来说相当于最早的生命启蒙，让他意识到死亡的荒谬。父亲的"早夭"无疑为年轻的独药师留下一个死局，这样的启蒙显然失败，它让季昨非一出场就背负了父亲的大限，落到了无所适从的尴尬境地。

师傅邱琪芝则在一定程度上替代了父亲的位置，这位一度被季家视为仇敌的民间奇人，不仅为季昨非完善了养生术（生命存在）的启蒙，还引导他完成了身体的成长。季昨非二十四岁那年，丑而粗暴的"鹦鹉嘴"强行夺去他的童贞，同时也唤醒了他的身体，激起了他的欲念，让他一度沉溺于"小白花胡同"无法自拔，和"酒窝"（哑女白菊）等一群风尘女子酗酒纵欲，过了一段昏天黑地放浪形骸的日子。"鹦鹉嘴"和"酒窝"都是邱琪芝着意安排的过场人物，她们解放了季昨非禁锢的肉体，为他完成了性（形而下）的启蒙。

接下来，女仆朱兰也和季昨非缱绻缠绵了一阵子，这位季老爷一度想要娶其为妻，但被果断拒绝。朱兰始终坚持二人的主仆关系，她只能依附于老爷，一辈子伺候老爷，否则便是僭越。所以，比季昨非年长五岁的朱兰类似于贾宝玉的贴身丫头袭人，朱兰自小照看季昨非，把少爷照看成了老爷，对这个自幼丧母的少年而言，朱兰几可等同于母亲的角色，季昨非从她身上得到的是母亲一般的宽忍、溺爱，同时又因她的下人身份，这种母爱中又夹杂着被动、无奈的成分。他们之间的复杂感情超越了肉体之爱，让季昨非迅速成人。从这一点看，朱兰相当于季昨非的情感启蒙者，她无法阻止自家老爷"犯错"，却把他引向了情感的正途。朱兰是一个分水岭，她让季昨非走向了成人世界。

还有王保鹤和徐竟。王保鹤堪称半岛新学之父，为了举办新学，开启民智，几乎耗空万贯家财，后来投身革命，属于革命党中的温和派。徐竟则是以暴抗暴的革命领袖，不断地发动起义，不断地炮制流血牺牲，最终被俘身亡。这两个革命党也是季昨非的启蒙者，前者不光是学业上的恩师，还在思想上影响了季家两代人，他希望用"不流血的办法"改良社会，这种革命方式和养生之道大体一致，且比执着于个人长生史显伟大，故深得季昨非信服，让他心存天下，深明大义。兄长徐竟是一果决的行动者，季昨非在他身上得到了行动上的启蒙，以至当其为爱焦灼时，竟采取了一种奋不顾身的"革命"攻势——他把爱情当成了"一场战斗"。

季昨非的"战斗"对象就是陶文贝，可是《独药师》的这位女主角根本不吃这一套，她对战斗反感至极，并不认可所谓的战斗。陶文贝是教会医院的女医助，她自小被洋人收养，在教堂长大，虽为华人之身，骨子里却是西化的，这样一个新派女子，自然和怀里揣着丹丸、追求长生不老的季老爷格格不入。尽管季昨非对她一见钟情，甚至为她豁出性命，对陶文贝来说，二人仍旧隔着巨大的鸿沟。然而正是这种不可能的结合，给小说留下了延宕悬疑的叙事空间，艰难曲折的"季陶之恋"亦成为整部作品中扣人心弦的一条副线。直至后来二人终于结为夫妻，陶文贝仍提出了苛刻的条件："婚后的大部分时间仍要分开居住，彼此单独过自己的生活。""她希望二人既要有共同的家，也要有个人的家。"[1]可见陶文贝对个人的独立要求之高。她信仰上帝，并受洗成了虔诚的信徒，但她并不反对独药师迷信独家丹丸，她让季老爷在潜移默化中学会了爱——如何爱一个人，如何爱这个世界。季昨非原本遵奉父教，把养生视为最值得做的事，但是在遇到陶文贝之后，却得出了与其父截然不同的结论："人在这样的世道其实还有一件值得好好去做的事情，就是爱。"[2]陶文贝算是爱的启蒙者，季昨非正是在她的影响下发生了心灵的觉醒，最终走出了几百年的老宅，走向了更广阔的天地。

需要特别留意师傅邱琪芝。这个最终承认活了一百一十多岁的养生家大概是《独药师》中最有意思的一个人，他认为"人生在

---

[1] 《独药师》，第 294 页。

[2] 《独药师》，第 164 页。

世，唯有养生"，养生是头等大事，其他都不重要，革命与养生更是水火不容，所以他所做的一切，都是为了"养生"，即便和季家本是死对头，他也可以和季昨非形同父子，将其教导成养生的同道。这样的养生高人，却被反革命的枪弹击中，终因拒绝西医而死。养生家用他荒谬的死亡给季昨非上了最后一堂生命课——人逢乱世，仅有丹丸远远不够。邱琪芝大概称得上季昨非的生命导师，让他最终明白，强大的肉体和强大的生命并不是一回事。

邱琪芝一生追求长生不老，活着只为延续生命，所谓不老，当然是最好能永远像孩童一样，他的基本状态就是一游戏人间的老顽童，直到死后"脸色还是像孩童那么细嫩"。和他相对应，季昨非总体上也是一个长不大的孩子：小说一开始，邱琪芝就叫他"孩子"，说他"多么孩子气"[1]；后来他在小白花胡同厮混，酒窝也把他当作"大孩儿"[2]；当他情绪低落时，又被朱兰当成"大病初愈的孩子"[3]；和陶文贝第一次见面，他觉得这位女医助"温柔得像对待一个孩子"[4]，他们最后分别时，陶文贝又说："你是多么怪的人啊，像个孩子。"[5]可见，作者也是在着意突出独药师孩童化的一面。邱琪芝、季昨非的孩童化当然符合其注重养生的实际，从外貌上看，他们要比常人长得"少相"，内心又比常人简单、透彻，所以尽管年过百岁，还能呈现出孩子的面目。对于以养生为唯一目标的人来说，孩童化即意味着养生有成，意味着长生，但是当季昨非看破了养生的不堪一击，若仍在身体和心智上过于孩童化，则意味着这个已届而立的"大孩儿"仍未成年，他空洞的生命恰缺少一个丰盈的灵魂。因此我们才会看到，当半岛再度陷于兵火，陶文贝用她的离去切断了季昨非的精神奶嘴，促使他走出贾宝玉的大观园，

---

① 《独药师》，第 125 页。

② 《独药师》，第 58 页。

③ 《独药师》，第 163 页。

④ 《独药师》，第 143 页。

⑤ 《独药师》，第 341 页。

这时的独药师才称得上独立的个人。陶文贝出生时只是重约两千克的"足月小样儿",却能在西方养父的抚育下充分生长,最终受洗入教,成了有信靠的人。她曾跟季昨非谈过信仰问题,但是他说不清养生算不算一种信仰,并自认为是一个"没有指望的人"。所以,陶文贝又类似于他的"精神教母",虽然陶文贝也希望他们能够志同道合,但并未强求季昨非遵奉她的信仰,只是用行动影响他不再"没有指望",找到活着的灵魂。陶文贝在某种程度上可作为现代精神的象征,她活着不单是谋求"岁月静好,现世安稳",还要认同普世价值,追求自我实现。她的生命是宽广而有向度的,她活得笃定而澄明。相比之下,独药师季昨非则显得孱弱而茫然,始终就像一个需要关照的孩子。甚至,还不如女仆朱兰有定力,她一心要做个持戒的居士;也不如师傅邱琪芝有耐心,他对养生抱着天真的幻想;亦不如兄长徐竟有胆气,他把个体生命交付给了江山社稷。总之,作为主人公、叙事者的独药师也是全书当中最贫乏最无能的一个人,假如不是遇到邱琪芝及至陶文贝这样一些各有异能的人,假如没有这样一个相互呼应的"朋友圈","独药师"最好的命运大概也就是一辈子都不犯错,靠他的丹丸颐养天年,活得够长久够长久……可是,那样的活法又有何益?

所以我才说,《独药师》貌似写了一个养生家的秘制人生,写了一群怪人的生死传奇,实质上,却是写"人"的养成,写"人"的觉醒和复生。独药师的生命本来混沌一片,经过一次次启蒙、开窍,终于得以重见自我,从一个童稚化的半岛孤儿,蜕变为顶天立地的独立的个人。

四

《独药师》还是一部能量充沛以小搏大的书。据悉,这部剑走偏锋的作品确有史实依据。小说里的麒麟医院实为 1902 年（清光绪二十八年）美国南方浸信会在黄城县（今龙口市）创建的怀麟医院，同时来华的第一位受过训练的女护士贝提顾（Jessie Ligen Pettigrew，1877-1962），大概就是陶文贝的原型。① 辛亥革命时期，同盟会的北方支部即设在烟台，下辖直隶、山西、陕西、山东等八省，为北方革命中心，小说里徐竟的原型即为同盟会北方主盟徐镜心，和宋教仁并称为"南宋北徐"，1914 年 4 月 14 日遭袁世凯杀害，遗骨葬于济南千佛山。据说这位革命巨子就曾撰写过养生专著。② 可见张炜的小说并非凭空捏造，而是从生活中来，具有深厚的现实基础。

虽然《独药师》所写徐竟、王保鹤、金水、顾先生等人的革命行动只是一条副线，但已足可展现当时山东半岛乃至北方地区的革命情势。尤其，小说在二十多万字的正文之外，另附有两万字的《管家手记》，这篇手记虽然很短，却以日志、纪要的方式编织了一张时间、史事交相呼应的宏观网络，原在正文出现的人物、事件都可以从中找到准确的坐标，一些模糊化的表述，也可以找到明晰的印证。所以，小说的正文与附录构成了强烈的互文关系，二十万字的正文是由具体细节演绎的私家秘史，两万字的附录虽然挂在管家名下，却使用了冷静客观的正史笔法，记载的是宏大历史时空中的要人要闻，前者如万吨巨轮，后者如汪洋大海，在《管家手记》的托举下，《独药师》的小说文本格局遽然敞开，为读者提供了多维的读解空间。据此，可以读出民族精神，可以读出革命风云，可以读出爱欲情仇，也可以读出人性的幽微和生命的无限神奇，更可读出文化的冲突与和解，以及世界的诗性优雅和万丈狂飙，总之这部书蕴含了充沛的能量，具备种种以小搏大的可能。

---

① 参见扬堂、福军：《怀麟医院》，《春秋》1997 年第 4 期。

② 参见张久深：《徐镜心传略》，《春秋》2011 年 2 期；另见张久深编著：《徐镜心》，济南，山东人民出版社，1991 年。

五

当然，除了题材之新奇，人物之异样，文本之独到，《独药师》更有其耐人寻味的内在肌理，张炜不仅写出了纷繁的时代气象，而且写出了弥散于时代背景中的鲜活气息。比如，人物的吃食、穿着，都有讲究，哑女的木槿花上衣，被褥上的芍药图案、茉莉花香，洗手间里曼陀罗的气味，旧樟木的气味，小公马的气味，医院里石炭酸液的气味，莫不调动读者感官，有如亲历。再如一再出现的菊芋花、洋蓟，看似闲笔，却可能藏着曲折的用意。还有格外引人注目的青桐，小说多次写到季昨非梦见高大的青桐，并把它和兄长徐竟联系在一起。他还梦到徐竟的起义要以桐花为号——因为满城灌满的花香能掩住血腥气。然而未等桐花开放，徐竟即遭杀害。待到桐花怒放、凋谢，半岛终告光复，然，革命尚未成功。小说不厌其烦地将桐花的浓烈香气和残酷的革命战事往复叠加，在冷冷的抒情笔调中透映出难以克制的悲壮色彩。倘若细加体会，总能在《独药师》不经意的文字间"遭遇至物"，这"至物"也许是人，也许是生鲜，也许是徒然草，也许是织巢鸟，是七步断肠散……至于具体如何，当由读者自去发现。总之《独药师》不光大处着眼，且小处落笔，这些看似微不足道的细枝末节，为小说增添了无尽的韵致。

庄子的《逍遥游》里提到过："《齐谐》者，志怪者也。"那只"水击三千里，抟扶摇而上者九万里"的大鹏，即见于此书。这部齐国的奇书虽然早已失传，但是齐人的志怪之风从未断绝，有所谓"齐东野语"，更有蒲松龄的《聊斋志异》，"齐谐"的流风余绪非止不灭，而且蔚为大观。生于山东半岛的张炜便是用齐人的妙笔，写出了尽现"齐谐"神髓的《独药师》。简而言之，可把它概括为：爱力与暴力的传奇变调，养生与革命的神奇交响，人性与神性的痛切呼应，异史与信史的绝美融合，堪称可以照亮灵魂的立命之书。这部长篇新著从地缘背景看仍属于半岛（登州）叙事／丛林秘史的范畴，但其表现手法和精神气度皆与以前的作品大不相类，它就像一座突然从海底冒出的仙山，奇崛险峻而又神秘迷人，值得我们寻之探之，赏之鉴之。继《你在高原》之后，张炜果然又以令人惊艳的极限飞跃，登上了新的高峰。

第十章 论《寻找鱼王》及张炜之精神源流

一

　　未有人类之前，就有了鱼的故事。《旧约·创世纪》说，上帝在第五天造鱼，第六天造人。中国也有类似的传说："天地初开，以一日作鸡，七日作人。"[①]虽没提及鱼，然而万物生灵总比人类老得多——我们确凿都是鱼的晚辈。所以，自创世以来，鱼滋养繁多，人类亦生养众多，古老的鱼让人嗜爱，又令人敬畏，因此便也有了形形色色的鱼故事，古今中外的典籍中就有了很多著名的鱼。《旧约·约拿书》中有一条代行上帝意志的大鱼，将坠入大海的约拿吞到腹中，约拿在鱼腹中祷告了三天三夜，终又重获新生。《山海经》记载了千奇百怪的鱼，有的很可怕，见则便会天下大旱或有兵火之灾，有的却很可爱，食之可治病解忧，可以去乏不睡，甚至还能让人刀枪不入，简直神乎其神。

　　更神的鱼出现在《庄子·逍遥游》中，这只叫做鲲的鱼大到"不知其几千里"，又化而为鹏，一个脊背就"不知其几千里"——更是大得离谱。庄子之鱼恐怕是文学史上最大的鱼了。如此壮观的想象力，只可能出自面朝大海之人，"井鱼不可以语海"（《庄子·秋

[①] 《太平御览》卷三十引《谈薮》注。转引自袁珂：中国神话传说，人民文学出版社1998年，第69页。

水》），所以有说庄子是齐国人不无道理。齐为海洋国家，"轻重鱼盐之利"、"徼山海之业"，产生非凡的大鱼亦不足为怪。实际上，据考古发掘显示，山东作为古东夷人的聚居地，早在石器时代就兴起了捕鱼业。淄博后李文化遗址出土了约八千年前的骨鱼镖。胶县三里河遗址出土了大量鱼骨，其中最大的棱鱼据推算长达八十厘米以上，重约十五六斤，属大型个体。此鱼游速极快，入网后常能跳出网外。还有生性凶猛的黑鲷、蓝点马鲛，如何能被当时的东夷人捕获，如今仍不得而知。[1]足可以想见山东鱼史之久远。

另据李白凤先生考证，山东半岛曾兴盛着一个以鱼为族徽的"大族"，其居地在大约在今曲阜一代。甲骨文中鲁国之"鲁"字从鱼从口，应读成"鱼方"，和别的国名的造字法一样，都是从其旧族名而加'口'（即邑字）的新字，所以"鲁"的本义当为"鱼族首邑"。伯禽封之鲁国便是依其古国名或古地名为其封国之名的。[2]鲁为鱼族旧地，或遗有尚鱼之风？孔子得子时，国君鲁昭公送来一条大鲤鱼，孔子备感荣耀，便给儿子取名鲤，字伯鱼。圣人且以得鱼为荣，可见鱼的尊崇。相传由孔子删订的《诗经》更是保留了大量鱼的意象，或象征富足繁盛，或隐喻求偶生殖，或借指珍美高贵，显有鱼崇拜的端倪。

随着历史发展，我们的鱼文化积淀愈深，未曾稍减。官家以鱼符、鱼袋、飞鱼服等作为官吏凭证或品级标识，民间年画、剪纸、瓷器、刺绣等常见"鲤鱼跳龙门"、"如鱼得水"、"连年有鱼"之类吉祥图案。至今，山东很多地方逢年过节仍有食鱼、送鱼的习俗，胶东蒸食鱼形大饽饽，鲁南逢闰年送面鱼，平度、昌邑逢清明、谷雨送鱼……原来，鱼一直和我们形影相随，东夷的"鱼族"并未消失。

《周易》卦辞曰："包有鱼，无咎"、"包无鱼，起凶"、"豚鱼，

---

[1]　参见逄振镐：《东夷文化研究》，齐鲁书社，2007年，第578页。

[2]　详见　李白凤：《东夷杂考》，河南大学出版社，2008年，第31—32页。

吉"。两千年过去，祖先的语义已不得其详，但鱼的乩示亘古长在。人和鱼的故事，到底是凶是吉，还要继续推演。

海明威的《老人与海》，阿斯塔菲耶夫的《鱼王》，梅尔维尔的《莫比·迪克》（《白鲸》）……都是很有名的鱼故事，可它们，都在九州之外。好在，盛产大鱼和鱼故事的齐鲁故地，总有扣人心弦的鱼传奇——

二

张炜生于登州海角——那个海天相连、人神交会的地方。作为造船业发达、渔业繁盛的莱夷故地，这里多出海上奇货和瀛洲怪谭，当然也出产生猛鲜活的鱼故事。张炜便是这样一个大有东莱子之风的故事高手。

张炜爱鱼。不曾见过哪个作家像他这样对鱼一往情深，写了那么多的鱼故事。大概从年轻时起，他就好作"爱鱼者说"：《一潭清水》中有个鱼一样的孩子"瓜魔"，《怀念黑潭中的黑鱼》《鱼的故事》中又有托梦于人的"黑鱼老者、小鱼姑娘"，《九月寓言》里的小村人被嘲讽为毒鱼"鲅鲅"，《外省书》的几个主要人物的外号也都是性状突出的鱼，后来的《刺猬歌》中不仅有罕见的黄鳞大扁、丑陋的淫鱼（呼喊的鱼），有伴着大鲛鱼嬉戏潜游的玩鲛者，还有人鱼唱和、鱼味十足的"鱼戏"……"鱼迷"张炜总有写不完的鱼故事，除了在众多作品中为鱼立传，以鱼明志，让种种鱼隐现于四十年多年的创作长流中，张炜还嫌不够过瘾，及至今日，果然又有了一部更为传奇的鱼故事——《寻找鱼王》。

尽管"传奇"——张炜却说：这部书可以说写了真实的故事。单从情节上看，《寻找鱼王》完全是朴素的写实，"我"经历的都是可能的现实，只是在梦里，才有一两次进入了幻化之境。所以，

《寻找鱼王》不像通常童话那样靠虚幻蒙人，它总体遵从现实主义的叙事法则，讲述了一个迷鱼痴鱼的孩子（"我"）为了学到捉大鱼的大本事，出门寻找"鱼王"——进而知鱼、悟鱼、认清真正"鱼王"，习得为人之道的故事。简言之，这是一部成长小说。按照成长小说的常规套路，既然"我"立志要当"鱼王"，那么"寻找鱼王"的过程必定千难万险、九死一生，最后的结果必定是"我"满血复活、功力非凡，成为了不起的"鱼王"。张炜却反其道而为之，他没有把"寻找鱼王"写成不屈不挠、百炼成钢的通关游戏，而是把"寻找鱼王"写成了"解构鱼王"——"我"的"鱼王梦"非但没有实现，反而越来越显轻佻，最后终被彻底抛弃："我"不再偏执于捉大鱼、做"鱼王"，而是丢掉了舍我其谁、唯我独尊的妄念，成了与鱼为邻、与鱼为善的惜鱼人、护鱼人。

一说到"成长"，往往被等同于"成功"，为人父母者尤尊此道。《寻找鱼王》结尾处，妈妈看到"我"的水性那么好，便认为"孩子成了"。所谓"成了"，当指学成了凫水的大本领，这无疑意味着巨大的"成功"——看来儿子的"鱼王"之志就要"成了"。然而做家长的并不知道，身体长高了是成长，本事见长了是成长，除此之外，还有精神的成长，是心性、情怀的养成。比起某些抢眼的强势的成功，那内在的自醒的成长不是更重要？然而一些貌似励志、感人的成长小说——比如《平凡的世界》和《狼图腾》——不过是庸俗的"成功小说"，它们鼓吹的人生哲学无非是成王败寇、狼者无敌，跟自我人性的完善、独立人格的发展风马牛不相及，非止无涉"成长"，反是一种溃退，这样的"成功小说"无异于煌煌的"青堂瓦舍"，看似光彩华丽，其实一钱不值。假如张炜也让"我"成了举世无双的"鱼王"，成功地住进了青堂瓦舍，这部小说必然失败——这世界并不缺少战天斗地的硬汉故事，不缺少催人奋进的励志故事，唯缺少一种万物生长、各从其类的生态伦理。《寻找鱼王》恰恰打破了那种"可以被毁灭，但不能被打败"的成功模式，让我们看到了更广阔的生命向度。

三

——不免想到另一个著名的鱼故事《老人与海》。"一个人可以被毁灭，但不能被打败。"这话正是老人的名言，他打败了人鱼，成了文学形象中最骄傲的硬汉。其实张炜在短篇小说《黑鲨洋》中（1984）就曾写过一个拼命捉大鱼的青年曹莽，尽管他被大鱼咬伤了，但虽败犹荣，成了老船长眼里的"硬汉"。对当时的作者来说，"失败"显然也是一种成长。他说："我年轻极了……我还有很多时间可以成长，可以往前赶路。"① 所以他需要不服输的硬汉精神，他把人和大鱼、大海的关系写成了斗争关系。《黑鲨洋》时期的张炜血气方刚，崇尚勇力，大概还拥有一颗"战必胜攻必取"的强者之心。就像那个想当鱼王的孩子一样，张炜确也曾金刚怒目，以剑拔弩张的姿态写出了他的思索和愤怒。

这一阶段一闪而过，张炜很快就越过了写作的青春季，跃入了大显身手的成熟期，就像小说里的两位"鱼王"师傅那样，一出手就能抓到大鱼：他一出手就是《古船》（1986），再一出手又是《九月寓言》（1992），其间还开始了长河体长篇小说《你在高原》（1988）的写作。又先后发表了《羞涩与温柔》《融入野地》《夜思》《绿色遥思》《我跋涉的莽野》等阐发大地诗情、人文诉求的散文作品，他也成为引发"人文精神大讨论"的主角之一。这一时期的张炜对"自然界的大小生命"、人类的现代性生存有了更为清醒的思

---

① 本章引述张炜言论分别出自《游走：从少年到青年》（广西师范大学出版社，2012年版）、《寻找鱼王》（明天出版社 2015 年版）、《描画的日子》（明天出版社，2014年版）、《芳心似火》（作家出版社，2009 年版）、《行者的迷宫》（东方出版社，2013 年版）等作品，以下不再一一注明。

考，他不再刻意雕琢海明威式的硬汉，而是相信"最终还有一种矫正人心的更为深远的力量"——"向善的力量"。他说："人类不可能用沾满鲜血的双手去摘取宇宙间完美的果子。"所以他开始超越"人类中心主义"的思维定式，写出了若干具有警示意义的鱼故事。《怀念黑潭中的黑鱼》《鱼的故事》即是以痴人说梦的方式亦真亦幻地表达了张炜的生命观和自然观。在他笔下，处在食物链顶端、拥有毁灭性手段的人类并非理所应当地就是万物的灵长、世界的主宰，如果人类的贪婪、狂暴越过了"小鱼姑娘"给出的红线，弱势的鱼儿也可能鱼死网破，让你吃不了兜着走。那对老夫妻、海上老大要不是太贪心，又怎会死于非命？

张炜自称"胆怯的勇士"，"我将站在失败者一边"，所以，他充当了梦鱼知鱼的"鱼灵通"，他像那个预知大难的孩子带来了鱼族的凶信，可惜人们往往把它听成了梦话。或是为了表明鱼儿也不是好惹的，张炜又把他的鱼故事讲得很可怕：老夫妻背叛了黑鱼，黑鱼便让他们"不得好报"。鱼的报复有因，人的报应为果，不作死不会死，谁死谁活该！这时的张炜似乎滑向了另一个极端，原本弱小的鱼变成了不好欺负的硬汉，它们与人仍是一种对立斗争的紧张关系。人与鱼斗，鱼成英雄。阿斯塔菲耶夫的《鱼王》就是这样一个鱼故事。偷鱼贼伊格纳齐依奇用卑劣手段钩到一条大鳇鱼，孰料这被缚的鱼王辗转翻腾，反将捕鱼人拖入绝境，经过长久的僵持、相互折磨，鱼王脱钩而去，捕鱼人也大有所悟，重获新生。还有梅尔维尔的《莫比·迪克》（《白鲸》），硕大无朋的抹香鲸莫比·迪克干脆就是小说的一号主角，它和死对头亚哈船长不仅对抗武力，更斗智斗勇，最后终将捕鲸船撞得粉碎，除一人侥幸逃生，其他人全都葬身海底。阿斯塔菲耶夫和梅尔维尔把大鱼（鲸）写得勇猛无比，气度非凡，确是令人敬畏：谁说"人是万物的尺度"？在莫比·迪克眼里，人类岂非下作可怜的鼠辈？所以，大鱼可畏，足当敬之。张炜的《怀念黑潭中的黑鱼》《鱼的故事》虽然没写大鱼，但那黑鱼、小美人鱼却比莫比·迪克更显莫测，它们不用直接对抗，就将恶人置于死地。这类鱼故事似乎代言了鱼族的愤怒："我不好过，你也别活！"你恶——我比你还恶！以恶抗恶的结果，只能是恶性循环。人类和鱼类的恩怨，用一报还一报的方式永难解决。张炜的鱼故事，仍当继续。

四

——于是，有了《寻找鱼王》。张炜终于讲出了一个近乎圆满的鱼故事。在这里，虽也讲到了大嘴鱼、大鳜鱼，两位老鱼王也都因之丧命，但他们并非死于大鱼的攻击或报复，而是死于各自的大贪心：他们太想当"大山里独一份儿的'鱼王'"，太想逮更大的鱼献给"老族长"。结果，最会捉鱼的"鱼王"反倒死在了捉鱼上。对此，两位"鱼王"的传人——"我"的两位师傅——对父辈的遭遇深有省觉。他们知道，所谓"鱼王"，不光是鱼的灾星，是亲人的祸祟，更是自我的魔怔，"做那样一个鱼王不会有好下场"。正因亲历"鱼王"之不幸，饱受"鱼王"之牵累，认识到"鱼王"也可能变成"鱼魔"，他们才终结了各自的"鱼王"生涯，一辈子隐居深山，过一种自在自为的日子。就像放弃了王位的人不在乎王冠，退隐的鱼王也不热心捉鱼。他们不贪大鱼，也不贪多，"想吃才逮一条"，而且"出手只能一次，不成就走人"。他们对鱼满是怜爱，不做鱼的王者，只做鱼的乡亲，只与鱼同住一座山，共饮一汪水。

这样的鱼王当然不为"我"理解，这样的师傅当然也不会把"我"教成鱼王，所以在"我"和两位师傅之间，一开始就是矛盾的："我"是学做鱼王的，师傅却是拒做鱼王的，道不同不相为谋，如此师徒可能长久？——"我"的"鱼王梦"做不下去了，故事讲到这儿似乎就要卡住。讲故事的人却不急不躁，还是让"我"留在师傅身边，听他们絮叨陈年旧事，看他们偶尔出手抓鱼，两位师傅的手艺让"我"大为叹服，他们的说法、做法却又让"我"失望和不解："我"不明白做鱼王有什么错，因为"'鱼王'是最了不起的人啊，山里人个个崇敬'鱼王'，这是从来如此的。"尽管如此，师傅并未硬生生地修正"我"的"鱼王观"，而是任由"我"自己去找，"一点点找到一些、放下一些，最后留下的，才是有用的真本事。""师傅领进门，修行在个人"，"我"果然有了些捉鱼、潜水的"真本事"。可是，头个师傅所说的"放下"仍然玄奥，"我"内心深处那种"从来如此"的想法还很顽固。直到后来，第二个师傅带"我"发现了那条"无比大的鱼"，《寻找鱼王》的幕后主角乍然露面，那一刻"我"才明白：藏身于水洞深处的大鱼才是真正的"鱼王"，鱼王为大山看护"水根"，师傅则在山里看护鱼王。至此，两位师傅才算完成了对"我"的成长启蒙：前者让"我"发现了自我，树立了自信，后者让"我"走出了自我，发现了身外的大宇宙，找到了自己的责任。由此我们看到，《寻找鱼王》实质是一个寻找自我的故事，从"我要做鱼王"到"做好我自己"，小说主人公终于长大——"成了"。

张炜就这样讲成了一个人鱼兼爱的好故事。从《一潭清水》到《寻找鱼王》，"瓜魔"找到了水根，小鱼儿找到了鱼王，人类和鱼类的故事，完全可以如张炜所愿："自然界的大小生命一起参与弹拨一只琴，妙不可言。"

五

我注意到，《寻找鱼王》有个简短的"楔子"，作者交代，这本书讲的是八十多年前的故事。据此推算，讲故事的老人也得九十岁了。当然，这只是作者的一种虚设。实际上，去掉这个楔子，对小说内容丝毫无损。那么张炜为什么要这样开头，又为什么要让讲述人这么老？在我看来，这个楔子一方面让故事本身获得了时间的质证，小说里有句话："长辈人牵手走三里，自己走七里。一辈子十里。"可是《寻找鱼王》正文讲的只是前面"三里"，后面"七里"如何，只有"过来人"自己知道。所以，九十岁是一个很有意思的年龄设置，张炜仅用一个小楔子就巧妙地涵盖了讲述人的"一辈子"。同时，也说明前"三里"对后"七里"何等重要，是"我"一生中最宝贵的经历。另一方面，这样一种玄远的叙事姿态也让作者更加超脱，可以用九十岁的心无挂碍照映九岁的颠倒梦想。故而也使小说有了一种白首谈玄的意味，试想一耄耋老者，以枯涩的嗓音，讲述自己的少年时光，该是多么的美好啊。

读小说时，常会想及作者本人。我想，九十岁的张炜大概也会这样，一派天真地讲述小时候的故事。《寻找鱼王》不过是一份提前的讲稿。马尔克斯说过："优秀的小说是现实的诗意再现。""小说是用密码写就的现实，是对世界的一种揣度。"①《寻找鱼王》大概也含藏了张炜自己的密码，是他本人会心会意的一种现实。他说："这本书篇幅并不大，但却是我的重要作品。在一篇文字中交付这么多切实的记忆和情感，对我来说并不容易。"的确，张炜吐露了太多的真实，他在这里重温自己的童年，与众多熟人亲故重逢，同时把半生经历化为鱼的传奇，浓缩到对"鱼王"的述说中。

张炜多次谈到，他的童年就是在登州海角的莽林中度过的，当时父亲不在身边，他跟在外祖母身边，常跑到林子里、海边、河边游荡，除了见些猎人、打渔的、流浪汉、采药采蘑菇的、地质队员，接触最多的就是动物和植物，养过狗和猫，还养过刺猬、野兔、青蛙和无数的鸟。张炜说，作家天生就是一些与大自然保持紧密联系的人，他对大自然的"一腔柔情和自由情怀"正是那时培养起来的。十七岁时，因生活所迫，张炜曾一个人到南部山区流

---

① 马尔克斯：《番石榴飘香》，海南出版公司，2015 年，第 41 页。

浪，后来又多次到那里游走，翻了很多大山，结交了形形色色的文友，见识了各种各样的奇人异事。这些经历无疑为《寻找鱼王》提供了方便的背景，小说里一再出现的"南边那片蓝色雾幔"，就是作者当年在南部山区看到的真实景象——张炜在散文中这样写过："南部山区看上去只是深蓝的一溜影子。"至于他遇到的那些独居的看山人、铺佬、汉汉隐士——比如老李花鱼儿、老酒肴、蓝眼老人……应该就是两位"鱼王"师傅的原型了。"老李花鱼儿"就是这样的怪人，他常年独居山上，有自己凿的小石头房子，自己开垦的土地，自己酿造的酒，还有养肥的各种野物。这老头儿跟"我"在山里找到的第一个"鱼王"师傅多像啊！还有作者的外祖母，大概是第二个"鱼王"师傅的原型吧。据张炜回忆，小时候他挥着一把生锈的宝剑，嘴里大喊着"杀！"追杀了狐狸、癞蛤蟆、蛇、蜥蜴、花蜘蛛等几十种狡猾、丑陋的"坏动物"，"它们都在'杀'字中浑身发抖，或立刻毙命，或落荒而逃。"然而外祖母知道后，脸却阴沉下来，她告诉不要伤害任何动物，也不要说一个"杀"字。因为"坏动物"也有它们自己的日子。它们像人一样，只有一次生命——它们只活一次。外祖母才真是众生平等，她破除了张炜的"人类中心主义"，给了他一颗慈悲之心。小说里两位"鱼王"师傅捉鱼都讲究"出手只能一次"，而且不捕杀没有长大的小鱼，更不用下作的手段抓鱼。有一次"我"捉了一只巴掌大的老蛤蜊，又被师傅放回了水里。这位"鱼王"老太分明有作者外祖母的影子，她们一样有一颗宽柔的心。

有趣的是，张炜还真有过多次的"拜师"经历。"因为从很早起就向往写作，并且听信了一个说法，说是干任何事情要想成功就必须寻一个好老师。"那时他多少把文学写作当成了一门"手艺"，为了快些摸到入门的路径，就极想找一个"文学师傅"。只要听说哪里有老师，就赶紧跑过去，以便在适当的时机提出拜师的请求。初中读书时，他听说有个很大的作家住在南部山区的一个洞里，便骑了一天自行车，兴冲冲地赶去"拜师"。这位老师一个人住在山里小村，算是张炜的第一位文学师傅。他先强调了两个问题，让远道而来的"徒弟"如获至宝，回去后便努力实践起来。不幸的是，没等再次见面，老师便突发中风去世了。"南山寻师——痴心学艺——师傅病殁。"这段经历当是《寻找鱼王》的直接来源，张炜的第一位"文学师傅"和"我"的第一位"鱼王"师傅何其相似。只是张炜的拜师故事比《寻找鱼王》更加曲折，尽管他从十几岁到二十几岁不断地到处游走，不断地交往文学朋友和寻找老师，见过邻近村子的业余作家，见过城里来的"真正的作家"，也见过某大出版社来的"百年不遇的人物"，但是直到上大学前，他也没拜上一位真正的文学师傅。值得一提的倒是一个"真正厉害的'写家'"，这人住在大山另一面，张炜听说后便背上吃的喝的翻山去找他。"原来这是一个快八十岁的老人，白发白须，不太愿意说话。"老人写了一部自传体"三部曲"，其中写了他当学徒时，东家的女儿看上了他，他至死不从，以至于半夜逃离……这个老人的容貌言行，以及逃避东家女儿的爱情，亦与《寻找鱼王》里的人物情节几近贴合，写到"鱼王"老头子的倔脾气时，张炜是不是想到了那个不爱说话的老"写家"？

当然，《寻找鱼王》最核心的人物原型该是作者本人，那个爱鱼的孩子不正是张炜自己？且不说他把少时的"寻师记"转化成了"寻找鱼王"，把"写作"改换成了"捉鱼"——只说"捉鱼"这档子事儿，更是其来有自，张炜本来就是个"鱼迷"嘛！对于捉鱼，张炜最有心得，1985年就写过一篇《捉鱼的一些古怪方法》，饶有兴味地讲解了不用网具徒手抓鱼的六字真经，其中最古怪、最费解的方法是"掏鱼"，这个方法是"我们"——包括张炜在内的一群孩子"发明"的。在《旧时景物》中又说，他小时候还"发明"了一个崭新的捉鱼方法："把柳条篓子对在水草上，然后像梳头发那样，用手指梳理两下水草，猛地一提篓子……水从篓子缝隙哗哗筛掉，剩下的就是活蹦乱跳的几条鱼。"捉鱼是孩子们的游戏，"有趣"而已，并不像大人那样以烹而食之为目的。所以张炜为鱼感慨："如果我是一条鱼，那我希望败在纯真儿童们的手里。"这些捉鱼的本领在《寻找鱼王》里派上了用场，作者对鱼的爱与怜惜也在小说里表露无余。

当年捉鱼只当趣事，写进小说则成了文学的酵母。为何捉鱼？捉什么鱼？怎样捉鱼？捉鱼给谁？——答来竟都有了玄机。若此，鱼成了象征物，捉鱼也成了一种行为艺术。我想，张炜写作《寻找鱼王》时，定也想到了那个"恨不得一口吃成一个胖子"的孩子，这个想要赶快进步、早日成为"大写家"的文学少年，也和那个想捉大鱼、当鱼王的鱼迷少年一样，一开始并不明白"赤手空拳逮大鱼"意味着啥，大概也闹不清为何写、写什么、怎样写、写给谁……所以，在现实生活中，有人为写作损失了老婆，有人写出了一人高的稿纸，有人病着穷着写着，还有人为痛打自己的人痛写爱情诗……这些"写家"也如同捉鱼的人，有的只会捉小鱼，有的成了大鱼贩子，还有的混上了"鱼王"的帽子……而张炜——这个爱好捉鱼、投师无门的文学野人，曾被一个有来头的人物预言："有才。不过真要成熟，还要十年。"这句话，是不是"长辈领三里，自己走七里"的原始出处？反正，尽管寻师不成，张炜还是一点一点地找到了属于自己的真本事。

——1980年，张炜发表了第一篇小说，紧接着又发表了《芦青河边》《声音》《一潭清水》等大批让人耳目一新的作品，他像"瓜魔"小子那样无师自通，虽然"两手空空"，却能捉得大鱼，而且"百发百中的！"——1986年，《古船》问世，这一年，差不多正好是那位大人物预期的"十年"，张炜果然"成熟"，修成了正果。

其后迄今三十年间，张炜如同炉火纯青的"鱼王"，不断携来令人惊诧的"大鱼"：《九月寓言》《柏慧》《外省书》《丑行或浪漫》《刺猬歌》等等悉皆风生水起，正大仙容。至2010年，张炜又让我们领略了"一条无比大的鱼"——《你在高原》十部书。正如《寻找鱼王》里出神入化石破天惊的"鱼中之王",《你在高原》也像不世出的"鱼王",给人以横空出世的感觉,岂不知张炜已经默默涵养看护了它几十年。有真本事的鱼王能够"赤手空拳逮大鱼",可是作家再有真本事也做不成妙手空空,他必须有自己的一潭清水,必须有自己的鱼。假如张炜不知"水根"之所在,不知文学命脉之所在,假如他没有鲜活的生命体验,没有对鱼的一片痴情,也不可能走出芦青河,更不可能护得住那聚天地之灵气的"大鱼"。①

六

　　由捉鱼思及写作,由鱼王思及张炜,这一思路虽不算太偏颇,却有索引穿凿之嫌,或也窄化了《寻找鱼王》的蕴涵,在此不妨宕开一笔,再谈作品的鱼王之"道"。我们知道,《你在高原》之后,张炜的写作也进入了一个调整期。他出人意料地转向了文学的"小儿科",写上了"儿童文学",接连出版了两部充满奇幻色彩的长篇小说,即《半岛哈里哈气》和《少年与海》。张炜借用孩子的口吻,以童言无忌的方式营造了一个野物众多、野气旺盛的野性世界。我认为这一时期的创作转型当是张炜的"中年变法",他以一颗有"爱力"的童心开辟了一片更有生命力的文学疆域。博尔赫斯就曾说过:"一切伟大的文学最终都将变成儿童文学。"①所以他很希望随着岁月的流逝,自己的作品也将为孩子们所阅读。在我看来,张炜就不乏天真质朴的童话气息,他的创作一向具有那种伟大的品质。像早先的《一潭清水》《蘑菇七种》《鱼的故事》《怀念黑潭里的黑鱼》等作品,便种下了儿童文学的慧根,完全可以让孩子

---

① 〔美〕威利斯·巴恩斯通编:《博尔赫斯谈话录》,西川译,广西师范大学出版社,2014年,第236页。

们阅读。而《寻找鱼王》则是整合了张炜最宝贵的人生经验和"真本事"的集大成之作，它化繁就简，举重若轻，无论其想法还是写法，都做到了自然天成，足以让我们读之欢喜而心动。

某种意义上，《寻找鱼王》就是张炜的生命诗学和精神自传，是他中年之际写给自己的一首沧浪之歌。张炜知鱼知己，才会视鱼如己，鱼我两忘，写出其乐融融的鱼故事。假如他听到庄子说："儵鱼出游从容，是鱼之乐也。"断不会像惠子那样无趣地反问："子非鱼，安知鱼之乐？"那么，张炜知鱼，汝知之否？究竟什么才是"鱼王"？什么才是真正的"鱼王"？对此张炜本人也未正面回答，他说："这需要每个人自己去好好琢磨。"且让我们放纵想象，对张炜之鱼作点不着边际的猜度。从小说结尾"我"和"鱼王"老太的对话看，"我"最后看到的庞然大物便是传说中的鱼王——真正的鱼中之王。读者大都会认为这便是最终的点题——原来"鱼王"不是人之大者，而是鱼之大者，所以我们人类不要自大，而是要向大鱼致敬，与大自然生死与共，云云。这或可视作《寻找大鱼》的生态主义读法。

还有一种神秘主义的玄学化读法：小说文本虽然借"我"之口确定"它"就是传说中的鱼王，但是目击人"我"自始至终没看到"它"的真面目。第一次，我看到"一个很大的黑影，像小船一样"。第二次，"我看不清楚……它挨近了时，让我觉得就像是一道压过来的石壁。"即便是靠近了，也不能肯定"它"是什么，"只觉得是一条无比大的鱼"——所谓"鱼王"却是一种假设。在"我"的描述中，则反复强调：那是一个"巨大的黑影"、如同"黑色的石壁"。黑影，黑色，模模糊糊才是"我"的直观印象。是压根就看不清，还是根本无甚可看？这个黑影一开始是被师傅否认为大鱼的，第二次才顺应了"我"的猜测，说它是大山里的"鱼王"。可见这鱼王十分蹊跷。莫非，这蹊跷的黑影竟是一个没有五官没有身段的大怪物？所以，该鱼王最终还是悬疑。照我看，这巨大黑影，如同巨大谜团，倒像是传说中七窍皆无的"浑沌"。没有七窍时，浑沌活得很好，凿出七窍后，它却一命呜呼了。《庄子·应帝王》就讲过这个故事，《寻找鱼王》结尾的黑影，有可能就是莫可名状的浑沌啊！把张炜的"鱼王"琢磨成庄子的"浑沌"，肯定会让人发笑，但我觉得，这样的胡思乱想才好玩，这才是儿童文学的魅力所在。想必张炜也不会反对我的"浑沌说"——《寻找鱼王》幕后的王者或正是那无知无识的"浑沌氏"。"浑沌"也者，谁都知道是传说，不足为信。不过，像"太岁"之类的不明生物、各种神秘的水怪，甚至还有无法破解的暗物质、暗能量，却可能真的存在世间，或许，它们就是某种形式的"浑沌"吧。

浑沌作为老庄哲学的"中央之帝"，象征着"绝圣弃智、超然物外"的道家精神，《寻找鱼王》以"浑沌氏"的出场收笔，张炜的生命哲学即得以诗意呈现，那神奇的声音"震动月夜"，我们的心也不禁为之一震：张炜的鱼故事终于化解了鱼的形役，找得了自由的灵魂。

张炜尝言："当今消费主义和物质主义，会使这个'立功不立义'的世界变得更加振振有词，而后变得更加无可匹敌。"他对"立功不立义"的丛林法则、厚黑学，一直持坚定的批判态度。所以他反对那种"冰冷的实用主义"，认为商鞅、李斯、秦王嬴政施行的"强国之道"不过是民不聊生、伦理丧尽的祸国之道。——他批判的实质是"法家"的残酷之道。中国自汉代就遵行孔孟之道，谭嗣同却说："中国两千年之政，秦政也。"所谓"秦政"，便是法家的专制统治术。所以学界有个说法，认为中国文化的本质是"外儒内法"——假儒家之名行法家之恶。法家学说主张性恶论、权力中心主义，把人伦关系认定为即便至亲也不可信的紧张关系，把人间世论定为社会达尔文主义式的权力竞争场，"于是便有了爹亲娘亲不如领袖亲的价值观，以及为大一统的法、术、势可以六亲不认的法吏人格。"① 大约四十年前，中国曾有过一场"评法批儒"运动，商鞅的幽灵似乎带来"一种现代的严厉"，让张炜不寒而栗，也让他意识到"冰冷的实用主义"有多么残酷。所以我们看到，《寻找鱼王》中那两位死于非命的老鱼王，其实是被好勇斗狠的"法吏人格"害死的。君权专制时代，臣子百姓要么是"学成文武艺，货与帝王家"，稳稳当当地做奴才；要么是"朝为田舍郎，暮登天子堂"，志得意满地享受荣华富贵；或者一生气"杀到东京夺了鸟位"，牛皮哄哄地当老大。两位老鱼王也有这种主奴心态，他们一边争当"独一份儿的鱼王"，一边拜倒在老族长脚下，"捉到最大的鱼都想送给老族长"，"为了老族长，连自己的家人都能瞒下"，甚至不惜将亲生儿女推进火坑。他们对权力的追逐和对亲人的淡漠全如《商君书》所说："下世"之人"争于力气"，"贵贵而尊官"。结果，二鱼王皆未得善终，他们的死，象征着"法吏人格"的穷途末路。由此想到钱理群先生说过的"精致的利己主义者"②——这种人大概就是企图与老族长联姻的老鱼王，他们深谙捉鱼送鱼之道，嘴上喊的是鸿鹄之志，目的只是攀龙附凤，借势寻租而利己。《寻找鱼王》以老鱼王的覆灭表达了对"强者逻辑"的怀疑——一飞冲天的未必就是大鸟，却可能是冒充大鸟的强盗。

基于对法家谱系"鱼王"之反动，他们的子女——"我"的两位师傅才会成为有别于父辈的"新人"——他们虽有"鱼王"之能，却都不热心捉鱼，也不稀罕老族长的权威，他们放弃了青堂瓦舍，选择了无权者的权力——隐于深山，不问世事，自给自足，逍遥无为。很显然，这是趋于道家的生存方式。《庄子》里那条最傲

---

① 秦晖：《传统十论》，复旦大学出版社，2005年，第122页。

② 语出钱理群先生2012年4月22日在《理想大学》专题研讨会"上的发言："我们的一些大学，包括北京大学，正在培养一些'精致的利己主义者'，他们高智商，世俗，老到，善于表演，懂得配合，更善于利用体制达到自己的目的。这种人一旦掌握权力，比一般的贪官污吏危害更大。"参见2012年5月3日《中国青年报》专题报道。

岸的鱼，由鲲化而为鹏，其气势冲天，御风而飞，越九万里到达南海，显示的是大鸟的大能大志，说明真正的逍遥不是吹的，有实力才能让叽叽喳喳的小麻雀闭嘴。《寻找鱼王》的前期铺垫也是此意，"我"的两位师傅，若无一身真本事，就没有做"鱼王"的资格，也不具备破浪乘风的前提。所以，先为鲲，再为鹏（那老头就被称为"鹰的儿子"），这才有了飞越世俗定律告别强者逻辑的大志向。

弃"法"而向"道"，于张炜应是最自然的精神皈依。登州东莱故地本就是方士的老营，道家之胜地，出过渡海求仙的徐福，还出过创兴"全真道"的"真人"王重阳、丘处机，至于藏于山野的逸人隐士，更是不可计数。在长篇散文《芳心似火》中，张炜就专写了一节《隐士的儿子们》，阐说古登州一带的隐士现象。他说："在莱国这个地方，从古到今有过多少王权变迁和氏族兴衰，真可以说三十年河东三十年河西，一些主动和被动的隐士还不知有多少呢"。我想张炜在作山林之叹时，可能是以隐者后裔自度的，当年他随父亲远迁到没有人烟的海边莽野，长期过着近乎隐居的日子。这种经历加上古登州的仙道传统，很容易让张炜和神仙隐士、道家思想建立亲密关系，并且让他从情感上与之惺惺相惜。他说："一个心怀大志且有本事的人，是不会在正常情况下安心做个旁观者的。大半是有难言之隐，是出于各种原因，比如对这个世道说不上话或压根不愿说话。"又说："无论什么年代，总有一些悲剧人物，有特立独行者，有绝世而立的人。比如说早在几十年前，就有年纪很大的人独自住在山里，那是因为他们心气高，志趣怪。"《寻找鱼王》里"我"的两位师傅，就是这种令张炜感佩的独居在山里的怪异老人。他们固然称不上袖中有乾坤的高人智者，却能挣脱名缰利索的羁绊，以不合作的姿态背叛了主流群体，主动走向了偏远的边缘地带，成了乐天知命安享蛮荒的化外之民。

马克斯·韦伯曾片面地把隐士称为"居家的学者"，说他们是些"有德才而不愿做官的人"。还认为道家的隐修行为是出于获得长生之法和神秘力量这样的救赎追求。① 大概他在谈论道教时只关注了道教徒和"从俗世的高官厚爵中退隐的人",却忽视了还有更多"隐遁者"跟庙堂和道场毫无关系,这些人是真正的平民,隐居后干脆就是野人。庙观里的"出家人"怎称得上隐者呢,他不过是脱掉尘网住进了山里的笼子罢了。美国人比尔·波特写的《空谷幽兰》,让大家看到终南山原来有那么多隐士,引了不少人跑去看稀奇,还有人活学活用,抛家舍业进山做了隐者。其实隐士隐修的前提就是孤独,比尔·波特的书恰恰打扰了他们的孤独,恐怕会有不少隐士要因此丢掉老窝另寻秘地。真正的隐士就要藏之深山,怎么会那么热闹呢?像张炜写过的老酒肴、河汉隐士、大痴士、现代鲁滨逊,都是身有异禀的"智者",他们因不容于体制而流落山野或民间,大概算是没有完全割断人间烟火的现代隐士。《寻找鱼王》中的两位老人实际也是这样,他们并非全封闭地与世隔绝,也未必通晓道家的生存哲学,只是顺应自然选择了一种最简单最放松的生存方式。这种选择大概也反映出作家的中年心境。

张炜曾说:"一些有良知的知识分子即便在显达的位置上,内心里也充满了无处倾倒的痛苦,他们总是在'济世'与'独善'之间犹豫着。他们最后必要从中选择一条路,这不过是个时间问题。"此话流露出一个知识分子的无奈,在个体身份上,他兼有"达者"的光环与"穷者"的尴尬,或许和"独一份儿的鱼王"有着相似的踌躇:楚人献鱼,楚人献玉,听起来都是大团圆的故事,可楚人的"穷"与"达",似乎跟鱼和玉无甚关系,他们的是非成败,全在楚王一念之间。楚人之献美则美矣,弄不好就可能刖其足,甚至丧其命。所以像孟子那样顶天立地的大丈夫,也不得不退而求其次:"得志与民由之,不得志独行其道。"——"独行其道",还不是自己玩自己的?"登彼西山兮,采其薇矣。"是一种玩法;"清斋三千

---

① 〔德〕马克斯·韦伯:《儒教与道教》,江苏人民出版社,2003年,第145页。

日，裂素写道经。"是一种玩法；"躲进小楼成一统，管他冬夏与春秋。"又是一种玩法。既然没办法"有为"（济世），只好去"无为"（独善），道家所提倡的"顺其自然"、"逍遥乎无事之业"便成为一种不失尊严又相对安全的人生态度。因此，从《寻找鱼王》凸显的归隐情结——不仅"我"的两位师傅先后独居山中，后来"我"和父母也举家迁来跟老太太同住——大可看出张炜的"精神的丝缕"。《逍遥游》里的大鱼、大鸟、列子皆属"达者"，但是仍因"有所待"而不自由，所以庄子还要他们无己、无功、无名、无所可用，最终物我两忘而至"逍遥游"。无用、无为，是道家生存哲学的两大法宝，体现在《寻找鱼王》中，便是两位师傅的避世退隐，他们"寻山水而居，饮清泉，食地粮，没有过分的口腹之欲，只求一个朴素自然和新鲜。……这不是傲视群众的那一类行为，而是一个人珍惜生命价值的朴实做法。直截了当地离开，拒绝，选择，只不过是重新组织一下自己的生活。亲近一些可爱之物，也是投身到平凡之中，那里也是群和众，他并没有孤独。……小日子不温不火，不伤害自然，并与自然唇齿相依。这是一种相亲相爱的田园感觉。"张炜在散文中说过的这些话简直就是《寻找鱼王》的贴切注解，也难怪他会在小说里说："我们这辈子应该住在那里。"在南部山区的"蓝色雾幔"里结庐而居，"与自然唇齿相依"，大概是张炜最理想的简单生活。

马克斯·韦伯在谈论道家的隐修时说："只有从'尘世'中抽身出来，才会有时间和力气来思索，以及捕捉神秘的感觉。"[1]尽管《寻找鱼王》并非专为道家信仰张目，但它带有道家的神秘气息是毋庸置疑的。正因和"尘世"拉开了一定距离，我们才会看到小说最终进入了神秘的审美范畴——不知其为何物的神秘物种——我视之为"浑沌"——若隐若现，让这个原本完全遵循写实路线的故事陡然进入了太虚之境，亦使小说获得了无限敞开的宇宙观。《庄子》

---

[1] 《儒教与道教》，第145页。

内篇以《逍遥游》的大鱼化鹏起笔，以《应帝王》的浑沌之死结篇，自不待言"浑沌"才是道家哲学的至高境界。这"浑沌"简单来说大概就是"不知之知"，是"道"—— 一个先于天地，早于万物，高于一切，无所不在又万古长存，充满了神秘感的无限实体。马克斯·韦伯认为："'道'本身是永恒不变的，因而具有绝对的价值。'道'既是秩序，又是产生万物的实际理由，它是一切存在的永恒原型的完美化身。一言以蔽之，它是惟一的神圣的总体。"① 照此看来，张炜以神秘的"浑沌"收束《寻找鱼王》全书，显有寓托"道法自然"之意。"它看护着水根，人看护着它。"——它和人的相互看护即象征了人与自然的对立统一。所以我们看到，《寻找鱼王》大抵暗合了被钱穆先生认定为"是整个中国传统文化思想之归宿处"的"天人合一"观念，同时也反映了作者对"现代性危机"的审美回应和救赎追求。

"世界发展到今天，现代化进程已经遇到了空前的挑战，这种挑战分别来自大自然，来自世界伦理秩序的混乱所带来的道德沦丧。但说到底，全部问题还是出在'人'身上。""文明的指标，说到底还是要看人与客观世界，即与他人、与自然万物相处的方式如何。"张炜这番话道出了他对现代文明的冷静认识，而《寻找鱼王》便是与之相吞吐的一种"内功心法"，而"天人合一"则是打通《寻找鱼王》神秘境界的方便法门。余英时先生在《论天人之际》一书中指出，"天人合一"源起于原始宗教信仰（巫），后经知识阶层的延续与改造而上升至哲学思辨的层次。马克斯·韦伯即认为："知识阶层寻求各种方式……赋予其生命一种普遍的意义，并由此实现与自身、他人以及宇宙的合一。"② 韦伯列举了三个层次的"合一"，即与自己合一，与人群合一，与宇宙合一。《寻找鱼王》中

---

① 《儒教与道教》，第 147 页。
② ［德］马克斯·韦伯：《经济与社会》，转引自余英时：《论天人之际》，中华书局，2014 年，第 112 页。

两位师傅不做"鱼王"做隐者，实质就是"与自己合一"，他们约略找到了真正的自我（"真我"），具备了个人的独立和自由。最后"我们重新组成的一家共有四口人、两只猫"，终于住在了"蓝色雾幔"中，与自然万物和谐相处，与不明生物（浑沌）相互看护，这便是"与宇宙合一"。于此我们亦可理解《寻找鱼王》的良苦用心，作者所呈示的浑沌之相，即是向往一个通达圆融的世界，召唤一种诗性超越的人生。

七

《寻找鱼王》到底寻到了什么？或许我们还可以尝试一种神话式读法：那水洞里住的不是什么"鱼王"，而是主宰江河湖海掌管行云布雨的"龙王"。从小说文字上看，龙王而看护"水根"，似乎更有说服力。想想吧，大山的水洞深处住着神通广大的龙王，该是一件多么刺激而又有意思的事。果真那样的话，该能震撼多少敬畏之心。由鱼而龙并非牵强，李泽厚先生就认为龙与鱼很可能有关系。他指出，《管子》说"龙生于水"，说明鱼和龙都是水族，现代考古发现"龙"纹是由"水鸟啄鱼纹"演变而来，民间传说鲤鱼跳龙门讲的就是鱼变龙的故事。而在《说文》《礼记》等古籍中，则说："池鱼满三千六百，蛟来为之长，能率鱼而飞""龙以为畜，故鱼鲔不淰"，体现了龙尊鱼卑，龙成了鱼的率领者、保护者和统治者。[①] 如此，正与《寻找鱼王》未见尊容的"龙王"情形相像，这个龙王不仅是鱼的率领者、保护者和统治者，还是整个大山的守护神，假如没有它，"老天爷就不喜欢这里了，就会把水连根拔走"。这个龙王就像老天爷留在人间的亲信，它若安好，便是晴天，否

---

① 李泽厚：《由巫到礼 释礼归仁》，生活·读书·新知三联书店，2015 年，第 152、153 页。

则，就是山崩地裂，洪水滔天。所以，从寻找鱼王，到见到龙王，鱼故事变成了龙故事，足以让人为之一凛：我们与龙走失太久了，以至于无法相认。

《说苑》有载："昔日白龙下清冷之渊化为鱼。"不管怎么说，龙和鱼总归跑不了亲缘关系。我们有可能是鱼族子孙，也可能是龙的传人。就此而言，"鱼龙混杂"并不是一个孬词儿，倒可能隐含了一个古老的密码呢。李泽厚先生在《中华文化的源头符号》中就认为，龙和鱼作为华夏文明的重要符号，龙是权威／秩序的象征，鱼则是生命符号。马王堆帛画中的大鱼能托起整个宇宙，八卦图以阴阳双鱼组成太极的中心，"鱼"不仅体现了生存、交往的一般含义，而且给人群生存和生活本身以神圣，这成了中国文化—哲学的一个重要基因。所以，"鱼"所宣示的"哲学"也正是人的生存和生命。那实实在在的"人活着"，才是第一位的现实和根本，是第一原则和首要符号。这也才是真正的"生命哲学"。[1]鱼的符号含义可见一斑。张炜说："我们寻找鱼，获得鱼。"那么，寻鱼，得鱼，也是寻找生的根源，获得命的启示。

据李泽厚回忆，他小时候过年过节在乡做客，宴席中心便赫然摆着一条不许动筷的大鱼，或者干脆就摆一条木制的鱼。[2]这种风俗和《寻找鱼王》写到的"看菜"和"木鱼"何其相似。"鱼"对人们的象征意义远大于实际的物质意义，因此也就不难发现，这寻常的鱼有着多么不同寻常的神秘滋味。张炜说："任何杰出的书里都应该埋一根老弦。……老弦弹拨一下，会把心底振动。"他以"寻鱼得龙"为纲目结撰小说，大概埋藏了一根有待弹拨的"老弦"。这根老弦便是《寻找鱼王》的文外之旨，未尽之言。我们知道，这是一部成长小说，那么，经过一番技能锻炼（学会捉鱼）和精神锻炼（找到"鱼王"）之后，"我"是不是长成了？"我"从一

---

① 《由巫到礼　释礼归仁》，第150—151页。
② 《由巫到礼　释礼归仁》，第149页。

出场就像精灵似的，不光"鼻子尖"，"心大"，而且天生叛逆，别人捉了大鱼先要送给老族长，他却说："等我逮到大鱼时，立马拿回家！""我一条大鱼都不送给老族长！"这样一个内心强大的孩子，自不会"摧眉折腰事权贵"，最后选择"终南别业"似属自然。一个天性如鱼的孩子，筑屋南山，逐水而居，说来是与天地万物合一的境界。按照余英时的说法，这种"神秘的合一"就是回到"生命之源"和"价值之源"——回到"人"与"天"交接的"终极所在"。不过把这种玄奥问题放到一个孩子身上未免有些过头，他不过是听从"鱼王"的召唤找到了一个自然家园罢了。余者，皆吾等"久在樊笼"的俗世中人所作谔谔之辞也。

既是俗世凡夫，读过《寻找鱼王》，想过何为鱼王，仍会心生疑惑：假如说这个成长故事完成了从小"我"到"自我"的扩张，而且这个"自我"也融入亘古亘今的宇宙秩序之中而至"我自然"，是不是就可视为找到了"鱼王"，"我"这辈子就一劳永逸地"成了"？张炜的那一根"老弦"显不在此，否则《寻找鱼王》岂不走进了死角，再无"震动月夜"的可能？我觉得，关键还是那开头的"楔子"，它就像一根低音的"老弦"，使小说有了自己鸣响的向度。这个楔子连同标点共五十六字，算上省略号的点数，刚好六十，正与作者的年龄相当，实在是太巧了。所以这一小小的楔子如同一把"鱼钥"，能够打开小说的闸口，也能打开张炜的生命图腾。楔子里的叙事人已是九旬老翁，他才是最终"成了"的"我"——活到九十多岁，说明"我"拥有了"贵生"、"全身"的一辈子，就此而言，也算得"道"的高人了。不过若仅是长寿，这样的一生也甚乏味。一个人若是躲在深山修"道"八九十年，即便是真的炼成了神人，大概也不怎么好玩。就像韦伯说的，所谓"天人合一"除了与自身及宇宙的合一，还有一个重要层次，即与人群合一。道家隐修思想恰恰剔除了这一层次，使其易于滑入自我封闭、不谴是非的虚无状态，如果《寻找鱼王》的救赎追求停滞于"开荒南野际，守拙归园田"的桃源小景中，那么"我"的成长故事将会止于小"道"，这个鱼故事也会一览无余，失去"鱼跃于渊"的吉象。不过张炜偏以一楔子救活全篇，足显四两拨千斤之效。"我"真的在山里待了一辈子？那未着一字的八十年，当是水面下的冰山，为《寻找鱼王》埋下了负重的"老弦"。

假如让我想象那被悬置的八十年，我会用张炜本人来映射小说人物，他的个人经历恰能回答"《寻找鱼王》之后怎么办"的问题。《周易》乾卦有曰：潜龙在渊。小说里藏于水洞的"龙王"岂不正应此卦象？"初九曰：潜龙勿用，何谓也？子曰：龙德而隐者也。"所谓"潜龙"，即待时而动的隐者/君子，"我"与"潜龙"相看护，不就埋下了"飞龙在天"的大好机缘？所以，张炜以"潜龙"为伏笔，亦当有自明自况之意。我们知道，张炜在考入大学之前，一直住在海边林子里，并曾长期在胶东山区游荡，这大概相当于小说结束后"我"跟家人可能的山居生活。工作以后，张炜顺利进入知识阶层，迅速成为知名作家。他不满足安守书斋，还热心介入社会，曾长期在基层挂职，在乡野民间游走、做社会调查……他知行合一，而且做到了"与人群合一"，可当为"飞龙在天"也。张炜一面是"居家的学者"，他在文字的丛林中隐遁修行，寻求诗的仙境和精神的高原；另一面又如"伦理教师"，他在登州海角创办书院、开设讲坛，还到半岛之外、海外，游历讲学，把他的齐东野语和满腔热忱，从"小九州"传布到"大九州"。张炜的这种状态就像中国古代的"书生"，他们百无一用，惟有著书立说，"述"而且"作"，用文字建构自己的无何有之国。尽管张炜也为书生的"无用"而不平，但书生表现出的勇气和意志最为他倾倒。他一再表示，孟夫子所说的"居天下之广居，立天下之正位，行天下之大道"的大丈夫才是一介书生应有的理想人格。这样的"书生"便不再是可悲可笑的腐儒、书呆子，而是人格完善，敢担道义的"君子"——知识分子。

余英时在谈到孟子、惠子、墨子等轴心思想家的思想超越时说：他们虽以个人的身份寻求新的"天人合一"，但他们所关怀的并不止于个人的"得道"（或西方宗教所谓"得救"），而是通过"天人合一"的精神修炼以建立理想的政治、社会秩序。[①]美籍汉学家史华兹指出这种原创性的"超越"关键在于："对于现实世界进行一种批判性、反思性的质疑，和对超乎现实的世界以上的领域发展出一种新见。"[②]上述观点表明，古代君子和现代知识分子的共同特点就在于，他们都具有强烈的责任感和道义感，因此总是义不容辞地把个人和现实世界纽结在一起，总是顽强地坚持自己的理念，"知其不可而为之"，"虽九死其犹未悔"。张炜自其《古船》以来一直葆有深刻的批判精神，被称为"大地的守卫者"、"大地守夜人"、"理想的恪守者"，在他身上既有书生的纯粹和激情，又有现代知识分子的良知和锋芒，所以，他的作品总是疾恶如仇，正邪分明，他要以掷地有声的"大言"对抗现代化、全球化的"大物"，同时还要以温柔的童话重拾人的诗心和天真。张炜并不讳言"文以载道"，但他强调的是："要看载什么道，大道还是小道。……'载道'要有很大的志向，很强的责任感，有一种心怀天下的抱负。"在他的作品中，总可看到传统儒家那种"从道不从君"的士大夫精神，看到那种宁鸣而死不默而生的书生意气。稷下学宫与百家争鸣，孔子周游列国的木头车，孟子的浩然之气，王懿荣、谭嗣同的舍生取义，都让张炜心有戚戚。所以，他也和儒家君子一样，恪守着时代的良心，为他看准的"大道"踽踽前行。

当然，有时面对极度物质极度异化的世界，张炜也表现出莫名的犹疑。在面临"济世"和"独善"的两难时，他也可能会生出"中岁颇好道，晚家南山陲"（王维《终南别业》）的心思，希望重归南山，过一种极简极静的日子。《寻找鱼王》大概就是他在中

<hr>

① 《论天人之际》，第167页。
② 转引自《论天人之际》，第77页。

岁之际所作的怀古之思，同时也出于一种重返童年的精神冲动。在这样的心境下，张炜的"大道"自然会靠道家方士更近些，自然会表现得冲淡达观，不再是宁为玉碎的硬碰硬，而是柔弱如水的迂回与和解。因此我们看到，小说里的山无名，水无名，鱼无名，人也无名，天地万物皆无名，所以一切平等，归于混沌，人与宇宙自然无隔无碍地呼吸往来，以至"天人合一"的神妙境界。张炜曾说："这个物质的世界与人有着不同的活法，它们其实也是有心的。"所以他认为，人要赢得这个世界，就要赢得这个世界的心，像对待恋人那样与之相敬如宾。"无论是人还是其他，万事万物都有一颗芳心。人需要赢得大自然的芳心，地球的芳心，上帝的芳心。"张炜的"芳心说"堪作《寻找鱼王》的完美阐释，也是他的"道"与"心"同的"中岁之心"，他以对万事万物的牵念和玄思，使作品面向浩瀚宇宙，指向了无边的神性。

再来看孟子那句名言："达则兼济天下，穷则独善其身。"秦晖先生曾撰文指出，史上流行观点认为这句话是作为中国传统文化精髓的"儒道互补"的体现，前半句是说儒家的入世精神，下半句是说道家的出世境界，但孟子原义并非如此，而是表达儒家的理想主义精神：得志要造福天下，不得志也要洁身自好。孟子还说过"士穷不失义，达不离道"，正合此义。然而在长期的专制历史生活中，"可怜据说被'独尊'了两千年的儒学，在'儒的吏化'与'儒的痞化'两边挤压下，不是'儒表法里'，就是'儒表道里'，哪儿还有什么真儒家？"[①]张炜对此也有同样的感受："这两千多年的历史上，何时施行过孔孟荀等理论主张？……东方国家的帝王除了一度高耸过儒家的商标，或者砸毁这些商标，并没有一年或一天真正实行过他们的主张啊！"孔孟那样的旷世大儒尚且被拒绝，被挤压，被篡用，何况古登州的遗民土著？"穷"与"达"自古就是书生的两难。以"达者兼济，穷者独善"作为知识分子的理想人格其实很

---

① 《传统十论》，第 253 页。

容易左右摇摆，往往会造成口头上的理想主义，行为上的强权主义和犬儒主义。所以秦晖反其道而用之，提出应该让"穷"者多一点权力意识，"达"者少一点权力迷信，也即"穷则兼济天下，达则独善其身"①。对此我深为赞同。实际上，一个作家—知识分子，如果矢志不做权力的同谋，不与浊众同流合污，那么他在世俗层面注定只能是势单力薄茕茕独行的"穷"者，只有在精神层面他才可能成为心在高原放眼四极八荒的"达"者。所以，现代意义上的作家—知识分子其自我定位首先就应该是不求闻达的"穷者"，他如堂·吉诃德一样不自量力，敢与大风车作战，又和孔子、孟子一样，哪怕"累累若丧家之狗"，也还是宠辱不惊，不改其初衷。子曰："君子固穷。"——君子何以"固穷"？因为君子有一颗"达者"之心，倘若他只满足于做一个明哲保身的穷者，也保不准会变成"穷斯滥矣"的小人。张炜之所以称颂虽能逃脱却甘愿就死的"书呆子"，就是因为在他们文弱的身上蕴有顽石钢铁之刚强，是因为他们温文的芳心"孕育和积蓄了人世间最大的热量"，这芳心可以静静地绽放凋零，也可以化成熊熊烈焰，与冰谷中的死火一起燃烧。

　　文学本来就是穷弱者的志业。《寻找鱼王》岂不是以穷者之志而求达者之业？在我看来，张炜身上融合了儒家的大丈夫精神和道家方士气，所以他能够在作品中始终坚持一种"道"的尺度，同时又拥有一颗不为形役不为物累的自由之心。孔子自称"五十而知天命"，他对于"天"和"天命"抱有深挚的信仰，虽然不把"天"当作上帝一般的人格神看待，但仍自信"天命"在身，承担着传"道"人间的重任。可见"天命"是儒家传"道"使命感的源头，后世的"士"（君子／书生）之所以在危机关头仍表现出一种勇敢的承担意识，正是有赖于"天"的信仰为支撑。宇宙间确有一股力量比我们伟大得多——"'道'则是流行在宇宙之中的精神实体，人通过'心'的中介来求'道'，此道便长驻于'心'，故可称为'德'，

---

① 《传统十论》，第259页。

也可称之为'精'或'神'"。①所以"天人合一"的最高境界便是
"道"与"心"的合一。如今张炜已过"知天命"之年，我想，他
必深知"天命"在身，更深知"心"负重任，那混沌无迹的"道"，
还需要他继续寻找，继续看护。正所谓"天行健，君子以自强不
息"。"潜龙"与"飞龙"之象，即表明张炜的"中年变法"乃承天
是行，随天而动，必将"元吉在上，大有庆也"。

　　有必要再归结到鱼。张炜之所以爱鱼，迷鱼，写鱼，当有其自
觉和不自觉的深意。鱼是我们的远祖。科学家们通过研究化石、基
因和胚胎证明：人类是从鱼进化而来——从我们的身体结构看上
去，每个人的体内都如同潜藏了一条鱼。人和鱼本是同宗，或许你
我仍有着鱼的形骸。鱼和人从来没有分开过，但是鱼和人从来也不
曾亲昵无间，哪怕你把它驯化成供作观赏的金鱼，也必须给它一个
独立的空间，让它自由游弋，否则它就要死给你看。鱼，可远观而
不可猥玩也，你永远也不可能把它变成猫狗那样听你差遣跟你犯贱
的宠物，鱼的这点癖性和古代的士／君子何其相似！齐鲁之邦，鱼
之方也。我的鲁南老家，就有在墓穴中用瓦罐放一尾小鱼的丧葬习
俗，据说，是让鱼儿引渡死者的灵魂……不知是否为鱼族的遗风？
令张炜感动的孔子孟子，亦鱼国之民，他们身上的硬骨头，或也来
自鱼的基因。北冥之鱼，也许就是登州海角的"鱼王"。我们的灵
魂里，很可能掺着鱼的灵魂。

　　人类的鱼故事，生生长流；我们的鱼精神，亘古长新。

---

① 《论天人之际》，第174页。

附录一　张炜创作年表

1956 年

11 月 7 日，出生于山东龙口。

1970 年

入家附近的"联合中学"读初中。参与校办油印刊物《山花》编辑并在上面发表散文。

1972 年

因家庭原因未能升入高中，在校办橡胶厂工作，业余学习写作。

自 1972 年至 1978 年断续在胶东半岛地区游荡，直到考入烟台师专。

1973 年

6 月，在龙口完成第一篇短篇小说《木头车》，后收入小说集《他的琴》。

本年，入高中。继续尝试写作短篇小说、诗歌、散文、戏剧等。

本年，独自到南部山区拜见一位老琴师，并跟他学琴。拜见一位地方报纸通讯员学写作。

1974 年

6 月，在龙口写作中篇小说《狮子崖》。2016 年 3 月发表于《天涯》第 3 期，山东教育出版社出版单行本。

本年，去龙口北部渤海湾中的桑岛短期居住，探究岛上渔民生活。

1975 年

在山东人民出版社出版的一本书中发表长诗《访司号员》。

1976 年

创作短篇小说《钻玉米地》《锈刀》《铺老》《开滩》《春》《槐岗》《石榴》《造琴学琴》等。

1977 年

创作短篇小说《玉米》《蝉唱》《公羊大角弯弯》《在路上》《下雨下雪》等。

1978 年

8 月，考入烟台师范专科学校（鲁东大学前身）中文系。

1979 年

创作短篇小说《悲歌》《告别》《初春的海》《自语》《春生妈妈》《老斑鸠》等。

1980 年

1 月，参与创办烟台师专中文系文学社刊物《贝壳》创刊。

3 月，在《山东文学》第 3 期发表短篇小说《达达媳妇》，这是张炜正式发表的第一篇小说作品。

9月，在《上海文学》第9期发表短篇小说《操心的父亲》。

6月，毕业分配至山东省档案局（馆）工作，参与编纂《山东革命历史档案资料选编》。

8月，在济南完成短篇小说《芦青河边》。

1981年

春，在龙口海滨采访渔民，搜集民间传说、拉网号子等。

4月，短篇小说《芦青河边》发表于《柳泉》第2期。

本年，调入山东省文联从事专业创作。

1982年

3月，山东省作协举办"张炜短篇小说讨论会"。

4月，加入中国作家协会山东分会。

短篇小说《天蓝色的木屐》发表于《青年文学》第4期。

5月，短篇小说《声音》发表于《山东文学》第5期（《新华文摘》1983年第5期选载）。

8月12日至9月3日，应邀结团去东北旅行。在沈阳、长春、吉林、哈尔滨等地参加多场文学报告会。

1983年

2月，短篇小说《声音》荣获中国作家协会评选的1982年全国优秀短篇小说奖。

短篇小说《拉拉谷》发表于《青年文学》第2期，获中国青年出版社"1983年度文学创作奖"。

3月，始写中篇小说《秋天的愤怒》。1985年4月在北京改定，8月在《当代》第4期发表。（《新华文摘》1986年第2期、《中篇小说选刊》1986年第3期选载。）

3月，加入中国作家协会。

春，参加中国作协在河北省涿县举办的"第二届农村文学题材创作研讨会"。

5月，在济南完成短篇小说《一潭清水》（1985年第4期《新华文摘》选载。1985年2月获中国作家协会举办1984年全国优秀短篇小说奖）。

10月，首部短篇小说集《芦青河告诉我》由山东人民出版社出版，所收作品为1980—1983年创作的小说。

1984年

5月，短篇小说《拉拉谷》获1982—1983年首届《青年文学》创作奖。

6月，在济南始写长篇小说《古船》。

7月，短篇小说《一潭清水》发表于《人民文学》第7期（《新华文摘》1985年第4期选载）。

7月，调任山东省文联创作室任专业作家。

10月，中篇小说《秋天的思索》发表于《青年文学》第10期。

12月28日至1985年1月5日，在北京参加中国作家协会第四次会员代表大会。

1985年

6月，中篇小说《你好，本林同志！》发表于《收获》第3期。

8月，中篇小说《秋天的愤怒》在《当代》第4期发表（《新华文摘》1986年第2期、《中篇小说选刊》1986年第3期选载）。

8月，赴山西参加首届"黄河笔会"，游五台山、大同、忻州等地。

11月，山东省作协举办"张炜中篇小说《黄沙》讨论会"。

本年，《一潭清水》荣获"1984年度全国优秀短篇小说奖"。

1986 年

7 月，长篇小说《古船》定稿，10 月，发表于《当代》第 5 期。

11 月 18—20 日，山东省委宣传部、省作协、省文学研究所、省文学创作室、《文学评论家》等单位联合举办"《古船》讨论会"。

11 月 27 日，人民文学出版社举办"《古船》讨论会"。

12 月，小说集《秋天的愤怒》由人民文学出版社出版。

1987 年

8 月，长篇小说《古船》由人民文学出版社出版。

9 月，随中国作家代表团出访西德，参加"波恩大学中国文学周"活动，历时 20 天，并顺访东德。

11 月初，到山东烟台龙口市挂职，任副市长。

11 月，在龙口开始写长篇小说《九月寓言》。

1988 年

3 月，开始长期旅居胶东，搜集研究民间历史资料和写作。

4 月，任山东省作家协会副主席。

本年，中篇小说《秋天的愤怒》获 1986—1987 年《中篇小说选刊》优秀中篇小说奖、青年益友奖；短篇小说《荒原》获"无锡国际青年征文金鸽奖"。

1989 年

5 月，中篇小说《秋天的思索》获 1984—1988 年《青年文学》创作奖。

10 月，完成长诗《海汛》。

12 月，长篇小说《古船》获台湾年度"金石堂选票最受欢迎图书奖"。

本年，任山东省徐福文化研究会副会长。

1990 年

9 月，早期作品短篇小说集《他的琴》由明天出版社出版。

9 月，开始写长篇小说《怀念与追忆》。

1991 年

12 月，长篇小说《我的田园》（上卷）由江苏文艺出版社出版。

1992 年

3 月，在龙口完成长篇小说《你在高原·西郊》初稿。

5 月，长篇小说《九月寓言》在《收获》第 3 期发表。

8 月 16—26 日，在龙口完成散文《融入野地》。

12 月，获中国作家协会、中华文化基金会"1992 年度庄重文文学奖"。

1993 年

1 月，在《上海文学》第 1 期发表散文《融入野地》。

4 月，长篇小说《我的田园》（下卷）在《峨眉》第 2 期发表。

5 月，长篇小说《九月寓言》列"小说界文库·长篇小说系列"由上海文艺出版社出版。

8 月，《张炜名篇精选》（共五卷，分精装本、平装本）由山东友谊出版社出版。

10 月 4—18 日，山东大学、山东师范大学、烟台大学、烟台师范学院联合举办"'93 张炜文学周"。

11 月，担任中国国际徐福文化交流协会副会长。

长篇小说《九月寓言》由香港天地图书有限公司出版。

1994 年

11 月，散文《融入野地》获 1992—1993 年《上海文学》奖。

长篇小说《古船》获 1986—1994 年度人民文学出版社长篇小说奖。

中篇小说《秋天的愤怒》获 1986—1994 年度《当代》中篇小说奖。

1995 年

4 月，长篇小说《柏慧》在《收获》第 2 期发表。

4 月，"新人文精神讨论"在全国激烈展开，张炜与张承志并称为"二张"，其观点备受瞩目和争议。

9 月，长篇小说《家族》由上海文艺出版社出版。

10 月，长篇小说《家族——你在高原》发表于《当代》（双月刊）第 5 期。

短篇小说集《如花似玉的原野》列"探索者丛书"由人民文学出版社出版。

12 月 6 日，在上海参加由上海文艺出版社、文汇报社等四单位召开的长篇小说《家族》讨论会。

1996 年

2 月，6 卷本"张炜自选集"由作家出版社出版。

7 月，长诗《皈依之路》分上下篇在《上海文学》《青年文学》第 7 期发表。

主编《徐福文化集成》（全五卷）由山东友谊出版社出版。其中，第 4 卷《东巡》全部是张炜关于徐福的原创小说。

日本放送出版《中国语讲座》开始推出张炜作品专辑，从第 10 期到第 12 期共推出作品七十四篇。

1997 年

6 月，长篇小说《远河远山》列"金犀牛丛书"由明天出版社出版。

8月，长篇小说《远河远山》在《花城》第4期发表。

10月，六卷本《张炜文集》由上海文艺出版社出版。

应韩中友协和日中友协邀请访问韩国和日本，并在日本搜集《徐福在日本》一文资料。

1998 年

4月，长篇小说《九月寓言》（修订本）获中国作家协会、新闻出版署颁发的全国优秀长篇小说奖。

10月，访问台湾。

11月7日，访问香港大学并发表演讲，后整理为《术与悟》。

本年，《张炜小说选》英文版由美国 Blue Diamond Publishing Corp 出版社出版。

1999 年

3月，长篇小说《古船》由法国文化科学中心确定为法国高等教育考试教材。

本年，散文随笔集《心仪》、中短篇小说集《逝去的人和岁月》法文版由法国 Blen de Chine 出版社出版。

长篇小说《古船》英文版（节本）由美国 Walt Whitman Publishing.co 出版社出版。

2000 年

3月，应法国国家图书馆邀请访问法国，9日在法国国家图书馆作题为《想象的贫乏与个性的泯灭——对世纪末文学潮流的忧思》的演讲。12日，在法国作家协会作题为《自由：选择的权力，优雅的姿态》的演讲。

3月中旬，应意大利那不勒斯东方大学邀请访问意大利。

7月，长篇小说《古船》作为"百年百种优秀中国文学图书"由人民文学出版社出版。

10月，长篇小说《外省书》由作家出版社出版。

10月，长篇小说《古船》《九月寓言》入选北京大学评选的百年中国文学经典。

10月，在上海社科院、《文学报》举办的"全国百名评论家评选九十年代最具影响力十作家十作品"活动中，张炜和《九月寓言》双双入选。

11月，出访日本。在一桥大学作题为《我跋涉的莽野——我的文学与故地的关系》的演讲，在九州博多西南学院大学作题为《焦虑的马拉松——对当代文学的一种描述》的演讲。

12月，被新浪网评为中国十大最受欢迎作家。

本年，《张炜小说选》法文版由法国 Bleu de Chine 出版社出版。

2001年

10月，长篇小说《能不忆蜀葵》列"中国当代作家文库"由作家出版社出版。

10月，受台湾台北文化局邀请，到台湾做为期一个月的台北驻市作家。

11月，长篇小说《能不忆蜀葵》在《当代》第6期发表。

长篇小说《我的田园》由漓江出版社出版。

受梅耶基金会邀请，以作家身份赴法国里尔参加第一届世界公民大会，并作《责任、理性和浪漫》的演讲。

《张炜诗选》法文版由法国 Poetiques Chinoises Daujourdhui 出版社出版。

12月12日，在法国里昂第三大学作题为《纸与笔的温情》的演讲。

长篇小说《九月寓言》、中篇小说《蘑菇七种》英文版由美国

Homa Sekey Books 出版公司出版。

2002 年

1 月，长篇小说《能不忆蜀葵》由华夏出版社出版。

5 月，长篇小说《你在高原——一个地质工作者的手记 / 我的田园》由漓江出版社出版。

10 月，山东省作家协会第五次代表大会召开，当选山东省作协主席。

12 月，亲自筹划并参与建设的国内第一座现代书院万松浦书院在龙口建成。写散文《筑万松浦记》。

本年，长篇小说《古船》在日本《螺旋》杂志第 2 期开始连载，直至 2004 年第 5 期。

2003 年

1 月，长篇小说《你在高原·西郊》列"春风小说文库"由春风文艺出版社出版。

2 月，长篇小说《你在高原·西郊——一位地质工作者的手记》在《芙蓉》第 1 期发表。

访问意大利，其间参观庞贝古城遗址。

4 月，长篇小说《丑行或浪漫》在《大家》第 2 期发表。

9 月 29 日，在龙口参加万松浦书院开坛并致辞。

11 月 26 日，在济南参加山东省档案馆名人档案库建立暨张炜手稿捐赠仪式，向山东省档案馆捐赠和寄存四千余件手稿资料。

2004 年

3 月 17—29 日，应法国文化部邀请，随中国作家代表团赴法国参加中法文化年中国图书沙龙活动。

5 月，长篇小说《你在高原·怀念与追忆》由花城出版社出版。

11 月，山东省档案馆举行仪式，接受张炜捐献的部分手稿、著作版本等资料，建立"名人档案室·张炜"。

2005 年

3 月，长篇小说《丑行或浪漫》由云南人民出版社出版。

4 月，主编的万松浦书院院刊《背景》创刊号出版。

9 月，诗集《家住万松浦》由时代文艺出版社出版。

9 月中旬，赴英格兰参加国际诗歌节，顺访伦敦大学，参加诗歌朗诵会。

9 月 29 日晚，在苏格兰湾园艺术中心主持"万松浦书院论坛·首次中英诗人大对话"。

2006 年

5 月，中篇小说集《张炜精选集》列"世纪文学 60 家"由北京燕山出版社出版。

11 月 10—14 日，在北京参加中国作家协会第七次全国代表大会并当选为主席团委员。

2007 年

1 月，在《当代》第 1 期发表长篇小说《刺猬歌》。

1 月 4 日，受聘为中国石油大学兼职教授及人文社会科学学院名誉院长。

3 月 4—16 日，率"山东省作家艺术家南美文化考察团"赴古巴、阿根廷、哥伦比亚进行文化考察。

本年，《古船》英文欧洲版由美国 Harper perennial Modern Chinese classics 出版社出版；《九月寓言》日文版由日本流彩出版社出版。

2008 年

《古船》美洲版由美国 Harper perennial Modern Chinese classics 出版社出版。

短篇小说《东莱五记》入选"中国小说学会 2008 年度中国小说排行榜"。

2009 年

5 月，长篇小说《九月寓言》列"《收获》50 年精选系列·长篇小说卷三"由中国文联出版社出版。

8 月 18—19 日，山东省作协第六次代表大会在济南召开，当选为主席。

10 月 30 日，第七届茅台杯人民文学奖颁奖仪式在北京中国现代文学馆举行，《东莱五记》获短篇小说奖。

本年，《芳心似火》韩文版由韩国 Book pot 出版社出版。

2010 年

3 月 16 日，在北京作家出版社参加长篇小说《你在高原》新书发布会。

3—6 月，受邀担任香港浸会大学驻校作家，主持"小说坊"，讲授小说写作。

9 月 24—25 日，与王蒙、张抗抗、黄友义、陈晓明、马小淘等在美国哈佛大学亚洲中心参加第二届中美文学论坛——"新世纪、新文学：中美作家与评论家的对话"，并作题为《午夜来獾》的演讲。

10 月 11 日，在北京参加由中国人民大学文学院、中国人民大学当代文艺思潮研究所主办的"著名作家进人大"系列活动第一场"张炜'你在高原'长篇小说研讨会"。

本年，长篇小说《荒原纪事》获由中国作家杂志社和鄂尔多斯市人民政府共同设立的第四届（2010 年度）"中国作家鄂尔多斯文学奖"。

2011 年

1 月，香港《亚洲周刊》"2010 年全球华文十大小说"评选揭晓，长篇小说《你在高原》荣居榜首。

3 月 1 日，在北京中国现代文学馆参加"中国作家出版集团奖"颁奖大会并代表获奖作家致答谢辞。长篇小说《你在高原》获特等奖。

5 月 7 日，张炜凭《你在高原》获 2010 年度《南方都市报》主办的第九届华语文学传媒大奖杰出作家奖。

8 月 20 日，长篇小说《你在高原》在第八届茅盾文学奖评选中荣登榜首。

8 月 30 日，在悉尼参加澳大利亚"中国文化年"活动项目之一中澳文学论坛开幕式，并作题为《当代写作的第三种选择》的演讲。

11 月 22—25 日，在北京参加中国作家协会第八次全国代表大会，并当选主席团委员。

本年，《童年》法文版由法国 Veronique Meunier 出版社出版。

2012 年

本年，《张炜及其作品》英文版由美国 Eric Abrahamsen 出版社出版。

2013 年

8 月，第二十届北京国际图书博览会中国作家馆举办"山东主宾省"活动，28 日上午，参加图书博览会中国作家馆开馆仪式暨"山东主宾省"活动新闻发布会并致辞；28 日下午，张炜长篇小说年编、散文年编、短篇小说精选英文版新书发布会在图博会现场举行，张炜出席发布会。

9月，在《北京文学》第9期发表中篇小说《小爱物》。

本年，《古船》瑞典文版由瑞典 Jinring Publshing House 出版社出版；《九月寓言》瑞典文版由瑞典 Jinring Publshing House 出版社出版；《张炜小说选》英文版由加拿大 Translated by Eric Abrahamsen 出版社出版。

2014 年

1月21日，中篇小说《镶牙馆美谈》获首届"边疆文学大奖"金奖。

2月，长篇儿童小说《少年与海》由安徽少年儿童出版社出版。

9月13日，长篇儿童小说《少年与海》获全国第十三届精神文明建设"五个一工程"（2012—2014）"优秀作品奖"。

11月22日上午，由山东省档案馆主办，山东省文艺评论家协会、山东省新华书店协办的"张炜创作40年研讨会暨手稿、版本展"系列活动在山东省档案馆举行。

22—23日，"民间收藏张炜手稿及版本展"在泉城路新华书店的三希堂精品馆举办。

本年，入选山东省首批"齐鲁文化名家"。

《古船》法文版由法国 Roman Seuil 出版社出版；《丑行或浪漫》瑞典文版由瑞典 Jinring Publshing House 出版社出版；《蘑菇七种》塞尔维亚文版由塞尔维亚 Geopoetika 出版社出版。

2015 年

11月21日下午，《春声赋——张炜创作40年论文集》座谈会在济南泺源文化沙龙举行。

本年，《古船》西班牙文版由加拿大 Translated by Eric Abrahamsen 出版社出版。

《寻找鱼王》广受好评，入选中国图书评论学会评选的"2015中国好书"。

2016 年

1 月，古典文学随笔《陶渊明的遗产》由中华书局出版。

3 月，16 卷插图珍藏版《张炜文存》由山东教育出版社出版。

5 月，长篇小说《独药师》在《人民文学》第 5 期发表。随后，《独药师》单行本由人民文学出版社出版。

12 月，中国作家协会举行第九次全国代表大会，张炜当选副主席。

本年，《独药师》被《中华读书报》评为 2016 年十佳好书。

张炜被《中华读书报》评为 2016 "年度作家"。

2017 年

1 月 6 日，由长篇小说杂志社举办的首届"中国长篇小说年度金榜"揭晓，《独药师》获 2016 年"年度金榜"。

8 月 4 日，《寻找鱼王》荣获第十届全国优秀儿童文学奖。

2018 年

1 月，长篇小说《艾约堡秘史》发表于《当代》2018 年第 1 期，同时由湖南文学出版社出版单行本。

附录二　张炜访谈：茂长的大陆和精神的高原

一、"我出生在海边林子里"

赵月斌：您走上文坛已经 40 多年，创作了《古船》《九月寓言》《你在高原》《独药师》《寻找鱼王》等一千六百多万字的文学作品，这种强悍的创造力实在让人惊讶。您在正式发表作品前就写过大量文字，在年龄很小的时候就开始写东西，您还记得最早创作了什么作品吗？是什么触动您走上了写作之路？

张　炜：1975 年发表了第一首长诗，现在已经找不到了。记得那是写一个复员的老红军在海边上吹号的故事，是一首叙事诗。海边上要开垦荒地，要兴师动众，所以也就有了一个在工地上吹号的人——他把垦荒多多少少当成了打仗。这是怎样可怕的一场战斗，开垦的结果是大片丛林不见了，过去的莽野不见了，各种植物动物不见了，代之以农田之类——后来就是沙漠化，干旱，是惨不忍睹的环境。我当时不懂得后果的严重性，还觉得好玩，迷着他的大铜号。如果是现在，当然是做不出这样的诗的。那时吹号的人在莽野上，像一个童话。我喜爱这童话，不知道这童话背后隐含的可怕的东西。

我出生在胶东半岛登州海角的一片海边林子里，当时由于父亲遭受冤案，我们家不得不搬到异地，而且连村落都不能入住。我小时候大多数时间在荒野林中奔跑。我们家躲进林子的时候带来了许多书。寂寞无人的环境加上书，可以想象，人就容易爱上文学这一类事情了。我大概从很小时候起就能写点什么，我写的主要内容是两方面的，一是内心的幻想，二是林中的万物。心中有万物，林子里也有万物。这些，完全不是林子外的同龄人所能理解和知道的。这成了我的特长，入学后，这一特长变得越来越明显了，也就飞快发展起来。简单点讲，这就是我文学之路的开始。

赵月斌： 童年经历大概是最宝贵的文学资源……

张　炜： 我出生时，我们家来到那片丛林野地也不过才七八年。当时只有我们一户人家住在林子里，穿过林子往东南走很远才能看到一个村子，它的名字很怪，叫"灯影"。"灯影"在我童年的眼里差不多是人间的一座城郭。那里有过多的喧哗和热闹，这一切在当时的我看来简直有些吓人。而今天看它不过是一个非常简陋的小村，村民以林业农耕为主，多少捕一点鱼。

我们家到丛林里来本为了躲过兵荒马乱的年月，所以只搭了一座小茅屋。想不到我们就在这样一座小屋里一直住下去，并且不再挪动，我也出生了。我一睁眼就是这样的环境：到处是树、野兽，是荒野一片，大海，只很少看到人。父亲长年在南部山区的水利工地，母亲去园艺场打工。我的大多数时间与外祖母在一起。满头白发的外祖母领着我在林子里，或者我一个人跑开，去林子的某个角落。我就这样长大，长到上学。

随着年龄的增长，我接受的一个越来越大的刺激，就是人，是成群的人对我的刺激。许多人一下出现在眼前的世界里，不能不说既惊喜又有些大惊慌。我从小形成的一个习惯，一个见解，这时候都受到了冲击。我习惯的是无人的寂静，是天然的生活，是这种生活对我的要求。只有从学校回到林子里，才能恢复以前的生活和以前的经验，但这要等到假期。童年的经验是顽固而强大的，有时甚至是不可改变的。这就决定了我一生里的许多时候都在别人的世界里、在与我不习惯的一个世界相处。当然，我的苦恼和多少有别于过去的喜悦，也都缘此而生。

说起来让人不信，我记得直长到二十多岁，只要有人大声喊叫一句，我心上还是要产生突然的、条件反射般的惶恐。直到现在，我在人多的地方待久了，还常常要头疼欲裂。后来我慢慢克服，努力到现在。但是说到底内心里的东西是无法克服的。我得说，在反抗这种恐惧的同时，我越来越怀念出生地的一切。我大概也在这怀念中多多少少夸大了故地之美。那里好像到处都变得可亲可爱了，再也没有了荒凉和寂寥之苦。那里的蘑菇和小兽都成了诱人的朋友，还有空旷的大海，一望无边的水，都是我心中最好最完美的世界。

赵月斌：您在海边丛林长大，接触了很多植物动物，这也极大影响了您后来的创作。您笔下的自然万物大体是和人类平等共存的，您小时候就养过小动物种过树，这种生命观大概也是从小养成的吧？

张　炜：我小时候很有幸地生活在人口稀疏的林子里。一片杂生果林，连着无边的荒野，荒野再连着无边的海。苹果长到指甲大就可以偷吃，直吃到发红、成熟；所有的苹果都收走了，我和我的朋友却将一堆果子埋在沙土下，这样一直可以吃到冬天。各种野果自然而然地属于我们，即便涩得拉不动舌头也还是喜欢。我饲养过刺猬和野兔和无数的鸟。我觉得最可爱的是拳头大小的野兔。不过它们是养不活的，即使你无微不至地照料也是枉然。青蛙身上光滑、有斑纹，很精神很美丽，我们捉来饲养；当它有些疲倦的时候，就把它放掉。刺猬是忠厚的、看不透的，我不知为什么很同情它。因为这些微小的经历，我的生活也受到了影响。比如我至今不能吃青蛙做成的"田鸡"菜；一个老实的朋友窗外悬挂了两张刺猬皮，问他，他说吃了两个刺猬——我从此觉得他很不好。当说到这里的时候，我明白一个人的品性可能是很脆弱的，而形成的原因极其复杂。不过这种脆弱往往和极度的要求平等、要求给予普通生命起码的尊严、特别是要求群起反对强暴以保护弱者的心理紧紧相联。缺少的是那种强悍，但更缺少的是被邪恶所利用的可能性。有着那样的心理状态，为人的一生将触犯很多很多东西，这点不存侥幸。

赵月斌：其实动物植物往往也成了您作品里的重要角色，比如经常出现的大李子树、玉兰树，枣红马、彩色大鸟，乃至艾草、苍耳、红蛹、小沙蜥，千奇百怪的鱼类，等等，都给读者留下深刻印象。我特别喜欢您作品里的一些难以归入常规的动植物中的灵异物种，像"阿雅"、"小爱物"虽然无可稽考，却都写得栩栩如生，如同真实存在。这些小怪物有没有原型？

张　炜：阿雅这个动物不能确指。在我眼里，它就像一只幼小的梅花鹿那么可爱。传说是真的，但这个动物是虚构的，大约就是黄鼬、狐狸、獾和鹿等几种动物的综合，用阿雅做了指代。

在胶东半岛这种传说十分普遍。类似的故事在《九月寓言》里也写过，那个大户人家，跟他们有过承诺的是一只猴子，它有特异功能，可以在夜里跑很远的路，去为主人取来各种各样的物件。但是主人和它的关系变坏了，发家后起了歹心，一心要除掉它，最后就把那只忠实的小动物死死地压在了碾盘下。这样的传说在胶东半岛很多，老人都在讲。那个地方有一种说法，认为所有大家大户都是有来历的，暗中有一个超人的精灵在帮他们，也就是说，有什么法力过人的动物跟这户人家是有承诺、有默契的，而且它们一代一代都要往下传——当家道衰落时，肯定就是这个精灵背叛了他们。

阿雅就是这样的一个小动物，它与一户人家有了承诺，就一定会帮助和护佑他们。因为我们小时候听到类似的故事太多了，所以总是幻想：这辈子如果能有一个动物、一个精灵来帮助我们保护我们，那该有多好啊！这是很朴实、很自然的想法。那会儿完全不是嬉闹，而是真的在想办法吸引和寻找那样的小动物——我们甚至千方百计想法让它在家里的某处筑窝，成为我们神奇的护佑者。我们到林子里时，也总是幻想能不能交往这样的一个小动物。

我们都固执地认为，一定会有一个具有超凡能力的小动物在做我们的知己、有一种情同手足的伙伴关系。我以后离开了林子，这个幻想偶尔还要出现——直到长大了的时候，还会觉得所做的一切事情，暗处都有那么一双眼睛在看着——这双眼睛不一定是神的眼睛，但同样是超自然力的。从小受到的童话式的教育和熏陶，真的会起到长远的作用。后来在山里赶夜路的时候，常常听到不远处有蹄子踏地的声音，这时候一定会想：听听，近处就有一个动物在跟随我，它在暗中保护我！它当然不会告诉我它是谁，也不会和我照面，它只在暗处——无论我走到哪里都会跟随我，因为它一定是对我们全家、上一代人有过承诺的。就靠这种想象和若有若无的感知，有时候真的会战胜恐惧。这是赶夜路的依靠。

在平原上，如果要穿过一片青纱帐，那就更容易听到动物的蹄声，这时候那种幻想又一次涌过来，确凿无疑地认为：我是一个特别的人、有来历的人，时刻有一个精灵在保护我呢。所以这成为我经常的一种安慰。在很长的时间里，起码是在山区和平原游走的那段时间里，我心里常常有这种念头。

赵月斌：很多作家的写作和故乡密切相关，您的作品也同样从未远离故乡的地理人文。好像您一起笔就是从故乡开始的，最早的短篇小说《木头车》便写了小时候熟悉的园艺场，紧接着故乡的"芦青河"就成了最醒目的地理标志，从登州海角到南部山区及至山东半岛，您的文学地理始终都以故乡为中心，并辐射到外省、异国。这也能够看出您对故乡的执着情感以及相应的文学立场：小小的故乡也能容纳无边的世界。请谈一谈您对故乡的理解，今后会不会有所调整？

张　炜：我常常觉得，我是这样一个写作者：一直在不停地为自己的出生地争取尊严和权利的人，一个这样的不自量力的人；同时又是一个一刻也离不开出生地支持的人，一个虚弱而胆怯的人。

这样讲好像有些矛盾，但又是真实的。我至少具有了这样两种身份，这两种身份统一在我的身上，使我能够不断地走下去，并因此而走上了一条多多少少有别于他人的道路。我的写作大约就分成了两大部分。一部分直接就是对于记忆的那片天地的描绘和怀念，这里面有许多真诚的赞颂，更有许多欢乐。另一部分则是对欲望和喧闹的外部世界的质疑，这里面当然有迷茫，有痛苦，有深长的遗憾。我在这当中有一个发现，就是拥挤的人群对于完美的生存会有致命的毁坏。他们作为个体有时是充满了建设的美好愿望的，但作为一个群体是必要走向毁坏的。我的这个悲观影响了我的表达，也影响了表达的色调和方法。我觉得身上有一种责任，就是向世人解说我所知道的故地的优越，它的不亚于任何一个地方的奥妙。一方面它是人类生活的榜样，是人类探索生活方式的重要补充，另一方面它也需要获得自身的尊严，需要来自外部的赞同和理解。

在我看来，整个世界都变成了一片莽野，它由于变得狼藉，就和现在的故地连成了一片，变得眉眼不分。而过去它们是分开的，它们有所不同，并且是极大地不同。我还相信，世界的每一个角落，最初都和我原来的故地差不了多少，也都是绿意盎然的。也就是说，更早更早，大地也是连成了一大片的；从某种意义上说，那时的人可以在大地上随意创造，随意行走，并且永远欣喜愉快。

二、"一辈子最深刻的游荡记忆"

赵月斌：您上中学时就曾办过校刊《山花》，大学时又办过文学社，编了社刊《贝壳》，能否给谈谈您那时的办刊和写作情况？

张　炜：我的初中是在胶东半岛上的一处联合中学度过的。因为父亲，所以我似乎从一开始就成为"另类"。校园内一度贴满了关于我、我们一家的大字报。校长是一个热爱文学的人，他对词汇特别敏感，即便是从一张张严厉的大字报中，也仍然能寻到一些好句子。我恨校长也爱校长——最后竟长久地感激起这个人。原因是他酷爱文学，最终在校内办起了一份油印文学刊物，取名《山花》。校长号召全体师生都为刊物写稿，并且没有忘记鼓励我。这使我受宠若惊。我写下的东西刊在了显要的位置上，校长当众赞扬了我。这在我来说可是了不起的经历。许久许久以后，它又将和那些可怕的屈辱掺在一起，让我既难以掰开又难以忘怀。

上世纪七十年代末国内各大学都成立文学社团，我们学校中文系有两个文学社，后来合办了一个文学刊物，就是《贝壳》。第一期是手刻蜡版印出来的，这在我们眼里漂亮得不得了。后来才是打印的，那已经是更高级的东西了。有了刊物，就分别写稿，分开栏目，各自完成"主打作品"。那时好胜心极强，一心要超过其他院校寄来的社团刊物。当年铅印的院校刊物还不多，在今天看来都是很简陋的。不过当时并不这样看，只觉得寄来的所有刊物都香气逼人。这仿佛是一场较劲的比赛，既有趣又费力，四周吸引了很多的人。

赵月斌：那时候想过以后要当作家吗？您曾多次寻访文学老师，您印象最深的是哪一位？

张　炜：因为从很早起就向往写作，并且听信了一个说法，就是干任何事情要想成功就必须寻一个好老师。这个说法今天看也不能说是错的，只不过文学方面更复杂一些罢了。记得自己从很早起就在找这样的老师，这里不是指从书本上找，而是从活生生的人群当中找。我曾想象，如果真的遇到了这样的一个人，我一定会按照严格的拜师礼去做。

在初中读书时，我不知听谁说到有一个很大的作家，这人就住在南部山区的一个洞子里，于是就趁假期和一个同学去找他了。记得我们两人骑了自行车，带了水壶，蹬了快一天的车子，这才来到了一个小山村。急急地打听那个老师，有人最后把我们带到了一间水气缭绕的粉丝作坊里，指了一下蹲在炕上抽旱烟的中年男子。他的个子可真高，双眼明亮，手脚很大。我和伙伴吞吞吐吐说出了求师的事情、我们心里的迫切。他一直听着，面容严肃。这样待了一会儿，说走吧，跟身旁的人打个招呼，就领我们离开了。原来他要领我们回自己的家，那是一间不大的瓦房。进屋后他就脱鞋上了炕，也让我们这样做。大家在炕上盘腿而坐，他这才开始谈文学——从那以后只要谈文学，我觉得最正规最庄重的，就是脱了鞋子上炕，是盘着腿谈。这可能是第一次拜师养成的习惯。他仔细询问了我们练习写作的一些情形，然后拿出了自己的稿子：一叠字迹密密、涂了许多红色墨水的方格稿纸。它们装在炕上的一个小柜子里，我们探头看了看，有许多。可是发表在报刊上的并不多，他订成的一个本子里，大致是篇幅极小的剪报。我和伙伴激动得脸色彤红。这是一些通讯报道。老师一个人生活，老婆不孝顺爹娘，被他赶跑了。他与我们交谈中，主要强调了两个问题：一是自己要孝顺，将来找个女人也要孝顺；二是写作要多用方言土语，这才是最重要的。

　　我上大学之前没能成功地拜师，却得益于形形色色的文友。那时我在山区和平原四处乱跑，吃饭大致上是马马虎虎，有时居无定所，但最专心的是找文学同行。一说到写作这回事，无论是山区还是平原的人，他们都叫成"写书"，或者叫成"写家"。我在县城和乡村都先后遇到过一些"写家"，这些人有的只是当地的通讯报道员，有的是写家谱的人，还有的是一个村子里为数极少的能拿起笔杆的人。真正的文学创作者也有，但大多停留在起步阶段，就是说一般的爱好者。他们年龄最小的十几岁，最大的八十多岁。

　　我所经历的最大的一个"写家"是在半岛平原地区。记得我知道了有这样一个人就不顾一切地赶了去，最后在一个空荡荡的青砖瓦房中找到了他。他几乎没怎么询问就把我拖到了炕上，幸福无比的样子，让人有一种"天下写家是一家"的感觉。他从炕上的柜子里找出了一捧地瓜糖，我们一块儿嚼着，然后进入"文学"。他急着读，让我听。可惜他的作品实在太多了，一摞一摞积起来有一人高，字数可能在一千万字以上。这个人多么能写啊，这个人的创作热情天下第一。为了节省纸张，那些字都写得很小。天黑了，他还在念。一盏小油灯下，他读到了凌晨，又读到窗户大亮。奇怪的是我们都毫无困意。

那一天我们成为了好朋友。我觉得他是真正的"大写家"，是一位必成大事的文学兄长。他大我十多岁，结过婚，只因为对方不支持他的写作，与之分手了。他曾给我看过她的照片：圆脸，刘海齐眉，大眼睛，豁牙，笑得很甜。

赵月斌：1986 年您三十岁就发表了产生轰动的长篇小说《古船》，为了写作这部作品，您做了大量的准备工作，是不是动笔前就有写一部巨著的"野心"？

张　炜：《古船》的构思、准备前后有四年，写作和修改用了两年时间。起手写这本书时刚刚二十七岁，那时候写的东西当然比现在纯洁。我是指纯洁的感情。也许纯洁就要影响"哲学"；可是纯洁本身就深不见底。纯洁是一种形象，不是一种思想。形象是多解的、久远的。纯洁就容易落下可挑剔之处，留下外部的残缺。而成熟却可以留下内部的残缺。可是纯洁往往仅属于更年轻一点的人。我多么怀念更年轻的时候。这是我的第一部长篇，对我来说很重要。

赵月斌：好像是 1987 年底您又回故乡挂职，这次挂职持续了多长时间？《九月寓言》就写于这一时期，是不是与这次归乡有很大关系？小说里的"鲅鲅村"是不是就以您熟悉的林边小村为原型？比如您常提到的西岚子、灯影？这些村子现在怎样了？

张　炜：1987 年 11 月，我回故乡龙口挂职，前后大约九年时间，但是我没有靠在岗位上，一有时间就会到处走。最有意思的是一段时间去海岛——没有去过的小海岛都走了。后来书里（《刺猬歌》）

写了"毛锵岛"、"粟米岛"，都是那时的印象。《九月寓言》跟我的童年记忆有关。我是从那个时期过来的人，小时候常到那样的小村里去——我们一家住在林子里，有一个最小的村子离我们算是最近的，叫"西岚子"，现在已经没有了。我最愉快的事便是和村里的孩子们一块儿逮鸟、捉迷藏。小村里的每一户人家我都熟悉，吃过他们的煎饼，喝过他们的水。"西岚子"现在已经没有了，那个地方因为采煤、建医院、建城区，变成一片楼房了。有一次上海一个朋友来，一定让我想办法找到过去生活过的那片林子、房屋的位置。很困难，全是一片楼房。我们好费劲才找到西岚子旧址，发现已经变成了一个动物园，有猴子在里面跳。总之一切全都变了。

赵月斌：您十七岁就离开家出去游荡、流浪，首先去了"南部山区"。您在小说里经常会写到黛青色的南山，显得十分神秘，能给大家介绍一下"南部山区"吗？

张　炜："南部山区"实际就是位于龙口市南部的丘陵地区，它的主体叫艾山山脉，俗称"胶东屋脊"，主要位于和龙口接壤的栖霞市境内。我曾经在这座大山里流浪、游荡，后来又多次在这里游走，小说里所写的"南山"基本源于实际地形，只不过改了名字。

赵月斌：您在南部山区游荡了几年时间？是不是一直持续到考上大学？这一时期的游荡最大的收获是什么？

张　炜：回顾起来我的游走大概要分成四个阶段。第一个是少年阶段。因为当年不可能活动范围更大，基本就在登州海角的海滩平原上。那个时候孤独，有时候不跟家人在一起，父亲又不在身边，个人的游历范围、广度和深度是局限的，也就是在登州海角的林子里、海边、河边，跟猎人、打渔的人、采药的人接触比较多。这可以看成我少年游历的前奏。我大约十六岁左右一个人到南部山区去生活，实际是因生活所迫离去，中间返回了一次，最终还是回到了山区。这样一直到 1978 年，考入半岛地区唯一的一所大专学校。这一阶段的游历范围就特别开阔了：经常翻越很大的山，翻过胶东屋脊，西到胶莱河，南到琅琊台，东到荣成角，也就是那个有名的"天尽头"。这个时期是最重要的一段游历，接触了形形色色的文友，结识了各种各样的流浪汉、山里人。当时没什么具体目的，就是混饭吃。本来我是到南部山区叔父家的，但生活不适应，主要是心野，只待了一个星期就离开了。到处玩，交朋友，这是我一辈子最深刻的游荡记忆。很多痛苦、欢乐都成为写作的情感和生活的资源。有时候作品的内容可以变一下，但写了来的常常是那时的感触。

赵月斌：1987 年您回故乡龙口挂职，这次开始的归乡之旅好像又重启了您在山东半岛的频繁游走。您曾打算半岛上所有的村子都走到，最后虽然没有完全实现，却把游走的触角伸向更深更远。您这一时期的游走完全可以画出一个疏密交错的路线图，同时，也能把历次游走跟小说中的文学地图相映照，比如《丑行或浪漫》中刘蜜蜡的奔逃路线，《你在高原》中宁伽、庄周等人的"徒步"、流浪路线，大概都与您本人的游走相暗合。能否谈谈您的历次游走？

张　炜：其实挂职前围绕《古船》的社会调查，前前后后沿着芦青河区域走了很多地方。因为目的性太强，生活中的趣事，包括民俗、天籁这些东西都不太兼顾。就是一种社会层面的调查，与我心中的问题无关的，也就构不成兴奋点。我急于做的功课就是社会层面的，比如哪里发生的一个历史事件，当事人是谁，激烈到什么程度，死了多少人，饿死多少人，这个地方的政权更迭——完全是做档案工作带来的那种兴趣和欲望。这算是我的第三次行走。

第四个阶段的行走就是到龙口挂职以后了。我突然觉得，要写一个更大的东西，那么感知的触角就要全部打开。我甚至自修了地质学、植物学、海洋动力学、考古学和土壤学，尽管是突击式的。那时候精力好像大得不得了，现在想起来都奇怪：白天走，晚上停下来还得把感想录下来；同时还要录音，经过哪里，有什么感触，自己对着录音机讲一通。那次行走，搜集的各种资料、积起的录音带装了好几箱子。因为录音带珍贵，有时候用完了翻成文字，回头再用，就这样还是装了几大箱子。当时觉得这么大的工作，准备得越充实越好，让信心推着往前走，很有趣，很有力量。第四次游走触角张开较大，什么东西都留意。无论是民俗、动物、植物、河流、山脉，只要遇到就要记录。我带着地图，不是一般的公路图，而是找带等高线的。我的各种设备都有，什么海拔气压计罗盘之类都有。那是最重要的行走，会对我长期发生作用。这四次行走构成了《你在高原》出版前的全部。我的行走是有原因的，有自觉和不自觉的，有被迫和主动的。

赵月斌：您在小说里写到的"蚂蚱庙""脆骨石"，是否都是游走过程中亲眼所见？

张　炜：栖霞西部最高的一座山叫蚕山，蚕山顶上就有一种石头叫脆骨石。这种石头发青发白，陪我上山的人拿到嘴里就吃，咯吱咯吱就咽了。他说当年挨饿的时候人们都上山找这种石头吃。

蚂蚱庙是在屺姆岛上见到的。因为过去胶东经常受蝗灾，人们认为蚂蚱也有神灵，就给蚂蚱盖了个庙。因为蚂蚱体量很小，所以不用盖那么大的庙，就盖了一个桌子高的、很精致的小庙。

赵月斌：您很喜欢美国批评家马尔科姆·考利的《流放者归来》，从您的归乡与游走、出行与写作大概也能看出一种"流放者归来"的意味。比如《古船》中离家出走又归乡的隋不召；《你在高原》中骑上大红马一去不回的祖父宁吉、遭遇冤案从南山服苦役归来的父亲宁珂、不断地捎上背囊出门远行的宁伽；《刺猬歌》中的廖麦，也是一个逃亡者—归来者，在小说结尾他又要离家出走；最近出版的《独药师》中的季昨非，在自家府邸待了半辈子，最后也要出门远行。这类人物在您作品中可找出一大批，他们似乎天然地长了一双"流离失所的脚"，这是不是也可看成您本人的一种精神投射？您对"出走、流放"这一主题的反复书写是否出于一种与生俱来的流放情结？

张　炜：这些书在写人的"游荡"。这种游荡远远没有尽头，是无边无际的。实际上人生就是这样的一场游荡。一个人无法停止下来，只要一息尚存，就要游走——从心灵到肉体。停留只是暂时的、局部的，而游走才是永久的。生命在一个地方停留一下，然后离开，周而复始，无始无终。

人的"出走"不是一次性的，而是每时每刻都在发生的。这是一种被忽略的常态。觉悟之后的人类就再也不会安宁了，他会发现这个星球太小，这个世界太小，他所享有的时间太短，他赢得的个人空间太狭窄。也就是这样的群体意识（包括潜意识），才有了人类的不断开拓和迁徙——从古代一片片新大陆的殖民到登陆月球、企图火星，都是这样的例子。

"高原"是只可意会的一个地方，一旦内容太具体了就会被固化下来。但总的来说那是一个适合人类待下去的地方，可以让人稍稍喘一口气的地方。那里的人相对来说可能活得更有自尊一点，树木更多一点，空气更好一点，没有这么多的弱肉强食，也没有这么多洋洋得意的贪官污吏。最重要的是，那还是一个"精神的高原"，即靠近真理的地方。

赵月斌：除了在山东半岛的深度行走，您还借助外出考察、讲学的机会到全国各地以及国外了解"外面的世界"，这可算作一种"出走"，通过这种"出走"，对您的写作——尤其是对故乡的书写肯定大有裨益。但是您和外面的世界又似乎一直保持着一种冷静的距离。您如何看待所谓的全球化、与世界接轨之类的话题？

张　炜：一种语言成功地转译为另一种语言，是十分困难的事情，要由操持另一种语言的艺术家来做，而不仅仅是懂中文的一般译者就可以做好。所以对外译介这种事不能太乐观，因为译得不好，还不如不译。

中国与西方的文学交流是一种好事情，也是极难的事情。只有语言艺术层面上的交流才有意义，因为文学仅仅是语言艺术。只译过去一个故事，影响再大也是短暂的，那只会是通俗消遣层面的意义，不太具有文学传播的性质。所以我们并不觉得译为他种语言是容易做好的事，在这种商业化愈演愈烈的时代，不能抱过大的希望。总之要慢慢做，自然而然地做就可以了。过分看重国外的承认，写作就会变质，就是浮躁和不自信，志量也太小了。

文学急于"走出去"是不好的现象。文学写作主要是面向自己民族的，其次才是不同民族间的交流。一切都要随其自然才好。人们现在常常说到"软实力"，但并不见得知道它意味着什么。其实糟糕的作品传播越广越坏，对一个民族的"软实力"造成的损伤也就越大。"软实力"是指一个民族在精神上令人景仰的程度，是指这个民族所拥有的人文素质，在世界上所产生的巨大说服力和影响力。

写作者思想者的力量来自"闭关自守"。没有这个功夫，是不会有力量的。闭关自守比了解外面的生活意义还要大。现在传媒这么发达，一个人要知道事情并不难，闭塞反而是最难的。这实际上来自对世界的责任感。责任感强烈的人，自守的能力就大。这并不意味着简单地封锁自己，而是工作所必须。

"全球化"不是一个褒义词，它只是一个中性词。我们对全球化中极坏的部分排斥和批判得还远远不够，应该有更多的人在这个大潮流中提出自己的警醒，这尤其应该是知识分子的责任。

赵月斌：《古船》《九月寓言》《你在高原》等作品已成为当代文学的经典著作，在华语文学界拥有各个年龄层的众多粉丝，并且被陆续译介到海外，有英、法、德、日、瑞典、阿、土、塞、俄、意、韩等数十种外语版本。不知最受国外读者欢迎的是哪些作品？海外研究者、读者对您的认识是不是有所不同？您写作时考没考虑过国外读者的接受情况？

张　炜：我写了很多胶东的传奇故事，翻译者很容易就把这个故事脉络译过去了。但文学不仅仅是传奇故事，而更是语言和意境、是语言艺术。比如前几年有几本书，出版方其实早已经译好了，只是相关语种的专家看过了，发现译出的重点仅仅是故事。而我希望尽可能地贴近原作的语言、工于语言才好。所以这几部作品一直搁置着。故事总是很容易翻译的，但是语言艺术却很难传达，这需要译者做出更大的努力，首先理解原著的语言，然后再进行自己的创造，找到合适的表达方式。好的作家在这方面的要求肯定要苛刻一些——如果翻译者不能从语言艺术的层面上抵达，那作家就宁可放弃这样的译介。作为原作者，一再强调的还是译者问题，即不仅要译出"故事"而且更要译出"语言"。作家主要是为本民族的读者写作的，虽然交流也很重要。但是如果过分看重国外的认可，一个作家的创作就会变质，就会向下滑行，本末倒置。

境外读者对故事本身不会有困难，相反他们一般都很喜欢异国故事。到现在为止，中国现当代小说在国外影响极广、接受极普遍的就是蒲松龄笔下的那些齐国故事。这些传奇都是很受欢迎的。但我并不是一个单纯写故事的"小说家"，而只希望做一个合格的"作家"。

三、"一个人必要亲近自己的生命背景"

赵月斌：您早期作品曾被评论家贴上"道德理想主义"的标签，后来又被称为"最早找到'民间'世界的作家之一"，上世纪九十年代中期，还因"二张"（张炜、张承志）、"二王"（王蒙、王朔）之争引发的"人文精神讨论"而备受瞩目，这让您好像有时是教士，有时是隐士，有时又是斗士……实际上，任何一种评价和归类都可能是片面和阶段性的。我注意到，您一直给"作家"一种崇高的精神定位，不仅仅把它作为一种职业称谓，在您身上很有一种根深蒂固的"文士"精神，所谓"士志于道"，您大概就是一位

"志于道"的当代文士。所以在您的作品中具有一以贯之的精神诉求，这种诉求既有《古船》式的自我冥思，有《九月寓言》式的忆苦与奔逃，也有《独药师》式的持守与重构，似乎都可称之为知识分子写作……

张　炜："理想主义"和"理想"还应该有所区别。不仅是五十年代生人，任何时代的人都应该有理想，有信仰，应该相信绝对真理的存在，并且去追求它。这样的男人就是通常所说的"大写的人"，而不是什么"大男子主义"。人没有理想，一生让物质主义缠住，浑身的欲望常常达到了燃点，这会形成多么可怕的人生与社会。如果犬儒主义盛行，稍稍能够挺直站立的人就会被视为不正常。

评论家提出的"民间"这个概念，当然对中国文学的发展和研究提供了一个新的、清晰的思路。这是一种概括，更是一种贡献。但是作家不能这样概括自己。任何作家对自己的类似概括，都会对创作造成局限。民间其实不仅滋生了文学，还有政治经济、文化，总之是一切。民间是土壤，离开了土壤，一切都不能谈了。民间对我意味着自由、个人和创造。

"人文精神"这个提法能否准确概括和表达出它的意思，也是一个问题。但这几年来它所极力表述的部分，也还是清楚的。分析下来可以发现，它仅是人文工作者必要具备的东西，是起码的情怀和操守。它所要求的内容，在任何一个时代都只能是现代思维的一部分。现代主义不是技术主义，而技术主义却包含有真正的反现代的内容。总之"人文精神"的坚守，它的本质，是现代理性思维的一个组成部分，是一个时期里对现代蒙昧主义的一次揭露。

有人以为作家不必是公共知识分子。我的看法完全不同。最优秀的作家应该一直站在公共知识分子的前列。他们的社会人文关怀深刻而又强烈，影响也将更为深远。那些认为"主流作家"对"当下世事和苦难漠不关心"的看法，一是其认定"主流作家"的标准有问题，二是对"关心方式"的理解太单一和太简单。对苦难最为韧长忧深的关注，恰恰更多地在中国当代优秀作家的作品中读到。时代的尖音是需要的，但深沉理性的声音更为重要。热闹一时的作家并不见得就是"主流作家"，而很可能只是较为通俗的市场性作家。当代读者对知识和艺术的理性把握、更深入更敏感的感悟能力，会随着时间的推移而不断增加。

我不将自己界定为专门的小说家（作者），所以我只是在认真地表达个人，采用各种合适的方式。我平时的社会参与工作也是这些表达的一部分。当我运用一种体裁时，我就会极大地依靠它，并尽最大可能深入它的内部，以便使我的表达变得透彻和有力。

从绝对意义上说，世界上没有什么不在改变。但是我们现在应该更多地研究那些不变的东西。不要说三十年，即便是几千年来，文学的基本标准都没有变。如果认为在这个数字时代，文学的基本标准会丧失、会极大地改变，那是一种误解。比如对语言的苛刻要求、对思想与艺术含量的精准把握、对写作者心灵指标的细致感受，这些永远都不会改变。

一方面文学写作是具有极大晦涩性的心灵之业，另一方面这种工作又是面对当下读者和漫长的时间的。真正的读者是蕴含于时间之中的，写作者要毫不侥幸地想好这一点才行。所以写作这种事既不能为满足当下而做，又不能一厢情愿地直奔未来的"文学史"——那也有些小气。一切贵在质朴自然，要不间断地积极地劳动下去，这才是有意义的。

赵月斌：您很少写自传作品，只是前几年出版过一本《游走：从少年到青年》，这本书大概只写到您四十年文学生涯的前几年，那时好像还处在到处拜师学艺的"文学青年"时期——但是您的文学生命力仿佛一直长盛不衰，让人感觉您是著文有术，常写常新，这种创作上的"不老术"令人艳慕，您是怎么做到的？

张　炜：这四十年来，我由非常刻意地经营诗歌和中短篇，走到了更加饱满和开放地去写十九部长篇小说，特别是后来由三十九卷、十部组成的《你在高原》。对我来说这也许是全面的放肆和追究、总结和拷问，是与自己的一次漫长的对话，也是我尝试用各种方法去讲故事，是一个阶段性的完结。这本自述其实意味着今后要开始从中年到老年的思考和叙述，会与以前有些不同，比如变得更沉着、以更安稳的口吻讲一些更好听好看的故事等等。同时我也希望自己的诗心进一步焕发，再回到童年和少年。现在特别想写诗，也特别想讲故事，这二者对于现在的我来说，有时分离有时结合，所以有可能从现在开始，我的创作会多少呈现出让自己吃惊的变化。

我很浮躁，知道自己很浮躁，所以才要不断地在各个方面警惕自己叮嘱自己。我一直尽可能地用深入的阅读来改造自己。阅读对我特别重要，没有阅读就没有一切。阅读对我来说，就像《你在高原》中的游走那么重要。游走是对社会、对生活现实的大阅读，而小阅读就是关在斗室里寸步不离，这种滋养更直接也更快慰。我用在阅读上的时间最多，比用在写作上的时间要多得多。阅读能让人安静下来，让我意识到个人的创作是多么微不足道：世界上已经有了这么多绝妙的作品，我还能做些什么？这逼迫我认真地思考、想一些办法。各种故事都被别人写过了，各种思想都被别人诠释过了，留给我们的还有多少？这才是个真正的大问题。所以就不得不安静下来，因为做得太快绝对做不好，只能是慢慢做。有人觉得我产量很高，好像到现在已经写了一千五六百万字，可是我文集里最早的作品是 1973 年的，那么到现在已经写了四十多年，去掉一些现场录音和演讲稿，创作的文字其实少得很，产量并不高，平均每年不过是二十万字左右。

赵月斌：近几年您又出版了多部儿童题材作品，这些作品无疑提升了所谓"儿童文学"的文学纯度，每部作品都让人耳目一新，其中《寻找鱼王》更是得到广泛赞誉，接连获得了几十个奖项，刚刚又获得了"全国儿童文学奖"。儿童文学当然不容小觑，对您来说却好像手到擒来，因为这些作品并非刻意为之，而是许多年文学创作经验的自然流淌，甚至可以直追到您的童年生活经验。这些作品也是一种归乡——回到生命的故乡，用半生的经历回望童年，找回童心。您常说作家要保持一颗童心，那么您是如何让这颗童心一直不老，并且一直拥有非凡想象力的？这些儿童小说对您个人是不是一次文学生命的重新激活？

张　炜：童心和诗心，这是文学的核心。除掉它们，我不知道还会有什么杰出的文学。儿童文学其实是一切文学的源头部分，所有好的儿童文学一定是成人喜欢阅读的，反过来说，只要是成人读后觉得了无趣味的东西，就一定不是什么好的儿童文学，甚至不是什么文学。我如果写出了真正的儿童文学，也就意味着自己更加靠近了文学的核心。

我没有刻意转向"儿童文学"，我不是一个专门为某个读者和阶层去写作的人，而是写一切能够感动我、让我心中产生写作冲动的人和故事。《寻找鱼王》就是一个朴素的、感动了自己的故事。

我发现当代一些成功的儿童文学作品，都是很自然的。所谓"现代主义"的文学写作中，其中有一些奇怪的结构、奇怪的讲故事的方法，其实是很别扭的，不过是一种"习气"，是壮夫不为的东西。儿童文学大概最忌讳的就是这些。

总之文学的固有魅力不会因为儿童的喜欢而消失，相反只会因为儿童的喜欢而更加焕发出来。

赵月斌：以"童心"和"诗心"对抗这个物质时代的庞然大物看起来像是以卵击石，甚而也有人认为"融入野地"是对所谓"现代文明"的一种保守反应……

张　炜：我不但不是一个反对城市文明的人，相反还是一个喜欢并饱受城市文明恩惠的人。就像农业文明也有很多的弱点和黑暗面一样，城市文明也是如此。一个人关键是要吸取最好的东西，不必盲从。相对来说，我们的都市文明中模仿的痕迹更重一点，原生态的荒野河流山脉少了人工痕迹，给人更为永恒的启示。它本身所保有的原始生命力、生长力就更加强大。一个人必要亲近自己的生命背景，那就是所谓的土地山川，是大自然。一座城市提供的只是人造建筑，如果仅仅局限在这里面，忘记了更大的生命背景，那会是很荒谬的。在这一点上我们可以学习俄罗斯文学和十九世纪前后的大师作品，他们对更广大的生命背景的关怀力，以及他们与这个背景之间的联系比我们更深入也更紧密。随着城市化的发展，人的视线越来越多地被楼房挡住了，这就造成了视野的窄逼，造成了想象的贫瘠、思想的浮浅，作品或者要丧失自然空间。不能用农业文明和自然美去简单地否定城市化，反过来也不能一切以现代化城市化为美，这两者不能对立。在我们赖以生存的大背景面前，人类的创造往往是比较脆弱的、暂时的。有些看起来很是巨大的东西，比如一座大城市，拆掉了也就拆掉了；可是大自然除了上帝，谁也拆不掉。

如果说"现代"至少也包含了人对外部世界的某种屈服，是无条件的跟从和承认，那么这个"现代"可真不是好东西。真正的现代是一种以人、以人类世界的根本利益为中心的实践方式，是这一类思维在每个时期的具体实现。而时下所谓的"现代"世界中存在的一切，有许多是反生存、反人类的。

我出生的地方是没有多少人烟的莽野林子，除此再没有什么了。我似乎只能更多地写点林子和野物，写点它们的眉眼。还有，我现在生活的地方是葡萄的主要产区之一，有一片片的葡萄园，我更多地写到它们并不奇怪。有人说葡萄园是世外桃源，是反现代。可是这个地方就是这样，种葡萄，造酒，要靠这个过日子，反现代也没有办法。你给他们钱，把他们从这种工作中解脱出来，那还要得到他们的同意才行。种葡萄也很苦，我也写了这苦。不是我浪漫，也不是我要反现代，而是这里的人世世代代要种葡萄。有人不允许我写种葡萄的人，那就太书呆子气了。我从1975年就开始写葡萄园的生活，那时也没有谁指责过我。

西方发达的现代世界我也去看过多次，我发现那里也不是没有种葡萄的人。有的批评说主人公在葡萄园里，无视千万人的现代化的要求。这真是奇谈怪论。再现代化也要吃饭，而且要更多地吃水果。买来一台家用电脑就自以为很现代很先锋了，就看不起种葡萄的人了，这不好。我们不能忘本，因为说到底所有的现代事物，都是从根本上生发出来的。

现代的思维，现代的生活方式，都应该是健康的。种葡萄的生活，田园的生活，在我看来是非常健康的。那些批评者自以为得了西方真传，其实那些西方最现代的人，都全力追求田园的健康。从这个观点上看，那些批评者自己反了现代还不知道。这很可惜。

赵月斌：拥有一种健康的"生命背景"确实太重要了，可惜的是我们往往只会向前进攻，却忘了该守住什么。

张　炜：创作是一种持久的劳动，不是一蹴而就的事情，所以多少年一直写下来，也是很正常的事。对大部分写作者来说，其他的工作只是业余的；或者反过来说，写作是业余的——有了时间就写下去。

业余写作，却是很用心地写作——日常一般是不写的，阅读或忙些琐琐碎碎的事情。人的事情总是多极了。

写作是一种心灵需要，这样的工作对自己精神上的成长很重要。客观上也想让作品有助于这个世界，有益于世道人心。这样的事业当然值得认真投入。开始的时候未免逞强好胜一点，写得久了，功利心也就淡下来，只因为对真理和艺术的深爱才写。

文学可能并不需要"坚守"。因为文学及文学表达是生命的基本需求，是与生俱来的一种本能，是与生命共生共在的现象，是自然而然的事情。写作是一种持续的精神劳动，这和任何劳动一样，并不需要刻意"坚守"，因为劳动是一种再自然不过的事情。问题只在于劳动的质量，比如写作，要看一个作家写出了怎样的水准，保持了怎样的思想与艺术的高度。

赵月斌：记得您说过，到六十岁以后，要成为一个大诗人。

张　炜：我那是玩笑之言。但一定要写出好诗。我出版了多部诗集，却没有一部是满意之作。还有时间，就像开山打锤，我今后会抡圆了去干。

参考文献

一、张炜著作

文集、选集：

《张炜文集》（全 48 册），北京：作家出版社，2014 年版。

《张炜名篇精选》（五卷本：《散文精选》《随笔精选》《短篇小说精选》《中篇小说精选》《问答录精选》）山东友谊出版社 1993 年版。

长篇小说：

《古船》，人民文学出版社，1994 年版。

《九月寓言》，上海文艺出版社，1993 年版。

《外省书》，花城出版社，2005 年版。

《家族》，上海文艺出版社，1995 年版。

《远河远山》，济南：明天出版社，1997 年版。

《丑行或浪漫》，昆明：云南人民出版社，2003 年版。

《你在高原》（10 部：1《家族》2《橡树路》3《海客谈瀛洲》4《鹿眼》5《忆阿雅》6《我的田园》7《人的杂志》8《曙光与暮色》9《荒原纪事》10《无边的游荡》）北京：作家出版社，2010 年版。

《半岛哈里哈气》，北京：作家出版社，2013 年版。

《独药师》，人民文学出版社，2016 年版。

二、张炜研究及相关著作

孔范今、施战军主编，黄轶编选：《张炜研究资料》，济南：山东文艺出版社，2006 年版。

萧夏林主编：《忧愤的归途》，北京：华艺出版社，1995 年版。

王辉：《纯然与超越：张炜小说创作论》，中国社会科学出版社，2007 年版。

山东省档案棺编：《春声赋》，济南：山东大学出版社，2015 年版。

王万顺：《张炜诗学研究》，中国社会科学出版社，2015 年版。

唐长华：《张炜小说研究》，中国社会科学出版社，2016 年版。

张高峰：《修远的天路——张炜长河小说〈你在高原〉研究》，香港传媒出版社，2016 年版。

［德］马克斯·韦伯：《儒教与道教》，南京：江苏人民出版社，2003 年版。

［土耳其］奥尔罕·帕慕克：《天真的和感伤的小说家》，彭发胜译，上海人民出版社，2012 年版。

［美］威利斯·巴恩斯通　编：《博尔赫斯谈话录》，西川译，桂林：广西师范大学出版社，2014 年版。

［捷］米兰·昆德拉：《生命中不能承受之轻》，韩少功译，北京：作家出版社 1992 年版。

［美］爱德华·W·萨义德：《知识分子论》，单德兴译，北京：生活·读书·新知三联书店，2002 年版。

［英］胡司德：《古代中国的动物与灵异》，南京：江苏人民出版社出版，2016 年版。

［美］王德威：《抒情传统与中国现代性》，北京：生活·读书·新知三联书店，2010 年版。

胡河清：《中国全息现实主义的诞生》，《灵地的缅想》，上海：学林出版社，1994 年版。

秦晖：《传统十论》，上海：复旦大学出版社，2005 年版。

余英时：《论天人之际》，北京：中华书局，2014 年版。

李泽厚：《由巫到礼　释礼归仁》，北京：生活·读书·新知三联书店，2015 年版。

逄振镐：《东夷文化研究》，济南：齐鲁书社，2007 年版。

李白凤：《东夷杂考》，郑州：河南大学出版社，2008 年版。

杨义：《文学地理学会通》，北京：中国社会科学出版社，2013 年版。

曾大兴：《文学地理学研究》，北京：商务印书馆，2012 年版。

图书在版编目（CIP）数据

张炜论 / 赵月斌著. -- 北京：作家出版社，2019.7
（中国当代作家论）

ISBN 978 - 7 - 5212 - 0369 - 1

Ⅰ.①张…　Ⅱ.①赵…　Ⅲ.①张炜 – 作家评论
Ⅳ.①I206.7

中国版本图书馆 CIP 数据核字（2019）第 025584 号

张炜论

总　策　划：吴义勤
主　　　编：谢有顺
作　　　者：赵月斌
出版统筹：李宏伟
责任编辑：秦　悦
装帧设计：合和工作室
出版发行：作家出版社有限公司
社　　　址：北京农展馆南里 10 号　　　邮　　　编：100125
电话传真：86 - 10 - 65067186（发行中心及邮购部）
　　　　　　86 - 10 - 65004079（总编室）
E – mail: zuojia@zuojia.net.cn
http://www.zuojiachubanshe.com
印　　　刷：北京明月印务有限责任公司
成品尺寸：152 × 230
字　　　数：249 千
印　　　张：19.75
版　　　次：2019 年 7 月第 1 版
印　　　次：2019 年 7 月第 1 次印刷
ISBN 978 - 7 - 5212 - 0369 - 1
定　　　价：46.00 元

中国当代作家论

第一辑

第二辑

陈映真论　任相梅 著　　定价：58.00 元

二月河论　郝敬波 著　　定价：45.00 元

韩东论　　张元珂 著　　定价：50.00 元

刘恒论　　李　莉 著　　定价：45.00 元

苏童论　　张学昕 著　　定价：46.00 元

于坚论　　霍俊明 著　　定价：55.00 元

张炜论　　赵月斌 著　　定价：46.00 元